Paco Ignacio Taibo II

Erzengel

PACO IGNACIO TAIBO II

ERZENGEL

GESCHICHTEN VON 12 HÄRETIKERN DER REVOLUTION IM 20. JAHRHUNDERT

AUS DEM SPANISCHEN
VON MIRIAM LANG
U.A.

VERLAG LIBERTÄRE ASSOZIATION
SCHWARZE RISSE • ROTE STRASSE

Die Originalausgabe erschien 1998 bei *Planeta* unter dem Titel *Arcángeles* in Mexiko und Spanien.

Die Kapitel über Joffe und Librado Rivera wurden übersetzt von Horst Voßhans, das Durruti-Kapitel von Gerlinde Schneider, das Kapitel *Von Italienern und Erinnerungen* von Theo Bruns, das Argüelles-Kapitel von Angela Habersetzer. Alle anderen Geschichten übersetzte Miriam Lang.

Verlag Libertäre Assoziation • Lindenallee 72 • 20259 Hamburg
Verlag der Buchläden Schwarze Risse • Rote Strasse
Gneisenaustr. 2a • 10961 Berlin

ISBN 3-922611-77-X

Lektorat und Gestaltung: VLA
Druck: Winddruck, Siegen

Inhalt

Dies Buch ist tief in meinem Stammesbewußtsein verankert
und deshalb Ignacio Lavilla, Benito Taibo,
Adolfo Maojo und Marino Saiz gewidmet,
unseren Großvätern, den Patriarchen des Stammes,
die uns alles gelehrt haben.
Ich bedauere zutiefst, daß sie nicht mehr unter uns sind.

Wir entstiegen dem Nichts
und traten in das Reich des Willens ein.
Victor Serge

Schließlich und endlich macht man eine Revolution
mit dem, was man zur Verfügung hat.
Wenn ihr etwas Besseres wißt,
sagt bitte Bescheid.
Jesús Ibáñez

Vorwort

Es ist nicht einfach, sich mit den Persönlichkeiten aus diesem Buch herumzuschlagen, ohne zutiefst zu befürchten, daß die Literatur ihnen Schaden zufügen, sie schwächen oder auf einen Mythos reduzieren könnte. Deshalb sind diese Geschichten mit der erzählerischen Zurückhaltung eines Historikers geschrieben worden, die nur ab und zu vom Wagemut des Schriftstellers aufgerüttelt wurde. Es wird noch Zeit genug sein, das zu bereuen.

Die Gemeinsamkeit der hier versammelten Personen liegt weit jenseits ihrer ideologischen Vorstellungen, auch wenn sie alle dem weiten Feld der Linken angehören und sich auf dem Weg zur Revolution, auf dem es kein Zurück gibt, befunden haben: Friedrich Adler war ein Sozialdemokrat, der aus moralischen Gründen beim Tyrannenmord landete, Librado Rivera ein fast gandhi-ähnlicher Anarchist und Gewerkschafter, der an die Macht des geschriebenen Wortes und die Tugend der Unnachgiebigkeit glaubte. Larissa Reissner und Joffe waren bolschewistische Marxisten, die durch die Schule der sozialdemokratischen Linken um die Jahrhundertwende gegangen waren. Sebastián San Vicente hingegen war ein unbußfertiger Bakuninist in der Tradition des orthodoxesten Anarchosyndikalismus. P'eng P'ai war chinesischer Marxist (mit allen Eigenarten, auf die das bereits hinweist) und darüber hinaus überzeugter Agrarist. Was Piero *Malaboca* war, habe ich nie herausgefunden, bis auf den Umstand, daß es sich um einen roten Internationalisten mit losem Mundwerk handelte. Diego Rivera und David Alfaro Siqueiros dagegen waren eine Art hausgemachte Kommunisten, als Marxisten mal ketzerisch, mal orthodox, dabei als Maler immer revolutionär. Buenaventura Durruti und Francisco Acaso waren Anarchisten der Tat mit einem stark arbeiterbewegten Einschlag, und Juan R. Escudero war ein Sozialdemokrat mit festem Glauben an den Wert von Wahlen und juristischen Formen, aber vor allem an die Moral und das gute Beispiel. Max Hölz war ein revolutionärer Kommunist mit Hang zur direkten Aktion, den die Kommunisten einen Anarchisten schimpften und die Anarchisten als Bolschewisten kritisierten. Raúl Díaz Argüelles war ein Guevarist, der ganz in der Tradition des lateinamerikanischen Aufbruchs der 60er Jahre stand. Es handelt sich hierbei also um eine Geschichte aus Geschichten, die jenseits aller Sekten steht.

Sie alle suchten die Revolution und begaben sich mehrere Male in die Hölle, um sie zu finden. Zusammengenommen sind sie Bestandteil der einzigen Linken, die ich als Beispiel gelten lasse, nämlich derjenigen, die alle Impulse der Basis aufgreift, sich alle Versuche und alle Niederlagen zu eigen macht. Was sie verbindet, ist ihre Sturheit, ihre wunderbare Sturheit, und ihre Treue gegenüber dem Versuch, diesen Planeten radikal zu verändern.

Alle haben sie nach ihrem Tod, oder nachdem die Nachworte auf die großen Tage ihres Kampfes gesprochen waren, eine Zeitlang im Schatten gelebt: In Mexiko hat die marxistische Linke ihre anarchistische Vergangenheit ausgelöscht, die Muralisten wurden zu kulturschaffenden Nationalhelden mit unbequemer Vergangenheit stilisiert, mit Hoelz wollte niemand etwas zu tun haben, Díaz Argüelles blieb eine Geheimfigur in einer Geschichte, die immer noch nicht ganz erzählt wird, Adler ein heterodoxer Sozialdemokrat, P'eng P'ai ein Störfaktor in dem Augenblick, als das Leben Mao Tse-tungs glorifiziert werden sollte, Larissa eine zensierte Bolschewistin usw. In diesem kriegerischen Buch steckt viel Arbeit gegen das Reich der Schatten.

Ich habe an diesem Buch über fünfzehn Jahre hinweg geschrieben, sehr zögerlich und ohne genau vor Augen zu haben, welche Geschichte jenseits der hier erzählten Geschichten noch erzählt werden sollte.Es ist frei von jeder pädagogischen Absicht und jedem Willen zur Doktrin. Allenfalls ist es einer Sammlerleidenschaft geschuldet: der Suche nach den verlorenen Großeltern.

Während der Schreibarbeit habe ich mich den Personen politisch häufig angenähert und mich dann wieder von ihnen entfernt. Entfernt habe ich mich vom Terror-Jakobinismus P'engs oder von der Methode, mit der Durruti Enzyklopädien finanziert hat – durch Überfälle auf Büros. Angenähert habe ich mich dem basisdemokratischen Wahlkampf Escuderos mit Zuckerrohrstangen oder der Erzählkunst Larissas. Doch jenseits aller zeitweiligen Distanz oder Nähe habe ich versucht, die Geschichten in ihrer Zeit zu belassen und mich selbst als ihren schüchternen und neutralen Erben zu betrachten.

Man kann sie nicht besser ehren als durch Erinnerung, man kann ihnen nicht echter huldigen als durch kritisches Gedenken, man kann sie nicht mehr lieben als dadurch, daß man ihre Besessenheit teilt. Alles ist ein Traum, und fast alles kann sich in einen Alptraum verwandeln.

PIT II
1983-1998

Die zwei Tode des Juan R. Escudero

Als er entdeckte, daß er in der Hölle war
und nicht im Paradies,
war es zum Fliehen bereits zu spät,
und da zündete er sie an.
Mehmet Karim

Durch den Zauber seines Rufs siegt Don Juan.
Jorge Guillén

Barfuß tanzen

Durch die offenen Fenster und über die Veranda dringt die Musik bis in den Garten. Ein Dorforchester spielt im Wohnzimmer einen Walzer. Das Fest im Haus der reichen Handelsleute ist mit den Armen, die draußen zuhören, durch eine Reihe seltsamer Traditionen verbunden. Der ungeschriebene Brauch legt sogar den Abstand zwischen dem Eingangstor und den Gaffern, die sich mit den Ellenbogen auf die Bäume stützen oder unter den Mangos sitzen, auf etwa zehn Meter fest.

Der geladene Gast geht durch den Garten auf das Herrenhaus zu. Er trägt einen weißen Dreiteiler und schwarze Reitstiefel. Als er sich seinen Weg durch die etwa hundert zuschauenden Dorfbewohner bahnt, grüßt er hier und dort jemanden: einen Bootsbesitzer, ein Dienstmädchen, einen Stauer und seine zwei Söhne. Immer noch erklingt der Walzer. Der Gast nähert sich dem Haus, wo die Frauen und die jungen Söhne der Reichen des Dorfes in der brütenden Hitze der Tropennacht tanzen und schwitzen. Als er schon beinahe am Haus angelangt ist, zögert der junge Gast und hält inne. Einen

Moment lang verweilt er zwischen der Welt der Armen, die zusehen und lauschen, und den tanzenden Reichen.

Dann entscheidet er sich und geht zurück. Er bleibt vor einer dicken Matrone stehen, die auf dem Markt Fisch verkauft, zieht die Stiefel aus, legt sie neben sich ab und fordert die Frau zum Tanzen auf. Die Frau lacht.

Sie tanzen im Garten zu den entfernten Klängen der Musik, beide barfuß, wie auch alle anderen um sie herum. Sie tanzen, ein wenig ungeschickt, denselben Walzer, der auch im Haus getanzt wird.

Ich habe nie herausbekommen, um welchen Walzer es sich genau handelte. Ein alter Mann hat mir die Geschichte erzählt, damals eines der Kinder, die um die Tanzenden herumstanden. Vielleicht glaubte er auch nur, sich daran zu erinnern. Oder jemand hatte ihm selbst die Geschichte erzählt, oder er hatte sie von jemandem, der sie wiederum von Dritten gehört hatte. Aber den Anzug von Juan, die Bäume im Garten konnte er ganz genau beschreiben. Und in seiner Erinnerung – ganz gleich, ob sie seine eigene war oder aus dem unerschöpflichen Brunnen volkstümlicher Mythen gezogen war –, erhielt die Geschichte mit den Stiefeln ein besonderes Gewicht: »Und er zog die verdammten Stiefel aus, um barfuß zu tanzen«. So konzentrierte sich das weise Gedächtnis auf das Wesentliche, und daß der Name des Walzers verloren gegangen war, war unwesentlich.

An dem Tag, an dem man mir diese Geschichte erzählte, war Juan bereits 60 Jahre tot. Wir befanden uns in Acapulco, und seine Überreste wurden in die Rotunde der Großen Männer überführt. Ich habe es nicht gewagt, diese Geschichte in der ersten Fassung des Buches zu verwenden, welches ich mit Rogelio Vizcaíno geschrieben habe, sie klang so sehr nach Hollywood und schien unglaubwürdig. Heute möchte ich sie festhalten: Das kollektive Gedächtnis, das inzwischen auch mein eigenes ist, weiß von Juan, daß er nicht nur mit den armen Leuten tanzte, er zog sich sogar die Stiefel aus, um barfuß zu tanzen.

Die ersten dreißig Jahre

Dem Kind, das am 27. Mai 1890 geboren wurde, gab man den Namen Juan Ranulfo. Der Vater war ein spanischer Händler, der bereits seine zweite Familie gründete, Francisco Escudero y Espronceda, 44 Jahre alt, geboren in Torrelavega, Provinz

Santander. Seine Mutter, Doña Irene Reguera, kam aus Ometepec in Guerrero und war 14 Jahre jünger als ihr Mann. Doch diesen Altersunterschied glich sie durch eine eigentümliche Stärke und Derbheit aus, wozu unter anderem gehörte, daß sie Zigarren rauchte.

Die Paten von Juan Ranulfo Escudero Reguera waren zwei spanische Händler, Freunde der Familie: Rufino de Orve und Ernesto Azaola. Ort des Geschehens war der Hafen von Acapulco, jenes tropische, mexikanische Paradies, von Gottes Hand geschaffen, nun aber im eisernen Griff einiger Menschen.

Juan R. wuchs in einer wohlsituierten Familie auf, die in Rio Grande und Las Palmeras Grundstücke, Häuser und einen Stoff- und Lebensmittelhandel besaß. Er war der Sohn eines jener vielen *Gachupines* (Jahre später soll der Vater von Juan, um sich von Seinesgleichen abzuheben, einmal gesagt haben: »Deine Feinde sind *Gachupines*, ich aber bin Spanier«), jener ländlichen und wenig intellektuellen Iberer, die im Lauf des Jahrhunderts ins neue Land gekommen waren, um »in Amerika Geld zu machen« – auf der Basis von viel Schweiß, einem 14-Stunden-Arbeitstag im Kontor, primitiver Schläue im Geschäftlichen (das hieß: billig einkaufen und nicht zu teuer verkaufen) und skrupelloser Ausbeutung von Verwandten und Angestellten. Sie träumten davon, sich zu bereichern und zurückzukehren, um in ihrem Heimatdorf eine Kirche zu errichten, die ihren Ruhm verewigen würde, und auf ihrem Herrensitz eine Palme zu pflanzen, die an »Amerika« erinnern würde. Ganz der Sippe verhaftete Menschen, die in nahezu all ihren Gepflogenheiten rassistisch waren, mit Ausnahme der sexuellen und finanziellen.

Francisco Escudero aber war ein ehrenwerter Mann, obwohl er Händler und Spanier war und in Acapulco lebte (wie wir noch sehen werden, ist diese Eigenschaft durchaus erstaunlich). Juan R. war der erstgeborene Sohn aus dieser Ehe, dem später noch Maria, Fulgencio, Francisco und Felipe folgen sollten.

Ab seinem siebten Lebensjahr besuchte Juan die Realschule, und es heißt, in seiner Ausbildung habe der Humanismus eines bestimmten Lehrers, Eduardo Mendoza, eine besondere Rolle gespielt.

Escuderos Biograph Alejandro Martínez berichtet:

»Wenn er seine Freunde nach Hause begleitete, bekam er die Armut dieser Haushalte direkt zu spüren. Er sah, wie sie nahezu alle auf dem nackten Boden auf Palmblattmatten schliefen. Er sah die schlecht bekleideten, unterernährten Kinder. Er sah mit an, wie Kranke starben, weil sie kein Geld hatten, um die notwendigen Arzneimittel zu kaufen.«

Als Heranwachsender wurde er von seinem Vater zum Studium nach Oakland, Kalifornien geschickt. Ein ungewöhnlicher Schritt in einer Welt, deren Sitten für die Erstgeborenen lediglich ein rudimentäres Buchhaltungsstudium vorsahen, damit sie möglichst schnell das Familiengeschäft übernehmen konnten. Seltsamerweise fiel es einer wohlhabenden Familie damals leichter, ihre Kinder zum Studium an die Westküste der Vereinigten Staaten zu schicken als nach Mexiko-Stadt, wohin es keine Straßenverbindung gab. Escudero besuchte zunächst das Saint Mary's College und machte dann eine Lehre als Elektriker.

Die Historiker, die seinen Lebensweg verfolgt haben, sind sich uneins über die genauen Jahre seines Aufenthalts in den USA. Einige datieren ihn auf 1907 bis 1910, andere behaupten, er sei bereits 1907 aus gesundheitlichen Gründen nach Mexiko zurückgekehrt.

Es ist schwer zu sagen, ob er in jenen Jahren persönlich Ricardo Flores Magón kennenlernte, den Mann, der mit einer einzigartigen Kombination aus Anarchismus und Agrarismus – dem Eintreten für eine Agrarreform – den Kampf gegen die Diktatur Porfirio Díaz' organisierte und aus dem Exil eine intensive Propaganda betrieb.

Doch unabhängig davon, ob er nun direkten Kontakt mit den Magonisten hatte oder nur indirekt unter ihrem Einfluß stand, hatte Juan R. bei seiner Rückkehr nach Acapulco beschlossen, mit seiner Vergangenheit als Sohn eines spanischen Händlers zu brechen – und mit allem, was dies in der Hafenstadt implizierte.

Kurz nach seiner Ankunft baute er ein Motorboot, das er in Erinnerung an Adelina Lopetegui, eine ehemalige Geliebte, *La Adelina* taufte. Er organisierte Bootstouren zur nahegelegenen Insel *La Roqueta* und arbeitete beim Entladen der Frachtschiffe mit. So kam er mit Fischern und Stauern in Kontakt und begann diese zu organisieren, was in den ersten Monaten des Jahres 1913 zur Gründung der »Liga der Arbeiter an Bord der Schiffe und zu Lande« führte. Diese kämpfte für den Acht-Stunden-Tag, für Lohnerhöhungen, den arbeitsfreien Sonntag, wöchentliche Bezahlung in nationaler Währung und für Schutzmaßnahmen gegen Arbeitsunfälle.

Darüber hinaus legte Juan sich mit den nordamerikanischen Arbeitsvermittlern an, die Leute aus Acapulco für die Kaffee-Ernte in Chiapas anheuerten und sehr niedrige Löhne boten. Er forderte einen Mindestlohn von drei Pesos täglich und begründete damit eine starke Bewegung.

Seine Arbeit als Gewerkschaftsgründer machte ihn zum Widerpart des Handelsmonopols, das den örtlichen Militärchef Silvestre Mariscal veranlaßte, Escudero 1915 aus Acapulco zu verbannen.

1915 bis 1918 lebt Juan R. als Exilant, zwar im eigenen Land, doch außerhalb der eigentlichen Heimat. Von Acapulco reist er nach Salina Cruz. Monatelang versucht er bei Venustiano Carranza vorzusprechen, der siegreich aus den Flügelkämpfen der Mexikanischen Revolution hervorgegangen war. Juan hatte eine Denkschrift verfaßt, in welcher er verlangte, daß eine staatliche Finanzierung es den Gewerkschaften künftig ermöglichen sollte, den Vertrieb von Grundnahrungsmitteln zu übernehmen und dadurch zu verhindern, daß das *Gachupín*-Monopol die gesamte Bevölkerung und sogar die Armee verhungern ließ. Er verlangte die Enteignung von Grund und Boden, um außerhalb der Stadt eine Arbeitersiedlung zu gründen, wo jeder Arbeiter eine eigene Parzelle bebauen könnte und sie sich bei der landwirtschaftlichen Tätigkeit gegenseitig unterstützen würden. Die Gründstücke sollten innerhalb von fünf Jahren abbezahlt und mit einem Besitztitel versehen werden, der sie unverkäuflich machte, weil sogar die erbärmlichen Hütten der Arbeiter am Hafen sich im Besitz der spanischen Handelshäuser befanden und diese sie ihnen deshalb sehr leicht wegnehmen konnten. Ferner forderte er einen Versammlungsraum, um Treffen abzuhalten, der gleichzeitig als Büro, als Schule, als Theater und als Kinosaal genutzt werden würde.

Doch er wird bei Carranza nie vorgelassen werden.

Also reist er weiter nach Mexiko-Stadt, wo er sich mit seinem Bruder Fulgencio trifft. Er arbeitet als Parkwächter, nimmt mit den Anarchisten Verbindung auf und verbringt seine Nachmittage in der *Casa del Obrero Mundial.* Dann bricht er nach Veracruz auf und führt von dort aus einen Briefwechsel mit Ricardo Flores Magón. Später lebt er in Tehuantepec, wo er als Gerichtsschreiber arbeitet. Dort macht er sich mit der Rechtsprechung der damaligen Zeit vertraut und studiert gründlich die jüngst in Kraft getretene Verfassung von 1917. Im August 1918 kehrt er nach Acapulco zurück.

Seine ganze Wanderschaft steht im Zeichen der erhofften Rückkehr. Er hat sich vergeblich um die Unterstützung der siegreichen Revolutionäre für sein Projekt bemüht und ist mit den Gewerkschaftsorganisationen in Berührung gekommen. Das Land bietet dem jungen Escudero in diesen turbulenten Jahren mehr als genug Möglichkeiten, sein Leben zu gestalten – doch der hat noch eine Schuld zu begleichen. Als Juan R. in die Hafenstadt zurückkehrt, ist er noch keine dreißig Jahre alt.

Die Herren des Hafens

Anfang der zwanziger Jahre des 20. Jahrhunderts ist die Unterdrückung der Küstenbevölkerung durch die ausbeuterische Herrschaft der Spanier von Acapulco nahezu total. Drei große Konsortien kontrollieren das wirtschaftliche Leben der Stadt und der an den Hafen angrenzenden Pazifikküste: Das Handelshaus Alzuyeta & Co., das paradoxerweise 1821, im Jahr der nationalen Unabhängigkeit, gegründet worden war; B. Fernández & Co., gegründet zwischen 1824 und 1826, und schließlich Fernández Hermanos (La Ciudad de Oviedo), das 1900 entstand. Die Besitzer des ersteren sind Basken, die der zwei anderen Asturier (die nicht miteinander verwandt sind). Firmenleiter sind Marcelino Miaja (B. Fernández & Co.), Jesús Fernández (Fernández Hnos.) und Pascual Aranaga (Alzuyeta & Co.).

Im Verlauf eines Jahrhunderts hatten sich diese Handelshäuser, die den Vertrieb der nach Acapulco importierten Güter kontrollierten und ein Monopol auf den Export von landwirtschaftlichen Produkten besaßen, zu einem komplexen monopolistischen System entwickelt. Ohne sich den Besitz der Einheimischen unmittelbar anzueignen, kontrollierten sie eisern die Industrie, den Groß- und Kleinhandel, den Transport auf dem Land- und Wasserweg, die Transaktionen im Hafen, den An- und Verkauf von landwirtschaftlichen Produkten, den Fischfang und auch die meisten Dienstleistungen wie Banken, Versicherungen und das Telegrafenwesen. Auf diese Art und Weise hatten sie die Macht über die Staatsbeamten: Bürgermeister, Zollbeamte und die Befehlshaber des regionalen Militärbezirks.

Die *Gachupines* kontrollierten nicht nur die Hafenstadt, sie praktizierten auch eine haarsträubende Form der Herrschaftsausübung, die auf Gewalt, Rassismus, wirtschaftlichen Druck, Betrug, Intrigen und Verbrechen gegründet war.

Das Monopol machte sich vor allem die extreme Abgeschiedenheit der Hafenstadt zunutze. Auf dem Landweg gab es nur einen traurigen Feldweg nach Chilpancingo, auf dem die Reise mit dem

Maultiertreck eine Woche dauerte, und das bei brütender Hitze und unter großen Gefahren. Auf dem Seeweg verbanden regelmäßige Passagierdampfer Acapulco mit Salina Cruz und Manzanillo.

Unzählige Male verhinderten die drei Firmen, in deren Kassen ein Großteil des Transportgeschäfts per Maultier floß, den Bau der Straße von Mexiko-Stadt nach Acapulco. Sie bestachen die von der Zentralregierung ausgesandten Ingenieure und Techniker, die Erkundungen über die Möglichkeiten eines solchen Bauprojekts einholen sollten. Auch die Schiffe und Navigationsrouten unterlagen den Interessen der Konsortien, denen die kleinen Flotten gehörten. Sie hatten jegliche Konkurrenz bereits im Ansatz ausgeschaltet, indem sie beispielsweise Kapitäne bestachen, um mexikanische Schiffe stranden zu lassen. Zwanzig Jahre lang hatten sie ihre Alleinherrschaft über den Seetransport aufgebaut, wobei sie nicht davor zurückschreckten, die Schiffe ihrer Konkurrenten zu zerstören, wie im Fall von Humberto Vidales, dessen Neuntonner *El Progreso* und dessen Sechstonner *La Otilia* von ihnen versenkt wurden.

Acapulco war damals aufgrund eines Beschlusses der Ausbeuter, die als einzige Boote und Schuten besaßen, ein Hafen ohne Mole. Die totale Kontrolle über das Ver- und Entladen der Fracht ermöglichte es ihnen, die Ankunft von Gütern zu verhindern, die ihr Monopol aufgeweicht hätten. Das Entladen von Schiffen unter ausländischer Flagge, deren Heimatreedereien von den *Gachupines* vertreten wurden, wurde ausschließlich von Schuten vorgenommen, die an den Strand fuhren, wo dann von Arbeitern der drei Handelshäuser, denen das Wasser dabei bis zum Hals stand, ein zweites Mal entladen wurde. Um ihr Monopol zu festigen, verzögerten die Firmen das Entladen fremder Güter auf unbestimmte Zeit, bis diese schließlich verdarben.

Jahre später schrieb Isáias L. Acosta, Berichterstatter des Präsidenten Alvaro Obregón, in einem Report: »Wenn irgendein knappes Grundnahrungsmittel ankommt, wie Mais oder Mehl, löschen sie zuerst ihre eigene Fracht, und erst wenn sie einen Teil zu einem guten Preis losgeschlagen haben, löschen sie die der anderen.«

Die Stauer, die Juan Escudero als erste organisierte, bekamen Hungerlöhne: Es gab weder Zuschläge für Nachtarbeit noch einen arbeitsfreien Sonntag oder irgendein Schutz vor Arbeitsunfällen. Die Handelshäuser mischten sich auch in den Kleinhandel der Hafenstadt ein, indem sie den Kleinhändlern, die sie mit ihren Waren belieferten, Kredite gaben und sie so zu ihren Schuldnern machten.

Die Kontrolle über die Lagerbestände in Pie de la Cuesta erlaubte ihnen, den Preis für Mais, Bohnen, Mehl und Butter festzulegen. Nur die Verbündeten des dreifachen Konsortiums, die ihm als Komplizen und Handlanger dienten, konnten sich dieser Situation entziehen: Die Gebrüder Nebrada oder der spanische Konsul Juan Rodríguez, der *Gachupín* und Apotheker Dr. Butrón, die Gebrüder San Millán, denen das Kino und eine Kneipe gehörten, der Händler Antonio Pintos, der ein Teilhaber von B. Fernández war, und der Drucker und Ex-Bürgermeister Muñúzuri.

Darüber hinaus besaß das Konsortium einige Bäckereien, Lebensmittelgeschäfte, die Gesamtheit der Maismühlen, die Fleischereien, ein paar Stoffgeschäfte, einen Teil der Druckereien und Papierläden und verschiedene Kneipen.

Diese Kontrolle über den Kleinhandel wurde in den umliegenden landwirtschaftlichen Zonen durch ein Netz von Mittelsleuten ergänzt, die dazu dienten, die Ernten zu Dumpingpreisen aufzukaufen, überteuerte Lebensmittel loszuschlagen, Schulden einzutreiben und Tagelöhner anzuheuern.

Die Handelshäuser besaßen Haziendas wie San Luis y Anexas, Aguas Blancas, El Mirador und La Testadura und unterhielten freundschaftliche Beziehungen zu anderen spanischen Großgrundbesitzern, wie den Brüdern Garay, Ramón Solís, Ramón Sierra Pando, den Brüdern Guillén, den Brüdern Nebreda und Pancho Galeana (der zusätzlich das Baugeschäft am Hafen betrieb).

Seit der Jahrhundertwende expandierten die *Gachupín*-Händler neben dem An- und Verkauf zusätzlich in der Landwirtschaft und kauften ausgedehnte Ländereien an der Costa Chica und der Costa Grande auf, bis sie sich zu Großgrundbesitzern gemausert hatten. Dies ist eine dieser typischen Geschichten von Verbrechen und Vertreibungen, für die es nur allzu viele Beispiele gibt, wie den geheimnisvollen Tod des reichen Mannes aus Copala, Macario Figueroa, oder den Diebstahl der Hazienda von Francisco Rivera, der in jenen Jahren viel Aufsehen erregte.

Wenn ihre Beziehungen zu den alteingesessenen Grundbesitzern schon so aussahen, so waren die zu den landlosen Bauern noch wesentlich vergifteter – sie ließen ihnen keinen anderen Ausweg, als sich als Kleinpächter zu verdingen.

Alejandro Martínez berichtet: »Da sie den Pachtzins nicht in klingender Münze bezahlen konnten, mußten sie nach der Ernte die Hälfte der Erträge abliefern. Die *Gachupines* stellten Saatgut und altes Werkzeug zur Verfügung, sowie Lebensmittel und alles, was für den Anbau benötigt wurde. Den Preis für all das rechneten sie auf die künftige Ernte an. Mit diesem erbarmungslosen System [...] blieb dem Bauern nicht einmal ein Viertel des geernteten Ertrags.«

Außerdem wurden die Bauern gezwungen, zu säen, was für die Handelshäuser günstig war. Auf der Hazienda El Arenal beispielsweise wurden sie gezwungen, bereits ausgesäten Sesam wieder zu vernichten, um Baumwolle anzupflanzen.

Auch die Fischer wurden von den *Gachupines* unterjocht: Die Angelschnüre und -haken, der Proviant und sogar die Kanus wurden von ihnen verpachtet, und als Gegenleistung mußten sich die Fischer verpflichten, den Besitzern den gesamten Fang zu verkaufen. Die Versorgung von Farmen und Dörfern mit eingesalzenem Fisch sicherte den Absatz der Meeresprodukte, die zu minimalen Kosten erworben worden waren.

Obendrein besaßen die Spanier alle sechs Fabriken der Umgebung: die Textilfabriken von El Ticui und Aguas Blancas, die sie errichtet hatten, um die Baumwolle aus dem erzwungenen Anbau zu verarbeiten. La Especial, eine Seifenfabrik zur Verarbeitung der großen Kopra-Mengen, auf die sie bereits das Monopol hatten. Und noch weitere drei Fabriken, die mithilfe eines Kommandit-Systems betrieben wurden, d.h. mit dem Geld von Spaniern, die auf der iberischen Halbinsel lebten, das aber von den drei Handelshäusern verwaltet wurde, die ohnehin schon ganz Acapulco besaßen.

In den Handelshäusern selbst war die Lage auch nicht besser: Die Angestellten arbeiteten zwölf Stunden täglich, auch an den Sonn- und Feiertagen, und verdienten 50 Centavos am Tag – die Hälfte des Mindestlohns, der in anderen landwirtschaftlichen Gegenden des Landes üblich war.

Diese Verhaltensweisen, diktiert durch die unerbittlichen Gesetze der kapitalistischen Barbarei, weisen Züge einer Boshaftigkeit auf, wie sie in keinem Dickens-Roman besser beschrieben sein könnte. Die Unersättlichkeit der *Gachupines* verleitete sie dazu, Konkurrenten und selbst ehemalige Verbündete blutig zu verfolgen. So trieben sie die Tochter ihres altgedienten Strohmanns Cecilio Cárdenas in den Wahnsinn. Dieser war ohne Testament verstorben und hinterließ seiner Vicenta drei Häuser, von denen sie jedoch dank des langen Arms des spanischen Monopols nicht einmal die Grundmauern zu sehen bekam. Dasselbe versuchten sie mit ihrem ehemaligen Partner Butrón, dem sie eine in Geldscheinen geschuldete Summe auf Gold umschrieben, so daß er für den

Wertverlust des Geldes aufkommen mußte, das sich im Lauf der Revolution in Altpapier verwandelt hatte. Und ebenso ungerührt setzten sie die Witwe von Victorio Salinas unter dem Vorwand einer alten Schuld, die längst beglichen worden war, auf die Straße.

Ein gutes Beispiel für ihre Tricks ist auch die Geschichte eines Kleinhändlers, der mit seinem Maulesel und einer Ladung Stacheldraht den weiten Weg aus Michoacán gekommen war und versuchte, den Draht auf dem freien Markt zu verkaufen. Als er sich weigerte, ihn billig an die *Gachupines* abzutreten, brachten sie Stacheldraht aus ihren eigenen Lagerbeständen zum halben Preis auf den Markt. Der Mann war ruiniert.

Die einmal erlangte Macht wurde zum Lebensstil, Reichtum zu Despotismus, die Monopolstellung zu Hochmut, Rassismus und krankhaftem Wucher. Sie weigerten sich, telegrafische Zahlungsanweisungen einzulösen, und setzten so das zu jener Zeit übliche Kreditsystem außer Kraft; manipulierten die Versicherungsgesellschaften, für die sie die Vertretung übernommen hatten; änderten den Feiertagskalender dahingehend, daß in der Hafenstadt anstelle des Unabhängigkeitstags, des 16. Septembers, der 8. September zum Feiertag wurde – der Tag der asturischen Jungfrau von Covadonga; erhoben den prospanischen Iturbide anstelle des Pfarrers Hidalgo zum Vorkämpfer der Nation. Sie behielten das Colegio Guadalupano bei, wo Religion unterrichtet wurde, und an den Gedenktagen wurde anstelle der mexikanischen die spanische Nationalhymne gespielt.

Die Strohmänner der drei Handelshäuser, die mit der Zeit *Pro-Gachupinisten* genannt wurden, gaben sich in der Kommune, in der Justizverwaltung und beim Zoll die Posten in die Hand. Nacheinander wurden der Gutsbesitzer Nicolás Uruñuela, der Ladenbesitzer und Buchdrucker Muñúzuri, der Teilhaber an B. Fernández namens Antonio Pintos, der Gachupín-Arzt Butrón und der Peruaner H. Luz von den drei Handelshäusern als Bürgermeister ins Rathaus berufen. Auch die Befehlshaber des örtlichen Militärs standen unter der Kontrolle der Spanier, und zwar ganz unabhängig davon, welche Fraktion im ganzen Land gerade das Sagen hatte: Das galt für den huertistischen Oberst Mariscal genauso wie für den Carranzisten Villaseñor und die beiden Obregonisten Flores und Crispín Samano. Keine der revolutionären Umwälzungen vermochte dem klingenden Gold der Bestechung standzuhalten.

Für die Schwarzgelder hatten die Alzuyetas und die Fernández ein eigenes Konto namens »Der Totenkopf« eingerichtet, welches zur Finanzierung von Bestechungen und zur Bezahlung gedungener Mörder diente, sowie dazu, die Kosten von Dumping-Aktionen zu decken und den Kampf gegen kleinere Widersacher wie die libanesischen Händler am Hafen zu bezahlen.

Sie kontrollierten die staatlichen Stellen nahezu vollständig: Nicht nur die Bürgermeister und Gemeinderäte wurden von ihnen bestimmt, sondern auch die Hafenpolizei stand auf ihren Gehaltslisten.

Es war eine isolierte und in sich abgeschlossene Gesellschaft, die sich, wenn überhaupt, dann auf den Abgrund zubewegte, die Einheimischen Unterdrückung und Rassismus täglich spüren und jeden Fortschritt undenkbar erscheinen ließ. Der Horizont des einfachen Volks war eng begrenzt, er ließ angesichts von Gewalt und Privilegien nur den Blick auf ein Leben in Ohnmacht frei. Für die kleinen Händler gab es in einer Gesellschaft, die der Willkür des Monopols ausgeliefert war, keine Aussicht auf Veränderung. Für diejenigen, die vom Handel abhängig waren, bot die Struktur, in der die wichtigen Posten alle mit *Gachupines* und Schützlingen der Herren besetzt waren, keinerlei Aufstiegschancen. Wenn Stellen frei wurden, weil diese Leute mit einem kleinen Vermögen in ihre Heimat zurückkehrten, wurden sie mit Neuankömmlingen besetzt, die außer ihrer spanischen Herkunft keine weiteren Referenzen mitbrachten. Für Handwerker und Arbeiter, für Tagelöhner und Kleinbauern, die der Bodenspekulation ausgeliefert waren, war der Aufstand die einzig mögliche Zukunft.

Als Juan R. Escudero eines Tages Mitte des Jahres 1918 in der Hafenstadt ankommt, ist die mexikanische Revolution schon so gut wie beendet. Noch weiß er nicht, daß sein Entschluß, die Gesellschaft, die ihn verstoßen hatte, zu verändern, zum Werkzeug einer gesellschaftlichen Kraft werden wird, die zwar verborgen und untergründig, deshalb aber nicht weniger gewalttätig ist und deren Möglichkeiten und Grenzen er noch nicht erprobt hat. In Juan R. wird das korrupte Paradies von Acapulco die Stimme finden, die das Schweigen bricht.

Von Tom Mix zum Roten Rathaus

Weder Zeitzeugen noch Historiker können sich darauf einigen, welcher Film damals gezeigt wurde, sie sind sich nicht einmal einig darüber, wer die Hauptdarsteller waren. Während die einen die Liebe der Einheimischen zum Cowboy Tom Mix für den prallgefüllen Kinosaal im *Salón Rojo* in jener Januarnacht des Jahres 1919 verantwortlich machen, sagen die anderen, dieser Erfolg gehe auf das Konto von Eddy Polo. Doch alle stimmen darin überein, daß Escudero, der einen Sitzplatz im Parkett belegte, in einer Filmpause plötzlich aufstand und eine Ansprache an die Anwesenden hielt, in welcher er sie aufrief, sich gegen die ausbeuterischen *Gachupines* zu organisieren. Juan hatte das Pech, daß die Besitzer des Kinos *Salón Rojo,* Maximino und Luciano San Millán, selbst *Gachupines* waren und sich angesprochen fühlten, weshalb sie die Ordnungsmacht riefen. Unterdessen aber beklatschte das Publikum den Redner, der, als die Gemüter richtig erhitzt waren, zur Gründung einer Partei der Arbeiter aufgerufen hatte.

Eine erste Beschreibung der Person, die sich auf die Angaben von Zeitzeugen und auf das einzige Foto stützt, das ich von Juan kenne, zeichnet ihn als einen gemessen am Durchschnitt von Acapulco hochgewachsenen Mann: ein Meter achtzig. Er hat einen Schnurrbart mit ausladenden Spitzen, große Koteletten, krauses Haar, eine helle, aufgrund einer Malariaerkrankung gelblich verfärbte Haut, glänzende Augen, lacht gerne und redet noch lieber, mit metallisch klingender Stimme.

Der Polizeieinsatz gegen Escudero hatte zur Folge, daß seine frisch gewonnenen Anhänger herbeistürzten, um ihn zu schützen – und der Kinoabend endete in einer Schlägerei.

Wie es scheint, hat Juan Escudero in dieser ersten Phase seiner politischen Organisierungsarbeit das Kino noch öfters in einen Versammlungsort verwandelt. Mehrmals soll er von den Soldaten der benachbarten Kaserne unter Einsatz von Gewehrkolben aus dem *Salón Rojo* vertrieben worden sein – Soldaten, die die Militärbehörden den Wirtschaftsbossen von Acapulco untertänig zur Verfügung stellten. In dieser Phase war Escudero ein Überraschungsredner, der noch kein eigenes Publikum hatte. Auch eine Gedenkfeier zu Ehren von Benito Juárez, an der ein Großteil der Bevölkerung teilnahm, funktionierte er in eine Werbeveranstaltung für sein Organisierungsprojekt um.

In der extrem angespannten, klassenkämpferischen Atmosphäre, die im Jahr 1919 die Hafenstadt prägte, sprach Escudero den Leuten aus dem Herzen. So enstand am 7. Februar desselben Jahres die Arbeiterpartei von Acapulco (*Partido Obrero de Acapulco* – POA).

Juan scharte für dieses riskante Projekt eine Gruppe furchtloser Männer um sich, zumindest hatten sie weniger Angst als alle anderen. Entweder hatten sie schon alles verloren, oder sie hatten keine Angst, es zu verlieren. Es handelte sich um seine beiden Brüder Francisco und Felipe, die Schmiede Santiago Solano und Sergio Romero, den Tischler Mucio Tellechea, dessen Bruder José, der Angestellter war, die Brüder Diego, die als Stauer arbeiteten, den Schuster Ismael Otero, den Justizbeamten und Dichter Lamberto Chávez, den Angestellten Pablo Riestra, die Brüder Dorantes, Camerino Rosales, Crescenciano Ventura, Martiniano Díaz, E. Londe Benítez, Julio Barrera und Juan Pérez.

Wie immer, wenn eine Geschichte sich in einen volkstümlichen Mythos verwandelt, kursieren tausendundeine Version über die Frage des Ortes, an dem die Gründungsversammlung der Arbeiterpartei von Acapulco stattgefunden haben soll:

Es ist die Rede von der Galeanastraße Ecke Straße des Fünften Mai, oder von der Rosendo-Posada-Straße Nummer drei. Andere wiederum behaupten, es müsse in der Hausnummer 27 der Straße des Fünften Mai gewesen sein, wo in jenen Tagen Tacha Gómez lebte, die damalige Geliebte Juans.

Die soziale Basis, auf die sich die neue Gruppe stützte, bestand zum einen aus den Stauern der alten »Liga der Arbeiter an Bord der Schiffe und zu Lande«, die Escudero 1913 gegründet hatte und die unter dem Einfluß der Agitation wieder aufgelebt war. Zum anderen aus Kleinhändlern, die durch das Monopol der spanischen Handelshäuser in die Enge getrieben waren, wie z.B. die Brüder Amadeo und Baldomero Vidales, deren Vater durch die *Gachupines* ruiniert worden war und die nun die POA finanziell unterstützten. Ferner aus 32 Angestellten der Handelshäuser, die spürten, daß es in einer Struktur, wo die besten Stellen unweigerlich mit Spaniern besetzt wurden (die im Hafen ankamen, zu Vertrauten ihrer Landsleute wurden, wie die Ochsen schufteten und dann mit einem kleinen Vermögen wieder abreisten), keine Aussicht auf Verbesserung und Aufstieg gab. Und schließlich aus unabhängigen Handwerkern, Staatsbediensteten der unteren Verwaltungsebene und einigen Kleinbauern.

Das Gründungsprogramm der POA enthielt die Forderungen, die allen gemeinsam waren, und bewegte sich im Grunde in den Grenzen der erst vor kurzem verabschiedeten Verfassung von 1917, die in der Praxis schon nicht mehr eingehalten wurde (daß die Regierung sich nicht an die Verfassung hält, ist eine Tradition, die auch in den achtzig darauffolgenden Jahren weitergeführt wurde, wenn der Autor dieser Geschichte sich recht entsinnt):

1. Angemessene Bezahlung für den Arbeitstag
2. Einhaltung der Menschenrechte
3. Reformierung der Behörden
4. Beteiligung an Wahlen
5. Einführung des Acht-Stunden-Tags
6. Förderung des Bildungswesens
7. Landbeschaffung für die Bauern
8. Einleitung der für den Bau der Straßenverbindung Mexiko-Stadt/Acapulco notwendigen Schritte
9. Durchführung einer energischen Gesundheitskampagne.

Ein solches Programm erlaubte auf lange Sicht die Bündelung nahezu aller sozialen Kräfte der Hafenstadt, mit Ausnahme der Besitzer der großen Handelshäuser und ihrer direkten Untergebenen, d.h. der zivilen und militärischen Behörden von Acapulco. Juan R. Escudero wurde zum Parteivorsitzenden ernannt, und die Organisationstätigkeit begann.

Wenige Monate später wurde *Regeneración* gegründet, ein kleines Blatt von zwei und zuweilen auch vier Seiten, das üblicherweise sonntags, in angespannten Zeiten zusätzlich donnerstags, in Umlauf gebracht wurde. In diesem Blättchen wurden nicht nur die Interessen der Großhändler heftig angegriffen, sondern zuweilen auch sie persönlich. Bei einer Einwohnerschaft von weniger als sechstausend Leuten war der Einfluß von *Regeneración* deutlich spürbar.

Benannt war die Zeitung nach ihrer großen Schwester, dem magonistischen Zentralorgan, welches Juan Escudero kennengelernt und bewundert hatte. Hergestellt wurde sie auf einer kleinen Druckmaschine, die in den USA für 90 Dollar gebraucht gekauft worden war. Keine der Druckereien in der Hafenstadt hätte sie gedruckt, da sich alle im Besitz der Großhändler befanden. Den Kopf des Blattes schmückten Parolen wie: »Für die Verteidigung der Rechte des Volkes« oder »Gegen Mißbrauch«, »Arbeit für das Volk, Arbeit für das Vaterland«, oder »Für Wahrheit und Gerechtigkeit«. Es kostete zwei Centavos (später wurde der Umfang auf vier Seiten und der Preis auf fünf Centavos erhöht).

Die Stärke von *Regeneración* lag in der Heftigkeit ihrer Anklagen und dem prägnanten Stil, in dem sie verfaßt waren. Beschimpfungen und Flüche, Drohungen und Schmähreden nahmen breiten Raum ein. Aber ihr eigentliches Geheimnis war eine Gruppe von Mitarbeitern, die Juan R. Escudero zusammengestellt hatte, eine Gruppe von Kindern, die gerade die Grundschule abgeschlossen hatten und dafür sorgten, daß die Wochenzeitung selbst die letzte Ecke von Acapulco erreichte.

Alejandro Gómez Maganda, damals eines dieser Kinder, erinnert sich: »Unter den Jungs, die mit ihm zusammenarbeiteten, befanden sich Jorge Joseph, Gustavo Cobos Camacho, Ventura Solís, Mario de la O, Juan Matadama und der Autor. Wir setzten die Schrifttypen für die Wochenzeitung, halfen beim Druck, trugen Kurznachrichten zusammen und riefen das Blatt in den Straßen aus. Der Pförtner des Hauses war ein treues Waisenkind namens Cleofas.«

Regeneración war zwar klein von Format, aber dafür war ihr Inhalt vielseitig und kämpferisch. Sie enthüllte schmutzige Geschäfte, wies auf Fehler hin, nannte Rechtsbeuger, Abtrünnige und Überläufer beim Namen. Sie forderte Gerechtigkeit und attackierte die korrupten Militärs und Politiker, die ihre käuflichen Dienste feilboten. Sie gab der Bevölkerung Ratschläge für die Regelung ihrer Angelegenheiten, und klärte sie über ihre Rechte und Pflichten auf. Sie setzte der konformistischen, selbstmörderischen Tatenlosigkeit ein Endeund rief die Leute auf, zu den Wahlurnen zu gehen, um danach die Erfüllung des Wählerwillens hartnäckig einzufordern.

»Wir Kinder stoben immer wie ein nicht aufzuhaltender Schwarm auseinander, und dann hörte man nur noch den Ruf erklingen:

›*Reeeegeneración* für fünf Centavos!‹

Die Leute rissen uns die Ausgaben buchstäblich aus den Händen. Sie lachten über die Ironie des Meisters, waren angesichts seiner Mißgeschicke betrübt und begeisterten sich für seinen unversöhnlichen Schlachtruf:

›*Reeeegeneración* für fünf Centavos!‹«

Das Projekt Escuderos war auf drei Grundpfeilern aufgebaut: der Arbeiterpartei Acapulcos, der Liga der Arbeiter an Bord der Schiffe und zu Lande, und der *Regeneración*. Nach und nach nahm es Gestalt an, und es kam zu den ersten Zusammenstößen zwischen der organisierten Massenbewegung und ihren Ausbeutern.

Aufgrund der Mißhandlung der dort beschäftigten Arbeiter führte Escudero eine Kampagne gegen Emilio Miaja, den Verwalter der Textilfabrik El Ticui und Chef von B. Fernández y Cía. Der despotische Geschäftsführer hatte nicht davor zurückgeschreckt, das Ufer des Kanals, aus dem die Fabrik gespeist wurde, zu verseuchen, damit die Dorfbewohner dort kein Wasser mehr holen konnten. Die Kampagne war erfolgreich: Antonio Fernández Quiroz, einer der Besitzer des Unternehmens, ließ Miaja durch einen anderen Verwalter ersetzen.

Im Laufe des Jahres 1919 organisierte Escudero in der Seifenfabrik La Especial in der Nähe von Acapulco einen Streik. Es wurde um eine Lohnerhöhung von 75 Centavos täglich auf 1,25 Pesos gekämpft. Der Streik in diesem Unternehmen, das den Handelshäusern gehörte, hielt sieben Tage einem enormen Druck stand. Als die Militärbehörden kurz davor waren, einzugreifen, lautete die Antwort der Arbeiter: »Macht was ihr wollt, aber hier rührt sich keiner vom Fleck, bevor wir 1,25 Pesos erreicht haben.« Als die Woche vorbei war, gaben die Besitzer nach.

Einfluß und Mitgliederzahl der Partei wuchsen, und Escudero war überall gleichzeitig. Er trug stets eine Ausgabe der Verfassung von 1917 bei sich, aus der er eifrig zitierte. Wie eine biblische Gestalt trug er das Wort von einem Ort zum andern, mischte sich in Gesprächsrunden ein, tauchte an den Stränden auf oder beim Auslaufen der Fischerboote. Auf diese Weise fanden sich neue Gruppen zusammen, und Freundschaften wurden geschlossen. Langsam wuchs die Organisation, und der Mitgliedsbeitrag von 25 Centavos pro Person füllte die ärmliche Parteikasse.

Als die Basis in der Stadt stabil genug war, wandte sich Juan den ländlichen Gebieten zu. Zu Pferd wanderte er nach Norden und Süden die Küste entlang, brachte seine Anklagen vor und rief die Bauern auf, sich zu organisieren. Er stützte sich dabei auf die kümmerlichen Rechtsmittel der damaligen Zeit, die er sich am Gericht von Tehuantepec angeeignet hatte. Seine kostenlose Beratungstätigkeit erstreckte sich auf Titel auf Landbesitz, kollektive Nutzungsrechte und gerichtliche Klagen gegen willkürliche Entlassungen. Seine Tätigkeit hatte zur Folge, daß er mehrfach verhaftet und als Aufrührer angeklagt wurde, daß ihm Bußgelder auferlegt wurden und daß er mehrmals mit dem Tod bedroht wurde.

1920 entschied die POA, anläßlich der Feierlichkeiten zum Ersten Mai den Wahlkampf zu eröffnen, und stellte Escudero als Bürgermeisterkandidaten auf.

Juan R. Escudero wollte die Nominierung zunächst nicht annehmen, da er den Eindruck vermeiden wollte, er habe nur am Aufbau der POA mitgearbeitet, um sie als Plattform für seine persönliche Karriere zu benutzen. Doch er wurde von der Partei gedrängt, die ihn als unangefochtenen Anführer anerkannte und wußte, daß nur er in der Lage war, die Früchte der Anklagen, der Agitations- und

Organisationsarbeit des letzten Jahres in Wählerstimmen umzumünzen. Also ersetzte Tomás Béjar y Ángeles Escudero als Parteivorsitzenden, und S. Solano wurde als sein Stellvertreter gewählt.

Zeitgleich mit dem Wahlkampfauftakt fand auf Bundesebene der Aufstand von Agua Prieta statt, die letzte bewaffnete Auseinandersetzung in der Geschichte der mexikanischen Revolution. Er bedeutete die endgültige Abrechnung zwischen den zentristischen Positionen der Militärbarone und der Rechten des Präsidenten Carranza, nachdem der radikalste Sektor der Revolution nach dem Tod von Zapata und der Niederlage und Isolierung von Pancho Villa bereits kaltgestellt war. In der *Regeneración* ergriff Escudero die Partei Obregóns und der Offiziere aus dem Norden gegen Carranza. Wieder einmal maß er die Wirklichkeit an der Situation in Acapulco: Wenn die Besitzer der Handelshäuser für Carranza waren, mußte die POA die Gegenseite vertreten.

Nach dem Sieg der Anhänger Obregóns ging die POA ein Bündnis mit der *Partido Liberal Constitucionalista Costeño* ein (der auf Guerrero beschränkten Tochter der obregonistischen PLC) und unterstützte die Ernennung Rodolfo Neris zum Gouverneurskandidaten. Im Gegenzug unterstützte die PLC die Kandidatur Escuderos als Vertreter des Distrikts Acapulco im Parlament von Guerrero, und die eines anderen POA-Mitglieds, Tomás Béjar y Ángeles, als seines Stellvertreters. Am gleichen Tag fand in Acapulco eine Demonstration für Neri statt, einen ehemaligen Richter und Demokraten, der mit der POA sympathisierte. Dieser hielt vom Balkon seines Hauses aus eine Rede, in der er sein Grundsatzprogramm verkündete: staatliches Bildungssystem, weniger Steuern, die Förderung der Arbeiterorganisierung, die Verteilung von Gemeindeland an die Dörfer und den Bau neuer Wege.

Im Oktober machte die POA Wahlkampf für Neri und Escudero und führte in der *Regeneración* eine Kampagne gegen Alkoholismus und für die Bekanntmachung der Agrargesetzgebung durch.

Die Kandidatur der POA hatte gute Erfolgsaussichten, doch aus der Perspektive der sozialen Bewegung kam es vor allem auf die Bürgermeisterwahlen von Acapulco an. Mit den Landesgesetzen ließ sich nur wenig ausrichten. In Acapulco aber ging es darum, die *Gachupín*-freundliche und korrupte Verwaltung der Hafenstadt abzulösen, die eine wichtige Stütze für die Herrschaft der Handelshäuser war.

Die Wahlen fanden im Dezember 1920 in einem sehr angespannten Klima statt. Der Wahlkampf der POA hatte viele Arbeiter erreicht, die sich bis dahin an keiner Wahl beteiligt hatten, weil sie der Stimmabgabe angesichts der Lügen und Manöver der lokalen Macht, die ihre Kandidaten in einer Wahlfarce durchdrückte, überdrüssig waren. Der Bürgermeister von Acapulco, Celestino Castillo, versuchte auch diesmal dem Kandidaten der Handelshäuser, Juan H. Luz, zum Sieg zu verhelfen. Dieser war trotz seiner peruanischen Herkunft, die ihm dieses Amt eigentlich verbot, bereits zuvor Bürgermeister gewesen und ein persönlicher Feind Escuderos. Doch das Wunder geschah: Die Arbeiter gingen zu den Urnen und wählten, und zwar mit einem Gesichtsausdruck, der den traditionellen Machthabern nichts Gutes verhieß.

Das Auszählungskomitee, das im Haus von Matías Flores zusammengekommen war, mußte zur Kenntnis nehmen, daß die Kandidaten der POA gewonnen hatten. Es versuchte, den Wahlsieg zu vertuschen (der Bürgermeister wurde indirekt und über die Gemeinderäte gewählt, die durch allgemeine Wahlen bestimmt wurden) und mobilisierte Polizei und Militär. Die Reaktion der Bevölkerung, die bereit war, ihren Sieg zu verteidigen, ließ nicht auf sich warten.

Aus den umliegenden Dörfern, Texca, Palma Sola und La Providencia, hatten die Anhänger Escuderos Hunderte von Zuckerrohrstangen in die Hafenstadt mitgebracht, mit denen die Bevölkerung sich nun den Militärs entgegenstellte. Unter Führung der POA belagerten die Einwohner von Acapulco den Ort, an dem sich die Urnen und das Auszählungskomitee befanden, und erzwangen die Anerkennung des Siegs des Oppositionskandidaten.

Doch mit dem Wahlsieg war es nicht getan. Zwischen dem Wahltag und der Machtübernahme der neuen Rathausbelegschaft wurden zwischen den Helfershelfern der Handelshäuser und der POA noch zahlreiche Gefechte ausgetragen. Am 11. Dezember wäre Escudero beinahe festgenommen worden, weil der Gouverneur einen Haftbefehl gegen ihn unterzeichnet hatte. Juan R. konnte der Verhaftung entgehen, indem er von seinem Widerspruchsrecht Gebrauch machte, und die POA telegrafierte an Obregón mit der Bitte um Schutzgarantien gegenüber den lokalen Militärbehörden. In ihrem Telegramm wies sie darauf hin, daß die Drahtzieher hinter den Unruhestiftern die *Gachupín*-Händler seien. Obregón beschränkte sich darauf, das Telegramm an den Gouverneur von Guerrero und den militärischen Oberbefehlshaber der Region weiterzuleiten, und antwortete der POA, die Zentralregierung sei nicht befugt, in kommunale Wahlstreitigkeiten einzugreifen.

Am 15. Dezember telegrafierte der noch amtierende Bürgermeister Celestino Castillo folgenden Text an den Staatspräsidenten Obregón: »Bestätige hiermit, daß im Bereich Costa Grande dieses Bundesstaates Waffen und Munition entladen wurden, konnte trotz umfangreicher Nachforschungen nichts über ihren Verbleib herausfinden. [...] Stehen im Zusammenhang mit Bolschewisten Juan R. Escudero.«

»Bolschewist« war damals das Schimpfwort schlechthin. Die konservative Presse der Bundeshauptstadt assoziierte dieses Wort in jenen Jahren mit der »roten Verschwörung« russischen Ursprungs, und Kommunisten, Gewerkschaftsagitatoren, spanische oder russische Anarchisten, radikale sozialistische Aktivisten und linke Deserteure aus der US-Armee wurden alle gleichermaßen unter diesem Label subsumiert.

Das Wort »Bolschewist« hielt seinen Einzug in der Kultur. Es wurden Filme herausgebracht wie *Die bolschewistische Klaue*, eine Baseball-Mannschaft, in der die Zeitungsredakteure der Hauptstadt spielten, nannte sich *Der neunte Sowjet*, und es gab eine Arbeiterzeitschrift namens *Der Sowjet.* Als »Bolschewisten« galten die Kommunisten der Bundeshauptstadt, die Anarcho-Kommunisten aus Veracruz, die unter der Leitung von Herón Proal die Prostituierten und die Obdachlosen organisiert hatten, sowie die Aktivisten der Widerstandsligen der Sozialistischen Partei von Yucatán, der Carillo Puerto vorstand. Und für einige hoffnungslos reaktionäre Journalisten waren sogar konstitutionalistische Militärs, die eindeutig gemäßigte Positionen vertraten, »Bolschewisten« – wie Calles, Múgica, Salvador Alvarado, Filiberto Villareal und Adalberto Tejeda.

Der Trick war so plump, daß selbst Obregón einen Tag später antwortete: »Habe Ihre gestrige Botschaft bezüglich Waffen, die angeblich im Hafen ankommen, erhalten. Da diese Regierung das Heer mit neuen Waffen ausstatten will, wäre Ankunft von mehr Waffen und Munition an unseren Küsten nur wünschenswert.«

An demselben 15 Dezember, an dem der Bürgermeister an Obregón telegrafiert hatte, hatte ein Militärtrupp das Haus von Escudero umzingelt und durchsucht, ohne ihn anzutreffen, und verschiedene POA-Mitglieder waren verhaftet worden.

Die POA telegrafierte ein zweites Mal mit der Bitte um Schutz an Obregón und wies darauf hin, daß im Falle der Ermordung Juans in Acapulco ein Aufstand zu erwarten sei. Obregón wollte auch diesmal von der Sache nichts wissen und wiederholte, er sei nicht befugt, in Wahlauseinandersetzungen einzugreifen.

Inmitten dieses Telegrafenkriegs und nachdem der Versuch gescheitert war, Escudero in ein bewaffnetes Komplott zu verwikkeln, nahm die neue Stadtverwaltung von Acapulco am 1. Januar 1921 ihre Arbeit auf. Ismael Otero, Gregorio Salinas, Plácido Ríos, Emigdio García, Jesús Leyva und Maurilio Serrano traten als Gemeinderäte an.

Escudero wurde zum Bürgermeister ernannt. An diesem Tag wehte die schwarzrote Fahne der POA vor dem Rathaus.

Kommunalpolitik und Klassenkrieg

Wenige Tage, nachdem er sein Amt angetreten hatte, legte sich Juan erneut frontal mit den Interessen der *Gachupín*-Händler an.

Seiner Version nach kam er an einer Baustelle des *Gachupín* Pancho Galeana vorbei und ging näher heran, um die Arbeiter nach ihrem Lohn und ihrer Arbeitszeit zu befragen. Vermutlich erläuterte er gerade die verfassungsrechtlichen Grundlagen in bezug auf den längsten erlaubten Arbeitstag, als Pancho Galeana auftauchte (Escudero hatte mit Galeana bereits einen ernsthaften Zusammenstoß gehabt und ihn in der *Regeneración* der Entführung eines Mädchens bezichtigt) und kurzentschlossen die Pistole zog, als er den »Bolschewisten-Bürgermeister« seine Maurer agitieren sah. In Gegenwart der Arbeiter wagte er nicht, noch weiter zu gehen, doch er zeigte Escudero wegen Hausfriedensbruchs an. Escudero erschien bei Gericht, legte Widerspruch ein und stritt mit dem Richter Peniche, der von den *Gachupines* bestochen worden war und sich weigerte, ihn anzunehmen. Escudero zwang ihn, den Antrag zu bearbeiten, obwohl ihn das mehrere Stunden erbitterter Diskussion kostete.

Am 30. Januar führte ein von Oberst Novoa geführter Soldatentrupp mit Gewehr im Anschlag eine Hausdurchsuchung bei dem Volkshelden durch. Glücklicherweise trafen sie ihn nicht an. Juan R. hatte es sich angewöhnt, sein Haus zu unüblichen Zeiten und durch die Hintertür zu verlassen. Unterdessen mußte er ein weiteres Mal Widerspruch einlegen, um einer vom Gouverneur verfügten Festnahme zu entgehen, und zeigte daraufhin diesen, den Hauptwaffenmeister Figueroa und den Richter Ramón Peniche seinerseits wegen Verleumdung an. In einem Telegramm an Obregón, das dieser wiederum mit Nichtzuständigkeit beantwortete, nannte Escudero sie »Diener der *Gachupines*«.

Unterdessen ergriff Juan R. energische Maßnahmen zur Reform der Gemeindeverwaltung. Einer seiner kenntnisreichsten Biographen, Mario Gil, schreibt dazu:

»Die Gemeinde Acapulco existierte eigentlich gar nicht. Bislang war sie ein bloßes Herrschaftsinstrument der Gachupines gewesen. Für die Polizei gab es weder festgelegte Normen noch ein Statut, im Grunde existierte gar keine Polizei (sondern lediglich eine von den Spaniern bewaffnete und bezahlte Gruppe). Die Höhe der Steuern wurde willkürlich festgesetzt. Es gab keine Kassenführung. Die Beamten der Stadtverwaltung wurden nicht bezahlt. Kurzum, es herrschte ein regelrechtes Chaos, welches den Herren der Hafenstadt nützte. Juan setzte für die Gemeinderäte ein Gehalt von fünf und für den Bürgermeister von acht Pesos fest. Er ernannte Polizeibeamte, die künftig aus der Stadtkasse zu bezahlen waren. Er machte seinen Bruder Felipe zum Schatzmeister und verlangte eine Bürgschaft, um die von ihm getätigten Transaktionen abzusichern (diese Bürgschaft gab Escuderos Vater). Er verringerte die Gebühren, die auf dem Markt eingetrieben wurden, und legte 25 Centavos als höchsten Steuersatz fest. Er schuf in den Dörfern Gemeindevertretungen, um den Dorfbewohnern den langen Weg in die Bezirkshauptstadt zu ersparen, wenn sie einen Amtsgang zu erledigen hatten. Er führte eine Kampagne gegen die schlechten hygienischen Bedingungen durch und verlangte von allen Hausbesitzern, vor ihrem Haus zu kehren.«

Von den vier Pesos, die Juan R. in 14 Tagen zustanden, waren zwei für Ausgaben zu Repräsentationszwecken vorgesehen. Er nahm dieses Geld nie in Anspruch, weil ihm seine persönliche Situation erlaube, auf die zusätzliche Bezahlung zu verzichten.

All diese Dinge wurden in einem »Erlaß über Polizei und Gute Regierung« geregelt, der drei Bereiche umfaßte: den Polizeidienst, die Stadthygiene und die Förderung von Wirtschaftszusammenschlüssen zugunsten der Bevölkerung. Die Polizeibeamten durften keinen Alkohol trinken und wurden bei Verstoß entlassen, und es war verboten, daß Verwandte des Kommandanten in derselben Einheit Dienst taten wie er. Die Polizisten mußten die Bürgerinnen und Bürger mit Respekt behandeln, und die Beamten sollten den Behörden auch vor den Mächtigen Respekt verschaffen. Darüber hinaus war Einstellungsvoraussetzung bei der Polizei, lesen und schreiben zu können. Punkt zwei sah vor, daß Hausbesitzer ihre Häuser streichen, die Vorplätze sauber halten, den Müll einsammeln und verhindern mußten, daß Hunde und Schweine frei herumliefen. Und schließlich sollten Produktions- und Verbraucherkooperativen gegründet und Handwerksbetrieben Anreize geboten werden, damit sie billige Produkte erstellten, sowie die Gründung landwirtschaftlicher Siedlungen gefördert werden. Gleichzeitig nahm sich die Stadtverwaltung vor, die zwei Grundprobleme der Gemeinde in Angriff zu nehmen: Das Bildungswesen sollte in Zusammenarbeit mit der Bundesregierung verbessert werden, und die geographische Isolierung sollte durch den Bau einer Landstraße überwunden werden, die die Stadt mit Chilpancingo und damit auch mit der Bundeshauptstadt verbinden würde.

Diese Politik konnte nur Erfolg haben, wenn zwei Grundvoraussetzungen erfüllt waren: Erstens mußte mit der Polizei eine bewaffnete Streitmacht geschaffen werden, die erstmals unabhängig war und sich auch den Interessen der großen *Gachupín*-Händler entgegenstellte. Zweitens mußte der Bürgermeister regelmäßigen und alltäglichen Kontakt mit der Bevölkerung pflegen.

Juan R. hatte sich angewöhnt, jeden Tag die ärmeren Viertel zu durchstreifen. Er hielt mit den Bewohnern ein Schwätzchen, erteilte ihnen Ratschläge in bezug auf Selbstorganisation und Hygiene, erläuterte die neuen Maßnahmen der Stadtverwaltung und brachte die Anwendung des Gesetzes mit Menschlichkeit und Gleichbehandlung in Einklang. Es gibt diesbezüglich eine bekannte Anekdote: Als ein Hund die alte Frau Buenaga biß, habe Juan seinen eigenen Vater als den Besitzer des Tieres verhaften lassen und ihn nicht nur gezwungen, die Kosten der medizinischen Behandlung zu tragen, sondern ihm auch noch ein Bußgeld von hundert Pesos auferlegt. Er habe den Alten so lange hinter Gittern behalten, bis die Buße beglichen war. Eigenartigerweise gibt es eine zweite Version dieser Anekdote, in der das Bußgeld für den Vater 50 Pesos betrug und wegen eines Haufens von Kokosabfällen vor dessen Haustür verhängt wurde. Jedenfalls bekam der alte Escudero den Gleichheitsanspruch seines Sohnes am eigenen Leib zu spüren, und unter den Leuten verbreitete sich das Gerücht, Juan setze das Gesetz unabhängig von der betroffenen Person durch.

Die Wahlen zum Landesparlament stellten einen weiteren Etappensieg für die Politik und die Macht der Arbeiterpartei Acapulcos dar. Sowohl Escudero als auch Béjar gewannen die Abgeordetenwahlen, und Rodolfo E. Neri wurde am 1. April 1921 zum Gouverneur von Guerrero gewählt.

Doch auch dieser neue Erfolg vermochte die Offensive der Händler und ihrer militärischen Verbündeten nicht aufzuhalten:

Major Nicandro Villaseñor, der zufällig gerade den Oberbefehl über die in der Hafenstadt stationierten Streitkräfte innehatte, beschuldigte Escudero an demselben Tag, an dem Neri die Landesregierung übernahm, an der Spitze von 25 bewaffneten Männern bei Gericht erschienen zu sein, um den Richtern ihren Affront heimzuzahlen, und verwies darauf, daß die Stadtverwaltung unter Escudero permanenten »Amtsmißbrauch« betreibe. Escudero telegrafierte an Obregón, verwahrte sich gegen die neuerliche Verleumdung und erklärte, hinter der Aktion Villaseñors steckten die spanischen Brüder Iris – doch vergebens. Am 2. April schickte der Präsident der Republik folgendes Telegramm an Villaseñor:

»Bitte dem Herrn Bürgermeister mitzuteilen, daß wenn er weiterhin gesetzliche Vorschriften mißachtet und sich Befugnisse anmaßt, die ihm nicht zustehen, die Bundesjustiz eingreifen wird, um die Rechte sowohl der Ausländer als auch der anderen Behörden durchzusetzen, und daß der Angriff auf das örtliche Gerichtsgebäude bereits dem Generalstaatsanwalt der Nation zugeleitet wird.«

Ausgangspunkt dieses kleinen Papierkriegs war ein Zusammentreffen Escuderos mit dem Richter, das in einer wüsten Beschimpfung geendet hatte, als dieser den Bürgermeister mit einer Pistole bedrohte und ihn beschuldigte, ihn in der *Regeneración* beleidigt zu haben. Juan R. mußte aus dem Gerichtsgebäude fliehen, indem er wie gewohnt zum Fenster hinaussprang. In einem Telegramm vom 3. April erläuterte Escudero persönlich Gouverneur Neri, daß hinter der Angelegenheit der *Gachupín* Butrón stehe, dessen Interessen durch die sozialistische Verwaltung der Hafenstadt gefährdet würden.

Die POA versuchte gleichfalls, durch ein Telegramm an Neri die Unterstützung der Landesregierung zu gewinnen, und bat um einen unabhängigen Richter, der die Angelegenheit übernehmen sollte. Am 3. April wiederholten sie ihr Anliegen in Form einer Unterstützungsdemonstration für Escudero und Neri, an der 300 Personen teilnahmen.

Zwei Tage später verhaftete der Garnisonschef, der zuvor von den *Gachupín*-Händlern betrunken gemacht worden war, kurz vor zwei Uhr nachts Juan R. Verschiedene POA-Mitglieder, die sich erkundigen wollten, warum man ihn festgenommen hatte, wurden ebenfalls verhaftet. Die ganze Hafenstadt war aus Angst, man könne den Bürgermeister umbringen, auf den Beinen. Wieder einmal wurde ein Telegramm an den Präsidenten Obregón geschickt. Dieser antwortete, die Verhaftung sei aufgrund eines ordentlichen richterlichen Haftbefehls erfolgt und er selbst werde sich nicht einmischen.

Unterdessen übernahm Tomás Béjar y Ángeles den Posten Escuderos. Angesichts des Drucks, der auf ihn ausgeübt wurde, nahm er eine ambivalente Haltung ein und versuchte, sich von Juans Radikalismus abzusetzen. Solano verteidigte den Anführer und wies darauf hin, daß »sie als Mitglieder dieser Vereinigung dazu verpflichtet seien, die Verteidigung nicht des Genossen Juan Escudero, sondern die des Genossen Bürgermeisters zu übernehmen, der grenzenlose Demütigungen erlitten habe. Und wenn sie keine besonderen Maßnahmen ergriffen, machten sie sich zu Komplizen der bereits stattgefundenen und der folgenden Ungerechtigkeiten, für die das Volk von seinen Vertretern Rechenschaft fordern werde.«

Escudero wurde Monate später, im Juli 1921, freigelassen. Arsenio Leyva ersetzte Béjar im Rathaus, und Escudero wurde Generalsekretär der POA.

Während seines Gefängnisaufenthalts hatte eine gute Nachricht die Hafenstadt erreicht: Endlich hatten die Bundesbehörden beschlossen, mit dem Bau der Straße Chilpancingo-Acapulco zu beginnen. Auf Initiative des Präsidenten wurde ein Kredit von 75.000 Pesos für die Durchführung der Bauarbeiten gewährt.

Nach seiner Entlassung versuchte Juan, seinen Lebensunterhalt mit dem Aufbau eines Kinos und Volkstheaters zu verdienen, wofür er Eintrittpreise von 25 und 50 Centavos verlangen wollte. Er beantragte die Erlaubnis, zu diesem Zweck die Vorderseite des Rathauses zu nutzen. Doch er kam nie dazu, sein Projekt in die Tat umzusetzen.

Mitte des Monats wurden zwei reiche *Gachupines,* die Brüder Jesús und Enrique Nebreda, denen die Ländereien am Ufer des Rio Papagayo gehörten, zusammen mit L. Quezada und Venustiano Suástegui von einer Bauernfamilie erschossen. Der Konflikt hatte eine finstere Vorgeschichte: Gegen die Ermordeten war ein Gerichtsverfahren wegen der Vergewaltigung von jungen Bäuerinnen anhängig, die Nebredas hatten das Vieh der Kleinbauern aus der Gegend gestohlen und es dann an die Handelshäuser Alzuyeta und Fernández Hermanos weiterverkauft, und 14 Campesinos waren von General Martínez ermordet worden, nachdem dieser von den *Gachupín*-Geschwistern dazu angestiftet worden war. Juan hatte die Anklageschrift gegen die Nebredas verfaßt und die Familie

Guatemala (Florencio, Carmelo und Francisco) unterstützt. Letztere erschossen die Spanier schließlich, da ihnen durch die Justiz keine Gerechtigkeit zuteil wurde.

Am 28 Juli veröffentlichte die spanische Gemeinde in der wichtigsten Zeitung der Hauptstadt, *El Universal*, einen Leserbrief, dessen Inhalt in einem Leitartikel des darauffolgenden Tages aufgegriffen wurde und der Juan beschuldigte, der Drahtzieher des Mordes zu sein. Er habe zudem aus einem Revolver geschossen und bei einer öffentlichen Versammlung »Tod den *Gachupines*« gerufen.

Escudero wies diese Anschuldigungen als völlig aus der Luft gegriffen zurück, doch der Druck auf ihn wuchs weiter. Am 5. August veröffentlichte *El Universal* einen Brief des Gouverneurs Neri, in dem dieser schrieb, daß der Tod der Nebradas auf ihr barbarisches Verhalten gegenüber der Bevölkerung zurückzuführen sei. Doch im gleichen Atemzug wies er darauf hin, daß Escudero seit mehreren Monaten nicht mehr Bürgermeister sei und daß die Landesregierung sich mit seinen Handlungen nicht solidarisiere.

Mit Obregón verfeindet und ohne die Unterstützung Neris waren die POA und Escudero nun ganz allein auf ihre eigenen Kräfte angewiesen.

Während der Monate Juli und August wurde die escuderotreue Stadtverwaltung mit Strafverfahren überhäuft, die sich insbesondere gegen den Polizeichef Francisco Escudero und Handlungen des Polizeikorps richteten. Es wurde sogar ein Haftbefehl gegen die neue Lebensgefährtin Juans, Josefa Añorve, erlassen. Hinter diesen Aktionen steckten Uruñuela, Sutter, González und die *Gachupinisten,* die im Dienst der Handelshäuser standen.

Am 6. August versuchte Villaseñor erneut, Escudero festzunehmen, doch dieser legte erneut Widerspruch ein, da er von seinen Freunden im Telegrafenamt vor dem Haftbefehl, der diesmal von Obregón persönlich kam, gewarnt worden war. Zwischen dem 8. und dem 11. August wurde ein weiterer Telegrafenkrieg zwischen Obregón, Escudero selbst und Major Villaseñor ausgetragen. Die Telegrafisten, die den populären Führer von Acapulco gewarnt hatten, wurden auf Befehl des Bundespräsidenten entlassen, und Obregón übte Druck auf den Richter aus, der Juans Widerspruch stattgegeben hatte. Doch der Richter blieb standhaft. Um einen Ausweg aus dieser Situation zu schaffen, rief Juan die Stadtverwaltung zusammen und bat um seine Beurlaubung. Im Anschluß daran begab er sich ins Gefängnis, um dort den Prozeß abzuwarten, der die Sachlage ein für allemal aufklären würde. Doch er stellte sich nicht mit gebundenen Händen. Er nahm die kleine Druckmaschine mit, auf der die *Regeneración* gedruckt wurde, und führte die Zeitung aus seiner Zelle heraus weiter, wobei er die Waffe der Propaganda benutzte, um seine Feinde zu züchtigen und die Bevölkerung zur Selbstorganisation aufzurufen.

Die wenigen Forschungsarbeiten, die über Escudero geschrieben wurden, vertreten die Auffassung, daß zwischen den Sozialisten vor Ort und der obregonistischen Verwaltung, vor allem aber Gouverneur Neri, ein enges Bündnis bestand. Die hier wiedergegebenen Ereignisse machen deutlich, daß dieses Bündnis für die POA nie über eine taktische Unterstützung des Obregonismus hinausging, soweit dessen Sieg einen Teil der Feinde der Bewegung von Acapulco – nämlich Militärs und öffentliche Verwaltung – schwächte, und sei es nur geringfügig. Es ist auch klar geworden, daß diese Unterstützung der POA sich weder für Obregón noch für den Gouverneur von Guerrero vorteilhaft auswirkte und diese deshalb nicht nur nichts mit der Politik Escuderos zu tun haben wollten, sondern sie auch angriffen, indem sie (zumindest im Fall von Obregón) Offiziere und Richter unterstützten, die sich den großen Händlern der Hafenstadt verkauft hatten.

Vielleicht spielten diese Überlegungen im Kopf von Escudero eine Rolle, nachdem er in dem Prozeß, für den er sich freiwillig hatte einsperren lassen, freigesprochen worden war und das Gefängnis verlassen hatte. Jedenfalls verwandte er, nachdem er seinen Platz in der Stadtverwaltung wieder eingenommen hatte, mehr Energie auf die wirtschaftliche Organisierung der Bevölkerung.

In den letzten Monaten des Jahres 1921 brachte er nicht nur eine neue Zeitung heraus, *El Mañana Rojo* (Das Rote Morgen), sondern richtete im Rathaus auch eine kleine Werkstatt ein, wo Papiertüten und Körbe hergestellt wurden; organisierte eine Fischereikooperative, womit er dem Handelsmonopol der *Gachupines* einen schweren Schlag versetzte; gründete die *Casa del Pueblo*, eine Verbraucherkooperative, die den Bauern ihre Produkte direkt abkaufte; begann eine Alphabetisierungskampagne und organisierte ein Komitee zur Gründung einer landwirtschaftlichen Siedlung, welches die Enteignung der Haziendas El Mirador und La Testadura forderte, die sich im Besitz der spanischen Händler befanden.

Die POA verzeichnete in diesen Monaten starken Zuwachs, und es schien, daß die Kampagne für die wirtschaftliche Organisierung der Bevölkerung die Interessen der Handelshäuser ernsthaft gefährdete.

Im ersten Jahr, in dem sie den Bürgermeister stellten, mußten die Escuderisten feststellen, daß die Kontrolle über das Rathaus sie gegenüber den Angriffen ihrer Gegner keineswegs unverwundbar machte. Im Gegenteil, indem sie sich auf die Militärs und bestechlichen Richter stützten, gelang es den *Gachupines,* Juan R. für drei Monate hinter Gitter zu bringen, ihn zweimal zu zwingen, um Beurlaubung von seinem Posten zu bitten, und ihn von seinen potentiellen Unterstützern in der Bundes- und Landesregierung zu isolieren. Im Gegenzug hatten die Art und Weise, in der Escudero die Macht in der Gemeinde auf die Straße trug, und die Umsetzung des Wirtschaftsprogramms die POA, das Rathaus und die Bevölkerung zu einer einzigen Bewegung zusammengeschweißt.

Dies war auch der Grund, warum bei den Kommunalwahlen vom 5. Dezember die Liste der POA, die von Ismael Otero geführt wurde, einen haushohen Sieg errang. Diesmal befand sich Escudero nicht unter den Gemeinderäten der siegreichen Liste und übernahm kein Amt in der Stadtverwaltung – anders seine Brüder, die als Stadtkämmerer und Polizeichef antraten.

Die *Gachupinisten* versuchten, ein Schattenkabinett unter Führung von Miguel P. Barrera einzusetzen, welches natürlich durch den unvermeidlichen Juan Luz von der Bundesanwaltschaft aus unterstützt wurde, doch das Manöver brach in sich zusammen.

Die Spannung stieg, es kursierten Gerüchte, daß die Angelegenheit mit Waffengewalt geregelt werden würde. Escudero schien das zu erwarten. Gil erzählt, daß der mit den *Gachupines* verfeindete libanesische Händler Saad versuchte, ihm verschiedene Geschenke zu machen, die Juan jedoch ablehnte. Lediglich eine Winchester Kaliber 30-30 nahm er mit den Worten an: »Mit diesen Waffen werden wir den Kapitalisten ein Ende bereiten.«

Juans erster Tod

Auf Juan wurde ein Kopfgeld ausgesetzt. Die Händler trugen die astronomische Summe von 18.000 Pesos zusammen und boten sie demjenigen an, der es wagen würde, ihn zu töten. Juan wurde rechtzeitig gewarnt und zog ins Rathaus um, wo er fortan streng bewacht wurde.

Anfang März 1922 machte Cirilo Lobato, der auf dem Trödelmarkt als Kontrolleur arbeitete und Mitglied der POA war, eine

Entdeckung, die für den weiteren Verlauf der Krise entscheidend werden sollte: Ismael Otero, einer von Juans Vertrauensleuten und Bürgermeister von Acapulco, hinterzog gemeinsam mit dem Fleischer José Osorio Gemeindesteuern, indem er erlaubte, daß für jedes Rind, das mit Genehmigung geschlachtet wurde, ein weiteres heimlich getötet wurde. Drei weitere Gemeinderäte ließen sich durch das Geld der Händler korrumpieren und liefen auf die Seite von Otero über: Ignacio Abarca, Plácido Ríos und Emigdio García. Zweimal stand man sich bereits mit gezogener Waffe gegenüber, als Josefina Añorve, die Juans 17jährige Geliebte und darüber hinaus eine gestandene Person war, als erste schoß und so die Angreifer Otero und Rebolledo in die Flucht schlug.

Juan setzte sich dafür ein, daß die escuderistische Stadtverwaltung Otero am siebten des Monats zum Rücktritt zwang, und Manuel Solano wurde an seiner Stelle Bürgermeister.

Am 10. März hatte Escudero eine Vorladung der Stadtverwaltung erwirkt, die Oteros Festnahme wegen illegalen Schlachtens von Rindern vorsah. Erneut versuchte der Angeklagte, ihn umzubringen, doch der Polizeibeamte Severo Isidro griff rechtzeitig ein und konnte dies verhindern.

Die bewegte Sitzung war gegen neun Uhr abends zu Ende. Um diese Zeit gingen die vier Verräter zu einer Unterredung mit dem Major Juan S. Flores, der mit den *Gachupines* Pascual Aranga, Marcelino Miaja, José Jordá und Obdulio Fernández zusammensaß. Dort wurde ein Plan ausgearbeitet, um der sozialistischen Stadtverwaltung ein Ende zu bereiten und Juan Escudero umzubringen.

Zuerst feuerte die Gruppe von Otero um zwei Uhr morgens vom Rathausvorplatz aus ein paar Schüsse gegen den Zollaufsichtsposten am Hafen ab, die als Zeichen und Provokation gedacht waren. Daraufhin rückte Major Flores mit 200 Soldaten auf das Rathaus vor, die »zunächst ziellos in die Luft schossen«. Juan R. versuchte, sich zusammen mit sieben Polizisten, die Gewehre hatten, zu verteidigen. Einige Minuten lang widerstanden die Belagerten dem Angriff der Militärs, denen sich noch verschiedene Matrosen und die Verrätergruppe unter Führung von Otero angeschlossen hatten. Juan schoß von einem Fenster aus mit einer automatischen Pistole. Die Gefängnisinsassen baten um Waffen, um bei der Verteidigung des Rathauses mitzuhelfen, doch Juan hoffte, daß der Lärm der Schießerei die POA-Mitglieder in ganz Acapulco alarmieren und diese ihm zu Hilfe eilen würden. Er weigerte sich,

Waffen auszugeben. Alles ging sehr schnell. Major Flores setzte mit zwei 17-Liter-Benzinkanistern, die ihm der Zollverwalter Juan Izábal Mendizábal gegeben hatte, das Rathaustor in Brand. Die Polizisten unter dem Kommando von Pablo Riestra flehten Juan an, er solle versuchen zu fliehen, da er es sei, dem die Angreifer nach dem Leben trachteten – sie würden unterdessen so lange wie möglich Widerstand leisten. Juan versuchte, über eine Gartenmauer auf das Gelände der Bäckerei von Sofía Yevale zu springen, doch eine Kugel erwischte ihn, brach ihm den rechten Arm und blieb zwischen seinen Rippen stecken.

Unterdessen hatten die Angreifer das Rathaus eingenommen und schlugen auf Polizisten und Gefangene ein, damit sie ihnen sagten, wo sich Juan befand. Dieser hatte sich bis zu dem Zimmer geschleppt, welches ihm als Schlafraum diente. Dort unternahm er gemeinsam mit Josefina Añorve und Gustavo Cobos Camacho einen letzten Versuch, sich zu retten, indem er von innen einen Schrank gegen die Tür schob.

Zwecklos. Major Flores folgte den Blutspuren und erreichte so das Zimmer, und die Soldaten zertrümmerten die Tür. Flores trat ein, und als er Escudero auf dem Boden liegen sah, soll er gesagt haben: »Wollen wir mal sehen, ob du auch wirklich tot bist!«, und er schlug den gebrochenen Arm des Verletzten gegen die Ziegelsteine. Chepina Añorve versuchte, ihn daran zu hindern, doch der Major zog seine Pistole, zielte auf Escuderos Kopf und gab ihm den Gnadenschuß.

Auferstehung

Major Flores nahm die städtischen Polizisten gefangen und verließ das brennende Rathaus, um den *Gachupines* Bericht zu erstatten. Er hinterließ, was er für die Leiche Juan R. Escuderos hielt.

Nach und nach trafen bewaffnete Mitglieder der POA im Rathaus ein, das die Soldaten verlassen hatten. Mit ihnen tauchte der Richter Peniche auf, mit dem Juan schon so oft Ärger gehabt hatte. Der rote Bürgermeister atmete noch. Der Richter und Josefina Añorve brachten Juan ins städtische Krankenhaus, wo er von José Gómez Arroyo und dem US-amerikanischen Vizekonsul Harry Pangburn, der zwar keinen Doktortitel, aber sehr gute Medizinkenntnisse hatte, operiert wurde. Sie mußten ihm den rechten Arm amputieren. Die Kopfverletzung war sehr ernst, doch der Volksmund berichtet: »Der Major hatte solche Angst gehabt, daß der

Schuß, obwohl er die Pistole auf den Kopf gerichtet hatte, nur ein Streifschuß war – d.h., etwas drang schon in den Schädel ein, denn als sie ihm den gebrochenen Arm amputierten, nahmen sie ihm auch einen Löffel voll geräucherter Hirnmasse heraus.«

Wie durch ein Wunder überstand der Verletzte die Operation, und sein Zustand begann sich nach einigen Tagen im Koma zu bessern. Der Schuß hatte einen Teil des Gehirns in Mitleidenschaft gezogen, und Juan blieb sein Leben lang linksseitig gelähmt. Er konnte weder richtig sprechen noch laufen oder schreiben. Doch er lebte.

Um die Aktion von Major Flores zu rechtfertigen, wurde eine Geschichte fabriziert, derzufolge Escudero und seine Leute einen bewaffneten Aufstand gegen die Regierung versucht hätten. Diese Version der Ereignisse, die der Major in einem Bericht gab, wurde durch *El Suriano*, eine Zeitung der *Gachupines* unter der Leitung von José O. Muñuzuri, auch unters Volk gebracht. Doch einige Tage später wies Gouverneur Neri, der in die Hafenstadt gekommen war, Obregón in einem Telegramm darauf hin, daß die Staatsanwaltschaft über eine andere Version verfüge, die derjenigen des Offiziers widersprach, und daß er Ermittlungen eingeleitet habe.

Ein Brief des Agraristen Francisco A. Campos an Präsident Obregón gibt einen guten Einblick in das Klima, das in jenen Tagen in der Hafenstadt herrschte:

»Ordnung in Acapulco steht kurz vor dem Umbruch. Arbeiterschaft mit dem Versprechen beschwichtigt, daß Gerechtigkeit hergestellt wird. Wenn vom Gegenteil überzeugt, wird Garnison nicht ausreichen, wenn die Leute aus Guerrero einmal loslegen. Kein Spanier wird überleben und kein Geschäft der Plünderung und Brandstiftung entgehen, kein Fräulein wird der Vergewaltigung entkommen [...]. Der Küstenbewohner hat, wenn er zu Hause ist, viel von einem Barbaren: Er ist ein guter Freund und ein unerbittlicher Feind. All das kann verhindert werden, wenn die Garnison der Bundesarmee, die mit der POA verfeindet ist, ausgetauscht wird.«

Bewaffnete POA-Miglieder umringten das Krankenhaus, und die Garnison blieb kaserniert. In den Häusern einiger *Gachupín*-Händler wurden Feste gefeiert, um das Verschwinden Escuderos zu begießen. Die Anführer der POA bremsten den Impuls der Bevölkerung, Rache zu nehmen. Juan erholte sich langsam.

Am Tag nach dem Attentat wurde eine Pseudo-Stadtverwaltung gebildet, in der Ismael Otero vertreten war und Ignacio S. Abarca als Bürgermeister fungierte. Letzterer befahl die Verhaftung der

Polizisten wegen »Widerstands gegen die Staatsgewalt« und informierte den Gouverneur über die »Verhaftung« Juan R. Escuderos und Santiago Solanos.

Doch der Staatsstreich mißlang, und nach drei Tagen, am 14., ging das Rathaus wieder in die Hände der POA über, mit Manuel Solano als Bürgermeister.

Felipe Escudero übernahm die Redaktion der *Regeneración,* die Ende März wieder erschien. Juan kehrte für eine langwierige Genesung nach Hause zurück. Die POA bekam wieder Auftrieb. Die Stadtverwaltung von Acapulco war nach wie vor in ihren Händen, auch wenn das Rathaustor verbrannt war. Es gab einen Verwaltungsbeirat aus Bürgern, und Felipe Escudero war Bürgermeister. Die Ermittlungen, die der Gouverneur eingeleitet hatte, banden Major Flores vorübergehend die Hände.

Seit dem Attentat war noch kein Monat vergangen, als am 9. April die *Regeneración* das gemeinsame Vorgehen des *Gachupín* Sierra und des Militärchefs im Galeana-Distrikt gegen die dortigen Agraristen anklagte. Darüber hinaus beschuldigte die Zeitung auch den Abgeordneten-Kandidaten Manuel López, mit den Brüdern Fernández, den mächtigsten Grundbesitzern der ganzen Gegend, unter einer Decke zu stecken.

Anfang Mai nominierte die POA auf Anregung von Solano und Juans Bruder Felipe Escudero Martiniano Díaz als Kandidaten des 2. Distrikts für die Wahlen zum Bundesparlament und den dritten Bruder, Francisco Escudero, als seinen Stellvertreter. Am 9. Mai, zwei Monate nach seinem ersten Tod, schrieb Juan zum ersten Mal wieder in der *Regeneración* ...

Der Kampf vom 11. März hatte der POA neben der Verletzung von Juan noch mehr Schaden zugefügt: Tomás Béjar y Ángeles war desertiert und hatte sich dem Gold der *Gachupines* verschrieben. Er veröffentlichte jetzt in der Zeitung *El Suriano*. Doch diese Lücke wurde mehr als ausgeglichen durch den Zustrom an neuen Mitgliedern, die vom Durchhaltevermögen der POA und dem »Wunder Escudero« angelockt wurden.

Juan nahm sich Alejandro Gómez Maganda als Sekretär und diktierte die Artikel von einem Sessel aus, in dem er sich erholte. Der Junge, der gerade die Grundschule abgeschlossen hatte, tippte eifrig auf einer alten Oliver-Schreibmaschine und hob ab und zu den Kopf, um Juan anzusehen, der »wachsam und optimistisch in seinem Krankensessel saß. Er war immer sehr sorgfältig zurechtgemacht, mit seiner morgendlichen Schnurrbartbinde und dem traurigen Armstumpf, den er mir ab und zu auf den tropisch zerzausten Kopf legte.«

Mit dem Geld seiner Familie baute Juan einen Laden namens »Die Gewerkschaft« auf, in dem er Arbeiter und Freunde empfing und Streikenden Essen auf Kredit gab. Unterstützt von Josefina Añorve und seiner pistolenbewehrten Sekretärin Anita Bello, sowie von zahlreichen Jugendlichen, die ihn als unvergeßlichen Helden betrachteten, übernahm Juan wieder die Leitung der *Regeneración.* Er akzeptierte auch die Nominierung als Ersatzkandidat für die Bundesparlamentswahlen im ersten Distrikt von Acapulco, während sein Bruder Francisco im zweiten Distrikt als Stellvertreter antrat.

Unterdessen hatte das von den Großgrundbesitzern gesteuerte Landesparlament von Guerrero die für Januar 1922 vorgesehenen Wahlen annulliert und bat die *Gachupín*-freundliche Stadtverwaltung aus dem Jahr 1920, neue Wahlen auszuschreiben. Felipe Escudero protestierte im Namen der POA-Stadtverwaltung bei der Bundesregierung und der Hauptstadtpresse.

Es wurde eine Schlichtungskommission ernannt, die schließlich zugunsten der escuderistischen Stadtverwaltung entschied, doch diese wurde weder vom Hafenzollamt noch von den Militärs anerkannt. Während *Regeneración* jetzt wieder regelmäßig und unter der Leitung Juans erschien, besserte der Volksheld von Acapulco nebenbei seine persönlichen Finanzen durch den Aufbau einer kleinen Handelsschule auf, wo er Schreibmaschine-Schreiben unterrichtete. Ein Einladungsschreiben für den Kurs, der insgesamt zehn Pesos kostete, ließ durchblicken, daß anderen Schreibmaschine beizubringen für Juan ein Weg war, wieder seine beiden Arme zu spüren (der rechte war amputiert und der linke gelähmt).

Obwohl sie nun wieder aktiver wurde, steckte die POA in einer Sackgasse, in der sie ihre besten Fähigkeiten nicht entfalten konnte. In der bewaffneten Auseinandersetzung war sie unterlegen, und sie hatte es nicht geschafft, das Handelsmonopol der *Gachupines* zu brechen. Die Kommunalpolitik, die auch noch der Schlichtungskommission unterstand, hatte sich als beschränktes Aktionsfeld erwiesen. Deshalb hatte die POA ihren Kampf seit einem Jahr auf die Zerschlagung der Latifundien und die Landreform umorientiert. Doch auch hier war das Kräfteverhältnis ungünstig und zwang sie, sich auf die verschlungenen bürokratischen Wege einer Legalität einzulassen, die wenn überhaupt, dann nur im Schneckentempo funktionierte. Ein anonymer Beitrag in der *Regene-*

ración, der möglicherweise von Juan verfaßt ist, mahnt zur Geduld und ruft dazu auf, »nicht auf die *Gachupinisten* zu hören, die sagen, sie hielten für jeden, der Land verlangt, eine Kugel bereit«.

Angesichts dieser Bedingungen brachten die Bundesparlamentswahlen vom 5. Juli 1922 wieder Bewegung in die POA. Mit den beiden Escuderos und Miguel Ortega als Kandidaten führte die Partei an der Küste Guerreros einen großangelegten Wahlkampf.

Die Latifundisten und Großhändler sowie ihre Verbündeten entschieden sich für den Rückzug. Nachdem sie es nicht geschafft hatten, im ersten Distrikt eine Opposition auf die Beine zu stellen, versuchten sie es nun mit Boykott. Manche der ihnen unterstellten Wahlbüros machten nicht einmal auf, und sie versuchten diesmal auch nicht wie sonst üblich, Wahlbüros auf eigene Faust zu eröffnen. Der *Gachupín*-freundliche Butrón kandidierte gar nicht erst. In anderen Fällen versuchten sie ein paar plumpe Tricks, wie zum Beispiel im dritten Wahlbüro von Acapulco: Dort erklärten die *Gachupinisten* Sabás Múgica und Ramón Córdoba die Wahl für beendet, ohne sie jemals eröffnet zu haben, und verfaßten einen Bericht, daß niemand zur Wahl gegangen sei.

Die POA organisierte Kundgebungen in Acapulco, Coyuca, Tecpan und Atoyac. In Tecpan kamen dreihundert Bauern unter der schwarzroten Fahne der Partei zu einer Demonstration zusammen.

Am Wahltag häuften sich die Provokationen. Muñúzuri, der Herausgeber von *El Sureño*, schoß mit einer Pistole auf den Zahnarzt González Sánchez. Das Auto eines bekannten *Gachupín*-Händlers wurde von Kindern aus Acapulco mit Steinen beworfen. In Tecpan schossen *Gachupinisten* in die Luft, um die Wähler einzuschüchtern, und unterstützten damit Pino und Valverde, die Strohmänner der spanischen Großgrundbesitzer Garay.

In Coyuca de Benítez versuchten die *Gachupinisten*, mit einer wandernden Musikkapelle Wählerstimmen einzufangen. Die Leute folgten zwar der Kapelle und vergnügten sich, stimmten aber am Ende doch gegen sie. Woanders gaben sich ihre Kandidaten Pino und Alfonso Uruñela als Agraristen aus und benutzten bei ihren Auftritten das Logo der Nationalen Agraristenpartei. Im ersten Distrikt scheiterten alle Betrugsversuche, und Juan R. und sein Bruder wurden zum Abgeordneten und zum Stellvertreter gewählt.

Die Partei hatte sich in den Küstendörfern konsolidiert, und der Wahlerfolg bestätigte die von der *Regeneración* ausgegebene Linie, die auf Wahlen setzte. »Glücklicherweise«, hieß es in dem Blatt, »wird sich das Volk langsam bewußt, daß das in der Verfassung festgeschriebene Wahlrecht ein friedliches Mittel ist, um seine Vertreter zu bestimmen.«

Durch den Wahlerfolg ermutigt, wandten sich die POA-Mitglieder wieder ihrer Offensive auf dem Land zu. Die Zeitung begann, das Agrargesetz von Guerrero zu veröffentlichen, um der Mobilisierung ein legales Fundament zu geben.

Zwischen Ende Juli und Mitte Oktober 1922 kam es in der Hafenstadt zu einer Reihe von Provokationen und Auseinandersetzungen. Manche entbehrten nicht einer gewissen Komik, während andere eher tragisch endeten. Doch alle zeichneten sich durch den ansteigenden Alkoholpegel im Blut der *Gachupín*-Befürworter aus. Als die POA Ende Juli in Acapulco mit einem Tanzfest ihren Wahlsieg feierte, tauchte der Abgeordnete Luis G. Martínez ziemlich betrunken am Ort des Geschehens auf. »Sei es, weil Martínez als Freund der *Gachupines* bekannt war oder weil er an der Annullierung von Wahlen beteiligt gewesen war oder weil einfach nur zu viele Männer auf dem Tanzfest waren, jedenfalls sagte man ihm, es sei kein Platz mehr frei, und ließ nur seine Begleiterinnen durch. Das sollte ihm eine Lehre sein!«

Wenige Monate später war es der Zollbeamte Juan B. Izábal, der betrunken war. Er kündigte dem Aufseher Bernáldez, nachdem er ihn zuvor gegen einen Billardtisch gestoßen hatte, nur weil dieser von dem POA-Leitungsmitglied Tellechea für die Stelle empfohlen worden war. Dies geschah in der Kneipe der Brüder San Millán, die Izábal zuweilen zu seinem Büro umfunktionierte. Dem Bericht von *Regeneración* zufolge putzte sich Bernáldez nach dem Sturz gerade die Kleidung ab und kam dabei mit der Hand zufällig an seine Pistole, als sie sich auf ihn stürzten, ihn entwaffneten und für 24 Stunden einsperrten. In demselben Artikel beschuldigte Escudero Izábal des Waffenschmuggels und nannte ihn einen »Freund der *Gachupines,* faulen Sack und nichtsnutzigen Alkoholiker, der immer noch verkatert ist, wenn er mittags um zwölf Uhr zur Arbeit erscheint«.

In der dritten Saufszene kam die Hauptrolle dem unvermeidlichen Major Flores zu: Er hetzte Felipe Escudero die Soldaten auf den Hals, während dieser sich eine Serenade anhörte. Felipe, der in den Straßen der Hafenstadt als der unbestrittene Nachfolger seines Bruders Juan galt, wurde übel zusammengeschlagen und anschließend im Kerker des Hafenzollamts eingesperrt.

Der Zollamtschef Juan B. Izábal, den die Händler mit ihrem Gold davon überzeugt hatten, bei ihren Schmuggelgeschäften nicht so genau hinzusehen, war neben Major Flores der schlimmste Feind der Escuderisten von Acapulco. Seit Juli 1922 behielt er zwei Prozent der Zolleinnahmen ein, die gesetzlich dem Rathaus zustanden. Bürgermeister E. Lobato sandte deshalb eine telegrafische Beschwerde an Obregón und wies darauf hin, daß man auf diesem Weg versuche, der Stadtverwaltung wirtschaftlich das Wasser abzugraben.

Ende November tauschten Lobato, Obregón und der für den Zoll zuständige Minister De la Huerta Telegramme aus, bis Izábal schließlich seine Meinung in einem Telegramm an Obregón offenlegte:

»Betrachte Juan und Felipe Escudero als schlimmste Feinde der Regierung, denen Mut zur bewaffneten Erhebung fehlt. Militärischer Oberbefehlshaber dieses Bezirks derselben Ansicht. Diesen Individuen unterstellte Stadtverwaltung nicht juristisch anerkannt, da Oberster Gerichtshof am vergangenen 22. September von ihnen eingelegte Widersprüche ablehnte. [...] Brüder Escudero haben wegen angeblicher Bedrohung von Leib und Leben dieses Jahr viermal Widerspruch gegen Ihre Anordnungen eingelegt.« Das Telegramm endete mit der Frage, ob die Gelder an den Stadtkämmerer Felipe Escudero ausgezahlt werden sollten.

Obregón antwortete gleich am nächsten Tag und wies Izábal an, die Gelder nicht auszuzahlen.

Unterdessen gewann die POA eine weitere Wahl: Santiago Solano wurde im Wahlbezirk Acapulco mit über 2.700 Stimmen ins Parlament von Guerrero gewählt, mit Juan R. Escudero als Stellvertreter. Einer der Brüder Vidales wurde als POA-Kandidat Bürgermeister von Tecpan, und die Partei gewann auch in Tololapan, wo die Kaziken allerdings per Wahlbetrug verhinderten, daß sie auch an die Macht kam.

Schließlich standen in der ersten Dezemberwoche die lange erwarteten Wahlen an, durch die Acapulco wieder eine legale Stadtverwaltung erhalten sollte. Juan Escudero kandidierte auf Platz eins für die POA und nahm im Rollstuhl an allen Kundgebungen teil. Er diktierte seine Reden, und die Jungs, die ihn begleiten, mußten sie probeweise laut aufsagen, bevor sie sie dann unter seinem wachsamen Blick öffentlich hielten.

Er muß in der Wintersonne von Acapulco ein skurriles Bild abgegeben haben, dieser linksseitig gelähmte Mann im Rollstuhl, dem der rechte Arm ganz fehlt, neben ihm ein Jugendlicher auf einer Kiste, der für ihn spricht, und hinter ihm eine junge Einheimische (Anita Bello), die eine Pistole Kaliber 32 zwischen Rock und Spitzenbluse stecken hat.

Das skurrile Bild eines Mannes, der zu seinen eigenen Sätzen nickt, während sie aus dem Mund von Kindern kommen, die im Takt eines immer wiederkehrenden »Juan sagt« in einer flammenden Rede das Ende der Ungerechtigkeit im korrupten Paradies versprechen.

Und wieder gewann Juan Escudero die Kommunalwahlen in Acapulco und besiegte den Verräter Martiniano Díaz, der inzwischen zu den *Gachupines* übergelaufen war.

Am 7. Dezember zogen die Soldaten durch die Straßen, um die Wahlsieger zu provozieren. Doch die Bevölkerung tat einfach so, als wären sie gar nicht da. Am ersten Tag des Jahres 1923 wurde Juan zum Bürgermeister ernannt. Mit erhobenem rechten Armstumpf und unverständlichen Sätzen, die er in der Erregung aus seiner gelähmten Kehle preßte, trat Juan sein Amt als Bürgermeister der Hafenstadt an. Die feierliche Sitzung fand um elf Uhr vormittags im Wohnhaus Escuderos statt, welches zum Rathaussaal umfunktioniert wurde. Im Protokoll ist vermerkt, Juan R. könne »aufgrund einer momentanen Unpäßlichkeit« nicht unterzeichnen.

Im März 1923 starb der Vater Francisco Escudero. Der Mann hatte im Lauf der bewegten politischen Karriere seiner Söhne einiges durchgemacht. Er war von vielen seiner Landsleute unter Druck gesetzt worden, zu denen er alle Beziehungen abbrechen mußte, und das Attentat auf Juan und die zahlreichen Morddrohungen gegen Francisco und Felipe hatten ihn zugrunde gerichtet.

In den Memoiren eines alten Escuderisten ist der Wortlaut des Schwurs wiedergegeben, den Juan mit gebrochener Stimme am Grab seines Vaters geleistet haben soll: »Genossen im Leben / Genossen im Tod / die Sätze, die meine Kehle heute ausspricht / sind dieselben, die mein Vater an Euch richten würde / wenn Gott ihn in dieser für uns geheiligten Stunde / dem Leben zurückgeben würde. / Verletzten Herzens, aber voller Stolz hinterläßt er uns auf diesem Boden / wo er die Hälfte seines Lebens verbrachte / voller Liebe zu seinen Söhnen / und zu Gott im Himmel (an dieser Stelle erlitt er einen Schwindelanfall und konnte nur noch sagen: ›Auf Wiedersehen, ehrwürdiger Vater / ruhe in Frieden‹, und dann wurde er ohnmächtig).«

Juan R. war so geschwächt, daß er das Amt des Bürgermeisters an Cirilo Lobato und Ernesto Herrera übergeben mußte. Major Flores seinerseits kämpfte seit Jahresbeginn gegen die Bauernrevolte an, die an der Küste ausgebrochen war. Am 18. Januar entwaffnete er die Polizei von La Sabana und drohte, das Rathaus von Acapulco einzunehmen. Vier Tage später telegrafierte Escudero seinem Freund Adolfo Cienfuegos in der Hauptstadt und bat ihn, sich im Umfeld des Präsidenten dafür einzusetzen, daß ein zweiter Angriff wie der vom 11. März des Vorjahrs verhindert werden würde.

Doch Flores griff das Rathaus nicht an, er rückte in die landwirtschaftlichen Gebiete vor, wo die neue Basis der POA lebte. In den Worten des Agraristen Francisco Campos Flores: »Er begann, die Waffen und Waffenscheine von allen Bauern der Gegend um Acapulco bis nach La Unión de Montes de Oca einzusammeln, sowie alle Munition, die er finden konnte. Nachdem er die Waffen der Bauern requiriert hatte, ließ er sich in Tecpan de Galeana nieder und nahm unter dem Vorwand einer bevorstehenden Erhebung den Bürgermeister von Tecpan fest, Don Amadeo Vidales. [...] Dieser Herr ist ein ehrbarer Händler, der für Sesam und Baumwolle die besten Preise bezahlt und den die Spanier hassen, weil er ihnen, wie sie sagen, das Geschäft versaut [...]. Diese Erklärung macht eindeutig klar, daß Major Flores in dieser Region stationiert ist, um die spanischen Interessen zu schützen, er klagte Herrn Vidales denn auch des Aufruhrs an.«

Flores setzte seine Beutezüge in der Gegend fort. Am 10. März ermordete er zusammen mit den weißen Garden der lokalen Kaziken Lucio de los Santos Vargas, den Vorsitzenden des Agraristischen Komitees von San Luis de la Loma, mit dem Ausruf: »Hier hast du dein Land, verfluchter Hurensohn!«, während der andere um sein Leben bat. In diesem Fall handelte Flores zugunsten der Interessen des spanischen Großgrundbesitzers Ramón Sierra Pando.

In der Hafenstadt war die *Regeneración* unterdessen der Konkurrenz zahlreicher Zeitschriften ausgesetzt, die von den *Gachupín*-Händlern finanziert wurden. Die unter Federführung von Muñúzuri stehende *El Suriano,* die von H. Luz geleitete *El pueblo*, die von Reginaldo Sutter herausgegebene *El Rapé* sowie *El Liberal* von Carlos Adames und *El Fragor* von Domingo González griffen die Stadtverwaltung von Acapulco ununterbrochen an und lobten im Gegenzug die Kräfte, die »frischen Wind in die Region gebracht« und »Acapulco vom Elend befreit« hätten. Eine der meistverwendeten Verleumdungen bestand darin, die Escuderos der Vorbereitung einer militärischen Rebellion zu bezichtigen.

Im Verlauf des Jahres nahmen die Spannungen zu. Felipe und Francisco Escudero rechneten jederzeit mit einem Attentat gegen einen von ihnen. Felipe blieb allerdings als Stadtkämmerer nichts anderes übrig, als in den Straßen der Hafenstadt unterwegs zu sein, und dasselbe galt auch für Francisco, der im Finanzamt des Distrikts beschäftigt war.

Gómez Maganda erinnert sich: »In den letzten Monaten des Jahres 1923 erledigten beide ihre täglichen Gänge mit Pistolen bewaffnet und einem 44er Gewehr in der rechten Hand. Zuweilen, wenn Felipe zum Gericht mußte, vertraute er mir für die Zeit seinen Karabiner an und sagte: ›Wenn die Feinde angreifen, schieß auf sie, wenn du keine Angst hast. Wenn das Gegenteil der Fall ist, läufst du zu mir und gibst mir die Waffe.‹«

Die Militärs provozierten ständig. Am 29. August gegen neun Uhr abends z.B. hatten ein Leutnant namens Castellblanch und ein Gefreiter, Linares, im Alvarez-Stadtpark zwei POA-Mitglieder zusammengeschlagen und damit gedroht, sie umzubringen. Als die Stadtverwaltung deswegen ein paar Tage später eine Geldstrafe gegen die beiden verhängte, erschienen sie gemeinsam mit der Otero-Bande, und um ein Haar hätte das Ganze in einer Riesenschlägerei im Rathaus geendet.

Schließlich kam der 16. September, der Nationalfeiertag. Für Juan R. ein willkommener Anlaß für eine flammende Rede gegen das spanische Kolonialregime, das in Acapulco nach wie vor herrschte. Bereits im Vorjahr hatte er bei den städtischen Feierlichkeiten, die erstmals ohne finanzielle Unterstützung der Händler durchgeführt worden waren, »durch den Mund seiner Helfer« gesprochen – ungeachtet des Attentats, das kurz zuvor auf ihn verübt worden war. Dieses Jahr nun war ein besonderes Jahr, und Escudero hielt mithilfe seiner »Stimme« Alejandro Gómez Maganda eine noch feurigere Ansprache als sonst. Nicht nur in der Hafenstadt war die Stimmung auf dem Siedepunkt, im Umland sah es nicht anders aus. Der US-amerikanische Vizekonsul warnte Washington vor »Gerüchte[n] über einen bevorstehenden antiagraristischen Aufstand in der Region Costa Grande, mit Zentrum in Atoyac«.

Am 10. November hatte Major Flores mit dem Wissen des Bürgermeisters von Atoyac den Agraristen-Anführer Manuel Téllez ermordet. Um von seiner eigenen Tat abzulenken, beschuldigte er Escudero bei der Regierung, in der Region eine bewaffnete Guerilla aufzubauen.

Ab Anfang Dezember bildet eine Serie von Ereignissen auf Bundesebene den Bezugsrahmen für die Tragödie in Acapulco. Am 1. Dezember erhob sich General Figueroa in Guerrero. Sein Aufstand richtete sich angeblich gegen Gouverneur Neri und nicht gegen die Zentralregierung, doch eigentlich agierte er als Vorhut für eine Gruppe aufständischer Generäle um den Präsidentschaftskandidaten Adolfo de la Huerta. Wenige Tage später folgte General Guadalupe Sánchez in Veracruz seinem Beispiel. Am 5. Dezember schrieb Juan R. dem Obersten Crispín Sámano, dem Oberbefehlshaber der Garnison von Acapulco, und schickte eine Kopie des Schreibens an die Bundesregierung. Er teilte dem Offizier mit, die Brüder Osorio würden bewaffnet um das Rathaus streichen, und er befürchtete, der Verräter Ismael Otero könnte eine Meuterei provozieren, um eine bewaffnete Konfrontation der POA mit den Militärs herbeizuführen. Sámano ignorierte das Schreiben, denn er war nicht nur in die geplante Rebellion mit verwickelt, sondern unterhielt auch gute Verbindungen zu den *Gachupín*-Händlern der Hafenstadt, die den Kopf von Juan R. Escudero forderten.

Der zweite Tod des Juan R. Escudero

In den ersten Dezembertagen baten die Escuderisten die Militärs der Hafenstadt um Gewehre, um die Regierung gegen den Aufstand der Anhänger De la Huertas zu verteidigen. Dies entsprach der politischen Linie, die Juan R. in dem Brief an Sámano dargelegt hatte. Bei dem Gespräch, in dessen Verlauf dreihundert Karabiner und ausreichend Munition verlangt wurden, vertrat Julio Diego die POA. Obwohl der Gouverneur der Ausgabe von Waffen zugestimmt hatte, verweigerte Oberst Crispín Sámano das Ersuchen und sagte, um von seinen wahren Beweggründen abzulenken, er gebe keine Waffen aus, da sie gegen die Regierung eingesetzt werden würden.

Der Zusammenstoß schien unvermeidlich. Der nationale Kontext spielte im Grunde eine untergeordnete Rolle, er gab höchstens den Hintergrund für eine Klassenauseinandersetzung ab, die sich in Acapulco selbst und den angrenzenden Gebieten ereignete. Auf nationaler Ebene wurde die Frage eines Nachfolgers für den Präsidenten ausgetragen, und die Militärs, die unter Obregón degradiert worden oder mit ihm verfeindet waren, erhoben sich nun im Gefolge De la Huertas. An der Küste stand die Vorherrschaft der POA und der Landreformbewegung gegenüber den Handelshäusern und

Großgrundbesitzern auf dem Spiel, die den Militärapparat der Region beherrschten. Was die Soldaten dort zum Aufstand trieb, war weniger ihre Begeisterung für De la Huerta als die schwachen Verbindungen der Escuderisten zur Zentralregierung und ihre in der *Regeneración* öffentlich erklärte Unterstützung für Calles im Präsidentschaftswahlkampf. Und selbstverständlich spielte auch bei dieser Aktion das Gold der *Gachupín*-Händler eine Rolle, der glänzende ideologische Leitstern von Militärs wie Crispín Sámano und Juan Flores.

Doch die Militärs zögerten eine Zeitlang, bevor sie sich eindeutig auf die Seite der Aufständischen stellten. Vielleicht verfolgten sie mittels ihrer Kontrolle über den Telegrafenposten während der ersten Dezemberwochen die Entwicklung der Bewegung in Guerrero. Für die Escuderisten war diese Situation ein Hindernis, denn ihre Botschaften an die Zentralregierung wurden trotz der Bemühungen der POA-Telegrafistin Amelia Liquidano abgefangen.

Als klar war, daß in der Hafenstadt jederzeit gewaltsame Auseinandersetzungen ausbrechen konnten, begaben sich die POA-Mitglieder unter der Führung Escuderos, der sein Haus zum Hauptquartier der Bewegung umfunktioniert hatte (der »rote Platz« vor dem Haus war ständig angefüllt mit teilweise bewaffneten Escuderisten), in die Stadtteile und hielten Reden. Es gelang dem Baumeister des Widerstands im Rollstuhl, über die Telegrafenblockade hinweg eine Nachricht an die Brüder Vidales in Tecpan und an Rosendo Cárdenas in Coyuca de Benítez zu übermitteln. Das verschlüsselte Telegramm an Cárdenas rief ihn dazu auf, bewaffnet in die Hafenstadt zu kommen.

Eine Woche lang umkreisten die Konfliktparteien einander und beobachteten sich gegenseitig. Die Spannung stieg. Die Stauer nutzten die Ankunft der ersten Agraristengruppen für eine Demonstration. Bauern- und Arbeitergruppen zogen durch die Stadt, ließen die Regierung und Escudero hochleben und wünschten den Verrätern den Tod an den Hals. Zu Zusammenstößen kam es nicht, da die Soldaten in der Kaserne blieben. Sich offen zu erheben und der Volksbewegung entgegenzustellen, fehlte ihnen die nötige Entschlossenheit.

Die Streitkräfte waren zwar politisch blaß, doch die Escuderisten wußten, daß sie militärisch im Nachteil waren. Zwei Pläne schwirrten in diesen Tagen im Kopf Escuderos und seiner Genossen herum: die Agraristen in die Hafenstadt rufen, um mit vereinten Kräften die Kasernen anzugreifen, oder sich aus der Hafenstadt zurückziehen, um sich erst zu sammeln und zu einem späteren Zeitpunkt über die Militärs herzufallen.

Während die Escuderisten sich organisierten, konspirierten die Militärs ganz offen mit den *Gachupines.* Hauptmann Castellblanch berichtet von einer Versammlung im Speisesaal des Handelshauses *La Ciudad de Oviedo*, an der die Offiziere Crispín Sámano, Oberst Flores, Hauptmann Fausto Morlett und Oberleutnant Alarcón teilnahmen, ferner einige Bundesbeamten, die Crème der *Gachupinisten* in Gestalt von Sutter, Luz und Muñúzuri und die Chefs der Handelshäuser: Marcelino Miaja und Juan Rodríguez von B. Fernández y Cía., Jesús und Sigfrido Fernández von Fernández Hermanos (La Ciudad de Oviedo) und Pascual Aranaga und Ángel Olazo von Alzuyeta y Cía. Auf dieser Versammlung baten die zur Rebellion bereiten Militärs um ein Darlehen von 50.000 Pesos für die Truppenkasse.

Marcelino Miaja, der für die Handelshäuser sprach, brachte ganz offen zum Ausdruck, daß ihnen die Bewegung um De la Huerta schnurzegal sei und sie sich an ihr nur beteiligten, um Juan R. Escudero loszuwerden, der ihnen ein Dorn im Auge sei.

Er soll gesagt haben: »Wir geben die Fünfzigtausend, die General Sámano von uns verlangt, als Darlehen, denn wir glauben an sein Soldatenehrenwort, daß er das Geld nach dem Sieg zurückzahlen wird.«

Und nach einer Pause, während derer er mit den anderen Handelshausbesitzern Pascual Aranga und Jesús Fernández bedeutungsvolle Blicke getauscht hatte, fügte er hinzu: »Doch wir geben demjenigen, der Juan Escudero und seine Brüder tötet, zehntausend Pesos in klingender Münze.«

Wenige Tage vor dem 15. Dezember sandte Juan dem Bürgermeister Ernesto Herrera, der ihn seit Jahresanfang vertrat, eine Botschaft, er solle sich darauf vorbereiten, das Rathaus zu verlassen, die Gefangenen zu befreien und sich den Agraristen von Coyuca anzuschließen, die sich in der Nähe der Hafenstadt herumtrieben. Er war sich darüber im klaren, daß die Soldaten sie jederzeit »mit Fußtritten aus dem Rathaus befördern konnten«.

Anscheinend fiel die Entscheidung schließlich zugunsten eines Angriffs auf Acapulco, und der junge Gómez Maganda wurde beauftragt, den Agraristen in einer Botschaft mitzuteilen, sie sollten nachts in die Hafenstadt einfallen. Die Intervention der Mutter Escuderos, die dies angesichts des Gesundheitszustands ihres

Sohns für Selbstmord hielt, verhinderte die Überbringung der Botschaft. Juan soll zu ihr gesagt haben: »Es ist gut, Mutter, ich werde tun, was du willst, aber es wird uns das Leben kosten.« Angesichts dieser Situation wurde ein Alternativplan entworfen. Die POA-Leitung würde in der Nacht zum 15. die Hafenstadt zu Pferd verlassen. Eine Gruppe bewaffneter Männer würde Juan auf der Flucht beschützen, der hinten auf Julio Diegos Pferd sitzen würde.

Dies ist der Moment, in dem Juans Mutter Doña Irene, die in der gesamten Geschichte des Escuderismus bisher eine eher untergeordnete Rolle gespielt hatte, in den Mittelpunkt der Handlung rückt. Mit dem Pfarrer Florentino Díaz als Vermittler begann sie, Botschaften mit den Soldaten in der San-Diego-Festung auszutauschen. Diese ließen Escudero durch den Geistlichen ausrichten, daß sie für sein Leben garantieren würden, falls er bliebe. Juan R. hielt an seinen Fluchtplänen fest, da er bereits wußte, was das Wort seiner Feinde wert war. Doch seine Mutter drohte, sich in einen Brunnen zu stürzen, falls er gehe. Diesem Druck gab der invalide Held von Acapulco nach, und seine Brüder blieben mit ihm. Die übrigen Anführer der POA verließen unterdessen Acapulco.

Juan wies seine Brüder an, die Papiere des Archivs zu verbrennen. Die Verbrennung fand im hinteren Teil des Hofes statt, wo auch Juans Arm beerdigt war.

Wenige Stunden später erschien eine Militärpatrouille unter dem Befehl von Hauptmann Morlett vor dem Haus der Familie Escudero. Juan hatte einen heftigen Streit mit seiner Mutter und fragte sie: »Wo sind also die Garantien, die sie dir geboten haben?« Die Frau versuchte ihre Söhne selbst zu diesem Zeitpunkt noch zu überzeugen, sie sollten sich kampflos ergeben, und rief den Pfarrer zu Hilfe, doch Juan weigerte sich, ihn zu empfangen. Letzten Endes brach die Patrouille die Türen auf und nahm Juan, Francisco und Felipe Escudero gefangen. Alle drei wurden in die San-Diego-Festung überführt. Der eine oder andere POA-Anhänger versuchte noch, die Brüder Escudero zu befreien, doch wieder mischte sich Doña Irene ein und verhinderte dies mit der Begründung, beim ersten bewaffneten Zusammenstoß würde man ihre Söhne erschießen. Glücklicherweise, muß man dieses Mal sagen, denn die meisten Leute, die die Festung stürmen wollten, waren unbewaffnet.

Am nächsten Tag um acht Uhr abends nahmen die Agraristengruppen aus Tecpan und Atoyac unter der Führung von Amadeo Vidales den Ort Pie de la Cuesta ein und sperrten von dieser Seite die Zufahrtswege in die Hafenstadt ab. Amadeo rief die Einwohner zum Volksaufstand gegen die »Delahuertisten« der Garnison von Acapulco auf und bat die Agraristen der Costa Grande und Costa Chica, rund um die Stadt ihre Kräfte zusammenzuziehen.

Vier Tage lang blieben die Brüder Escudero in der San-Diego-Festung eingesperrt. Unterdessen verhandelten die Militärs mit den Handelshäusern um die Höhe des Kopfgeldes für die drei Volkshelden von Acapulco. In der Buchhaltung der Unternehmen sind mysteriöse Ausgabenposten verzeichnet. Mario Gil zufolge erreichte die unter den Besitzern der Handelshäusern eingesammelte Summe 30.000 Pesos (für die damalige Zeit wirklich ein Vermögen), die für Oberst Sámano und Major Flores bestimmt waren. Hauptmann Morlett hatten sie eine Prämie von 10.000 Pesos angeboten, und Reginaldo Sutter versprach ihm zusätzlich noch die Hand seiner Tochter Ernestina, in die der Pistolero verliebt war.

Unterdessen vertrieb sich Felipe in der San-Diego-Festung die Zeit mit Geigespielen. Er hatte mit seiner Ehefrau vereinbart, zu bestimmten Zeiten zu spielen, damit sie wüßte, daß sie noch lebten. So wiederholten sich die Klänge des Walzers *Evelia*, seinem Lieblingslied, ein um das andere Mal.

Am 20. Dezember waren die Finanztransaktionen beendet, und um Mitternacht wurden die Brüder Escudero in einem Lastwagen der Fabrik *La Especial*, die den *Gachupines* gehörte, aus der Festung geholt. Bewacht wurden sie von einer Soldatengruppe unter dem Kommando von Hauptmann Morlett und von den Pistoleros von Rosalío Radilla und Reginaldo Sutter. Unterwegs versuchte Felipe, Widerstand zu leisten, und traktierte einen der Soldaten mit Fußtritten, doch er wurde niedergerungen.

Der Lastwagen hielt an der Stelle, wo die Bauarbeiten für den Weg nach Chilpancingo unterbrochen worden waren, und die Gefangenen wurden in den Weiler Aguacatillo geführt. Juan wurde von seinen Brüdern auf den Schultern getragen. Um ein Uhr morgens stellte man die Brüder Escudero vor eine Gartenmauer und füsilierte sie. Damit ihre Geister nicht aus dem Reich der Toten zurückkehrten, wurde der 22jährige Felipe von vierzehn Gewehrschüssen durchsiebt, der 30jährige Francisco von sieben. Nach der Erschießung setzte Hauptmann Morlett den Lauf seiner Pistole an Juans Nasenwurzel und gab ihm den Gnadenschuß.

In der Morgendämmerung des 21. fand der Bauer Leovigildo Ávila die Leichen. Er kam näher und stellte fest, daß einer der drei Brüder noch am Leben war: Es war Juan Ranulfo Escudero. Als er den Bauern sah, bat er ihn, er möge Patricio Escobar in La Venta aufsuchen, um eine Aussage darüber zu Protokoll zu geben, wer die Mörder seiner Brüder seien. Doch die Behörden von La Venta verweigerten aus Furcht nicht nur die Niederschrift der Aussage, sondern auch, Juan nach Acapulco in ärztliche Behandlung zu bringen. Er hatte sieben Einschüsse im Leib, doch der Kopfschuß war am Knochen abgeprallt, ohne in den Schädel einzudringen.

Als das Gerücht, daß Juan und seine Brüder in Aguacatillo ermordet worden waren, Acapulco erreichte, setzte sich ein riesiger Zug von Männern und Frauen stadtauswärts in Bewegung. Die Besitzer der Handelshäuser trauten ihren Ohren nicht, als sie erfuhren, Juan sei noch am Leben. Einer von ihnen schickte einen Mann zu dem Arzt und US-Vizekonsul Pangburn mit der Botschaft, falls er versuche, Escudero zu behandeln und ihn noch einmal zum Leben zu erwecken, werde er selbst umgebracht.

Doch Juan lebte immer noch, als am Nachmittag die ersten Gruppen bei ihm eintrafen. Nach und nach umringte die Menschenmenge die Körper von Francisco, Felipe und Juan. Dieser soll den Männern und Frauen zufolge, die ihm am nächsten standen und sein eigenartiges und gebrochenes Stammeln verstehen konnten, gesagt haben: »Macht weiter, damit unser Tod nicht umsonst war.« Die Menge wartete auf ein zweites Wunder. Juan wurde auf den Lastwagen von Señor Ponce, dem Bruder des Schwagers von Francisco, geladen, um ihn nach Acapulco zu bringen. Die Leute liefen hinter dem Lastwagen her.

Um sieben Uhr abends, achtzehn Stunden, nachdem er zum zweiten Mal in seinem Leben den Gnadenschuß bekommen hatte, starb Juan Ranulfo Escudero im Alter von 33 Jahren in den Armen von Freunden und Genossen, an einem Ort namens El Raicero, auf der Strecke von Acapulco nach Chilpancingo.

Eine Wahnsinnstat? Die Verwandlung des Friedrich Adler

Der junge Adler

Er war das Lieblingskind der europäischen Sozialdemokratie. Er vereinte ihre höchsten Tugenden und edelsten Leidenschaften in sich. Jahrgang 1879, war er Anfang 1914 mit seinen fünfunddreißig Jahren eine Kombination aus angespannten Nerven, scharfem Verstand, Opferbereitschaft, Hingabe, Redetalent und begabter Feder. Er war allseits beliebt.

Als Sohn des bedeutendsten Vertreters des österreichischen Sozialismus, Victor Adler, war Friedrich oder Fritz sogar in doppelter Hinsicht der natürliche Erbe einer aufstrebenden Sozialdemokratie, die im autoritär regierten Europa allmählich den Parlamentarismus durchsetzte und innovative soziale Projekte verwirklichte: Häuser für Arbeiter, kürzere Arbeitszeiten, Gesetze über Meinungsfreiheit, Armutsbekämpfung, Gesetze für bessere Hygiene und gegen Kinderarbeit. Der Fortschritt war ein fröhlich dahintrabendes Pferd, langsam zwar, aber ausdauernd und nicht zu zügeln. Der Kampf um das allgemeine Wahlrecht wurde geführt – und gewonnen. Es gab Gewerkschaften, große Parteien, die Fähigkeit, das Mosaik der Nationalitäten im österreichisch-ungarischen Reich ohne nationalistische Engstirnigkeit zusammenzuhalten. Überraschende Wahlerfolge.

Friedrich zählte nicht nur zu den Lieblingsjournalisten der linken LeserInnenschaft, er war auch ein anerkannter Physiker, der häufig als Dozent an ausländische Universitäten geladen wurde, sowie ein ausgezeichneter Organisator und Redner. Die Partei wußte diese Fähigkeiten zu schätzen und hatte ihn zum Generalsekretär ernannt – ein Amt, das bei der österreichischen Sozialdemokratie eher organisatorische Aufgaben beinhaltete als solche der politischen Leitung.

Er hatte die österreichischen Sozialisten auf internationalen Konferenzen vertreten, und während seiner Zeit als Professor in Zürich auch die schweizerischen. Er hatte eine ebenfalls sozialdemokratische russische Emigrantin geheiratet und war als Familienvater relativ glücklich – zumindest soweit es oberflächliche Chroniken herauszufinden vermögen.

Doch dann ereignete sich in Sarajewo ein Attentat, und Österreich erklärte Serbien den Krieg. Der Vorwand, auf den die imperiale Logik gewartet hatte, war eingetreten, der kleine Impuls, der die Starre löste, und ganz Europa wetzte die Säbel für den Krieg. Die Sozialdemokraten unternahmen auf der Brüsseler Konferenz der Sozialistischen Internationalen einen letzten Versuch, den Krieg abzuwenden.

Beide Adlers, Vater und Sohn, waren anwesend und vertraten erstmals unterschiedliche Standpunkte. Während Victor sich außerordentlich pessimistisch zeigte, beharrte Friedrich auf den Prinzipien, die die Sozialdemokratie seit ihren Ursprüngen begleitet hatten: Nein zu jedem imperialen oder kolonialen Krieg, nein zu Eroberungen, nein zur Ausdehnung der Märkte und des Territoriums auf der Grundlage eines Blutbads.

Die Mehrheit der Delegierten jedoch teilte die pessimistische, fatalistische Sichtweise des alten Adler: »Wir werden den Krieg nicht vermeiden können«, hieß es, »der Krieg ist bei der Bevölkerung populär. Wenn wir Glück haben, können wir ihn allenfalls eingrenzen und den Kriegseintritt des zaristischen Rußland verhindern.« Es wurden Pantomimen, ideologische Rechtfertigungen und Maskeraden ins Werk gesetzt: Schließlich und endlich sei das zaristische Rußland das große autoritäre Bollwerk Europas, vielleicht ließe sich der Konflikt ja begrenzen. Niemand aus der Konferenzmehrheit erinnerte sich noch an die Grundsätze, die zur bloßen Verhandlungsmasse verkommen waren. Auf ihrem schnellen Weg zum Fortschritt war die Sozialdemokratie Teil des Systems geworden, sie hatte dem Teufel ihre Seele verkauft.

Die Stimme der Vernunft sagte: Wir dürfen keinen Bruch vollziehen, dürfen nicht in die Illegalität gehen, die beim Volk unpopulär wäre, wir können höchstens versuchen, den Konflikt zu begrenzen. Unterm Strich hieß das, die Anti-Kriegs-Kampagne zu intensivieren. Die Minderheit, zu der Friedrich sowie die künftigen Zimmerwalder zählten, schlug radikalere Aktionen vor, konnte sich aber nicht durchsetzen, denn alles war Vorsicht und Angst, den einmal errungenen Spielraum wieder zu verlieren.

Und sie sahen einander einigermaßen beschämt an und sinnierten. Der Pragmatismus fraß die Prinzipien. Victor Adler stimmte im österreichischen Parlament für die Kriegskredite, Friedrich sagte seinem Vater, das sei Verrat.

Während in den Schützengräben das Blutbad begann, brach für Friedrich Adler eine Welt zusammen. Als Parteisekretär schlug er eine Einladung in die Schweiz aus, wo er an einer Zeitschrift mitarbeiten sollte, die die Prinzipien der Internationale und des Sozialismus hochhielt. Statt dessen kehrte er nach Wien zurück, um seine Friedenspolitik voranzutreiben. Frauen suchten ihn auf mit Gerüchten, die sie von ihren verwundeten Ehemännern gehört hatten, brachten Briefe, in denen vom Massaker auf den Schlachtfeldern die Rede war. Er erhielt Berichte über polizeiliche Verhaftungen, über Männer und Frauen, die man wegen Verrats erhängt oder in Lagern interniert hatte ... All dies unter einer scharfen Zensur. Und Friedrich schrieb für die sozialistischen Blätter Geschichten, die vom Rotstift des Zensors verstümmelt wurden. Wie die von einem sozialistischen Soldaten, der ein Gedicht gegen den Krieg geschrieben hatte und wegen Verrats zum Tod durch den Strang verurteilt worden war. Und über alle Schwierigkeiten hinweg setzte Adler das Unmögliche in Bewegung und erreichte, daß die Strafe des Soldaten in fünf Jahre Zwangsarbeit umgewandelt wurde.

Doch die effiziente sozialistische Maschinerie, die er in ihren besten Tagen kennengelernt hatte, war nur noch ein Schatten ihrer selbst, verheddert in einem Netz aus Versöhnlertum und Zensur.

Das Attentat

In den folgenden Jahren überlebte Friedrich innerhalb der Partei nur durch einen fortwährenden Kampf gegen die Mehrheitsströmung. Doch er war überzeugt, daß die von ihm vertretene Politik des »Friedens ohne Annexionen« zum Scheitern verurteilt war, weil die Mehrheit nicht willens war, sich frontal gegen den Staat zu stellen. Und er wußte, daß der zum Stillhalten mahnende Selbsterhaltungstrieb der Sozialdemokratie stärker war als ihr Wille, den eigenen Prinzipien treu zu bleiben.

Er erwog während dieser Jahre verschiedene Optionen: Es war immer noch möglich, in die Schweiz auszuwandern und die Anti-Kriegs-Kampagne aus dem Ausland weiterzuführen. Doch er begriff, daß auch das bedeutet hätte, das Feld kampflos zu räumen. Etwa Mitte des Jahres 1916 beginnen die Gedanken in seinem Kopf angesichts der verzweifelten Lage, in der er sich befindet, um die Notwendigkeit zu kreisen, die allgemeine Trägheit mit einen symbolischen Akt zu durchbrechen.

Er besitzt einen Revolver, den er 1915 gekauft hat. Er beginnt, die Möglichkeit eines Attentats zu erwägen. Ein Sozialdemokrat, der zum Anarchismus übertritt? Er glaubt an die Massenaktion. Was sind schon die Taten von Einzelnen im Lavastrom der Geschichte? Ja, nein. Nein, ja.

Er ist schlank, trägt einen langen Bart, sein Blick ist durchsichtig und wie von Dämonen besessen. Er hat ein Herzleiden und ist extrem nervös geworden. Die Anspannung des Kriegs hat diese Züge an ihm noch verstärkt.

Er erstellt eine Liste von Leuten, die für die das große Schlachten des Kriegs verantwortlich sind:

Staatsanwalt Doktor Mager, ein eher unbedeutender Mann.

Justizminister Hochenburger, ein Verräter, ein zum Absolutisten gewandelter ehemaliger Demokrat, den er verachtet.

Baron Berchtoldt, der Außenminister, der in letzter Zeit im Reigen der Mächtigen ein Außenseiter war.

Baron Risza, der ungarische Regierungschef.

Die Liste läuft immer auf ein und dieselbe Person hinaus: den Baron Stürgkh.

»Er war aus anderem Holze als die, die sich ihn gefallen ließen. Er war kein Mann der Politik des Durchwurstelns, sondern er war ein Mann, der mit klarer Absicht und bewußt Österreich in einen absolutistischen Staat verwandeln wollte. Er war ein Gegner, den man achten konnte und mit dem man unerbittlich kämpfen mußte.«

Am 18. Oktober 1916 kommt es zu einer heftigen Auseinandersetzung zwischen Vater und Sohn anläßlich einer Sitzung der sozialdemokratischen Parteiführung. Schließlich sagt Victor zu Friedrich: »Du bist ein Provokateur, offenbar willst du aus der Partei ausgeschlossen werden«.

Wie funktioniert der menschliche Geist, wie nehmen die komplexen Beziehungen zwischen Willen und Zweifel ihre letztendliche Gestalt an? Friedrich übernimmt noch die Aufgabe, am zweiundzwanzigsten in einem Wiener Arbeiterverein einen Vortrag zu halten, und kauft für denselben Tag Opernkarten für sich und seine Frau Kathja. Sie werden sich die *Ariadne* von Richard Strauss ansehen.

Am 20. Oktober verbietet eine Verordnung den Medien, künftig von der Wiederherstellung des parlamentarischen Systems zu schreiben. An der Universität wird eine unschuldige Diskussion über die verfassungsmäßige Regierung sogar mittels Polizeieinsatz verboten. Die Zensur verhindert, daß die parteieigene *Arbeiter-Zeitung* über diese Vorfälle berichtet.

Am 21. Oktober 1916 steht Friedrich Adler eine Stunde früher auf als gewöhnlich. Äußerlich weist kein sichtbares Anzeichen auf seinen Entschluß hin, einen Mann zu töten. Er verabschiedet sich von Katja und seinen Kindern und begibt sich ins Parteibüro der österreichisch-ungarischen Sozialdemokratie. In der vorangegangenen Nacht hatte er einige Papiere in seinem Büro verbrannt, doch nicht einmal das war ungewöhnlich. Der einzige äußere Hinweis darauf, daß alle Gewohnheit in tausend Stücke zerspringen würde, war vielleicht daß er, der für gewöhnlich nicht viele Umstände machte, sich besonders elegant gekleidet hatte.

Im Aktenkoffer trägt er den Revolver – er hat ihn aus dem Regal geholt, wo er normalerweise zwischen Büchern ruht.

Um ein Uhr geht er gegen seine Gewohnheit essen, besteigt die Straßenbahn und steuert das Restaurant des Hotels *Meißl und Schadn* an, wo Baron Stürgkh zu speisen pflegt.

Ein Augenblick des Schreckens an der Tür: Der Baron könnte seine Gewohnheiten geändert und beschlossen haben, woanders zu essen; Leibwächter oder Polizei könnten verhindern, daß er in seine Nähe käme.

Doch Stürgkh ist da. Friedrich sieht ihn an einem Tisch sitzen, zwischen den beiden steht noch ein weiterer Tisch, an dem eine Frau sitzt. Friedrich zögert, befürchtet, sie zu verletzen, zweifelt an seiner Zielsicherheit, seiner Standhaftigkeit. Er bestellt etwas zu Essen, ohne die Karte wirklich anzusehen.

Als die Kellner sich zurückziehen, geht er auf den Tisch des Barons zu, holt den Revolver aus dem Koffer und drückt dreimal ab, wobei er auf den Kopf zielt. Er will schreien, er hatte sich vorgenommen, zu rufen: »Nieder mit dem Absolutismus, wir wollen Frieden!« Ob ihm das gelungen ist, weiß er später nicht mehr, er kann sich nicht erinnern. Der Hals schnürt sich ihm zu. Vermutlich hat er es gesagt, aber leise.

Es ist 14 Uhr 45. Friedrich bleibt reglos neben der Leiche von Baron Stürgkh stehen und wartet auf seine Verhaftung. Er fragt, ob der andere tot sei, und es wird ihm bestätigt.

Die Partei – der Vater

Victor Adler hatte den Vormittag in einer Parlamentssitzung verbracht, zu Hause gegessen und sich dann zum Mittagsschlaf in sein Arbeitszimmer zurückgezogen. Das Telefon hatte seine Frau mit ins Wohnzimmer genommen, damit es seinen Schlaf nicht störte. Dort nahm Friedrichs Mutter den Anruf entgegen:

»Angeblich hat Ihr Sohn soeben Baron Stürgkh getötet.«

Emma war erschüttert und wollte es nicht glauben. Friedrich konnte keiner Fliege etwas zuleide tun. Er war Pazifist. Sie wagte nicht, die Nachricht an Victor weiterzugeben, und rief statt dessen Freunde an, die in der Partei Führungspositionen bekleideten, darunter Austerlitz. Die Nachricht verbreitete sich wie ein Lauffeuer.

Als er schließlich mit der Nachricht geweckt wurde, sagte Victor mit einer Stimme, die den schlimmsten Träumen entstiegen schien: »Das ist unmöglich.«

Nach einer Sitzung der Parteiführung entschieden die österreichischen Sozialdemokraten als vordringlich einzuhaltende Linie, die Partei von jeglicher Verantwortung reinzuwaschen. Am Nachmittag fuhr Adler zur Zeitung, um die Linie öffentlich auszugeben: Die Partei hat mit Terrorismus nichts zu tun, und Friedrich war nicht zurechnungsfähig.

Die Reaktionen

Im Gespräch mit Angelica Balabanoff, welche Friedrich Adler schon länger kannte, fragte Wladimir Lenin, was für eine Frau denn dessen russische Gattin sei. Als er erfuhr, sie sei Sozialdemokratin, sagte er überrascht:

»Sozialdemokratin? Ich dachte, sie sei Sozialrevolutionärin, eine Terroristin, die ihren Mann beeinflußt hätte. Aber warum hat er bloß auf Stürgkh geschossen? War Adler denn nicht Parteisekretär der österreichischen Sozialdemokratie und hatte demnach alle Namen und Adressen der Organisationsmitglieder zur Verfügung? Wenn er einen Aufruf gedruckt und heimlich an Hunderte oder Tausende von Leuten verschickt hätte, wäre das klüger gewesen.«

Lenin hatte nichts begriffen. Er war dem Fetisch des geschriebenen Worts erlegen und konnte die Sprache der Tat eines verrückten Pazifisten nicht verstehen.

Leo Lania, damals noch ein junger österreichischer Soldat, stellte, als er von Adlers Attentat erfuhr, fest: »Hatte er nicht mehr Mut bewiesen als all die Soldaten, die sich umbringen ließen, indem sie absurden Befehlen gehorchten? Vielleicht war mein Platz nicht an der Front. Adlers Tat hatte die Nacht des Krieges wie ein Lichtschein erhellt.«

Der Wahnsinn

Nach dem ersten Dutzend Verhöre und den ersten Nachrichten von draußen wußte der Physikprofessor Adler, daß die Verteidigungslinie, die sein Vater vorantrieb, die der vorübergehenden Unzurechnungsfähigkeit, der geistigen Umnachtung, des Wahnsinns, ihm das Leben retten konnte. Er wußte auch, daß diese Verteidigungsstrategie die Hölle bedeutete, da sie seiner Tat ihren gesamten Sinn nahm.

»Der Herr Verteidiger hat von seiner Amtspflicht ausgehend selbstverständlich die Pflicht, für die Erhaltung meines Leibes zu sorgen. Ich habe hier die Pflicht, für meine Überzeugung einzutreten, die mir eine viel wesentlichere Sache ist als die, ob während dieses Krieges in Österreich ein Mensch mehr aufgehängt wird oder nicht. Ich möchte also von vornherein sagen: Ich habe diese Tat nicht in Geistesverwirrung vollbracht. Ich habe diese Tat mit Überlegung vollbracht.«

Ein bedeutenderer Kampf als zwischen dem Staat, der ihn hängen wollte, und Friedrich Adler, der gehenkt werden wollte – um die Schuld des Attentats zu sühnen und ihm so seine symbolische Reinheit wiederzugeben –, spielte sich zwischen Friedrich und seinen Verteidigern ab (den Doktoren Gustav Harpner und Sigmund Popper). Im Auftrag seines Vaters bestanden die Anwälte auf der »zeitweiligen Unzurechnungsfähigkeit«. Friedrich bestand auf seiner geistigen Gesundheit und appellierte an alle nur möglichen Instanzen, um sie unter Beweis zu stellen.

Wien war die Stadt der Nervenärzte und Psychiater, weshalb sich eine ganze Legion von Spezialisten der menschlichen Psyche mit dem Fall befaßte. Friedrich wurde Dutzende Male befragt.

Victor und seine Freunde steuerten die schauerliche Familiengeschichte bei, die vom Wahnsinn der Schwester und den häufigen Depressionen seiner Mutter Emma sprach.

Ein Psychiater kam in einem Gutachten zum Schluß, Friedrich sei ein Fanatiker und dies erkläre seine Taten. Eine andere Gruppe von Ärzten wies darauf hin, daß Personen in einem vergleichbaren Zustand geistiger Verwirrung in der Menschheitsgeschichte bereits große Kunstwerke geschaffen hätten. Das endgültige Gutachten war ein 60seitiger Bericht von den Ärzten des Universitätsklinikums, die die geistige Gesundheit des Untersuchten bestätigten.

Friedrich hatte die Schlacht gewonnen.

Der Prozess

Wenn das Attentat im österreichisch-ungarischen Reich auch keinerlei unmittelbare Reaktion ausgelöst und der Funke, den Friedrich entzünden wollte, keinen Steppenbrand entfacht hatte, so fand der Prozeß, der Monate später im Mai 1917 stattfand, doch in einem veränderten gesellschaftlichen Klima statt. Adler galt bereits nicht mehr als Irrer, er war ein Held. In Rußland hatte sich die Februarrevolution ereignet, der Krieg hatte jeden Glorienschein verloren und sich als dreister Imperialismus herausgestellt, als organisiertes Verbrechen, als Schützengräben voller verwesender Leichen, schmutzige Verbände und ohrenbetäubender Kanonendonner.

Die Regierung entschied demzufolge, den Prozeß so rasch wie möglich durchzuführen. Er fand am 18. und 19. Mai statt. Die veränderte politische Situation hatte die Haltung der sechs Richter und des Präsidenten Heidt beeinflußt, der mit Adler vereinbarte, er könne so lange reden wie er wolle, es stehe ihm frei, den Krieg und die Regierung zu kritisieren, solange er nur nicht Österreich beschuldige, den Konflikt begonnen zu haben.

Friedrich entschied sich also für eine politische Erklärung gegen den Krieg, in der er die volle Verantwortung für das Attentat übernahm, im Bewußtsein dessen, daß er für schuldig befunden und die Todesstrafe gegen ihn beantragt werden würde.

In seiner Rede machte er deutlich, daß er wußte, daß ihm der Tod bevorstand. »Ich habe diese Tat vollbracht in dem vollkommenen Bewußtsein, daß damit mein Leben abgeschlossen ist.«

Vier Stunden lang erklärte er seine Ablehnung des Krieges als eines Akts staatlich organisierten Verbrechens; die völlige Irrationalität des Krieges; den Verlust der demokratischen Verteidigungsmechanismen der Gesellschaft im Ausnahmezustand; seine eigene Ohnmacht; die Verantwortung des Barons Stürgkh für die Schaffung eines autoritären Staates; die Notwendigkeit, mit einer Tat, die wahnsinnig erscheinen mochte, einen verzweifelten Appell an den Verstand zu richten.

Er verteidigte seine geistige Zurechungsfähigkeit, seine Verantwortung, sein Recht, für seine Tat zu sterben, und versuchte sogar, sich von den anarchistischen Tyrannenmördern abzusetzen: »Ich glaube nicht an den individuellen Terror, ich glaube an die Macht der Massen, ich bin kein Anarchist, ich bestehe darauf, daß die Massenaktion entscheidend ist. Ich wollte die psychologische Voraussetzung künftiger Massenaktionen schaffen.« Und sehr vernünftig und kaltblütig, »in der Überzeugung, daß man mich hängen wird«, erklärte er sein Handeln.

Die Rede Adlers wurde überall heimlich verbreitet, per Hand abgeschrieben, in schweizerischen Zeitungen abgedruckt, die nach Österreich gelangten, in allen Organen der Sozialdemokratie, die unter dem Einfluß Zimmerwalds standen. Selbst in der Zeitung der österreichischen Sozialdemokraten erschien der erste Teil ungekürzt, obwohl er in anderen Publikationen teilweise zensiert wurde. Als die Regierung am darauffolgenden Tag sah, welchen Effekt die Worte Adlers in der Gesellschaft auslösten, zensierte sie zwanzig Absätze des zweiten Teils.

Friedrich Adler wurde zum Tod verurteilt, doch angesichts des politischen Klimas wagte die Regierung es nicht, ihn hinzurichten. Sie befürchtete einen riesigen sozialen Aufschrei und ließ das Urteil in lebenslange Haft umwandeln.

Die Sozialdemokraten und ihre Anwälte legten dennoch Einspruch gegen das Urteil ein. Der Prozeß sei verfassungswidrig gewesen, da er ohne Geschworene abgehalten worden war.

Das Gefängnis

Überrascht, daß er noch lebte, wurde Adler in die Strafanstalt Stein an der Donau eingewiesen.

Die Tage waren lang, die Verbindungen zur Außenwelt spärlich. Er begann, den 1916 verstorbenen Wissenschaftler Ernst Mach zu studieren, einen Mann, der die Realität der Materie in Zweifel zog und behauptete, daß es ein wissenschaftliches Gesetz als solches nicht gebe, sondern lediglich eine Weise, sich ausgehend von begrenzten Kenntnissen der Lösung eines Problems anzunähern. Als Ergebnis dieser Tage verfaßt Adler im Gefängnis *Ernst Machs Überwindung des mechanischen Materialismus* und veröffentlicht es im Jahr 1918.

Während seine Mutter sich immer noch weigerte, zu glauben, was ihr Sohn getan hatte, schrieb Friedrich in seiner Zelle: »Ernsthaft zu leben und fröhlich zu sterben ist alles, was ein Mann sich wünschen kann«.

Epilog

Im Januar 1918, während die Friedensverträge von Brest-Litowsk ausgehandelt wurden, erfaßte eine Streikwelle ganz Österreich-Ungarn. Sie begann in der Wiener Neustadt und legte bald das gesamte Reich lahm: Munitionsfabriken standen still, Massenbewegungen bildeten sich und forderten Brot und Frieden, infolge der Lebensmittelrationierung kam es zu Hungerrevolten. In der Bucht von Cattaro in Dalmatien meuterte die Besatzung von vierzig Schiffen, rote Flaggen wurden gehißt, Offiziere verhaftet und Matrosenräte gebildet. Bedroht durch die Strandbatterien und deutsche U-Boote, ergaben sich die Matrosen schließlich, und der Aufstand wurde brutal niedergeschlagen. Die Sozialdemokratie drohte angesichts der Erschießung der Matrosen mit einem Generalstreik. Am 12. November wurde die Republik ausgerufen, und in Wien entstanden die ersten Arbeiterräte.

Als das Kaiserreich zusammenbrach, wurde Adler auf freien Fuß gesetzt und zum stellvertretenden Fraktionsvorsitzenden der Sozialdemokraten im Parlament der neuen Republik ernannt. Während der 20er und 30er Jahre war er Sekretär des Büros der II. Internationalen. Er versuchte, die Isolierung der russischen Revolution zu verhindern und diese im Gegenzug zur Einführung eines Mehrparteiensystems zu bewegen. Als Befürworter eines realpolitischen Auswegs aus der europäischen Krise und eines fortschrittlichen, evolutionären Sozialismus mußte er den schrecklichsten Abschnitt der mitteleuropäischen Geschichte miterleben. Zu Beginn des Spanischen Bürgerkriegs war er mit seinen 57 Jahren als Sekretär der II. Internationale aktiv und für die internationalen Beziehungen und die solidarische Unterstützung der angegriffenen Republik durch die sozialistischen Parteien zuständig. Die Annexion Österreichs durch Hitler markierte das Ende einer historischen Etappe und auch seiner persönlichen Geschichte. Er erlebt den Zweiten Weltkrieg aus dem US-amerikanischen Exil und stirbt im Alter von 81 Jahren in der Schweiz.

Von Wänden und Macheten

Anmerkungen zum kurzen Dasein der mexikanischen Malergewerkschaft (1922–1925)

Die Schöpfung und »Los Dieguitos«

»Vor zehn Jahren hatte ich einen Traum, in dem ich dieses Wandbild malte«, sagt Diego Rivera einem Reporter. Er steht vor 90 Quadratmetern Wand im *El generalito* genannten Konzertsaal der Escuela Nacional Preparatoria, auf der die ersten monumentalen, vier Meter hohen Figuren sichtbar werden, die einen Teil des Wandbilds *Die Schöpfung* ausmachen werden.

Später wird Rivera sagen: »Trotz meiner Bemühungen, in den Personen die unverfälscht mexikanische Schönheit auszudrücken, spürt man in der Art ihrer Ausführung und selbst in ihrer inneren Bedeutung noch zuviel europäische Einflüsse.«

Doch die Figuren auf der Wand wachsen, und mag dieses erste Wandbild auch ein Scheitern beinhalten, so wird es doch übertrumpft von den erfolgreichen Elementen. Rivera hat die Regierung davon überzeugt, ihre Wände jungen Malern zur Verfügung zu stellen, eine Regierung, die aus dem Staatsstreich von Agua Prieta im Jahr 1920, d.h. aus der letzten bewaffneten Auseinandersetzung einer insgesamt zehn Jahre währenden Revolution, hervorgegangen war. José Vasconcelos, Erziehungsminister seit 1921, ist die Vermittlungsinstanz zwischen dem Staat und dem Maler.

Diego Rivera ist 36 Jahre alt und erst vor einem Jahr wieder nach Mexiko zurückgekehrt, nachdem er den Großteil der Revolutionszeit – seit Juli 1911 – in Europa verbracht hatte, wo er mit den allerneuesten Strömungen der Weltliteratur und -malerei zusammen gearbeitet, gelebt und diskutiert hatte: mit Modigliani, Ilja Ehrenburg, Juan Gris, Picasso, Léger, Jean Cocteau, Ramón Gómez de la Serna, Georges Braque.

Dort erlebt er die Verzweiflung über den Krieg und die Hoffnung auf die Revolution.

Die Arbeit an dem Wandbild beginnt er im März 1922, und sie geht schnell voran. Rivera malt zwischen 12 und 15 Stunden täglich, bis zur völligen Erschöpfung, als ob sein Leben davon abhinge, und tatsächlich setzt er es so vermutlich aufs Spiel. Bei diesem ersten Experiment arbeitet eine Gruppe junger Künstler mit ihm zusammen: Xavier Guerrero, ein 26jähriger aus Coahuila, der bereits Erfahrung mit Kirchenfresken hat. Jean Charlot, ein 25jähriger Franzose, der 1921 nach Mexiko gekommen ist, nachdem er im ersten Weltkrieg Artillerie-Offizier gewesen war, und der jetzt für den erbärmlichen Hungerlohn von acht Pesos täglich als Hilfsarbeiter engagiert wurde. Und schließlich der Guatemalteke Carlos Mérida.

Die Schöpfung wird zu einer Mischung aus Christentum und Heidentum mit verwirrender Symbolik. Das Bild wird vor allem durch die enorme Kraft der 18 mestizischen und mexikanischen Frauen gerettet, die einen unnützen Engel niederringen.

Das ist nur der erste Schritt. Rivera bekommt kurze Zeit später einen monumentalen Auftrag. Vasconcelos bietet ihm am 4. Juli 674 Quadratmeter Wand im Erziehungsministerium an, wo die Arbeiten fünf Tage später beginnen werden. Die Thematik, so der Minister gegenüber der Presse – denn es sind die Minister und nicht die Maler, die die Wandbilder erzählen –, wird folgende sein: »Tafeln mit Frauen in typischer Kleidung, und für die Treppe [...] ein aufsteigender Fries, der beim Meeresniveau mit seiner tropischen Vegetation beginnt und sich später in ein Hochlandpanorama verwandelt, um dann bei den Vulkanen zu enden.«

Die Entscheidung, Diego einen Auftrag derartigen Ausmaßes zu geben, wird von kleineren Verträgen mit der Gruppe von Malern flankiert, die sich durch die Arbeit an der *Schöpfung* zusammengefunden hatte.

Der Franzose Charlot bekommt eine Wand, auf der er einen Ausschnitt des spanischen Eroberungskriegs gegen die Azteken darstellen wird, das *Massaker im Templo Mayor*. Ramón Alva de la Canal bekommt seine eigene Wand, auf der er den Einzug der christlichen Religion in Amerika als tragisches Ereignis darstellen wird, in einem Gemälde namens *Das Kreuz in der Neuen Welt*. Fermín Revueltas, ein 19jähriger junger Mann aus Durango, der einer bemerkenswerten Familie von Schriftstellern, Musikern und Schauspielerinnen entstammt und in Chicago Malerei studiert hat, wird ein weiteres Bild malen, und ebenso Emilio García Cabero und Fernando Leal, ein 21jähriger Kunststudent aus dem Bundesdistrikt, der in einem Treppenaufgang der Preparatoria ein Wandbild über die Tänzer von Chalma erstellen wird.

Die fünf jungen Leute, von der Öffentlichkeit, *los Dieguitos*, »die kleinen Diegos«, getauft, beginnen die Arbeit an den riesigen Wänden mit einer Mischung aus Furcht und Schaffensdrang. Für jedes Wandbild wurden ihnen 400 Pesos in Aussicht gestellt, und sie nehmen sich vor, in dem nationalbetonten Tenor ihrer Gemälde noch weiter zu gehen als Rivera. Dieser Anspruch bringt den Atheisten Revueltas dazu, die Jungfrau von Guadalupe als Motiv zu wählen. Er malt sie als dunkelhäutige Indianerin, die von Prostituierten umgeben ist, und hüllt sie in äußerst mexikanische Pastelltöne. Auch alle anderen arbeiten an unbestreitbar nationalen Motiven.

Während Rivera an der *Schöpfung* weiterarbeitet, beginnen die *Dieguitos* zwischen Juni und Oktober 1922 ihre eigenen Wände zu bemalen. Sie müssen unter freiem Himmel arbeiten. Dies ist die Geburtsstunde einer bewegten Beziehung zwischen den Muralisten und den konservativen und scheinheiligen Studenten, die sich über zwei Jahre hinziehen wird. Ein US-amerikanischer Kritiker namens Michel notiert:

»Die neue Bewegung begann inmitten von Spott, Pfiffen, Sarkasmus und Verachtung. Verschiedenste Projektile flogen durch die Luft, angefeuchtete Papierkügelchen, Kaugummis und Spucke klatschten auf die Wandbilder, während es von den Gerüsten herunter Flüche hagelte und die Maler ihre farbgetränkten Pinsel drohend schwangen. Es kam zu Akten von Vandalismus. Eindringlinge griffen unerwartet an, erkletterten die Gerüste und malten in die Kreise, in denen später Köpfe entstehen sollten, groteske Nasen und lustige Augen. Die derart Belagerten errichteten robuste Barrikaden, die allerdings die Angreifer nicht abzuhalten vermochten. Die Maler verstärkten die Geländer und Leitern mit Holz und Nägeln, und führten dann hinter diesem Verschlag die Arbeit an ihren großen Dekorationen fort."

Der Bildhauer Ignacio Asúnsolo, der für die Revolution gekämpft hatte, beschloß, sich in die Sache einzumischen. Eines schönen Tages kam er mit einer Gruppe bewaffneter Bauern in die Schule und schoß den Studenten, die die Muralisten am liebsten gelyncht hätten, mit Kugeln hinterher.

Bilder: Die Pyramiden

»Das nennst du Kunst?« fragte ein Student seinen Kommilitonen, während sie vor dem Gerüst standen und Diego zusahen, der dort oben sein erstes Wandbild in der Preparatoria malte. »Sieh dir mal diese nackte Frau an!« fuhr der Student fort, indem er auf den Akt in der linken, unteren Ecke wies. »Würdest du etwa eine Frau wie die da heiraten wollen?«

»Junger Mann«, mischte sich Diego unerwartet ein, wobei er von hoch oben über die Schulter nach unten blickte, »niemand wird von Ihnen verlangen, eine Pyramide zu heiraten, aber eine Pyramide ist trotzdem Kunst.« Und er malte seelenruhig weiter.

Neuzugänge und Mond mit Hammer und Sichel

Im September 1922 stoßen zwei Neue zu der Muralistengruppe. David Alfaro Siqueiros legt in der dritten Klasse eines Passagierschiffs in Veracruz an. Der 26jährige stammt aus Chihuahua und hat in San Carlos Malerei studiert. Er hat zunächst in der konstitutionalistischen Armee gekämpft und sich seit 1919 in Europa aufgehalten, wo er einen Diplomatenposten mit einem Kunststipendium von Vasconcelos verknüpft hat, welches im August eingestellt wurde, damit er zum Malen nach Mexiko zurückkehrte. Er ist mit Rivera befreundet und hat mit ihm schon oft über die Möglichkeiten diskutiert, in Mexiko-Stadt eine Wand zur Verfügung gestellt zu bekommen. Diese Chance steht ihm jetzt offen, für einen Tageslohn von 3,30 Pesos. Siqueiros ist der achte »studierte Maler«, den Vasconcelos einstellt, um in der Preparatoria zu arbeiten. Sein erstes Projekt ist ein Monumentalwerk, eine »Wand im wahrsten Sinn des Wortes«, worauf er *Der Geist des Westens* malen wird.

Im selben Monat taucht auch der Maler Amado de la Cueva aus Jalisco in Mexiko-Stadt auf, der mit seinen 31 Jahren ebenfalls aus Europa zurückkehrt und sich in die Helfergruppe von Rivera einreiht.

Jahre später werden ihre Namen zu einem Mythos verschmelzen, der auf der ganzen Welt bekannt ist.

Die Gruppe wächst allmählich zusammen, nicht nur, weil alle im Grunde Lohnarbeit für das Erziehungsministerium verrichten (allerdings sehr schlecht bezahlte) und gemeinsam die Wände der Preparatoria nutzen, sondern auch wegen der fortwährenden Gespräche über Techniken der Wandmalerei und die nationalbezogenen Inhalte ihrer Gemälde. Ende 1922 kommt ein weiteres Element hinzu, welches die Maler miteinander verbindet: das politische Engagement – in einem Land, das sich nach einer blutigen Revolution wieder zu regen beginnt, im Gefühl, daß nur Halbheiten erreicht wurden, daß irgend etwas auf der Strecke geblieben ist.

Rivera hatte sich Anfang 1922 einer Intellektuellengruppe angeschlossen, die von Vicente Lombardo Toledano geleitet wurde und unter der Bezeichnung »Solidaritätsgruppe mit der Arbeiterbewegung« enge Verbindungen zum gemäßigten Gewerkschaftsdachverband der 20er Jahre unterhielt, der CROM. Im September nahm der Maler als Delegierter an der vierten Jahreshauptversammlung der CROM teil.

Doch die zunehmende Regierungstreue der CROM und der Konservatismus ihrer Anführer enttäuschen Rivera, und er sieht sich nach einer politischen Option um, die eindeutiger links angesiedelt ist. Vermutlich war es die von der CROM provozierte Auseinandersetzung um das Wasserwerk im November 1922, mit der die Stadtverwaltung von Mexiko-Stadt gestürzt werden sollte und die in einem Zusammenstoß zwischen Demonstranten und Soldaten mit mehreren Toten und Verletzten endete, die die Maler endgültig davon überzeugte, sich eine radikalere politische Plattform zu suchen. Rivera, Siqueiros und Revueltas befanden sich damals am Ort des Geschehens, weil das Rathaus nur wenige Schritte von der Preparatoria entfernt war, wo die drei gerade malten. Sie sollten ihre neue Plattform schon sehr bald finden.

Ein Text von Rivera aus jenen Monaten verweist auf seine neue politische Entdeckung: »An der schwarzen Himmelstafel Mexikos leuchtet ein großer fünfzackiger roter Stern, und in den Gesichtszügen des Mondes sind Hammer und Sichel zu erahnen. Und es sind Boten gekommen, die dies als die Geburtsstunde einer neuen Ordnung und eines neuen Gesetzes interpretieren.«

Es geht um den Kommunismus, der im Glanz der russischen Revolution erstrahlt. Rivera tritt in die kommunistische Partei Mexikos ein und erhält die Mitgliedsnummer 992. Die PCM durchlebt zu dieser Zeit eine schlechte Phase. Sie ist auf eine Handvoll Aktivisten zusammengeschrumpft und steckt obendrein in einer tiefen politischen Krise, nachdem ein großer Mieterstreik, den sie 1922 in Mexiko-Stadt organisiert hatte, mit einer Niederlage geendet war und sie obendrein einen Großteil ihrer Leitungsmitglieder verloren hatte, nachdem die Kader der Kommunistischen Internationale des

Landes verwiesen worden waren. Aber Diego erwartet kaum etwas von der Partei. Ganz auf seine Wandbilder konzentriert, verbringt er täglich 15 bis 16 Stunden auf dem Gerüst in der Preparatoria und bekommt von der Krise der PCM nur wenig mit. Sein politisches Engagement äußert sich in jenen Monaten ausschließlich innerhalb seiner Arbeitswelt, d.h. im Kreis der Muralisten. Doch in diesem Kreis heckt er zusammen mit Siqueiros ein Projekt aus: »die Gewerkschaft«.

Maler und »ähnliche Berufszweige«

Die Gewerkschaft entstand zwischen Ende November und Ende Dezember 1922, bei Gesprächen während des Malens, beim Plaudern auf der Straße und bei Versammlungen im Haus Diego Riveras. Gegründet wurde sie von den neun Wandmalern, die in der Preparatoria unter Vertrag standen (Rivera, Charlot, Revueltas, Alva de la Canal, Emilio García Cabero, Carlos Mérida, Xavier Guerrero und Fernando Leal) und einigen ihrer Helfer: Máximo Pacheco, der mit Revueltas zusammenarbeitete, und Roberto Reyes Pérez, der Siqueiros half. Außerdem schloß sich José Clemente Orozco der Gruppe an, ein Maler aus Jalisco, der gerade aus den USA zurückkehrte, wo er Siqueiros begegnet war. Er war 39 Jahre alt, hatte in San Carlos studiert und arbeitete als Illustrator bei verschiedenen Zeitschriften. Orozco, der bissige Karikaturen zeichnete, tendierte zu Nihilismus und Skepsis und war im Umgang einzelgängerisch und schroff. Er maß der Bewegung weder viel Bedeutung bei noch schenkte er ihr seine Zeit, obwohl er sich verpflichtet fühlte, die Initiative zu unterstützen.

Die Gründungsversammlung fand bei Diego Rivera zu Hause statt, und man kam überein, die Organisation »Revolutionäre Vereinigung der technischen Zeichner, Maler, Bildhauer und ähnlicher Berufszweige« zu nennen. Später wurde als endgültige Bezeichnung »Gewerkschaft der technischen Zeichner, Maler und Bildhauer« festgelegt, womit auch alle Dokumente und Mitteilungen unterzeichnet wurden.

Die neue Organisation entwickelte eine Prinzipienerklärung, die zwar niemals veröffentlicht wurde, über die aber dennoch mehrere Tage lang diskutiert werden mußte. Aus den Aussagen von Siqueiros, Charlot, Orozco und Rivera lassen sich die zentralen Gedanken dieses Textes annähernd rekonstruieren, der weit über ein bloßes Organisationsstatut hinausging:

a) Eine antiimperialistische und revolutionäre Selbstdefinition.

b) Der Beitritt zur III. Internationale und die Übernahme ihrer Grundsätze: die Abschaffung des Kapitalismus und die Diktatur des Proletariats.

c) Ein Verständnis von künstlerischer Arbeit als einem Handwerk, das von Gerüst- und Pinselarbeitern ausgeführt wird, den »Arbeitern der Kunst«.

d) Eine Auffassung von künstlerischer Arbeit als Spiegel der Gesellschaft, in der man lebt, und als Wahl eines bestimmten Standpunkts dieser Gesellschaft gegenüber.

e) Der Vorsatz, die eigene Kunst auf einem sozialen und nationalverbundenen Weg zu entwickeln und sie »eng mit den internationalen Strömungen der modernen Kunst« zu verbinden.

f) Der Anspruch, die eigenen Gemälde müßten für die besitzlosen Klassen »nützlich« sein. Die Herstellung einer Verbindung zum Klassenkampf. »Vergesellschaftung der Kunst«.

g) Die Priorität der Wandmalerei gegenüber der Staffelei. »Monumentalwerke im öffentlichen Raum«.

h) Lernen im Arbeitsprozeß.

i) Die Förderung der kollektiven Arbeit. »Zerstörung des Egozentrismus, der durch disziplinierte Gruppenarbeit ersetzt werden soll.«

j) Die Gründung der Kooperative Francisco Tresguerras, um neue Aufträge zu akquirieren und die Ergebnisse finanziell zu verwalten.

In dieser Prinzipienerklärung drückten sich eher die radikalsten Gedanken einiger Mitglieder als der politische Entwicklungsstand der gesamten Gruppe aus. Die Position von Rivera, der damals offiziell Mitglied der kommunistischen Partei war, von David Alfaro Siqueiros, der politisch von den spanischen und französischen Anarchisten und Kommunisten der Nachkriegszeit geprägt worden war, der Radikalismus von Fermín Revueltas und Amado de la Cuevas und sogar die katholische Linkseinstellung von Charlot setzten sich hier gegen die Apathie der einen und den Konservatismus der anderen durch. Nicht nur das geringe Durchschnittsalter der Gruppe und ihre Begeisterung für die Wandmalerei spielten hier eine Rolle, sondern auch der Glaube an eine Revolution der Malerei, die diese auch den großen Massen zugänglich machen würde, sowie ihre Arbeitsbedingungen: Sie arbeiteten im Durchschnitt wesentlich mehr als zehn Stunden am Tag auf ihren Gerüsten, mit Gips, Pinsel und Spachtel, für unverschämt niedrige

Löhne und in enger Zusammenarbeit mit den Maurern, von deren Effizienz das Gelingen der Fresken abhing. Das waren die Stützpfeiler der entstehenden Organisation. Ihre schlimmsten Feinde waren die Individualismus der kreativen Arbeit und die Tollheiten eines Haufens begeisterter Genies. All das inmitten eines interessanten Ideologiencocktails, wo die Definitionen eines Radikalismus der Form sich mit einem avantgardistischen Indigenismus vermengten. Siqueiros wird später zusammenfassen: »Ich vermengte meine politischen Träume mit Ideen über Kosmogonie und rationalistischen Theorien über plastische Entsprechungen zwischen Geographie und Ethnographie.«

Das erste Leitungskomitee wurde mit Siqueiros als Generalsekretär, Diego Rivera und Xavier Guerrero als erstem und zweitem Beisitzer, und außerdem Fermín Revueltas, Ramón Alva, Orozco, Carlos Mérida und Germán Cueto besetzt. Einige Zeitzeugen erwähnen zusätzlich Fernando Leal als Kassenwart.

Eine der ersten Handlungen der Gewerkschaft war eine Unterredung mit Vasconcelos, um diesen dazu zu bringen, José Clemente Orozco eine Wand zur Verfügung zu stellen. Doch der Minister, dem weder die Karikaturen des Malers aus Jalisco noch dessen Zeichnungen der Halb- und Unterwelt gefielen, lehnte das Anliegen entschieden ab. Orozco reagierte mit den Worten: »Ich habe euch ja gesagt, daß diese Gewerkschaft eine Schnapsidee ist«.

Das sollte nicht der erste Zusammenstoß der Maler mit ihrem Auftraggeber und ersten, wenn auch kleinlichen Mäzen bleiben. In seinen Memoiren beschreibt Vasconcelos auf sehr fragwürdige Art ein Gespräch mit Siqueiros zur selben Zeit, als die Gewerkschaft gegründet wurde, in dessen Verlauf er sich weigerte, kollektive Lohnverhandlungen mit der ganzen Gruppe zu führen und ihre Vertreter zuerst wegschickte, um sie dann sogleich wieder zu sich zu rufen, nachdem er ihnen »eine Lektion erteilt hatte«. Reyes Pérez erinnert sich daran, daß der Minister die Zahlungen an Fermín Revueltas einstellte, weil er eines Tages vor dem Wandbild vorbeigegangen war, an dem dieser gerade arbeitete, und nur den Hilfsmaler dort beschäftigt fand, während der Meister abwesend war. Vasconcelos entschied, Revueltas den Lohn zu streichen und statt dessen die Gesamtsumme an Máximo Pacheco auszuzahlen. Die Geschichte wurde noch verzwickter, als Vasconcelos herausfand, daß Pacheco das Geld zwar annahm, aber Revueltas seinen Lohnanteil zurückerstattete, während der an seiner riesigen Jungfrau von Guadalupe weitermalte. Daraufhin entzog der Minister allen beiden den Lohn, und das Autoritätsprinzip begann, für die Jungfrau von Guadalupe in ihren lila und hellroten Gewändern zu einer Bedrohung zu werden.

Bilder. Fermín ganz allein

Siqueiros berichtet:

»Eines Tages kam ich von San Ildefonso zur Escuela Nacional Preparatoria und traf auf eine riesige Menschenmenge, Studenten und Dozenten der Schule. [...] Was war nur los? Wer hatte befohlen, alle Türen der Preparatoria zu schließen? Wer hatte angeordnet, diese rote Fahne auf dem Gebäude zu hissen? [...] Vasconcelos rief mich dringend zu sich. Ich traf ihn in einem zutiefst indignierten Zustand an.

›Was Sie da mit ihrer berühmten Malergewerkschaft machen, ist wirklich unglaublich, und ich werde das nicht länger dulden. [...] Dieser Wahnsinnige von einem Revueltas ist heute in den frühen Morgenstunden aus freien Stücken und sturzbetrunken zur Schule gekommen und hat den Rektor und die ganzen jungen Leute mit vorgehaltener Pistole aus dem Gebäude verjagt, wo er sich dann mit den Worten eingeschlossen hat, daß er niemandem mehr öffnen werde, bevor er nicht das Geld bekommen habe, welches man ihm noch schulde. [...] Ein einzelner Mann streikt gegen alle anderen. Im ersten Augenblick wollte ich schon der Polizei oder den Soldaten aus der gegenüberliegenden Kaserne befehlen, ihn da mit Gewalt herauszuholen, obwohl ich weiß, daß der Junge reizbar ist und sich wahrscheinlich mit Schüssen zur Wehr setzen würde. [...] Was glauben Sie als Generalsekretär der Gewerkschaft, was wir tun sollen?‹

Ohne mein ironisches Lächeln abzulegen, sagte ich ihm: ›Licenciado, die Lösung scheint mir sehr einfach zu sein: Ordnen Sie an, man solle ihn auszahlen.‹

Ich bahnte mir einen Weg durch die Menge und schrie Revueltas von unten her zu: ›Fermín, Fermín, wir haben gewonnen!‹ Gleichzeitig zeigte ich auf den Beutel mit dem Geld, aus dem der Sieg bestand.

›Was? Was?‹ rief er mit den irrlichternden Augen eines Betrunkenen von oben herunter, mit diesen riesigen schwarzen Augen, die in diesem Moment wahnsinniger wirkten denn je. Meine Worten lösten in der Menge regelrechte Begeisterung aus, und sie begann, ihn und mich für unseren Erfolg hochleben zu lassen. Ich sagte also zu Revueltas, er solle herunterkommen, aber sehr vorsichtig. Er öffnete die Tür einen Spaltbreit, die Pistole immer noch in der Hand, und konnte sich erst entschließen, mich einzulassen, nachdem er das Geld mit eigenen Händen befühlt hatte.«

Die Innenhöfe des Erziehungsministeriums und die Mädchen von der Lerdo-Schule

Rivera vollendete *Die Schöpfung* im Januar 1923 und machte sich sogleich daran, einen Vertrag über die Verzierung des Erziehungsministeriums in die Tat umzusetzen, den er mit Vasconcelos abgeschlossen hatte. Dabei unterstützten ihn Guerrero, Amado de la Cueva und Charlot, der sein *Massaker im Templo Mayor* fertiggestellt hatte – ein bewegendes Wandbild über die Eroberung Mexikos, auf dem die spanischen Ritter mithilfe von Eisen und Pferden die Oberhand gewinnen.

Am 20. März 1923 veranstalteten die Maler in der Werkstatt der Kooperative Tresguerras ein Fest, um die Fertigstellung des ersten Wandbildes von Rivera zu feiern, und luden Vasconcelos und Lombardo Toledano dazu ein. In der Einladung wurden alle Gäste – inklusive der Gefeierten – gebeten, fünf Pesos für das Essen mitzubringen.

Drei Tage später stürzte Rivera sich fieberhaft in die Arbeit an den 124 Wänden des Erziehungsministeriums. Im Lauf der letzten Monate hatte er das ursprüngliche Konzept zur Verzierung des Gebäudes, von dem Vasconcelos gesprochen hatte, abgeändert. Ein neuer Gedanke hatte in seinem Kopf Gestalt angenommen. Während sein Biograph B. Wolfe davon ausgeht, *Die Schöpfung* sei ein Fehlstart gewesen, und die großen, auf gewalttätige Weise mexikanischen Akte hätten ihm den weiteren Weg gewiesen, schreibt Jean Charlot diese Entwicklung Diego Riveras eher dem Einfluß der jungen Maler zu, die in der Preparatoria arbeiteten: Revueltas' Jungfrau mit der gewagten Farbgebung, den Pilgern von Chalma von Leal, den roboterhaft wirkenden, gepanzerten Reitern von Charlot selbst.

Sei es nun aus dem einen oder aus dem anderen Grund oder aus einer Kombination von beiden, jedenfalls mexikanisierte Rivera nicht nur seine Motive auf noch radikalere Weise, wie es schon in dem Projekt angeklungen war, das Vasconcelos im vorherigen Juli vorgestellt hatte, sondern er politisierte sie darüber hinaus den Vorgaben des Gewerkschafts-Manifestes folgend.

Während er seine Genossen Charlot und Amado in einem Innenhof arbeiten ließ, den er den »Hof der Feste« taufte, weil dort die volkstümlichen Bräuche, die Farben und die menschlichen Landschaften Mexikos dargestellt werden sollten, tauchte er selbst ganz in den »Hof der Arbeit« ein. Rivera arbeitete so lange, wie es das Tageslicht ihm nur irgend erlaubte, und begann mit der Hilfe von Xavier Guerrero, Geschichten von Arbeitern und Bauern, von Kämpfen und Mühen auf die Wände zu bringen. Bewußt und besessen, verrückt und begierig begann er, eine der unsterblichen Geschichten Mexikos zu erzählen, eine dieser Erzählungen, die parallel zur offiziellen Geschichte verlaufen und in der wir Mexikaner uns viele Jahre später immer noch wiederfinden ...

So erlebte ihn Bertram Wolfe, ein brillanter US-amerikanischer Journalist und obendrein Kommunist, der gerade in Mexiko angekommen war und als Englischlehrer für das Erziehungsministerium arbeitete. Aus der ersten Begegnung entstand folgendes Porträt:

»Ein froschgesichtiger Mann von imposanter Körperfülle, genial, der sich langsam bewegt, mit einem abgenutzen Overall bekleidet, einen riesigen Stetson-Hut auf dem Kopf, den Patronengürtel wohlgefüllt, an dem eine große Pistole hängt, und große Schuhe voller Farb- und Gipsflecken. Alles an ihm schien schwer, langsam und ungehobelt, bis auf den lebhaften und brillanten Geist, die wachen und zugreifenden Sinne, die kleinen, dicklichen Hände, die an diesem monumentalen Mann sensibel, flink und unerwartet klein schienen und trotz ihrer Dicklichkeit in beinahe schlanken Fingern endeten.«

Anfang April gestattete Diego sich eine Unterbrechung seiner Arbeit und nahm als Delegierter der Malergewerkschaft am zweiten Kongreß der PCM teil. Dort versuchte die Partei, ihre schwindenden Kräfte zu reorganisieren und bestimmte ein neues nationales Exekutivkomitee. Diego Rivera wurde der von Manual Díaz Ramírez und Rosendo Gómez Lorenzo geleiteten Gruppe zugeteilt. Diese Entscheidung ist unter anderem sicher dem Umstand geschuldet, daß die PCM durch die Malergewerkschaft zum ersten Mal in ihrer Geschichte auf ein gewisses Echo unter den Intellektuellen zählen konnte.

Nach dieser kurzen Pause kehrte Rivera zu seinen Wänden zurück. In rascher Folge malte er ein Wandbild über eine Textilfabrik, begab sich in die Welt der Bergarbeiter, erzählte bildhaft die Zustände in einer Gießerei, wo der Arbeitsrhythmus von einem plumpen Ballett diktiert wird, fuhr aufs Land, um die Zuckerrohrernte wiedergeben zu können, und arbeitete schließlich am Wandbild *Durchsuchung eines Bergmannes*, das einen Bergarbeiter zeigt, der von den Vorarbeitern gefilzt wird. Und um die Botschaft noch deutlicher zu machen, malte er einige Verse aus dem Gedicht seines Freundes Carlos Gutiérrez Cruz auf das Bild:

Genosse Bergarbeiter,
gekrümmt vom Gewicht der Erde irrt deine Hand,
wenn sie Metall ausgräbt, um Geld zu machen. Mach Dolche
aus allen Metallen, und du wirst sehen,
daß dann das Metall dir gehört.

Einer der amtierenden Minister, Pani, beschwerte sich beim Präsidenten Obregón, und dieser bei Vasconcelos. Die Presse, die die Herausforderungen der Muralisten immer aufmerksam verfolgte, zeigte sich von ihrer feindseligsten Seite und fiel über Diego her.

Vasconcelos setzte Rivera unter Druck, er möge das Gedicht entfernen. Die Mitglieder der Gewerkschaft kamen zu einer außerordentlichen Sitzung zusammen, und es kam zu heißen Diskussionen. Schließlich beschloß man, nachzugeben, aber wirklich nur in diesem einen Fall, und die Wandbilder auf Kosten der Verse zu retten. Rivera erklärte sich bereit, sie zu übermalen. Im Gegenzug malte er ein neues Bild: *Die Umarmung*, wo ein Arbeiter und ein Bauer sich in die Arme schließen, und darauf schrieb er etwas weniger eindeutige Verse von Gutiérrez Cruz. Die Entrüstung brandete erneut auf, aber Rivera gab diesmal nicht nach. Die Presse ebensowenig.

Die Medienkampagne wurde immer heftiger und erreichte ihren Höhepunkt im Juni 1923, als *El Heraldo* Vasconcelos beschuldigte, große Geldmengen zu vergeuden. Die Zeitung sprach von »sagenhaften Preisen, fetten Gewinnen und riesiger Verschwendung«. Die Gewerkschaft konterte zwei Tage später mit einem Manifest, in dem dazu eingeladen wurde, die Verträge zu veröffentlichen, um klarzustellen, daß die Muralisten nicht mehr verdienten als ein Anstreicher. Es qualifizierte seine Verleumder nicht nur als »ignorant und zurückgeblieben«, sondern als »Versager, die diejenigen Künstler beneiden, deren Arbeit im Einklang mit den Gefühlen der Bevölkerung steht«.

Die Sache war damit noch nicht erledigt. Die Presse machte Stimmung gegen den noch jungen mexikanischen Muralismus, und der politische Streit griff auf das Feld der Ästhetik über. Oder war das nicht dasselbe? Im lyrischen Theater, einer Kleinkunst- und Komödienbühne, sangen die Schauspieler:

Die Fräuleins von der Lerdo-Schule
waschen sich unter der Dusche
damit sie nicht den Affen
von Diego Rivera ähnlich sehen.

El Universal schrieb: »In einigen Ministerien sind die Mädchen beim Maschineschreiben im Stil von Tutanchamun gekleidet, mit einem seitlich geschlitzen Rock und einer Girlande am Bein oder einem neuen Accessoire, halb ägyptisch und halb modern. Sie sehen aus wie ein Fresko von Charlot oder Rivera.«

Und *El Demócrata* fügte in bezug auf die Wandbilder hinzu: »Die meisten betrachten sie als einen geschmacklosen Witz oder das Produkt eines ästhetischen Irrwegs.«

Die ästhetische Kritik war den Muralisten zwar völlig egal, denn sie betrachteten ihre Verleumder ohnehin als Analphabeten, was bildende Kunst anbelangte. Doch die Kampagne gegen die »Verschwendung«, die ihre Wandbilder angeblich darstellten, beunruhigte sie doch. Also konterte Bertram Wolfe die Vorwürfe in *The Nation* für Diego Rivera: »Während ein bürgerlicher Maler wie Manuel Lourdes für ein Porträt von Horacio Casasús 8.000 Pesos verlangt, verdient Diego 12 Pesos für einen Arbeitstag von 12 bis 14 Stunden«.

Und Diego selbst erklärte, als er seinen Lohn mit dem eines Arbeiters verglich, ganz souverän und um die Polemik wieder geradezurücken: »Er arbeitet sicher schwerer als ich. Ihm gefällt seine Arbeit nicht. Ich liebe die meine. Er müßte also besser bezahlt werden als ich.«

Marihuana-Konsumenten

Eines Tages platzte Rivera auf einer der vielen Versammlungen der Gewerkschaft mit folgender gewagten These heraus: »Das Besondere an der prähispanischen Kunstproduktion ist auf den Einfluß von *cannabis indica* zurückzuführen, also von Marihuana.«

Die Angelegenheit wurde besprochen und schließlich einstimmig bestätigt, sogar der widerspenstige Orozco stimmte mit der Bemerkung zu: »Eigentlich müßte jeder Vorschlag dieses Wichtigtuers Rivera ja schon aus Prinzip abgelehnt werden. Aber in diesem Fall ist es so, als würde man einer Religion beitreten, die für das Jenseits das Paradies verspricht, falls man vor dem Tod zur Beichte geht. Also stimme ich dem Experiment zu - für den Fall der Fälle.«

Rivera besorgte einen Zeremonienleiter, der den geheimnisvollen Namen Chema trug. Dieser Mensch erklärte in der ersten Sitzung: »Hier, in diesem Koffer, lagern Kunst, Wissenschaft, Politik. Er enthält alles, was wir brauchen, nicht nur für diese Kunst riesigen Ausmaßes, die aufzubauen ihr euch vorgenommen habt, sondern für die Rettung unseres Vaterlandes.«

Das Experiment wurde mehrere Tage lang durchgehalten, bis Siqueiros und sein Helfer Reyes Pérez wegen exzessiven Kiffens von einem sieben Meter hohen Gerüst fielen und beinahe an einem elektrischen Schlag gestorben wären.

Schließlich gelangten die Mitglieder der Gewerkschaft zu dem Schluß, daß sie schon von Natur aus Kiffer seien und daß der Drogenkonsum sie nicht intelligenter mache, sondern nur langsamer, und sie beschlossen, das Experiment abzubrechen.

Orozco malt, Rivera streitet sich und ein Aufstand bricht aus

Letzten Endes zeigte die Hartnäckigkeit der Gewerkschaft bei Vasconcelos doch noch Wirkung und José Clemente Orozco wurde eingestellt, um in der Escuela Nacional Preparatoria zu malen. Am 7. Juli begann er nach einigen Monaten der Vorbereitung, die Umrisse des Wandbilds *Die Geschenke der Natur des Menschen* zu zeichnen.

Genauso wie seine Genossen beschäftigte Orozco am Anfang vor allem die Suche nach der Form. Seine Bilder reichten vom Klassizismus bis zur Renaissance (*Mutterschaft*), und nach und nach spuckte er die Dämonen aus, die er in sich trug (wie zum Beispiel in *Der ewige Vater*, einem Wandbild im Skizzenstadium, dessen Szenerie von einem einfältigen, autoritären und selbstgerechten Gott beherrscht wird und wo auf der rechten Seite kleine Teufelchen das Volk martern, neben einer aus Oligarchen und klatschsüchtigen Kindern zusammengesetzten Bastard-Bourgeoisie). Doch das Wichtigste, Entscheidende war zu lernen, wie man aus der Wand eine Erzählung machen konnte, im Fall Orozcos mit einem Hang zum Riesenhaften, der manchmal durch seine karikaturistischen Fähigkeiten gemildert wird.

Schon bald begann die feindlich gesonnene Presse, seine Arbeit anzugreifen, und ein junger, geleckter Dichter namens Salvador Novo bezeichnete seine Figuren als »abstoßend«. Orozco sollte ihm das später mit einer grausamen Karikatur heimzahlen: Sie spielt auf die Homosexualität von Novo und einiger der jungen Intellektuellen aus seiner Gruppe an und zeigt Personen in engen Frauenhosen, die sich gegenseitig an den Hintern fassen.

Orozco setzte sich über alle Kritik hinweg und stellte sich seinen eigenen Dämonen, indem er an einem Projekt arbeitete, wo das Bild einer italienisch aussehenden Jungfrau genauso Platz hatte wie die Erscheinung entstellter und aggressiver Körper. Thematisch blieb er jenem düsteren Bereich verhaftet, der das gesamte Frühwerk der Muralisten kennzeichnet: *Christus zerstört sein Kreuz*, *Mutterschaft* und *Mann, der einen Gorilla tötet* waren seine ersten, aufwühlenden Werke, die von außerordentlicher erzählerischer Kraft und voller beunruhigender Allegorien sind. Orozco und seine Wandbilder in den dunklen, ja beinahe finsteren Winkeln der Schule hielten sogar Rivera auf Distanz, der sich erinnert: »Ich ging selten zum Hauptgebäude der Preparatoria. Orozco sah mich jedesmal böse an, wenn ich mich blicken ließ, um seine Fresken anzuschauen.«

Thematisch gesehen war Siqueiros, der in einem anderen Bereich der Schule malte (dem kleinen Innenhof), auf der gleichen Wellenlänge, und aus seinem Pinsel wuchs die Kraft jener geflügelten Figuren, die von der Decke abheben, und andere eigenartige Ideen von großer Kraft und Schönheit.

Die Konflikte Riveras mit der Regierung wegen des Textes von Gutiérrez Cruz in *Durchsuchung eines Bergmannes* hatten die beiden Künstler offensichtlich angeregt, denn auf den Wänden von Siqueiros und Orozco tauchte ein neues Thema auf. Ersterer malte *Die entfesselte Revolution*, und gegen Ende 1923 *Begräbnis eines Bergarbeiters*, wo auf dem Sarg eindeutig Hammer und Sichel eingraviert sind. Zur selben Zeit begann Orozco mit der Arbeit an der *Revolutionären Dreifaltigkeit*.

Es schien, als versuche die gesamte Gewerkschaft, auf den Wänden immer brisantere soziale und politische Themen ganz unverhüllt zu erzählen, während sich die Malstile herauskristallisierten. Die Schläge, die sie einstecken mußten, ließen die Künstler enger zusammenrücken. Doch im Juni 1923 begann diese Einheit erstmals zu bröckeln. Während Diego im Erziehungsministerium den »Hof der Arbeit« beendete, hatten Charlot und Amado de la Cueva fünf Wandbilder im »Hof der Feste« fertiggestellt.

Rivera ging zu seinen Genossen hinüber, um ihre Arbeit selbst in die Hand zu nehmen. Denn eigentlich hätten die beiden Maler 24 Wandbilder vollenden sollen, und Vasconcelos wurde von der Öffentlichkeit unter Druck gesetzt und gab diesen Druck an sie weiter. Sei es aus diesem Grund oder weil Diego sich für das Gesamtwerk verantwortlich fühlte und sich nun persönlich in die Ausführung einmischte, mit der er nicht sonderlich zufrieden war, jedenfalls geriet er mit Charlot und Amado aneinander und beschloß, die Arbeit alleine zu beenden, lediglich mit der Hilfe von Guerrero. Er beschloß sogar, eines der drei Bilder von Charlot zu übermalen. Siqueiros intervenierte in seiner Eigenschaft als Generalsekretär der Gewerkschaft, wobei ihn Fermín Revueltas unterstützte. Diego erklärte sich bereit, die beiden Maler wieder zuzulassen, jedoch als Untergebene. Nachdem die Beziehungen schon derartig vergiftet waren, war es bis zum endgültigen Bruch nur noch eine Frage der Zeit, und am 10. August verließ Charlot das Erziehungsministerium und ging als Helfer zu Siqueiros in die Preparatoria. Zwei Monate später gab auch Amado de la Cueva auf und brach nach Guadalajara auf.

Auch in der Preparatoria standen die Dinge zwischen den Malern nicht zum Besten. Revueltas hatte kein eigenes Projekt und half lediglich hier und da etwas aus. Fernando Leal hatte sich teils aus Neid, teils aus politischen und persönlichen Beweggründen mit Charlot und Siqueiros gestritten (Leal war zweifellos der Konservativste in der Gruppe), und Orozco wollte ohnehin von niemandem etwas wissen und malte ganz auf sich allein gestellt.

Ein äußeres Ereignis stellte die Einheit der Gewerkschaftsmitglieder wieder her und verschaffte ihnen gleichzeitig innerhalb der politischen Linken, insbesondere der Kommunistischen Partei, einige Bedeutung.

Die Partei war 1923 so ziellos umhergetrieben wie ein Schiff, das vom Kurs abgekommen ist, und hatte versucht, sich in der Volksbewegung zu verankern. Von rechts belagerte sie die CROM und von links die Anarchosyndikalisten, und so hatte die Partei sich völlig von der Arbeiterbewegung entfernt. Ihre Rolle in dem Mieterstreik von 1922 hatte mit einer Niederlage geendet. Man war übereingekommen, die Wahlboykotthaltung aufzugeben, und trat jetzt für die Beteiligung an Wahlen ein, doch es fehlte der

Partei an Kraft, den neuen Kurs voranzutreiben. Nur die Arbeit mit der Bauernbewegung, die die Parteisektionen in Morelia und Veracruz begonnen hatten, brachte einen Hoffnungsschimmer am Horizont. Im Juli hatte sich das nationale Exekutivkomitee reorganisiert und Rivera war formal Mitglied geblieben, obwohl er an den Sitzungen nicht teilnahm. Doch im Dezember erhob sich ein Teil der siegreichen Revolutionsgeneräle in einem bewaffneten Aufstand gegen Präsident Álvaro Obregón, der Plutarco Elías Calles als seinen Nachfolger im Amt durchsetzen wollte. Die Revolte öffnete eine Bresche, durch die die Kommunisten versuchten, sich wieder ins Spiel zu bringen.

Am 7. Dezember bezog die Malergewerkschaft gegen den Aufstand Stellung und bezeichnete ihn als faschistisch, und am 9. Dezember veröffentlichte sie ein Manifest gegen den Putsch. Die radikalsten Mitglieder der Gruppe, Revueltas, Siqueiros, Rivera und Guerrero, reisten an die Orte des Kampfgeschehens, obwohl sie sich nicht selbst daran beteiligten (Siqueiros ging nach Puebla und Diego nach Guanajuato).

Die Einschätzung der Partei, die Tage später auf Drängen von B. Wolfe verfaßt wurde, fiel sehr oberflächlich aus, und die Malergewerkschaft war für ihren Inhalt verantwortlich. Es war zwar richtig, daß auf der Seite der Aufständischen einige der reaktionärsten Generäle standen, die lange Zeit die Arbeiter- und Landreformbewegung bekämpft hatten, aber auf Seiten der Regierung war genau dieselbe Sorte von Leuten zu finden. Wenn man sich also gegen den delahuertistischen Aufstand aussprach (der nach dem Namen des Präsidentschaftskandidaten der Aufständischen, Adolfo de la Huerta, benannt war), verfiel man leicht in eine Position unkritischer Solidarität mit der Regierungsfraktion. Ein Jahr später beschuldigte das Abschlußdokument des dritten Kongresses der PCM das Nationalkomitee, und insbesondere Díaz Ramírez und Rivera – obwohl deren Namen nicht explizit genannt wurden –, die Partei zu einer Parteinahme für Calles verleitet zu haben, die »nicht weniger plump und antikommunistisch« gewesen sei.

Die Rebellion endete mit der totalen Niederlage der aufständischen Militärs und hatte noch ein Nachspiel, das für die Maler sehr gefährlich werden sollte. Nachdem der oppositionelle Senator Field Jurado von der CROM ermordet worden war, reichte Vasconcelos seinen Rücktritt als Minister ein. Obwohl Obregón den Rücktritt nicht akzeptierte und darauf hinwies, daß die Regierung den Mord nicht gutheiße, befand sich Vasconcelos ab diesem Zeitpunkt in einer Position der Schwäche – ein Umstand, den die konservativen Studenten der Preparatoria, die Erzfeinde der Muralisten, sofort nutzten, um die Maler zu belästigen. Im Januar und Februar 1924 häuften sich die Zwischenfälle. Sie richteten sich vor allem gegen Orozco und Siqueiros. Sie wurden beleidigt, in der Presse und sogar körperlich angegriffen, von Funktionären hinterhältig kritisiert, mit Verachtung behandelt, zu Unpersonen gemacht. Im März mußte Rivera Orozco öffentlich in Schutz nehmen und verkündete eine große Wahrheit: »José Clemente Orozco wurde nicht geboren, um ein Maler nach dem Geschmack von Bürokraten zu werden.«

Bilder: Ästhetische Kriege

Siqueiros erzählt: »Die Situation war so schlimm, daß wir Maler uns oft mit scharfer Munition gegen die Schüsse der Studenten verteidigen mußten, die es sicherlich mehr auf unsere Werke als uns selbst abgesehen hatten. [...] Sie machten einen Höllenkrach, indem sie ununterbrochen auf die Holzbarrieren trommelten, die wir errichtet hatten, um unsere unvollendeten Arbeiten zu schützen. [...] Der schlimmste Zusammenstoß mit den Studenten spielte sich folgendermaßen ab: Die Studenten der Preparatoria suchten sich für ihre Provokationen denjenigen von uns aus, der am empfindlichsten darauf reagierte – nämlich mich. Sie benutzten Blasrohre, [...] um einen ununterbrochenen Regen aus gekauten Papierkügelchen auf dem Gemälde niedergehen zu lassen. Angesichts meiner sehr direkten und zielsicheren Antwort brachte dann später der eine oder andere eine kleinkalibrige Pistole mit [...], auf die ich wiederum mit dem schrecklichen Krach meiner 44er reagierte. Daraufhin rückten sie in geschlossener Formation vor, um mir die Waffe zu entreißen. Glücklicherweise hörte man die Schüsse aus meiner ›Muskete‹ bis auf den ersten Innenhof, so daß all die heißspornigen Muralisten mir zu Hilfe eilten. Alle zusammen inklusive unserer Helfer brachten wir es auf knapp dreißig Leute. [...] Bis zu diesem Zeitpunkt zielten sowohl unsere Schüsse als auch die der Studenten auf einen eher psychologischen als realen Effekt, als die Dinge plötzlich begannen, eine extrem gefährliche Wendung zu nehmen. Eine unserer Kugeln, ein Querschläger, traf einen der Studenten ins Gesicht, woraufhin die meisten von ihnen dachten, wir hätten direkt auf ihn geschossen und begannen, auf das zu zielen, was sie von unseren Köpfen sahen. Der Krach wurde immer lauter und war schließlich sogar im Gebäude der ehemaligen Juristischen Fakultät zu hören, wo zum damaligen Zeitpunkt ein aus Yaqui-Indianern zusammengestelltes Batallion untergebracht war. Ich glaube, einer der Unsrigen [...] ging dorthin, um den Soldaten den Zweck unserer Malerei zu erklären, die »in engstem Zusammenhang mit der Revolution« und also auch mit ihnen stünde, da sie selbige ja vollbracht hätten. Die Yaqui-Soldaten verstanden die Worte unseres Fürsprechers perfekt und eilten herbei, um die Ordnung energisch wiederherzustellen. Hinterher blieben sie noch eine Weile da, um sich anzusehen, was sie da verteidigt hatten. Ich glaube, sie waren nicht sehr überzeugt davon, richtig gehandelt zu haben.«

El Machete: »Den Hochmut der herzlosen Reichen brechen«

Die delahuertistische Rebellion hinterließ die PCM noch geschwächter, als sie es ohnehin schon war. In Veracruz töteten die Rebellen unter General Sánchez im Auftrag der Großgrundbesitzer mehrere Aktivisten der Partei. In Michoacán paktierten beide Konfliktparteien auf lokaler Ebene mit den Kaziken und Weißen Garden, so daß die Agraristen der PCM sich plötzlich zwischen allen Fronten wiederfanden. Die apolitischen Medien der radikalen Gewerkschaften hatten den Beschluß der Partei, die Regierung Obregón zu unterstützen, zurückgewiesen, obwohl diese Unterstützung im nachhinein mit dem Manifest »Für eine Arbeiter- und Bauernregierung« an Bedingungen geknüpft worden war. Das Nationalkomitee schließlich hatte es nicht geschafft, die lokalen Mitgliedsgruppen zusammenzuhalten. Im März 1924 bestand die Partei insgesamt aus »nicht mehr als hundert Leuten im ganzen Land«.

Die Maler hatte ihre Reaktion auf die Rebellion paradoxerweise politisch gestärkt, und ihre falsche, aber immerhin kohärente Position war die einzige innerhalb der verschiedenen Strömungen der nationalen Leitung der PCM, die klar definiert war. Dies war zweifellos mit ein Beweggrund für die Gewerkschaft, eine Zeitung herauszugeben – zu einem Zeitpunkt, als die kommunistische Parteipresse im ganzen Land darniederlag. Ihr letztes Organ, die *Frente Único* aus Veracruz, war im Juni 1923 eingegangen.

El Machete wurde von Rivera, Siqueiros und Xavier Guerrero gemeinsam geleitet und erschien erstmals in der ersten Märzhälfte des Jahres 1924. Die Ausgabe war von der Gewerkschaft finanziert worden, vor allem von Diego, der am meisten verdiente. Graciela Amador, die Ehefrau von Siqueiros und Kassenverwalterin der Gruppe, hatte für die Spender einen Reim verfaßt: *»El que quiera su rojo celeste, que le cueste«* (Wer möchte ihr himmlisches Rot, der zahle sich tot). Von ihr stammt auch die endgültige Version des Vierzeilers, der den Kopf der Zeitung zierte und ihren Namen erklärte (eine brillante nationale Umdeutung des obligatorischen Hammer-und-Sichel-Emblems): »Die Machete dient dazu, Zukkerrohr zu schneiden, im Dschungel einen Weg zu bahnen, Schlangen den Kopf abzuschlagen, das Unkraut zu vernichten und den Hochmut der herzlosen Reichen zu brechen.«

Im Leitartikel, den Xavier Guerrero unterzeichnete, wurden die europaorientierten und reaktionären Intellektuellen mit derselben Verve attackiert wie die nationale Bourgeoisie und der Imperialismus. Die Zeitschrift machte ihre Absicht sehr deutlich, ideologische Statements mit Aussagen der Malergewerkschaft und der Bekanntmachung der Arbeit und des Programms der PCM zu kombinieren.

Erstaunlicherweise waren in der ersten Ausgabe nur einige wenige Illustrationen zu finden (darunter der Titel, den Guerrero gestaltet hatte). Von den grafischen Arbeiten, die das Blatt später berühmt machen sollten, war noch nichts zu sehen. Außer den bereits Genannten gehörten zur Herausgebergruppe noch Bertram Wolfe, damals Mitlied der Parteileitung in der Hauptstadt, der marxistische Universitätsprofessor Alfonso Goldschmidt, der kanarische Journalist und PCM-Leitungsmitglied Rosendo Gómez Lorenzo sowie der junge Journalist Jorge Piñó Sandoval.

Rivera beteiligte sich an *El Machete* nicht als Zeichner. Dafür schrieb er für die ersten drei Nummern regelmäßig seine Artikel, ebenso wie Siqueiros und Guerrero. Der grafische Teil blieb bei den ersten zehn Ausgaben des vierzehntägig erscheinenden Magazins Guerrero überlassen, welcher dabei von Siqueiros unterstützt wurde. Trotz des regelmäßigen Erscheinens und der immer besseren Druckqualität der Zeitschrift trat in den Ausgaben von März, April und Mai ihre Schwachstelle deutlich zutage: Die Distanz der Malergewerkschaft und der Zeitungsmacher zu den Kämpfen der Arbeiter und Bauern. Dies äußerte sich in einer Fülle von Pseudoleitartikeln und theoretischen Abhandlungen der PCM, die zum größten Teil der Feder von Wolfe, Goldschmidt und Rafael Mallén entstammten.

Bilder: Arbeit rund um die Uhr

Xavier Guerrero berichtet: »Wir schrieben die Artikel, zeichneten die Bilder, fertigten unsere Holzschnitte an. Dann druckten und falteten wir die Zeitschrift, trugen sie aus und bezahlten die Kosten. Die Regierung war gegen uns, und wir arbeiteten heimlich. Wenn um vier Uhr morgens die Straßenlaternen ausgingen, blieb noch ein bißchen Zeit bis zum Morgengrauen. Das war die Stunde, in der Siqueiros und ich zuschlugen, mit Papieren, Pinseln und einem Zementeimer ausgerüstet. Im Dunkeln klebten wir *El Machete* eilig an strategische Mauern, um vor Tagesanbruch wieder zu verschwinden.

Für unseren Einsatz für die Zeitschrift hatten wir kollektiv zu leiden. Siqueiros wurde im Erziehungsministerium wegen eines Bildes, das ich gezeichnet hatte, der Lohn gestrichen – ein Bild, das sehr deutlich gegen den Imperialismus Stellung bezog.

Und ich selbst wurde wegen einer Zeichnung von Orozco gegen Präsident Obregón aus meiner Anstellung im Agrarministerium entlassen ...«

Druck auf die »Macheteros«
Schlußoffensive gegen die Wandbilder

Im April 1924 beauftragte die PCM Diego Rivera, ein Interview mit dem Präsidentschaftskandidaten Plutarco Elías Calles zu führen. Er sollte ihm die bedingte Unterstützung der Kommunistischen Partei in Aussicht stellen. Rivera, der an die Möglichkeit eines Bündnisses mit den Machthabern glaubte, erledigte den Auftrag. Doch sein Stand gegenüber dem radikaleren Flügel in der PCM wurde immer schlechter, und in der Versammlung vom 25. April wurde er zusammen mit Díaz Ramírez als Mitglied des Exekutivkomitees abgesetzt.

Unterdessen gab Vasconcelos den Druck und die Drohungen der Regierung an diejenigen Maler weiter, die bei *El Machete* mitarbeiteten. Im Juni gingen schließlich die ewigen Feinde der Muralisten, die Studenten der Preparatoria, gemeinsam mit der Presse in die Offensive.

Alles begann mit einer Kampagne des *El Heraldo* gegen Diegos Wandbilder, wobei wieder auf die exorbitanten Einkünfte der Maler verwiesen wurde. Die Gewerkschaft konterte am 22. Juni mit dem Hinweis, daß der Meistverdienende unter ihnen genauso viel erhalte wie ein Handwerker, der Wände pro Quadratmeter anstreiche. Die Öffentlichkeit könne das nachprüfen, indem sie Einsicht in die Verträge nehme.

Trotz des Drucks erweiterte Vasconcelos am 23. Juni Diegos Vertrag, um den Treppenaufgang des Erziehungsministeriums zu bemalen – für sechs Pesos den Quadratmeter.

Einen Tag später, am 24., beschädigten die Studenten der Preparatoria die Fresken von Siqueiros und Orozco mit Messerstichen, Steinen, Stöcken und indem sie die Farbe abkratzten. Das Gemälde *Der Reiche verwüstet das Gesicht des Armen* von Orozco wurde vollkommen zerstört, genauso wie *Monarchie und Demokratie* von Siqueiros. Die Maler wurden auf die Straße geworfen. Inmitten eines Studentenstreiks kam Vasconcelos am 25. Juni der Bitte der Studenten nach, die Malarbeiten in der Schule einzustellen.

Die Reaktion der Gewerkschaft fiel heftig aus: Am 2. Juli warnte sie die reaktionären Studenten und Dozenten, diese Angelegenheit werde »Auge um Auge, Zahn um Zahn« beglichen werden.

Einen Tag darauf trat Vasconcelos definitiv zurück. Er ging für den bevorstehenden Gouverneurswahlkampf nach Oaxaca. Am 4. Juli bedankten sich die Maler für seine Unterstützung, da er ihnen ihre Arbeit »trotz der Idioten, die Sie umgeben«, ermöglicht hatte, und versammelten sich anschließend. Ein Teil der Gewerkschaft schlug vor, als Reaktion auf die Aggressionen die Arbeit an den Wandbildern im Erziehungsministerium zu boykottieren, wo derzeit Rivera mit der Hilfe von Guerrero beschäftigt war. Rivera sprach sich dagegen aus: Man solle so lange weitermalen, wie es möglich sei. Die Gewerkschaft stimmte mehrheitlich für den Boykott. Rivera weigerte sich, den Beschluß zu akzeptieren, und wurde ausgeschlossen.

Der Vandalismus wurde fortgesetzt und ließ von einigen Wandbildern nur kümmerliche Reste übrig, während die machtlose Gewerkschaft auf Flugblättern protestierte.

Unterdessen hatte Bernardo Gastélum das Erziehungsministerium übernommen und entließ am 15. Juli Siqueiros und Orozco. Rivera kündigte unter Protest, wobei er darauf hinwies, er sei gegen den sogenannten Boykott der Gewerkschaft. Seine Stellungnahme war ohnehin nutzlos. Am 23. Juli 1924 annullierte das Präsidialdekret Nr. 1200, das auf Bitten des Erziehungsministers verfaßt worden war, alle Verträge des Ministeriums mit Diego Rivera und auch künftige Aufträge für das Nationalstadion und die Gabriela-Mistral-Schule.

Rivera malte weiter, obwohl er keinen Lohn mehr erhielt, und fertigte in diesen Tagen das Wandbild *Schärfen der Machete* an, auf dem ein hockender Indianer neben ein paar Versen aus der Zeitschrift eine Machete schärft. Wenn schon sterben, dann waren die Muralisten entschlossen, am Fuß ihres Malergerüstes zu sterben. Nach dem Ausscheiden Riveras aus der Gruppe und der Entlassung der Gewerkschaftsmitglieder übernahm Graciela Amador die Koordinierung der Zeitschrift. Gómez Lorenzo ersetzte Rivera in der kollektiven Chefredaktion, und Orozco lieferte als ersten Beitrag eine Serie von äußerst aggressiven Zeichnungen, die die gesunde Wut verdeutlichten, welche er gegen den mexikanischen Staat hegte.

Im Extrablatt vom 10. August erklärten die arbeitslosen Muralisten durch ihren Generalsekretär David Alfaro Siqueiros: »Niemandem kann die Kraft der grafischen Satire, oder einfach der bildenden Kunst, als soziale Waffe verborgen bleiben. Wir Mitglieder der Maler- und Bildhauergewerkschaft, die wir von den Reaktionären, die sich in die staatliche Verwaltung eingeschlichen haben, verjagt wurden, und alle die, die sie mit ihren jesuitischen Intrigen künftig noch entlassen werden, werden bei *El Machete* mitarbeiten. Wir werden die Wände der öffentlichen Gebäude gegen die Spalten dieser revolutionären Zeitschrift eintauschen.«

Am 3. September 1924 wurde eines von Riveras Wandbildern im Erziehungsministerium von Unbekannten beschädigt. Die Gewerkschaft protestierte dagegen, wobei sie öffentlich bekannt machte, daß Rivera die Organisation bereits im Juli verlassen hatte.

Als letzte Möglichkeit blieb nur, daß Calles bei seinem Amtsantritt am ersten Dezember die Haltung von Gastélum und der Regierung Obregón noch einmal neu überdenken würde. In der Zwischenzeit wurden nicht nur Guerrero und Siqueiros am 16. September ins nationale Exekutivkomitee der PCM kooptiert, sondern die Zeitung entwickelte sich zum Dreh- und Angelpunkt der Parteipolitik, da sie immer stärker über die Volksbewegung, die gewerkschaftlichen Kämpfe und die Auseinandersetzungen um die Landreform berichtete.

Epilog auf die Gewerkschaft

Das Experiment der Muralisten ging auf das Ende seiner ersten Phase zu. Auf dem Foto von Diego Rivera, das Edward Weston am 24. November schoß und das Rivera später für sein Selbstporträt verwenden sollte, spricht eine grenzenlose Müdigkeit aus dem Gesicht und der Haltung des Malers, eine absolute Hoffnungslosigkeit in bezug auf sein Werk, das nun den zukünftigen Funktionären ausgeliefert war. Es kursierten haufenweise Gerüchte, daß die Wandbilder übermalt werden sollten. Viele Bürokraten aus der demnächst antretenden Mannschaft von Calles trompeteten jedem, der das hören wollte, ins Ohr, daß der künftige Erziehungsminister Puig Casauranc als erste Amtshandlung »diese schrecklichen Affen von Rivera übertünchen« werde.

Da war es auch kein Trost, daß Calles als eine seiner ersten Amtshandlungen Siqueiros per Dekret die Schulden von 101 Pesos und 29 Centavos erließ, die er bereits als Vorschuß für die Wandbilder in der Preparatoria erhalten hatte.

Die anfängliche Politik des neuen Erziehungsministers geht aus einem Gespräch, das er mit dem jüngsten Muralisten, Máximo Pacheco, führte, deutlich hervor: Er bat ihn, ein Fresko zu malen, auf der ein reiches und ein armes Kind Hand in Hand zur Schule gehen.

Rivera setzte seine Malerei in Chapingo fort und bat auf dem dritten Kongreß der PCM darum, aus der Partei entlassen und fortan als Sympathisant betrachtet zu werden. Dieser Bitte wurde einen Monat später stattgegeben. Siqueiros landete in Jalisco, wo er malte und Minenarbeiter gewerkschaftlich organisierte. Guerrero blieb in der Leitung der PCM und produzierte Dutzende von Holzschnitten für *El Machete*. Orozco überlebte, indem er Buchillustrationen zeichnete. Auch Revueltas ging in die Provinz.

Im April 1925, als die PCM zu ihrem dritten Kongreß zusammenkam, verzeichnete das Protokoll die Auflösung der Maler- und Bildhauergewerkschaft.

Das Experiment hatte 32 Monate gedauert. Hunderte von Quadratmetern Wand, die die ganze Welt begeistern sollten, blieben zurück – als Spur, Echo, Vorschlag, Zauber, Talent, und als Beschreibung des Wertvollsten, das Mexiko besitzt.

Kurze Zeit später kehrte Orozco in die Preparatoria zurück und ersetzte die zerstörten Wandbilder durch andere, die sowohl thematisch als auch im grafischen Ausdruck radikaler waren (*Der Schützengraben*, von 1926, ist vielleicht das brutalste und ausdrucksstärkste Bild seines gesamten Werks: Über einer Masse, die entfernt an Industriemüll erinnert, ereignet sich eine eigentümliche Kreuzigung. Drei gesichtslose Indios, barfuß und mit nackten Oberkörpern, werden dabei hingeschlachtet). Und Rivera kehrte in die Innenhöfe des Erziehungsministeriums zurück, um sein Werk zu vollenden. Doch das ist Teil einer anderen Geschichte.

Teil einer anderen Geschichte ist ebenfalls, daß der Autor dieser Zeilen sechzehn Jahre alt war, als er 1965 in die Escuela Nacional Preparatoria eingeschult wurde, um sein Abitur zu machen, sich zu verlieben, seine erste politische Untergrundgruppe zu organisieren, Schach zu spielen, jeden Tag ein Buch zu lesen, Geschichte und Mathematik zu studieren und inmitten dieser Wandbilder herumzulaufen. Wir, die Studenten meiner Generation, waren mächtig stolz darauf, inmitten dieser Darstellungen unseres Landes studieren zu dürfen, inmitten dieses Widerhalls von Worten, die schon aus der Mode waren, wie »Vaterland«, »Leidenschaft« oder »Stolz«. Auch ich bin Diego, Orozco, Revueltas, Siqueiros, Charlot, Guerrero, Pacheco und Leal heute noch aus der Tiefe meines Atheistenherzens heraus dankbar für diese Erfahrung, für die Möglichkeit, zwischen ihren Wänden aufzuwachsen.

Ich bin häufig dorthin zurückgekehrt.

Larissa: Geschichten, die du erzählst, Geschichten, die ich gerne erzählen würde

Sieh dich um – wer von uns bestand nicht
aus Mißtrauen und nebulösen Vorbehalten?
Boris Pasternak
(aus einem Larissa Reissner gewidmeten Gedicht)

Wir beabsichtigen nicht, ja es liegt uns fern,
die Bedeutung des Persönlichen in der Mechanik
des historischen Prozesses zu leugnen
oder den Einfluß des Zufälligen auf das Persönliche.
Leo Trotzki

I.

Die Geschichte, die ich gerne erzählen würde, beginnt so: Das Mädchen wurde als Tochter eines sozialdemokratischen Universitätsprofessors an einem ersten Mai geboren. Auf diese Weise verhinderte es, daß seine Eltern an den Demonstrationen teilnahmen, die mit Angriffen berittener Kosaken auf die Arbeiter endeten. Das war 1892 in Lublin, im russischen Teil Polens. Doch Professor Michail Reissner, der als Rechtsanwalt germanisch-baltischer Herkunft an der Landwirtschaftsakademie von Pulawy lehrte, war damals gar nicht Sozialdemokrat, sondern ganz zivilisiert konservativ und obendrein auch noch Monarchist.

Ich hätte auch gerne gesagt, daß sie eineTochter des Exils war. Daß sie aus Koffern und Truhen lebte, ständige Ortswechsel mitmachte und endlose nächtliche Sitzungen, auf denen viel Kaffee und Tee getrunken und geraucht wurde. Daß sie an verschiedenen Schulen aufwuchs, inmitten leidenschaftlicher Diskussionen über die Jahrhundertwende, mit der alles anders werden würde. Der Wirklichkeit enspricht allerdings eher, daß es zwar Reisen gab – sogar viele, die sie als Kind nach Deutschland und Frankreich brachten –, die ihre Eltern aber lediglich aus geschäftlichen Gründen unternahmen.

Zu welchem Zeitpunkt hatte Professor Reissner wohl seine Erleuchtung? Wann wandte er sich vom Monarchismus ab und wurde Republikaner? Wann verwandelte sich sein Konservatismus in Sozialismus?

Jedenfalls bekam das kleine Mädchen irgendwann eine Reihe von roten Onkeln: die Generation von Sozialisten, die dachte, das zwanzigste Jahrhundert würde das Jahrhundert der Aufklärung und des Fortschritts werden. So lernte sie z.B. Onkel Bebel kennen, der mit Marx befreundet gewesen war, und auch Karl Liebknecht. Die Jahrhundertwende feierte sie mit proletarischen Liedern, bengalischen Lichtern und inmitten feuriger Aufrufe, die Welt auf den Kopf zu stellen, im Stil eines ›Heute ist nichts, alles wird sein‹. Doch auch Weihnachtslieder und Napfkuchen gehörten zu ihrer Jugend, der Berliner Zoo, die Universität Heidelberg und Zehlendorf, wo sie mit Arbeiterkindern zur Schule ging.

Dieses neue Leben voller nächtlicher Versammlungen, voller Reisen, Geflüster und leidenschaftlicher Verschwörungen brachte sie mit ihren Eltern nach Paris, wo Larissa dieses wunderbare, 320 Meter hohe Spielzeug für Erwachsene kennenlernte, diese Hommage an den Stahl und all seine Betrachter: den Eiffelturm.

Und dann, später, übertraf Rußland wiederum alles, was man sich im Exil hatte erträumen können. Es war die Rede von einer konstitutionellen Regierung, plötzlich entstand eine Massenbewegung, die Winde standen günstig, und der Generalstreik brach aus, während das Wort ›Sowjet‹ geboren wurde. Die kurze Revolutionsepisode von 1905 begann.

Ich hätte gerne erzählt, daß Larissa schon unter der Decke ihres Kinderwagens Flugblätter transportierte, noch bevor sie überhaupt lesen konnte, und daß sie aus Versehen an ihren Vater gerichtete Briefe öffnete, die vom revolutionären Aufstieg eines gewissen Lenin berichteten. Daß sie von Marx als dem »alten Karl« hörte, noch bevor sie sich zum ersten Mal verliebte. Die beiden letzten Behauptungen sind zutreffend, es hat tatsächlich Briefe von Lenin gegeben, die die Familie Jahre später stolz vorzeigte. Die erste, von den Flugblättern im Kinderwagen, ist schlecht zu überprüfen. Jedenfalls war Larissa 13 Jahre alt, als ihre Eltern aus dem Exil nach

Sankt Petersburg zurückkehrten und sich die Revolution von 1905 ereignete.

Professor Reissner geht wieder an die Universität, er ist Staatsrechtler und Marxist in einer Umgebung, in der bestenfalls wohlmeinende Liberale den Ton angeben. Bald macht das Gerücht die Runde, er habe für den zaristischen Geheimdienst gearbeitet. Auch ein paar Linksintellektuelle wie Plechanow und Burzew kolportieren diesen Verdacht. Schlagartig bleiben die Kaffeekränzchen aus, die Freunde verschwinden, Professor Reissner wandert mit abwesendem Blick auf dem Flur auf und ab. Ist an dem Gerücht etwas dran? Wie kann man einen Feind bekämpfen, der im Gewand der Freunde auftaucht und der kein Gesicht hat? Wie kann man beweisen, daß etwas falsch ist, was niemals wahr gewesen ist? Wird energisches Leugnen nicht erst recht neue Verdachtsmomente schüren?

Politische Konspirateure tendieren zur Paranoia. Im zaristischen Rußland überlebt nur, wer zweifelt, und selbst so schleichen sich noch Provokateure und Spitzel ein und arbeiten sich in der Organisation nach oben. Unvermutet verraten sie ganze Zellen, liefern ihren besten Freund an Knast und Folter aus. Ist Paranoia unter solchen Umständen unumgänglich? Das Gift hat eine entsetzliche Wirkung. Ein Sozialist besitzt nichts außer seiner Ehre, seinem guten Ruf und seinen Ideen.

Jahre später wird Karl Radek schreiben: »Zu Hause herrschten größte materielle Not und schließlich Verbitterung, Hoffnungslosigkeit.« Der Professor zieht sich aus dem politischen Leben zurück. Larissa begreift den Ernst dessen, was geschieht, obwohl sie es sich nicht erklären kann. Sie spürt den Mangel an Wärme im Haus, das lastende Schweigen, das Ausbleiben der Freunde, die tiefe Traurigkeit ihres Vaters.

Dem Mann zufolge, der ihr letzter Lebensgefährte werden sollte, war das Gymnasium für »das vom Talent übersprühende, vom Übermut volle Mädchen eine Qual«. Was geht vor im Kopf dieses außergewöhnlich sensiblen und reizbaren jungen Mädchens? Wo befindet sich das Tagebuch jener Jugendlichen, die offenbar schon wußte, daß Leben Schreiben ist? Daß man nicht nur schreibt, um zu erzählen, sondern auch, um zu begreifen. Daß Erzählen eine Möglichkeit ist, die Ungerechtigkeit da draußen neu zu ordnen, mit ihr abzurechnen, sie zu bereinigen.

Mit 17 Jahren, im Jahr 1909, schreibt Larissa ein sehr essayistisches Theaterstück – oder einen als Theaterstück verkleideten Essay – mit dem Titel *Atlantide.* Von den Lesern wird es als »soziale Metapher« bezeichnet, in der, so Radek, ein Mann durch seinen Tod die Gesellschaft vor dem Untergang retten will.

Ich würde gern erzählen, daß Papiere in einem Leben, wie Larissa es geführt hat, mit absoluter Regelmäßigkeit verloren gehen, weil sie als unwichtig gelten. Und daß dieses auch mit dem Manuskript von *Atlantide* geschah. Daß das Mädchen ihrem Erstlingswerk nicht nachgetrauert hat, weil man Experimenten grundsätzlich nicht nachtrauert und weil das Leben lang ist und noch so viel darüber geschrieben werden wird und weil noch so viele mit feiner Feder und nervöser Schrift vollgeschriebene Seiten entstehen werden, um die innere Anspannung zu Papier zu bringen. Und weil Atlantis, jener verlorene Kontinent, den Platon aus Spielerei erfunden hat, gar nicht existiert. Doch Archäologen und Bibliothekare könnten das widerlegen: Das Werk wurde 1913 vom Verlag Schipownik veröffentlicht, und wer die nötige Geduld und die richtigen russischen Freunde hat, kann es finden.

II.

1914 bricht der Krieg aus, alles strebt auf die Katastrophe zu, selbst der gute Wille der Sozialdemokratie zur evolutionären Gesellschaftsveränderung. Dieser Krieg bedeutet in mehrerlei Hinsicht den Tod, den Rückfall, die Herrschaft jener Barbarei, die es bereits im Zarismus gab.

Larissas Vater taucht wieder aus der Selbstisolation auf, in die die Verleumdung ihn getrieben hatte – es steht zuviel auf dem Spiel, als daß man sich heraushalten könnte. Er schließt sich dem linken Flügel der Sozialdemokratie an, der nicht dem Kriegspatriotismus verfallen ist und die Überzeugung vertritt, daß der imperialistische Krieg keinem anderen Gott gehorcht als der Macht, den Märkten und der Weltherrschaft.

Larissa Michailowa macht sich wie besessen an die Arbeit. Gemeinsam mit ihrem Vater gründet sie eine Zeitschrift namens *Rudin*, die die Positionen der sozialistischen Kriegsgegner propagiert. Um sie herausgeben zu können, geht die Familie eine endlose Kette ökonomischer Verpflichtungen ein, die bald zu einem Schuldenberg anwachsen. Larissa entwickelt sich zur zuverlässigsten aller Redaktionssekretärinnen, verfaßt Gedichte und Artikel, beantwortet die Korrespondenz, steigt in Debatten mit Sozialdemokraten ein, die dem Kriegspatriotismus erlegen sind, erledigt die

Buchführung, bringt die Pakete zur Post, inspiriert und agitiert. Zu Anfang wird die Zeitschrift aufgrund der politischen Isolierung der Familie Reissner von der Polizei mit gewissen Vorbehalten toleriert, später wird sie zensiert. Als nichts mehr da ist, was man ins Leihhaus bringen könnte, sehen die Reissners sich schließlich gezwungen, das verlegerische Abenteuer zu beenden.

Doch Vorsicht, noch ist das Bild unvollständig: Es genügt nicht, von den Stunden zu berichten, die sie mit der Zeitschrift zubringt, von ihren Artikeln, die den Rückfall in die Barbarei anprangern. Man muß sich auch die 22jährige Frau genau ansehen: Sie hat sehr helle Haut, eine lange, schmale Nase, zu einem Kranz hochgesteckte Zöpfe, die verhindern, daß das sehr feine Haar sie stört, und ist mit einer weiten Bäuerinnenbluse über dem sehr breiten, pastellfarbenem Reifrock bekleidet. Sie, die bereits raucht, flüchtet ab und zu aus dem endlosen Arbeitsalltag der Redaktion und verschwindet.

Sklowski trifft sie beim Eislaufen, sie fährt auf der Eisbahn ihre Runden und läßt sich dabei von verwundeten Soldaten beschauen und bewundern.

Während sie Figuren fährt, die nur in ihrem Kopf existieren, hinterläßt sie den Eindruck der Unschuld, doch dieser Eindruck ist absurd: Es gibt keine Unschuld mehr, und auch keine Unschuldigen. Die Illusion der Unschuld ist gefährlich. Die junge Frau beginnt, in den Arbeiterzirkeln der linkssozialdemokratischen Organisationen mitzuarbeiten. Mit der Straßenbahn fährt sie durch Sankt Petersburg, das bei Republikanern und Atheisten einfach nur »Peter« heißt, bis in die düsteren und schmutzigen Viertel.

Diese junge Frau, die inmitten von Papieren und Briefen lebt und inmitten von Persönlichkeiten, die in der Gesellschaft als Dichter angesehen sind, weil sie mit ihren Worten die Herzen in Brand stecken können, ist auch eine beherzte Organisatorin, die sich mit festem Blick Respekt verschafft.

Die Welt der Sozialdemokratie ist eine Welt des geschriebenen Worts, der klandestinen Zeitungen, der kleinen marxistischen Studienzirkel, eine Welt des Agit-Prop, und Larissa bewegt sich darin, als sei sie hier zu Hause. Nach dem Scheitern von *Rudin* arbeitet sie bei der *Nuscha Schisu* mit, die Maxim Gorki herausgibt.

Und plötzlich beginnen bei den Feierlichkeiten zum internationalen Frauentag, den die Sozialdemokratie ausgerufen hat, die Streiks. Ist das jetzt die Revolution? Nein – nur eine kleine Bewegung, die am 23. Februar 1917 im Stadtteil Wyborg in Sankt Petersburg ihren Anfang nimmt. Ich würde jetzt gerne sagen, daß die junge Larissa ahnt, daß diese Streiks den Beginn der mächtigsten sozialen Erschütterung des frühen zwanzigsten Jahrhunderts markieren, doch ich kenne keinen einzigen ihrer damaligen Artikel, und vermutlich sah sie in den ersten Streiks genau dasselbe wie der Rest der radikalen Sozialdemokratie auch: einen Ausdruck des wachsenden gesellschaftlichen Unmuts angesichts der Not, die der Krieg verursachte. Doch da sind diese roten Fahnen, die die demonstrierenden Arbeiter tragen, und diese Forderung nach »Brot, Frieden, Freiheit«.

Am 24., als alle mit ihrem Niedergang rechnen, schwillt die Bewegung an, und die Kosaken gehen nicht gegen sie vor. Am 25. sind schon 250.000 Arbeiter am Streik beteiligt, und im Verlauf des Tages stoßen die Studenten zu ihnen, es kommt zu Zusammenstößen mit der Polizei, Gendarme werden entwaffnet. Die Regierung reagiert mit einer Razzia bei den Aktivisten der Arbeiterparteien. In der Nacht kommt es zu Verhaftungen. Gerüchte breiten sich aus, ein Regiment habe gemeutert und den Schießbefehl gegen die Arbeiter verweigert. Am Sonntag, dem 26., ist die Armee auf den Straßen präsent, der Streik schwankt. Am 27. Februar stimmen die Vollversammlungen zum Erstaunen der Linksparteien für die Fortsetzung des Ausstands. Die Arbeiter ziehen demonstrierend vor die Kasernen, die Militäraufstände beginnen, Gefangene werden befreit.

Wo war Larissa in diesen Februartagen? Ich durchkämme Dutzende von Erzählungen über die Februarrevolution, ohne auch nur einmal auf ihren Namen zu stoßen. Schließlich ein knapper Satz von Viktor Sklowski: »Larissa befand sich bei den Leuten, die die Peter- und Paulsfestung einnahmen. Der Angriff an sich war nicht schwierig, doch man mußte erst dort hingehen und sich der Festung in der Zuversicht nähern, daß die Tore sich öffnen würden.« Bezieht er sich auf die Februartage oder spricht er von derselben Aktion einige Monate später, im Oktober?

In ganz Petersburg hört man Schüsse. Die zaristische Festung wird eingenommen, und die Diktatur bricht zusammen. Zwei parallele Mächte entstehen: die liberale, bürgerliche Duma einerseits, und die Arbeiter- und Bauernsowjets.

Ist das nun die Revolution? Diese Versammlungen bewaffneter Männer, die mitten im Satz vor Erschöpfung plötzlich einschlafen? Diese Persönlichkeiten, die aus dem Nichts auftauchen und binnen eines Tages populär werden, weil bekannt wird, daß sich hinter ihren Pseudonymen der Untergrundmythos verbirgt, über den nur die Ochrana und wenige Eingeweihte Bescheid wissen? Dieser eine, der seit 1908 Mitglied des Zentralkomitees der sozialdemokratischen Menschewiki ist, und jener andere, der 1905 Mitglied der Sowjetleitung war, und schließlich der, der den Arbeiteraufstand im legendären Stadtteil Wyborg anführte?

Larissa entdeckt erneut die Macht des Wortes. Sie schreibt über die Arbeiterklubs und die dortigen Diskussionen, über die Fabrikkultur, die unbeholfenen Versuche der Arbeiter, in den Fabriken Theater zu gründen, über das schöpferische Potential, das die Revolution freigesetzt hat.

Sie schreibt für Gorkis Zeitschrift *Letopis*, bis sie sich wegen eines bissigen Artikels gegen Kerenski mit ihm überwirft. Sie schlägt sich auf die Seite des härtesten und rauhsten Flügels der bewaffneten Linken, der Matrosen von Kronstadt, und gründet dort einen Studienzirkel.

Sie entdeckt die Bolschewiki und schließt sich ihnen an. Ihre Freunde von der gemäßigten und gebildeten Sozialdemokratie sind überrascht: Was treibst du nur mit diesen Leuten? Das ist eine Sekte, das sind Abenteurer.

Am Ende dieses Jahrtausends, jetzt, da ich über diese junge Frau schreibe, über diese Person voll eisernen Idealismus, hat die russische Revolution bereits jeden Glanz verloren. Die mythische Dimension der russischen Revolution wurde durch ihren Autoritarismus zerstört, durch die Monstrositäten des Stalinismus, der heute einen Beiklang von Menschenfresserei hat, von Genickschüssen in eisigen Kellern, von sibirischen Konzentrationslagern und von Mißbrauch im Reich der Doppelzüngigkeit: Nach außen egalitär, in Wirklichkeit autokratisch. Das traurige Schicksal der Revolution, nun von der Jelzinschen Bürokratie in einem letzten grotesken Akt ausgekotzt zu werden, nützt da auch nicht mehr viel, es wird eine Zeitlang dauern, bis die Geschichte wieder Geschichte ist. Wenn heute der sture Lenin und der brillante Trotzki erwähnt werden, liegt darin kein Zauber mehr, eher legt sich ein Schatten des Zweifels über die Erzählung. Doch da ist immer noch Larissa, die mit ihren Heftchen und Flugblättern über den Newski-Prospekt zur Straßenbahn läuft, die sie zur Marinebasis bringen wird, um mit Seeleuten und Heizern zusammenzuarbeiten und um eine unfehlbare Methode zu entdecken, wie die Revolution gedacht werden kann.

Larissa hat ihre Version der Oktoberrevolution nicht aufgeschrieben. Leider hat sie diese paar Wochen nicht erzählt, so daß ihr nie verfaßtes Buch nicht neben Reed, Trotzki und Volin in meinem Bücherregal steht und dort die Lehrbücher der Akademie der Wissenschaften der UdSSR verdeckt.

Jahre später hat sich ein bestimmtes Bild aus jenen Tagen verfestigt und taucht in einer anderen von ihr verfaßten Chronik auf: der spezielle Glockenklang der Peter- und Paulsfestung. Diese Glokken hört Larissa in ihrem Inneren läuten, sie sind ein Schlüsselmoment in ihrer Erinnerung an die bolschewistische Revolution.

III.

Larissa arbeitet in der Abteilung für Kulturgüter, organisiert den Erhalt der Museen, katalogisiert Kunstschätze und kämpft für den Verbleib des künstlerischen Erbes, das aus Rußland fortgeschafft werden soll. Sie verteidigt auch die Kunstwerke des alten Regimes vor der Verwahrlosung, vor Vandalismus oder Barbarei.

Lew Sosnowski erzählt: »In unseren Kreisen, die wir aus der Parteiarbeit im Untergrund recht abgerissen und zerlumpt hervorgegangen waren und mit den Konventionen eines zivilisierten Lebens nicht gerade vertraut waren, war eine derartig schöne und von Kopf bis Fuß raffinierte Person, sowohl was ihre Erscheinung, als auch was ihre Sprache und ihre Handlungen anbelangte, eine seltsame Erscheinung. Solche Leute hatten uns so oft hintergangen, wenn wir uns ihnen angenähert hatten, daß es uns schwerfiel, eine weitere Enttäuschung zu riskieren. Also wurde Larissa Reissner in aller Stille und unendlichen Wiederholungen heimlich ein Prozeß gemacht, der sich in seinem Verlauf eigentümlich wandelte. Ich habe allen Grund, das zu erwähnen, denn ich ertappte mich oft selbst dabei, wie ich sie auf die Probe stellte.«

Sosnowski bezieht sich auf den Zeitraum zu Beginn des Bürgerkrieges, als Larissa gerade in die bolschewistische Partei eingetreten ist und zusammen mit Radek und Sosnowski, die beide von ihr fasziniert sind, in der Propagandaabteilung arbeitet.

Doch diese Arbeit reicht Larissa nicht aus, und im Jahr 1918 geht sie zur Roten Armee.

Sie hat mittlerweile einen außergewöhnlichen Mann geheiratet, der ihr Waffenbruder sein wird: Fjodor Raskolnikow. Er ist nur wenige Monate älter als sie, ein Student aus ärmlichen Verhältnissen, der in den Außenbezirken von Sankt Petersburg geboren wurde und in finsteren Internaten aufwuchs, wo er gegen die Popen ankämpfte, vom Hunger geplagt und nur von seiner verwitweten Mutter unterstützt. Von Grund auf ein Rebell schließt er sich bereits früh der russischen Sozialdemokratie an. Er liebt Romane und hat wenig für theoretische Texte übrig. Er hat die Kerker des Zarismus genauso kennengelernt wie das Leben im Untergrund. Während der Februarrevolution hat er den Sowjet der Matrosen von Kronstadt organisiert. Als der Bürgerkrieg begann, kämpfte Raskolnikow in Pulkowo gegen die konterrevolutionären Truppen, später wurde er zum Kommissar des Generalstabs der Marine ernannt.

Die Rote Armee kämpft an einem halben Dutzend verschiedener Fronten, nach dem Bruch mit den Sozialrevolutionären wegen des Friedens von Brest-Litowsk auch an einer inneren Front, die nicht weniger gefährlich ist. Die Alliierten sind im Norden im Hafen von Archangelsk gelandet, die Japaner haben Wladiwostok eingenommen, die Deutschen okkupieren die Krim, die Ukraine, Estland, Litauen und Kurland, die Alliierten sind in Murmansk an Land gegangen. Die Truppen des Monarchisten Kapell bilden die Nachhut, und über das ganze Land verstreut existieren Weiße Garden, die sich später in Armeen verwandeln werden.

Doch eigenartigerweise geht die größte Bedrohung für die Republik von der Tschechischen Legion aus, einem ausländischen Regiment innerhalb des zaristischen Heeres, welches auf dem Rückzug nach Sibirien, von wo aus es erneut gegen Europa eingesetzt werden sollte, um gegen das österreichisch-ungarische Reich vorzugehen, rebelliert hat. 22.000 gut organisierte Soldaten kontrollieren die Eisenbahn nach Sibirien und teilen Rußland auf diese Weise seit Mai in zwei Teile. Im August nehmen sie Kasan ein und rücken nach Westen vor.

IV.

Ich würde gerne in den Worten von Larissa rekonstruieren, was in Swjaschsk geschah. Doch ich kenne nur Fragmente aus *Die Front*, dem kleinen Band mit Kriegsberichten, den sie später verfaßt hat. Darunter befinden sich kurze Notizen über die Ereignisse zwischen dem 8. August und dem 10. September 1918 an jenem wenige Kilometer von Kasan entfernten Haltepunkt der Eisenbahn.

Die Geschichte, die Teil des Revolutionsmythos sein wird, besagt, daß in der Nacht vom 7. auf den 8. August in Moskau ein außergewöhnlicher Zug mit zwei Lokomotiven zusammengestellt wurde. Neben anderen hastigen Umbauarbeiten wird der Zug noch mit einer kleinen Bibliothek ausgestattet, mit einer Autowerkstatt und mit Waggons, die ein halbes Dutzend Autos transportieren, einem Raum für eine kleine Druckerei, einer leistungsfähigen Funk- und Telegrafenstation und den entsprechenden Ersatzteilen für defekte Leitungen. In der Nacht zum 8. besteigen folgende Personen den Zug: der Präsident des Revolutionären Kriegsrats der Sowjetrepublik, Leo Trotzki, ferner Iwan Smirnow, Arkadi Rosengolz und die Mitglieder eines Revolutionstribunals unter dem Vorsitz von Gußjew. Begleitet werden sie außerdem von Larissa Reissner und weiteren 40 ausgewählten jungen Parteimitgliedern.

Als der Zug sich in Richtung des von den Tschechen eingenommenen Kasan in Bewegung setzt, ist die Situation sehr ernst, die Armee im Ural zerfällt zusehends, und Trotzki notiert: »Allen gemeinsam war nur der Wunsch zum Rückzug.«

Einzig die lettische Schützendivision hält stand, Bolschewisten aus der alten Armee unter Führung von Vazetis. An diesem Tag, als die Dampfkessel im Maschinenraum rot glühen und die ersten Dampfschwaden aus der vorderen Lokomotive stoßen, wird auch die Einrichtung von Konzentrationslagern für konservative Militärs dekretiert. Trotzki rechtfertigt sich: »Die schreckliche Situation, in der das Land sich befindet, zwingt uns zu drakonischen Maßnahmen.«

Der Zug hält in Swjaschsk, und von dort aus wird die Front wieder aufgebaut. Trotzki ordnet weiterhin schreckenerregende Maßnahmen an. Der Tagesbefehl vom 15. August lautet: »Jeder, der während deren Herrschaft mit der tschechischen Macht oder den weißen Garden kollaboriert, wird erschossen.« Parallel dazu erscheint eine Zeitung, und Aktivisten laufen die Frontlinien der roten Truppen ab, um die Moral wiederherzustellen. Man wird nicht nachgeben. Der Zug ist der Beweis dafür.

Am 17. kommt die Flotte mit Torpedobooten von der Wolga über ein Netz von Kanälen an, vier kleine Torpedoboote, auf deren Rumpf noch die zaristischen Namen stehen, und ein paar Flußdampfer mit Artillerie und Maschinengewehren.

Am 18. wird die Flotte überholt, sie befindet sich in katastrophalem Zustand, aber die Moral von Raskolnikows Leuten ist gut. Noch in derselben Nacht beteiligt sich Trotzki an einem Ausfall nach Kasan. Larissa fährt auf der Brücke eines Torpedoboots mit. In einem Flußgefecht erringen die Roten ihren ersten Sieg. Eine der besten Passagen in Trotzkis Memoiren gibt später diesen nächtlichen Kampf gegen die weiße Flotte wieder.

Larissa wird zunächst in der Spionageabteilung der 5. Armee eingesetzt und schließt sich später auf Dauer der Flotte an. Aus ihrem ersten Aufgabenfeld ist uns eine kleine Geschichte überliefert: »Als Dörflerin verkleidet, ging sie die feindlichen Truppen ausspähen. Doch ihre Erscheinung hatte etwas Außergewöhnliches, das sie verriet.Ein japanischer Spionageoffizier verhörte sie. Einen unachtsamen Moment nutzend, stürzte sie zur schlecht bewachten Tür hinaus und verschwand.«

Später hält Larissa einige dieser Geschichten in *Die Front* fest, aber nicht die, die sie selbst betreffen. Sie erzählt weder über ihre Ausflüge hinter die feindlichen Linien, um eine Verbindung zwischen der Wolga-Flotte und Trotzkis Zug herzustellen, noch über die Aufklärungsritte, bei denen sie über 80 Werst ohne Pause im Sattel verbringt. Sie erzählt nicht, daß sie wie alle anderen kämpfte, schoß, ein Kriegsleben im Schützengraben lebte, mit einem Stück schmutzigen Brots als Tagesration, verblutende Genossen an ihrer Seite. Doch man kann einen Erzähler aus seinen Berichten herauslesen, aus dem was er sieht und wie seine Augen es sehen, aus seinen Entdeckungen, seiner Wahrnehmung, durch die Färbung, die das Ich des Chronisten dem Text verleiht, durch die Gesten der Bewunderung und die Adjektive. Man kann den Erzähler aus dem Erzählten herauslesen. Und aus den Zeilen denjenigen herauszulesen, der erzählt, und nicht das, was er erzählt, ist eine ganz eigene Angelegenheit. Mitten im Kampfgeschehen vergißt Larissa dennoch die Landschaften nicht, und sie versucht, die Geschichten der Leute aus der zweiten Reihe aufzuzeichnen, dieser Matrosen, die Tausende von Seemeilen so gut wie ohne Essen hinter sich haben. Im Mittelpunkt ihrer Erzählung steht, wie einer dieser Matrosen mit routinierten Bewegungen die Hülle von seiner Kanone entfernt, eine mechanische Gewohnheitsgeste, aber dennoch voller Spannung.

Larissa erlebt zuerst und schreibt dann später: »Ist es Schönheit oder nicht, wenn aus dem Hinterhalte eine Batterie unmittelbar gegen das Schiff feuert und der Befehlshaber seine in wilde Panik versetzten Leute anschreien muß. So anschreien, daß sie ihren Leib von dem Schiffsdeck losreißen, daß sie aufspringen und zu den Geschützen stürzen.«

Ihr künftiges Buch *Die Front* enthält auch einen Kampf mit der Sprache. Larissa bemerkt selbstkritisch: »Wie kann man solche banalen, primitiven Worte wie ›Heroismus‹, ›Verbrüderung der Völker‹, ›Selbstaufopferung‹, ›auf seinem Posten gefallen‹ in den Mund nehmen?«

Und doch – wie soll man Geschichten erzählen, die zugleich wunderbar und schrecklich sind. In einer sehr knappen Zusammenfassung der Ereignisse um die Kronstädter Flotte schreibt sie:

»Eine kleine Schar von Schiffen, einige Dutzend eisenbeschlagene Schleppkähne und Dampfer, einige zwanzigtausend Matrosen der Kronstadt- und Schwarzmeerflotten, die ihre Besatzung bilden. Um sich drei Jahre zu schlagen, um mit dem Gewehr in der Hand Tausende von Kilometern von den baltischen Gewässern bis zur persischen Grenze zu marschieren; um strohverbackenes Brot zu essen, um zu sterben, um auf schmutzigen Kojen zu verwesen und in armseligen, verlausten Lazaretten zu fiebern; um zu siegen, um endlich über seinen dreimal stärkeren Feind zu siegen, um mit zerschossenen Geschützen und verbrauchten alten Flugzeugen zu kämpfen, die bei dem schlechten Benzin jeden Tag hinabstürzten, und dabei fortwährend aus dem Hinterlande hungrige Briefe zu erhalten – mußte man zu alledem, um alles das ertragen zu können, nicht einen ungeheuren Antrieb in seiner Seele haben? Man mußte Worte erfinden, die die angeborene, unvermeidliche Feigheit des Fleisches überwinden.«

Larissa versucht, den Krieg in seiner Grausamkeit zu schildern. Sie erzählt den revolutionären Krieg so, wie sie ihn von ihrer Kampfstellung aus sieht. Sie ist voller Bewunderung für diese Personen, die die Angst überwinden, weil sie etwas aufbauen, dessen Ausmaß die Vorstellungskraft übersteigt, eine Welt, die so außerordentlich anders ist als alles Bekannte, daß einem beim bloßen Gedanken daran der Finger am Abzug des Maschinengewehrs zittert. Sie ergötzt sich an der wunderbaren Geschichte der Befreiung von 420 Gefangenen der Weißen, kurz bevor sie massakriert werden sollten. Und sie rekonstruiert die Geschichte der Brüder K, die mit dem Bajonett hingerichtet wurden. Sie beschreibt Volkshelden, die nicht in Vergessenheit geraten dürfen.

Die Ausgabe von *Die Front*, die ich in den Händen hatte, wurde durch die stalinistische Zensur gesäubert. Alle Hinweise auf den Chef der 5. Armee, I.N. Smirnow, für den Larissa eine tiefe Bewunderung hegte, sind verschwunden. Die Kapitel, in denen Trotzki die Hauptperson ist, sind ebenfalls weggekürzt, genauso wie der Prolog aus dem Original, in dem Larissa eine Zusammenfassung jener schrecklichen Kriegsjahre versucht: »Die Revolution pflegt ihre revolutionären Fachleute in grausamer Weise zu verbrauchen. Sie ist ein harter Herr, mit dem sich nicht von achtstündigem Arbeitstage reden läßt oder von Schutz der Mutterschaft und Erhöhung des Arbeitslohns. Dieser Herr fordert alles – Gehirn und Willen, Nerv und Leben. Und wenn er seine Leute verwundet, verbraucht, ausgesogen hat, wirft er die Geschwächten auf den Müllhaufen und nimmt sich neue, mustergültige Soldaten aus der unerschöpflichen Reserve der Volksmassen.«

Diese Worte werden ausgemerzt, das Papier verbrennt im Zensurstrudel der sowjetischen Konterrevolution, die Bürokraten fürchten die Metaphern, fürchten Anspielungen, die keine sind, und Respektlosigkeit. Statt dessen lieben sie Phrasen, die die Revolution zu einem inhaltsleeren Gebetsritual machen. Sie fürchten die Unehrerbietigkeit derjenigen, die die Geschichte miterlebt haben und sich so das Recht erwarben, über sie zu lachen. Im Büro des Zensors, wo die offizielle Geschichte festgelegt wird und deshalb die gesamte Episode von Swjaschsk aus der sowjetischen Geschichtsschreibung gestrichen wird, hat solche Unehrerbietigkeit keinen Platz.

Doch all das wird später geschehen, zunächst ist Larissa wütend auf ein Europa, das nichts von der Barbarei des Bürgerkriegs weiß und die Massaker an Arbeitern im von den Weißen kontrollierten Osten ignoriert. Auf ein Europa, das der Nachrichtenbombardierung durch die Agenturen des großen Kapitals ausgesetzt ist. Auf ihrer Netzhaut sind die Geschichten eingebrannt, die sie später erzählen wird. In ihrem Gedächtnis der ewige Gedanke, daß Sterben traurig ist und daß hier nicht einmal Zeit ist für den Tod. Man kann bloß gehen, »ohne Gott und Teufel, die beide vor der Revolution Reißaus genommen haben, ohne alle tröstlichen Lügen der Pfarrer. Man hat nur noch Zeit zu sagen: ›Meine Stiefel kannst du haben‹ und – aus ist's.«

Dieser erste Feldzug ist schrecklich, doch in Larissas Augen haftet ihm gleichzeitig die Schönheit des Unmöglichen an. Mit dem Fall von Kasan ist die Bedrohung durch die Tschechische Legion beendet, und die bolschewistische Republik kann ihre Kräfte an andere Fronten verlegen.

Ein seriöser französischer Historiker, J.J. Marie, der Larissa und Raskolnikow mit den Augen der Geschichte betrachtet, kann seinen Blick nicht mehr von ihnen lösen: »Sie waren ein Traumpaar.« Ein Zeitgenosse beschreibt Raskolnikow folgendermaßen: »Wunderschön, blauäugig, gut rasiert, sah er aus wie ein englischer Student und nicht wie ein russischer Bolschewik.« Die Fotos aus jenem Jahr zeigen Larissa mit langen Haaren, die sie zu verbergen sucht, als störe die lange Mähne die Arbeit der Chronistin, der Zeugin, die unbemerkt bleiben muß, um nicht selbst zu einer Protagonistin der Geschichte zu werden, die von anderen gemacht wird und von der sie erzählt. Sie verbirgt die Haare also in einem Kranz. Darunter ein wunderbarer Blick aus zwei dicht beieinanderstehenden Augen und eine schmale Nase über leicht geschürzten Lippen. Allmählich tauscht sie die russische Bäuerinnenbluse gegen die weiße Proletarierbluse und weite, bequeme Hosen sowie eine Matrosenmütze ein. Selbst Trotzki mit seiner oft so spitzen Feder geizt in seinen Memoiren nicht mit Lob auf die junge Larissa: »Diese herrliche junge Frau«, heißt es da, die nicht nur die »Gestalt einer olympischen Göttin« habe, sondern auch einen »feinen ironischen Verstand und die Tapferkeit eines Kriegers«. So oder ähnlich müssen sie auch die zweitausend Matrosen der Flotte gesehen haben, die sie anhimmelten.

V.

Über den Winter zieht die Flotte sich in ihren Heimathafen Nischni Nowgorod zurück. Larissa arbeitet weiterhin mit Raskolnikow und den Politkommissaren der Flotte zusammen, bis Fjodor Raskolnikow an Bord der *Spartak* am 18. Dezember 1918 bei einer von Kronstadt aus durchgeführten Erkundungsfahrt mit einem Geschwader von fünf leichten englischen Kreuzern zusammenstößt. Auf der Flucht wird die Schraube des Torpedobootes zerstört, als es gegen ein Riff fährt, und die Briten nehmen ihn vor Reval gefangen.

Larissa ist verzweifelt. Gemeinsam mit Slowski entwickelt sie einen Plan, um ihn in einem Handstreich mit Panzerfahrzeugen zu befreien, denn sie ist davon überzeugt, daß die Engländer ihn erschießen werden. Sie ist noch mit der Planung beschäftigt, als die Engländer Raskolnikow verschwinden lassen – später wird sie erfahren, daß er nach England gebracht wurde. Larissa ist zu diesem Zeitpunkt 26 Jahre alt. Sie hat den Beginn eines Krieges miterlebt, der kein Ende zu nehmen scheint, und hat ihren Lebensgefährten verloren. Wie verbringt sie diese Monate voller neuer Ängste und Schlaflosigkeit? Wie lebt es sich mit dem Gedanken, daß der Geliebte erschossen werden wird? Weinen Politkommissare in der Einsamkeit der Nacht?

Raskolnikow wird ins Gefängnis von Brickstone in London gebracht und dort für fünf Monate eingesperrt, bis er im Mai 1919 gegen britische Gefangene ausgetauscht wird.

Larissa arbeitet unterdessen im Kommissariat der Kriegsmarine. Ihr obliegt die knifflige Aufgabe, mit den ehemals zaristischen Admiralen umzugehen, die sich bereit erklärt haben, mit der Roten Armee zusammenzuarbeiten.

Nach seiner Entlassung aus dem Gefängnis übernimmt Raskolnikow die Wolga-Flotte und führt unverzüglich den zweiten Feldzug gegen Denikin. Larissa ist wieder einmal auf dem Deck der Kanonenboote zu finden. Sie reisen, wobei sie an Gefechten der Flotte teilnehmen, von Astrachan bis zur Befreiung von Enzeli.

VI.

Am Ende des Bürgerkriegs wird das »Traumpaar« in einer schwierigen diplomatischen Mission nach Afghanistan geschickt, wo zwischen den Sowjets und dem britischen Imperium ein Untergrundkrieg ausgetragen wird. Die Briten haben auf afghanischem Boden bereits drei Kriege erlebt und bewachen nun mißtrauisch einen Emir, der antiimperialistische Gelüste verspürt und mit den Russen kokettiert.

Welche Informationen über den Kabul-Aufenthalt von Larissa und Raskolnikow liegen in den Archiven des britischen Foreign Office verborgen? Was für eine Mischung aus Palastklatsch, Dienstbotentratsch, Informationen von übergelaufenen Diplomaten und Gerede mag wohl in den vertraulichen Akten stehen?

Larissa wird später mit leicht spöttischem Unterton sagen, daß eine ihrer Aufgaben darin bestand, auf die verschiedenen Ehefrauen des Emirs einzuwirken.

Sie beginnt zu schreiben. Zunächst eine Reihe farbiger Chroniken, die zusammengenommen einen kleinen Band mit dem Titel *Afghanistan* ergeben werden: Vignetten, Reportagen, Parodien, einige malerische Sittenchroniken. Das Buch hat zwei Stimmen, neben der Erzählerin selbst spricht die Erzählerin, die aus dem Erzählten erkennbar wird. In einem schillernden Artikel über eine Fabrik mit dem Titel *Das Haus der Maschinen* beschreibt sie nicht nur die Not und das Elend der rückständigen Industrialisierung, des mit Barbarei vermischten Kapitalismus, der »halb feudal, halb europäisch« ist. Sie beschreibt auch in unerwarteter Weise den »Osten, [...] im großen und ganzen ein stummes Land, [...], flüchtig, veränderlich und unbeweglich in der Bewegung, ja, regungslos wie der Tod«. Wovon spricht Larissa? Vom Land, von der Landschaft, von der Geistesverfassung?

In einer anderen Chronik schreibt sie: »Man war es schon leid, mit so vielen afghanischen Funktionären und zuvorkommenden, liebenswürdigen Ausländern zu verkehren, so viel korrektes Englisch zu hören und wohlfeiles Lächeln zu sehen«, und sie mokiert sich über die »Scharen von Spionen«, die in alle Richtungen umherschwirrten, und auch über den Emir, der ein Faible für Wetten hat und sein Laster so weit treibt, daß er darum wettet, wann ein Glas herunterfallen wird oder wie viele Fahrradfahrer in seinem Gefolge auftauchen werden ...

Larissa war das lästig, es ist nicht leicht, aus den Grenzsituationen eines Bürgerkriegs in die lahme Welt der Spionage und der Diplomatie zu wechseln, obendrein in einem Land, das in der Vergangenheit festgenagelt ist.

Geschichte wird woanders gemacht, von anderen Leuten, doch die Kriegstänze faszinieren sie. Das ist vielleicht das einzige Thema, bei dem aus ihren Artikeln Begeisterung spricht, wenn sie die Kriegstänze von Afridien und Vasiren beschreibt, die beim Tanzen Feuer fangen, die Schatten bekämpfen und die Phantome toter Engländer niederstrecken, die in den drei afghanischen Kriegen gefallen sind. Da bebt Larissa mit ihnen.

In diesen äußerlich ruhigen Tagen findet Larissa die nötige Zeit, um ihre Kriegserlebnisse noch einmal durchzugehen. Sie schreibt nicht nur die Notizen für *Afghanistan*, sondern auch die Memoiren vom Krieg an der Wolga, die zu dem Buch *Die Front* zusammengefaßt werden.

Ihr Leben mit Raskolnikow ist eine Katastrophe. Ein anonymer Bolschewik hält in seinem Tagebuch fest: »Ihre Liebschaft mit einem afghanischen Prinzen war aller Welt bekannt geworden, und den sowjetischen Botschafter in Afghanistan hatte sie in eine peinliche Situation gebracht.« Selbst ihre Freundin Elizabeth K. Poretski stößt ins gleiche Horn: »Es ging das Gerücht, daß sie während ihres Aufenthalts in Buchara [es war Kabul] zahlreiche Affären mit britischen Offizieren hatte, die sie in ihren Kasernen aufsuchte, nackt und nur mit einem Pelzmantel bekleidet.«

Auch eine so liberale Gesellschaft wie die neue sowjetische, wo die Suche nach neuen Wegen, um mit den überkommenen Lebensmodellen zu brechen, sich auch auf die Welt der Sexualität und selbstverständlich auch der Ehe erstreckte, war nicht frei von

Puritanismus und vom Hang zu Klatsch und Tratsch. Die abenteuerlichsten Geschichten werden Larissa nach ihrer Rückkehr in der UdSSR einholen. Ein zweites Mal steht die Verleumdung im Mittelpunkt ihres Lebens, ähnlich wie damals, als ihr Vater der Zusammenarbeit mit der Polizei beschuldigt worden war.

Später stellt Larissa ihren Genossen gegenüber klar, daß »der Urheber dieser Gerüchte Raskolnikow war, dessen Eifersucht keine Grenzen kannte. Sie zeigte mir eine Narbe auf ihrem Rücken, die von einem Peitschenhieb herrührte, den er ihr verpaßt hatte.«

Welche Version dieser Ereignisse auch immer zutreffen mag (und hier bedaure ich, Larissa, daß Entfernung und Desinformation keine guten Gehilfen für eine präzise Berichterstattung sind, und obendrein würde es mich auch nicht stören, wenn du alle afghanischen Prinzen und alle britischen Gentlemen, denen du jemals begegnet bist, mit ins Bett genommen hättest), jedenfalls verfolgen diese Geschichten sie künftig wie ein dunkler Schatten. Ich hätte es gut gefunden, wenn sie auch diese Geschichten zu Papier gebracht hätte, wenn sie erzählt hätte, wie Staub und Hitze ein »Traumpaar« zerrütten können und wie Langeweile die Liebe auffrißt.

Doch wir werden uns mit Gerüchten begnügen müssen, mit Dementis und Verleumdungen, und Puritaner oder Ausschweifige können sich ihre jeweilige Version zurechtbasteln. Auf jeden Fall trennt Larissa sich von Raskolnikow und kehrt, als ihr eine diplomatische Ausweisung droht, von Gerüchten verfolgt in die UdSSR zurück.

VII.

Die Bücher werden veröffentlicht. Larissa entwickelt eine eigene, ganz und gar nicht hagiographische Sicht auf die Revolution und ihre Anführer. Selbst Lenin wird in einer der Parodien, die sie über seine Kontakte zu einem nordamerikanischen Finanzmann schreibt, als Gleicher unter Gleichen behandelt: Ein »Waldgeist, der zu Johanni die Menschen narrt«. Sie beschreibt ihn liebevoll, aber irgendwie respektlos, mit seinen »tatarischen, ein wenig schräg gesetzten Augen«.

Nach ihrer Rückkehr in die UdSSR erlebt sie Veränderungen, die sie nicht genau versteht. Der Kriegskommunismus ist beendet, und die Neue Ökonomische Politik wird eingeführt, welche die mittelständischen Bauern begünstigt. Sie stößt auf Starrsinn, Korruption und Machtmißbrauch.

Radek berichtet: »Den ganzen Sommer über ist sie unruhig und betrachtet ihre Umgebung mit einer ganz eigenen Wahrnehmung«, und später fragt er sich in ihrem Namen: »Wird die Fäulnis auch den Parteiapparat erreichen?«

Ihr Vater gerät in Schwierigkeiten. Er hatte an der sowjetischen Verfassung mitgewirkt und Artikel über die Gefahren der Machtkonzentration in einer Einheitspartei veröffentlicht. Die alten Verleumdungen über seine Kollaboration mit der zaristischen Ochrana kommen wieder hoch. Seine Artikel haben für Unbehagen gesorgt, und er wird wegen »eines Parteimitglieds unwürdigen Verhaltens« abgestraft.

Im September 1923 hat Larissa eine Unterredung mit Karl Radek und bittet ihn, sie nach Deutschland zu schicken, das in jenen Tagen im Zentrum der Weltrevolution steht. In Moskau kursieren Gerüchte, Radek habe sich Hals über Kopf in sie verliebt und stelle ihr beharrlich nach. Eine neue Geschichte für die Gerüchteküche dieser Stadt, die zwar revolutionär, aber dennoch kleinlich und provinziell ist.

Karl Radek ist 38 Jahre alt, als sie sich kennenlernen. Er ist eine sehr widersprüchliche Person: polnischer Jude, der im Geist des polnischen Katholizismus und Nationalismus aufgewachsen ist, gleichzeitig einer der Vorläufer des Antikriegs-Internationalismus der Zimmerwalder Konferenz. Seit seiner Jugend ist er in der Arbeiterbewegung aktiv und hat gute Verbindungen zur polnischen, deutschen und russischen Kommunistischen Partei. Ein Mann der Gegensätze und Kontraste, ein Linksradikaler, doch mit einem Hang zum Verhandeln und zur Ambivalenz. Er hat eine sehr direkte Art und führt gerne einfache Beispiele an, verfügt aber dennoch über enzyklopädisches Wissen.

Ein Zeitgenosse beschreibt ihn so: »Er sah aus wie eine eigentümliche Kreuzung aus einem Professor und einem Banditen.« Er ist häßlich mit seinem großem Kopf und dem rötlichem Bart, seinen durch ständiges Zigarren- und Pfeiferauchen gelblich verfärbten Zähnen. Üblicherweise trägt er einen Anzug aus braunem Tuch und Gamaschen, was zu einer Art Markenzeichen geworden ist. Im Jahr 1923 leitet er die Kommunistische Internationale, und Sektierer- und Abenteurertum, politische Schwenks, aufständischer Wahnwitz und vernünftige Verzweiflung gehen zu einem Gutteil auf seine Kappe.

VIII.

Ich weiß nicht, ob die Beziehung zwischen Larissa und Radek, dieser außergewöhnlichen Persönlichkeit, die gut und gerne einen eigenen Roman wert wäre, in Moskau beginnt oder in Deutschland, doch in den folgenden Jahren leben sie als Paar zusammen. Die Fakten besagen, daß sie in den nächsten Monaten in Berlin aufeinandertreffen, wo Radek einen Aufstand vorbereitet, dessen Auftakt Larissa bei ihrer Ankunft am 21. Oktober 1923 in Dresden erlebt, genau in dem Augenblick, als die Freikorps, jene Überbleibsel des Militarismus, unter Müller den Generalstreik in Sachsen zerschlagen.

Als am 24. Oktober der Hamburger Aufstand beginnt, will Larissa sich sofort dorthin begeben. Radek hindert sie daran: Sie ist nicht nur Ausländerin, sondern aus der Sowjetunion und hält sich illegal im Land auf. Larissa führt in Berlin ein Leben im Untergrund. Sie geht ein bißchen mehr auf die Straße als Radek, der gezwungen ist, sich zu verstecken, doch der kommunistischen Organisation, die ebenfalls klandestin ist, muß sie zwangsläufig aus dem Weg gehen. Sie läuft also herum und beobachtet, besucht den Reichstag, lacht über die konservativen Abgeordneten, schreibt einen verzweifelten Bericht über das Elend in dieser Stadt, die brutale Inflation, die Hungertoten und die Arbeitslosigkeit. Sie nimmt an Treffen und Demonstrationen teil, und berichtet auch über das Leben einer Tochter von wohlsituierten Arbeitern und ihren Besuch im Zoo.

In jenem Monat entstehen vier Reportagen, die später als Heftchen unter dem Titel *Berlin, Oktober 1923* erscheinen werden. Ihr Schreibstil verfeinert sich, sie verbindet politische Analysen im Stil von Trotzki mit naturalistischen Beschreibungen à la Zola, mit Sinn für Humor. Sie erschafft Mikrofiguren, beschreibt Stimmungen. Und sie ist hart, hart und orthodox: Die versöhnlerische Sozialdemokratie bezeichnet sie als größtes Hindernis für die deutsche Revolution. Die sozialistische Revolution sei der einzige Ausweg für ein Land, welches durch die Nachkriegsbelastungen und die Wirtschaftskrise zerstört ist. Schließlich kann Larissa nicht mehr widerstehen und reist nach Hamburg, dem Mythos jener jüngsten Revolution auf der Spur, die den kommunistischen Arbeitern für 60 Stunden die Kontrolle über die Stadt verschafft hatte.

Sie geht durch die Straßen, beobachtet die Welt der Industrie, besucht die Arbeiter in ihren Verstecken, wohnt Gerichtsverhandlungen bei und interviewt die Ehefrauen der Verhafteten. Zu Beginn hat sie Schwierigkeiten, doch nachdem das Mißtrauen einmal überwunden ist, kann sie Gespräche führen und erhält Zugang zu Materialien. Ganze Hefte füllt sie mit Notizen, bis ihr der Kopf raucht, sie rekonstruiert und ist parteiisch. Dann kehrt sie in die Sowjetunion zurück und interviewt Hans Kippenberger, einen der Anführer der Revolution, dem die Flucht gelungen ist. Sie vergleicht ihre Notizen mit den Erinnerungen des Aktivisten, überprüft und beginnt zu schreiben.

So entsteht *Hamburg auf den Barrikaden*, das ihr wichtigstes Buch werden wird. Eine Erzählung des Aufstands mit einem ausführlichen Vorwort, in dem mit der Beschreibung der Narben auf den Hamburger Gebäuden, der riesigen Frachtkräne, des Straßenstrichs und der Arbeiterviertel, der Bars und Straßenbahnen, der Arbeitszeiten, der Frauen und des spezifischen Dialekts der Rahmen gestaltet wird, in dem sich das Abenteuer der kommunistischen Partei abspielen wird, mit einer Arbeiterklasse, die immer gereizter, aggressiver und wütender wird.

Larissa verliebt sich nicht nur in die aufständischen Männer und in den Aufstand selbst – trotz der Niederlage. Sie verliebt sich auch in diese industrielle Welt, ins Hafenambiente, in diesen Geruch nach Hering und Käse. Sie fühlt sich zu Hause in dieser Geschichte und inmitten dieser Arbeiter, die sie vollbracht haben. Und wie immer bedeutet Erzählen in der Erinnerung festzuhalten, was abgestritten und vergessen wird: »Nach zwei, drei Tagen, nach zwei, drei Wochen verschwindet – zusammen mit den von schmutzigen Regengüssen umspülten, mit einer Bajonettspitze von der Mauer abgerissenen Fetzen der Plakate – die kurze Erinnerung an den Straßenkampf, an das aufgewühlte Pflaster, an die Bäume, die Brücken gleich über die Flüsse der Straßen und die Bäche der Gassen hinübergeworfen waren. Hinter den Schuldigen schlagen die Gefängnistore zu; aus den Fabriken hinausgeworfen, sind die Teilnehmer an einem Aufstande gezwungen, in einer anderen Stadt – in einem entfernten Viertel Arbeit zu suchen; nach der Niederlage verkriechen sich die Arbeiter in fernen, namenlosen Winkeln – die Frauen schweigen, die Kinder leugnen, in ewiger Furcht vor den allzufreundlichen Fragen eines Spitzels – und die Legende über die Tage des Aufstandes verweht, wird vergessen.«

Die Arbeit wird in Fragmenten in Zeitschriften veröffentlicht, und im Lauf des Jahres 1924 schließlich auch als Buch.

IX.

Nach ihrer Rückkehr in die Sowjetunion arbeitet sie mit Trotzki in der Kommission zur Verbesserung der Industrieprodukte. Doch sie muß sich wieder auf den Weg machen, das heiße Blut der Reporterin setzt sich durch.

Wo wird um die Revolution gekämpft? Wo zeichnet sich ein Wechsel ab? In der Welt der Industrie, in den Fabriken und Bergwerken. Weitab von der Bürokratie in Petrograd und Moskau. Monatelang reist sie in den Ural, ins Kohlebecken von Donez, zu den Platinminen von Kytlym, zu den Gießereien, den Textilfabriken von Iwanowo. Sie schläft in Zügen, in Bergwerken, in Gewerkschaftsräumen, und veröffentlicht Reportagen, die später in dem Buch *Kohle, Eisen und lebendige Menschen* zusammengefaßt werden.

Ihr Blickwinkel ist überraschend. Fernab von jeder Propaganda bezieht sie Volkslegenden und alte Geschichten mit ein, kritisiert brutal die Lebensweise der Arbeiter oder die mangelnden Vorsichtsmaßnahmen gegen Waldbrände.

Sie berichtet über Seuchen, bürokratische Fehler, nahezu unmögliche Heldentaten. Sie erzählt von einer Welt, die äußerlich karg erscheinen mag, unter ihrer Feder aber eine eigene Faszination entwickelt. Sie erzählt von Stahlkochern, die sich nach der Landwirtschaft sehnen und die Kommunistische Partei hassen, und von abgestraften Parteikadern, die irrtümlicherweise immer noch an vorderster Front stehen.

Sie konstruiert unvergeßliche Nebenfiguren, unmögliche Typen, die mit dem Feuer spielen, die sich bitterlich beklagen, daß ihr Leben zwischen Sowjet und Bergwerk nach 53 Jahren bereits am Ende ist, die aber aus einem schwer erklärlichen Pflichtgefühl inmitten des Strudels ausharren. Sie spricht von industriellen Errungenschaften und auch vom Scheitern, und ihre Faszination für das Industrielle kommt wieder zum Vorschein, sie verfaßt wundervolle Seiten, wo das Eisen die Hauptperson der Erzählung ist, und sie erfreut sich an der Beschreibung der riesigen Hämmer in den Walzwerken.

Ihre Feder zittert nicht, wenn sie die Politik des sprunghaften Fortschritts kritisiert, die die Lebensbedingungen der Arbeiter vernachlässigt. Sie berichtet aus dem Innenleben, zögert nicht, Partei zu ergreifen, und sie weiß, daß Lobhudelei und Propaganda ein schlechter Ersatz für die Wahrhaftigkeit einer Reportage sind.

Das Buch selbst wird in Leningrad verfaßt werden, wo sie mit Radek zusammenlebt, der inzwischen aus der Leitung der Kommunistischen Internationalen ausgeschlossen wurde, da ihm das Scheitern der deutschen Revolution angelastet wird.

X.

Mitte 1924 kehrt sie nach Moskau zurück, später wird sie erneut nach Deutschland reisen und *Im Lande Hindenburgs* schreiben, eine farbige Kritik des Kapitalismus, die stellenweise einen skurrilen, surrealistischen Tonfall annimmt. Sie beschreibt zunächst das Pressemonopol, dann geht sie auf die Industrie ein, indem sie die Geschichte von Junkers und seinen umgewandelten Kriegsfabriken erzählt. Ihre Faszination für Technik, ihre Liebe zur Maschine kann Larissa nicht einmal verbergen, wenn es sich um Kriegsmaschinen handelt. Selbst unter dem spöttischen Tonfall ihrer Beschreibung kommt zuweilen noch die Bewunderung durch. Doch diese Artikel sind in erster Linie Propagandamaterial, und sie holt tief Luft, um den wildwuchernden Kapitalismus der deutschen Wiedergeburt in ihrer besten Prosa zu verfluchen.

Im Lande Hindenburgs erscheint 1925, zunächst in Zeitschriften, dann als kleines Buch.

Kaum hat sie diese Arbeit abgeschlossen, da beginnt sie auch schon mit einem Buch über die Dekabristen und hält eine Reihe von Vorträgen über die Revolution von 1905. Auch schreibt sie eine Porträtserie über Thomas Morus, Babeuf, Müntzer, Blanqui.

1926 erkrankt sie an Typhus, ihre körperliche Verfassung ist nicht die beste, sie ist von einer verschleppten Malaria geschwächt, die sie sich in Afghanistan zugezogen hatte.

Ihre Krankheit ereilt sie in dem Moment, als die Rechte in der Partei die Oberhand gewinnt. Stalin und Bucharin beginnen mit dem Aufbau des bürokratischen Apparats, der sich wenig später in ein Repressionsinstrument gegen die eigene Partei verwandeln wird. Die Republik der Sowjets und Bolschewiken, die in den letzten Jahren die Menschewiken, die rechten wie die linken Sozialrevolutionäre und die Anarchisten ausgeschlossen hatte, bewegt sich auf die Ein-Personen-Diktatur von Stalin zu. Larissa ist gefangen zwischen Krankheit und der schlimmsten aller Formen des Exils, dem inneren Exil.

Ihr Gesundheitszustand scheint sich zu bessern, sie beginnt sich zu erholen, doch dann kehrt das Fieber zurück. Radek berichtet:

»Sie entschied sich, bis zuletzt um das Leben zu kämpfen, und gab diesen Kampf erst auf, als sie schließlich das Bewußtsein verlor.« Sie stirbt am 9. November 1926 im Kreml-Sanatorium, im Alter von 34 Jahren.

Sosnowski faßt in der Stunde ihres Todes zusammen, was ihre Zeitgenossen in ihr sahen: »eine wilde Leidenschaft für das Leben«.

Doch vielleicht war ihr Abschied von der politischen Bühne auch ein Segen, denn ihre Freunde und die Helden aus ihren Büchern, ihre Ehemänner und Genossen verschwinden in den Folgejahren im stalinistischen Strudel.

Trotzki wird in seinem mexikanischen Exil ermordet. Lew Sosnowski verschwindet in den Konzentrationslagern. Raskolnikow wird noch im Jahr von Larissas Tod seiner Aufgaben in der Kommunistischen Internationalen entbunden, obwohl er sich im Linienstreit auf die Seite Stalins stellt. Im Jahr 1937 werden seine Bücher verboten, er hält sich in Frankreich auf und kehrt nicht nach Rußland zurück, schreibt einen offenen Brief an Stalin, worin er diesen beschuldigt, die spanische Revolution verraten zu haben. Er stirbt 1939 in Nizza einen sehr eigenartigen Tod.

Wie Richard Chappell in seinen Anmerkungen zu *Hamburg auf den Barrikaden* schreibt, werden auch die sechs Männer, die Larissas Sarg tragen, auf die eine oder andere Weise den Säuberungen zum Opfer fallen: Radek wird nach den Prozessen von 1937 ermordet. Laschewitsch stirbt bei einem Unfall in Sibirien, nachdem er aus der Partei ausgeschlossen wurde. I.N. Smirnow wird im Zuge der Moskauer Prozesse hingerichtet. Enukidze wird nach einem Geheimprozeß 1937 erschossen. Und auch Boris Wolin und Boris Pilnjak erwartet kein freundlicheres Schicksal.

Remmele, der Leiter der Deutschen Kommunistischen Partei und die Hauptperson von *Berlin, Oktober 1923,* und Karajan, Hauptfigur des Artikels *Krupp und Essen*, fallen ebenfalls der stalinistischen Schlächterei zum Opfer. Hans Kippenberger, der Anführer des Hamburger Aufstands, wird 1936 festgenommen, als er in Moskau aus einem Zug steigt, und hingerichtet.

Larissa war nicht mehr da, um darüber zu berichten und um das Schicksal ihrer Freunde und Genossen zu teilen.

Sebastián San Vicente, nach dem keine Strasse benannt ist

(Version frei nach Mailer)

I.

Geschichte als Roman: 1981 faßte ich die dürftigen Angaben zusammen, die ich über einen einzigartigen spanischen Aktivisten herausgefunden hatte, der in den 20er Jahren an der Konstitutionsphase der mexikanischen Linken beteiligt gewesen war. Das Material war ziemlich dünn, es reichte gerade für knappe sechs Seiten Biographie. Sie lauten folgendermaßen:

Am 15. Februar 1921 wurde im Auditorium des Anthropologischen Museums von Mexiko-Stadt ein Kongreß von roten Gewerkschaftern eröffnet, aus dem die *Confederación General del Trabajo (CGT)* hervorgehen sollte. Dieser Gewerkschaftsdachverband faßte den Willen all derer zusammen, die weder an Versöhnung noch an Vergebung glaubten; die davon überzeugt waren, daß die einzig mögliche Beziehung zwischen verfeindeten Klassen der Krieg sei; und die darin übereinstimmten, daß die mexikanische Revolution verwaist war, was ihre sozialen Errungenschaften anbelangte, tot, erledigt und begraben – und das, obwohl die letzten militärischen Auseinandersetzungen, die mit dem Staatsstreich der Militärs aus dem Norden gegen Präsident Carranza geendet hatten, erst wenige Monate zurücklagen.

In dem Museum versammelten sich Delegierte von kleinen kommunistischen Gruppierungen, von Anarchosyndikalisten und von den revolutionären Gewerkschaften, die im Unterschied zur zahmen, von der neuen Regierung vereinnahmten Gewerkschaft CROM eine echte Kampforganisation gründen wollten.

Die Agrarrevolution neigte sich ihrem Ende zu, doch die Welt sandte Signale von anderen Revolutionen mit maximalistischem

Programm aus: Alle Macht den Arbeitern. Es war die Zeit der Russischen Revolution und der Aufstände in Deutschland, der Arbeiterräte von Turin und des sozialen Kriegs in Spanien. Alles schien im Bereich des Möglichen.

Unter den Delegierten stach ein Spanier mit buschigen Augenbrauen und auffällig großer Nase hervor, weil er besonders häßlich, besonders stark und besonders starrköpfig war. Obwohl er ein erklärter Anarchist war, vertrat er die Kommunisten aus Tampico. Seine Beiträge zum Kongreß waren zum Teil pädagogisch – »Alle Dinge in der Natur sind einem unabänderlichen Gesetz unterworfen: Alles wird geboren, wächst heran, entwickelt sich und stirbt, aber die Materie bleibt immer bestehen« –, zum Teil tendierten sie zur sozialromantischen Übertreibung: »Das einzige Vaterland ist der Boden, auf dem man steht, und die Menschen, die einen aufnehmen, um ihn in Brand zu setzen.« Das waren die beiden rhetorischen Register, zwischen denen San Vicente sich bewegte.

Einer der wenigen, die den Kongreß erwähnen, ist José C. Valadés. Er beschreibt San Vicente mit den folgenden zwei Zeilen: »Er stand sich selbst im Weg mit seinem Hang zur Gewalt, obwohl seine Gedankenwelt von Toleranz geprägt war. Er war Anarchist, doch er fügte sich den kommunistischen Zeichen der Zeit.«

Am Ende des Kongresses wurde San Vicente zum stellvertretenden Sekretär der CGT gewählt und reiste nach Tampico, um seiner Basis über die Ergebnisse zu berichten. Dann kehrte er ins Komitee von Mexiko-Stadt zurück.

Sein vorheriges Leben zu rekonstruieren war keine leichte Sache. Mit seinen fünfundzwanzig Jahren war Sebastián San Vicente schon auf recht eigene Weise in der Welt herumgekommen. Wie es scheint, stammte er ursprünglich aus Guernica im spanischen Baskenland. Es hieß, er komme aus wohlhabenden Familienverhältnissen, mit denen er jedoch gebrochen habe, um zum Vagabunden zu werden. Er tat das in anarchistischer Manier – das heißt, er verbreitete Ideen, zettelte Meutereien an, beteiligte sich an Klassenkämpfen, wo auch immer er auf sie stieß. Aus dem wenigen, das er einmal erzählt hatte, und den Polizeiakten, die allerdings oft übertreiben, ließ sich ein Teil seiner politischen Geschichte rekonstruieren:

Irgendwann in seiner Jugend war er Schiffsmechaniker geworden, nachdem er zuvor bereits als Matrose und Heizer gearbeitet hatte. Außer Spanisch und Baskisch sprach er auch Englisch und Französisch. Er befuhr die US-amerikanische Ostküste und lebte eine Zeitlang in New York. Er betätigte sich in anarchistischen Gruppen und war bei den *Industrial Workers of the World (IWW)* aktiv. Dann wurde er eines Sprengstoffattentats auf die *Mayflower* beschuldigt, auf der Präsident Wilson aus Europa zurückkehrte. Die Lektüre des Archivs der Gruppe um Edgar Hoover, die damals gerade gebildet worden war und aus der später das FBI hervorging, machte deutlich, daß die Informationen über San Vicente eine Mischung aus staatsbesessener Paranoia und frei erfundener Propaganda waren. Als man versuchte, ihn zu verhaften, versteckte er sich auf einem Dampfschiff und floh nach Kuba. Über seinen Kuba-Aufenthalt ist wenig bekannt. Nur, daß er sich der Agitation widmete und als Organisator einer klandestinen Gruppe namens *Die Sowjets* herumreiste. Er war in Sabotageakte gegen Handelsschiffe verwickelt und entzog sich in Cárdenas einem Gerichtsverfahren, indem er der Polizei entwischte. Es gibt ein paar vage Angaben darüber, daß er in Matanzas eine Untergruppe der IWW gegründet haben soll, die sich jedoch nur kurze Zeit am Leben hielt. Als die Verfolger ihm schließlich immer dichter auf den Fersen waren, reiste er als blinder Passagier auf einen Tanker nach Mexiko, dessen Boden er Ende 1920 in Tampico illegal betrat.

Nach seiner Arbeit in Tampico und seinem Auftritt auf dem CGT-Kongreß kehrte er nach Mexiko-Stadt zurück und setzte sich gemeinsam mit Aktivisten anderer Strömungen, wie z.B. dem linken Flügel der CROM, der kommunistischen Jugend und den IWW, für den Eintritt in die Rote Gewerkschaftsinternationale ein. Es war ein kurzlebiges Projekt, denn allen Bemühungen dieser Aktivistengruppe zum Trotz überwogen die Differenzen unter den politischen Strömungen und führten zur Spaltung.

Als stellvertretender Sekretär der CGT kümmerte er sich vor allem um die Organisierung der Textilarbeiter von Atlixco. Über die Schritte, die er persönlich unternahm, liegen so gut wie keine Informationen vor, obwohl viel von einer Bewegung die Rede ist, in der er – mit der Pistole in der Hand – die Arbeitslosigkeit bekämpfte, Haziendas besetzte und gewaltsam gegen Gruppen von Streikbrechern vorging, die der Unternehmerverband und die Kirche auf die Beine gestellt hatten.

Seine Tätigkeit war von kurzer Dauer. Am 17. Mai ließ die Regierung Obregón unter einem beliebigen Vorwand zwölf ausländische Aktivisten aus der CGT-Leitung, der Kommunistischen Partei Mexikos und den IWW festnehmen und kündigte ihre Ausweisung an.

San Vicente wurde gemeinsam mit dem US-Amerikaner Frank Seaman verhaftet, der die Kommunistische Internationale in Mexiko vertrat. Es ist der Intervention einiger Gewerkschaften zu verdanken, daß sie in den Süden und nicht in die USA abgeschoben wurden, wo gegen beide noch Gerichtsverfahren anhängig waren: gegen San Vicente wegen des sagenumwobenen Attentats auf Wilson und gegen Seaman, weil er sich dem Wehrdienst entzogen hatte.

Seaman und San Vicente wurden auf dem Seeweg über Manzanillo nach Guatemala gebracht, wo sie sich gleich nach ihrer Ankunft wieder in die Organisierungsarbeit stürzten. Sie beteiligten sich an Versammlungen von Bäckergewerkschaften, unterstützten den Aufbau von Netzwerken, über die Presseorgane verteilt werden sollten, und förderten den Austausch linker Gruppen aus Guatemala mit den mexikanischen Organisationen.

Ein paar Monate später überquerten sie zu Fuß illegal die Grenze und kehrten nach Mexiko-Stadt zurück.

Von diesem Zeitpunkt an trat San Vicente unter dem Namen Pedro Sánchez, *El Tampiqueño*, auf.

Es wird angenommen, daß er sich unter diesem Pseudonym an den Auseinandersetzungen mit Polizei und Feuerwehr beteiligte, die sich anläßlich eines Streiks in den Werkstätten des Handelszentrums *Palacio de Hierro* entwickelten, und auch am großen Straßenbahnerstreik von 1922 – doch es gibt keine exakten Quellen, die dies belegen.

Im August desselben Jahres beschuldigte die CGT die Kommunistische Partei, ihn bei der Polizei verraten zu haben. Anscheinend enthüllte die kommunistische Presse anläßlich einer heftigen ideologischen Auseinandersetzung, die in der Abspaltung der Bäckergewerkschaft von der CGT gipfelte, daß San Vicente an der Debatte beteiligt gewesen war. Jedenfalls mußte er erneut untertauchen.

Im Januar und Februar 1923 organisierte die Straßenbahnervereinigung des Bundesdistrikts eine sehr entschlossene Streikbewegung gegen das Straßenbahnunternehmen. Der Gouverneur des Bundesdistrikts, das CROM-Mitglied Gasca, setzte nicht nur Polizei und Armee gegen die Straßenbahnarbeiter ein, sondern rief auch eine Gruppe von Streikbrechern ins Leben. Die Zusammenstöße häuften sich. Am ersten Februar versuchten die Behörden, den Straßenbahnbetrieb wieder durchzusetzen. Als eine ihrer Bahnen mit Streikbrechern am Steuer und vom Militär eskortiert am Sitz der CGT in der Uruguay-Straße vorbeifuhr, blockierten die Roten den Verkehr und begannen eine Schießerei. Kurze Zeit später griff das Militär ein, woraufhin die Leute von der CGT, von denen nur wenige bewaffnet waren, Barrikaden errichteten und sich in ihrem Gewerkschaftsgebäude verschanzten. Nach einem einstündigen Schußwechsel mit den Soldaten, die mit Gewehren ausgestattet waren, mußten die Streikenden sich wohl oder übel ergeben, und einige hundert Leute wurden festgenommen.

Unter den Verhafteten befand sich auch San Vicente unter seinem Pseudonym Pedro Sánchez. Er trug einen Straßenbahnarbeiter-Overall, und die Polizei stellte seine wahre Identität nicht fest. Nachdem Finanzminister Adolfo de la Huerta sich als Vermittler eingeschaltet hatte, wurden die Festgenommenen bereits nach einem Tag wieder auf freien Fuß gesetzt.

Als die Polizei später durch Verrat erfuhr, daß sie San Vicente in den Fingern gehabt hatte, leitete sie eine Fahndung ein. Diese erreichte ihren kuriosen Höhepunkt am 4. April, als vierzig Polizisten in die Räume der CGT eindrangen, um San Vicente zu verhaften, dieser aber durch ein Toilettenfenster entkam, während die Arbeiter sich mit den Beamten herumschlugen und sie entwaffneten.

Über seine beiden wundersamen Fluchten wurde ausführlich berichtet, doch über die letztendliche Festnahme von San Vicente Anfang Juli berichteten die Zeitungen schließlich nur mit einer beiläufigen Zeile. Heimlich wurde er nach Veracruz gebracht. Dort entdeckte eine Gruppe von CGT-Hafenarbeitern am 15. den eingesperrten San Vicente und startete sofort eine Mobilisierung für seine Freilassung. Doch die Behörden kamen ihnen zuvor.

Am 16. Juli 1923 wurde Sebastián San Vicente aus Mexiko abgeschoben und in Ketten auf ein Dampfschiff verfrachtet, das Kurs auf das spanische La Coruña nahm.

Die mexikanische Arbeiterpresse zollte dem deportierten Genossen Tribut. In der *Guillotina*, einer Mieterzeitschrift der Hafenstadt Veracruz, und in der von der Straßenbahnergewerkschaft des Bundesdistrikts herausgegebenen *Nuestra Palabra* wurden Protestschreiben veröffentlicht.

Im Juli 1924 erkundigte sich der Anarchist Antonio Bruschetta aus Puebla bei allen Mitgliedern der anarchistischen Pressenetzwerke nach dem Verbleib von San Vicente. Er berichtete, man habe seit einem Jahr nichts mehr von ihm gehört. Das letzte, was man wisse, sei, daß er gut in La Coruña angekommen sei. Von dort hatte er ein Foto geschickt, dem später noch eine Postkarte aus Burdeos folgte.

Das war die letzte Nachricht, die man in Mexiko von dem spanischen Anarchisten erhielt. Viele Jahre später, im Jahr 1938, ging unter seinen alten Bekannten das Gerücht um, er sei in der Gegend um Bilbao, als Milizionär in einem Bataillon der CNT kämpfend, ums Leben gekommen .

Das ist alles, was der Verfasser dieser Zeilen berichten kann. Ich vermute, daß es ausreicht, um deutlich zu machen, warum keine Straße nach Sebastián San Vicente benannt ist und warum sein Name auch nicht in den Schulbüchern erwähnt wird.

II.

Ein Roman als Geschichte: Warum interessiert du dich ausgerechnet für diese Person, über die so gut wie nichts bekannt ist?

Es sind wieder einmal dieselben Geschichten. Diese Typen, die einen Engel verschluckt zu haben scheinen und denen Geradheit und Sturheit zur Charaktereigenschaft geworden sind. Persönlichkeiten, die selbst mitten im Sturm nicht ins Wanken geraten, die sich nicht beugen. Personen, die vom Gestus leben und auf dem Terrain des Symbolischen agieren, von dem höchst reale Botschaften ausgesandt werden.

Es kann sein, daß Ryszard Kapuscinski Recht hat und »die Revolution ein Abenteuer des Herzens ist«, zumindest wenn es sich um ein Massenphänomen handelt. Aber wenn die Geschichte auf das Persönliche zugeschnitten ist und die Zeichen der Zeit keine großen sozialen Erfolge verheißen, dann wird die Revolution unweigerlich zu einem Abenteuer der Besessenheit.

Mit der Zeit bastelst du dir ein Gerüst aus ideologischen Stützen, die es dir ermöglichen, mit dem Gedanken aufzuwachen, daß du auf der richtigen Seite des Gitters stehst, das die Macht vom Mißbrauch und die Welt der Ausgestoßenen von der Schlechtigkeit trennt. Die dir gestatten, mit dem guten Gewissen schlafen zu gehen, daß du dem System einen weiteren Tag widerstanden hast. Eine der Stützen in diesem Gerüst ist der Starrsinn. Diese irrationale Tugend der Jugendlichen, die verhindert, daß sie sich von der Erwachsenenlogik, der Logik der Macht hinters Licht führen lassen. Die verhindert, daß dieser Feind, der »das Vernünftige und Mögliche, das Machbare und Angemessene« heißt, ihnen die Lebensenergie abschnürt.

Deshalb schreibst du die Geschichte vom »Schwarzen Engel« auf, obwohl es eine Geschichte ist, in der mehr Schatten als Licht is und in der du auf allzu viele Dinge stößt, die dir eigentlich nicht schmecken.

Aber »verflucht nochmal« – wie es in einem dieser Romane von Salgari heißen würde, die San Vicente bestimmt heimlich gelesen hat – dieser Starrsinn, dieser wunderbare Starrsinn, diese Hartnäkkigkeit, dieses Gegenmittel gegen unsere abendlichen Schwächen, wenn wir vor einem Fernseher sitzen, der uns vielleicht nicht einmal mehr betrügt, aber auf jeden Fall unsere Ängste schürt, dieser Starrsinn will gelernt sein. Er ist nicht angeboren, er wird erworben.

Selbstverständlich weiß niemand, woher er eigentlich kam. Wie jede gute Romanfigur taucht er plötzlich aus dem Nichts auf, mit einem Pssst!-Geräusch in der Luft, ausgestattet mit Decknamen und Pseudonymen, mit falschen Pässen und falschen Geschichten, Legenden und der polizeilichen Paranoia geschuldeten Hirngespinsten. Nie war er so richtig er selbst.

Irgendwo liest du, daß sie ihn den »Schwarzen Würgeengel« nannten, an einer anderen Stelle schnappst du auf, er habe Leopardi gelesen. Mit diesen spärlichen Angaben beginnst du zu arbeiten.

Wer war Leopardi? Woher rührt der biblische und wohlklingende Name »der Schwarze Würgeengel«?

Leopardi ist in Mexiko nahezu unbekannt: Graf Giacomo, 1798-1837, war ein Poet der Angst, des Strauchelns, der Verzweiflung und der Hoffnungslosigkeit. Er war der Mann, der inmitten einer Generation von Romantikern und Patriotendichtern den Pessimismus kultivierte, als Inspirationsquelle und als zentrales Thema seiner Gedichte. Ein Abwehrmechanismus so gut wie jeder andere. Vermutlich hatte die Düsternis seiner Gedichte etwas damit zu tun, daß er von Kindesbeinen an verkrüppelt und verwachsen war, und obendrein, als ob das nicht genug wäre, dem verarmten Adel angehörte, ein Aristokrat im Elend.

Hier ein paar kleine Kostproben: »In dieser riesigen Weite / ertränke ich das Denken / und süß ist mir der Schiffbruch« oder »Langeweile und Bitterkeit / das ist unser Leben / und ein Morast die Welt«.

Sonderbare Inspiration für einen Anarchisten. Du beginnst Leopardi zu lesen – dank einer zweisprachigen Anthologie der Universität Guadalajara aus dem Bücherregal mit den Bänden, die du niemals zu lesen gedachtest.

Die Gedichte von Leopardi und eine kurze biografische Notiz tauchen also in dieser Anthologie des poetischen Pessimismus auf, die fünfzig Jahre nach dem Mexiko-Aufenthalt von San Vicente erschienen ist, und die Antwort auf die Frage nach dem »Schwarzen Würgeengel« findest du in einer protestantischen Bibel, die dir ein Hausierer vor Jahren aufgeschwatzt hat, als er dich aus dem Schlaf gerissen hatte. In der Offenbarung 9 taucht eine Figur namens Apollyon oder auch Abbadon auf (schon wieder Decknamen und Pseudonyme), die sich als ein schwarzer Engel entpuppt, der aus der Tiefe kam, ein schon besiegter, luziferischer Engel. Seine Mission besteht laut Apokalypse darin, ein Heer von Heuschrekken anzuführen, die fünf Monate lang das Menschengeschlecht foltern sollten. Diese sehr unfranziskanische Beziehung zu den Insekten fasziniert dich.

Jetzt hast du also die Mythen des FBI, die Düsternis von Leopardi und die schlimmsten Alpträume der protestantischen Bibel als Bausteine. Die Person ist immer noch nicht greifbar, sie bleibt ein Schatten.

Du suchst nach der Stadt, die ihn gekannt hat und deren katastrophenhafter Widerhall heute deine Stadt ist, Mexiko-Stadt. In den ersten Monaten des Jahres 1921 wurden nicht nur die Pferde allmählich durch den Packard ersetzt und die Gaslaternen durch elektrisches Licht. Es wurde nicht nur besserer Tabak geraucht und reinerer Schnaps getrunken, sondern es war auch die Zeit des industriellen Wiederaufbaus nach der Revolution. Die siegreichen Generäle des Plans von Agua Prieta, die Carranza besiegt hatten, beglichen untereinander alte Rechnungen, und die Arbeiterkämpfe befanden sich deutlich im Aufschwung. Die Bewegung, die in den bewaffneten Auseinandersetzungen der Mexikanischen Revolution untergegangen war, spürte jetzt, daß ihre Stunde gekommen war. Dann wendest du dich dem politischen Kontext zu, der Gewerkschaftsarbeit. Neben den Roten von der CGT waren da noch die korrupten Gewerkschafter. Ihr Anführer Morones war eine wirklich faszinierende karikaturenhafte Gestalt, der – wenn es nicht zu weit führen würde – in dieser Chronik durchaus ein Platz neben Abbadon und Leopardi verdient hätte. Er sollte es noch bis zum Industrieminister bringen, und wegen seine Körperumfangs wurde er mit den Spitznamen »die Fettsau« und »die dicke Matilde« bedacht. Er bewegte sich in den Puffs, als befände sich dort sein zweites Gewerkschaftsbüro, und trug drei Diamantringe an der linken Hand. Vorpriistische Mexikanität, wenn man so will.

Du durchforstest anhand eines zerknitterten Dokuments, einer Bücherliste aus der Bibliothek der Bäckergewerkschaft, in deren

Räumen er auf einer Bank zu schlafen pflegte, San Vicentes möglichen Lesestoff. So beginnst du, seinen prinzipiellen, jeder Art des Kompromisses abholden Anarchismus zu verstehen (prinzipiell im Sinne von prinzipienfest, nicht von *Prinz* Kropotkin), der sich dem Alles oder Nichts verschrieben hat und recht grundsätzlich auftritt. Er basiert auf dem Wissen, das Elisée Reclus in der sechsbändigen Ausgabe von *Der Mensch und die Erde* über Geographie, die Menschheit und die Geschichte zusammengetragen hat. Er nährt sich aus den aufrührerischen Sätzen von Bakunin und dem gesunden oder besser dem romantischen Menschenverstand des Anarchismus von Malatesta. Er vertrat einen Arbeiterstandpunkt, weil Sebastián die Welt aus dem Blickwinkel der Leute betrachtete, die mit ihren Händen arbeiten.

Er könnte, nein er hat ganz sicher die *Zwölf Beweise der Nichtexistenz Gottes* von Sébastien Faure gelesen, die die *Grupo Cultura Racional* aus Aguascalientes in einem Heftchen für zwölf Centavos veröffentlicht hatte. Er las auch die Artikel über die Versklavung der Frauen, über Sexualhygiene und die zerstörerische Beziehung des Menschen zur Natur, die Federico Urales in der *Revista Blanca* aus Barcelona veröffentlichte, denn er lieh sich dieses Blatt im Büro der Straßenbahnergewerkschaft aus, die es abonniert hatte. Er las die Romane Victor Hugos, insbesondere *Die Elenden*, welches die anarchistische Presse zum Modebuch erkoren hatte. Er las entsetzliche Gedichte des Kolumbianers Moncaleano und *Die Eroberung des Brotes* des Patriarchen Kropotkin, der im Jahr zuvor in Rußland gestorben war. Er las einzelne Artikel von Gori und Mella, die in alten katalanischen Ausgaben von *Soli, Fructidor* oder *El Productor* erschienen waren, und war fasziniert von der Geschichte des Spartakus-Aufstandes oder der Geographie des Balkans. Er las die Büchlein von Francisco Ferrer über die moderne Schule und die Tugenden des Rationalismus. Flores Magón war ihm ein Begriff, obwohl das magonistische Fieber, das in den folgenden Jahren zur politischen Bildung der CGT beitragen sollte, bei den Verlegern noch nicht ausgebrochen war.

Als du dich schließlich durch all das, was San Vicente gelesen haben könnte, hindurchgelesen hattest – die schlechten Gedichte vielleicht ausgenommen – war deine Herzensbildung ein ganzes Stück vorangekommen.

Er las auch *El Demócrata* und *El Heraldo de México*, und selbst *El Universal*, um zur Kenntnis nehmen zu müssen, daß die bürgerliche Presse die CGT nach der ersten großen Welle von Spaltungen, Abschiebungen und Repressalien für tot erklärte. Doch der Feind lag falsch, und Bakunin in seinem Berner Grab lag richtig, als er sagte, die Stärke der Anarchisten liege darin, »die Leidenschaft zu organisieren«. Denn die Leidenschaft hauchte der Organisation, die wegen mangelnder Koordinierung zerschlagen worden war, neues Leben ein.

Und Sebastián San Vicente hat existiert, weil er in anderen eine Spur und ein Echo hinterlassen hat. Einen Widerhall, mit dem schlecht Geschichte zu machen ist, aber anhand dessen man seine Schritte erraten oder erfinden kann (Erfinden ist nur eine weitere Form des Erratens).

Du stößt auf Berichte über die Sowjets von Puebla, als San Vicente der wichtigste Agitator in der dortigen Gegend war. Über Arbeiter, die Streiks organisieren; Unternehmer, die Fabriken schließen; Bewaffnete, die aus Rache die Haziendas ihrer Arbeitgeber besetzen und dabei rufen: »Es lebe Lenin! Es lebe die Jungfrau von Guadalupe!« Du liest wunderbare Chroniken, in denen erzählt wird, wie sie ein Klavier in den Innenhof einer Hazienda schleppten und jemand für die barfüßigen, mit Macheten bewaffneten Arbeiter Chopin spielte.

San Vicente nimmt langsam Gestalt an. Du triffst auf eine kurze Bemerkung über seine Liebe zu den Huren, daß er um ihre Würde gekämpft habe, ohne deshalb ihren Beruf in Frage zu stellen.

Die Person zeichnet sich schon deutlicher ab.

Du entdeckst, daß man nicht man selbst ist, sondern nur sein eigener Widerhall. Daß die einzige Möglichkeit ihn einzufangen darin besteht, die Dutzenden Echos, die er hinterlassen hat, herauszuarbeiten.

Du vermischst seine Geschichten mit denen von anderen. Du entwirfst Nebenfiguren, die durch ihre Kraft den Widerhall der Hauptperson verstärken.

Du schreibst einen Roman in der Überzeugung, daß die Literatur leisten kann, was der Geschichtsschreibung niemals gelingen wird, nämlich die Geschichte zu rekonstruieren, den Sinn der Geschichte. Du bist glücklich beim Schreiben und fühlst, wie die Figur, die die Geschichte im Nebel zum Verschwinden bringt, von der Literatur zum Leben erweckt wird, für die der Nebel eine wunderbare Kulisse ist.

Du suchst im Telefonbuch von Mexiko-Stadt nach eventuellen San Vicentes. Eine lustige Erfahrung, den Söhnen eines Bestattungsunternehmers erklären zu müssen, daß du nach den Spuren eines spanischen Anarchisten von vor fünfzig Jahren suchst. Du findest nichts heraus, aber die Erfahrung fließt in den Roman mit ein.

Du besuchst ein weiteres Mal die Archive der politischen Polizei der USA und Mexikos, diesmal nicht auf der Suche nach Informationen, sondern in der Absicht, den spezifischen Stil der Law-and-Order-Jungs zu fassen zu bekommen. In der Sprache der Bürokraten entdeckst du faszinierende Dinge. Es ist ein Genuß, die Erklärung der Gendarmen zu lesen, wie sie San Vicente »festnehmen gegangen waren« und die Arbeiter sie statt dessen selbst festnahmen und entwaffneten.

Eckpunkte, Pläne, Lieder, Palmen in Tampico, Namen von Medikamenten gegen die Gonorrhoe, Maultierstraßenbahnen in Mexiko-Stadt.

Phantasietraining: Wie sah die Postkarte aus, die San Vicente aus La Coruña schickte? Wie der Hut, den er an sonnigen Tagen in Atlixco bei Puebla trug? Wie erlebte ein Baske, der den Nieselregen im Golf von Biskaya liebte, die tropischen Regengüsse? Welches Mittel verwendeten seine Freundinnen, die Huren, gegen die Syphilis? Wie hieß der Arzt, der sie behandelte?

Erfindungstraining. Erzählen bedeutet Neuerfinden, Neuerschaffen, Dinge wieder auf die Beine zu stellen, die es schon nicht mehr gibt. Wen zum Teufel interessiert die Wirklichkeit? Worauf es ankommt, ist das Gefühl von Wirklichkeit.

Der Roman hieß *Auf Durchreise* und erschien 1987 in Mexiko. Er endet – oder hätte enden sollen, oder du wolltest ihn eines Tages enden lassen – mit einem Satz aus dem Essay, der dir als Nachruf auf die Person geeignet schien: »Keine Straße heißt nach Sebastián San Vicente, und auch in Schulbüchern kommt er nicht vor«.

III.

Das Leben als historischer Roman: 1996 kam ich auf Einladung von Pedro – dem einzigen mir bekannten Leser, der nicht nur alle meine Bücher kennt, sondern auch meine Ungenauigkeiten korrigiert – nach San Sebastián, um einen Vortrag zu halten.

Es regnete in San Sebastián, und mir war kalt, doch das Publikum heizte den Vortragssaal auf, und so verwandelte ich mich vom Vortragenden wieder in einen Menschen.

Am Ende der Diskussion stellte Pedro mich einem jungen Mädchen vor, Socorro, Soko auf Halbbaskisch, sie war die Leiterin des

Marinemuseums. Wir befanden uns in einem Park, auf dem Weg zu einer der zahllosen kleinen Bars, in denen man auf dieser endlosen und höllischen Rundtour, die die Basken so lieben, Wein trinkt und Tapas ißt. Die junge Frau hielt mir ein Foto hin:

»Das ist die *San Vicente*«, sagte sie.

Ich hatte das Foto eines etwa zehn Meter langen Fischerbootes vor mir, mit einem vorsintflutlichen Schiffskessel in der Mitte. Als einzige Kennzeichnung trägt es die Aufschrift SSF 898, und auf dem Foto blicken zwei traurige Matrosen in die Kamera, während sie auf dem Boot sitzen, das offensichtlich in einem Hafen liegt. Ein Vermerk zeigt das Jahr 1940 an.

»Wie meinst du das?«

»Wir haben es für das Museum gerettet, und da es keinen Namen hatte, haben wir – die Compañeros, die deinen Roman gelesen hatten – beschlossen, es *San Vicente* zu taufen. Jetzt ist zwar keine Straße oder kein Platz nach ihm benannt, aber dafür ein Schiff in einem baskischen Museum.«

Und das Mädchen strahlte über das ganze Gesicht.

Offenbar glaubt auch sie an die Möglichkeit, auf literarische Weise Gerechtigkeit herzustellen.

Besser, es schnell hinter sich zu bringen

Drehbuch für einen Fernsehfilm über den Selbstmord Adolf Abramowitsch Joffes, der niemals realisiert wurde

1. Alles liegt in einem strahlenden und blendenden Weiß. Schnee bedeckt die Straße. Er ist schmutzig. Die Männer stampfen mit den Stiefeln auf den Boden, um sich aufzuwärmen. Wir betreten das Gebäude des Kommissariats für Auswärtige Angelegenheiten. Drängeln uns durch eine kleine Menschenansammlung, die die Treppen und Flure verstopft.

Wer Fotos von den Schlüsselpersonen der russischen Revolution gesehen hat, dem werden einige der Gesichter vage bekannt vorkommen, aber diese Gesichter werden nur im Vorübergehen wahrgenommen. Sie sind angespannt, in Gedanken vertieft; einige unterhalten sich vielleicht, andere stehen allein und rauchen. Trotzki, Radek, Rakowski, Victor Serge, Smirnow und Sapronow sind dort versammelt.

Unser Blick trifft sich zuweilen mit ihrem. Sie machen einen gequälten, gekränkten Eindruck, etwas nagt an ihrem Gemüt. Gemurmel erreicht uns. Am Ende des langen Ganges, der von Menschen überquillt, ist auf einem großen Tisch ein schwarzer Sarg zu sehen.

Es handelt sich um eine weitere unbequeme Persönlichkeit, die die Hauptperson dieser Geschichte ist. Deshalb wandern die Blikke immer wieder zu diesem einsamen Sarg.

Irgendwer sagt inmitten dieses Gemurmels mit klarer Stimme: »Das Zentralkomitee hat den Aufbruch des Trauerzuges auf zwei Uhr nachmittags festgesetzt.« Irgendwer antwortet erzürnt: »Wir gehen nicht vor Fabrikschluß los, die Arbeiter sollen mitkommen können.«

Ein mattes Licht scheint durch das Fenster, beleuchtet den Sarg nur spärlich.

Jemand müßte erklären, daß wir uns im November des Jahres 1927 befinden. Sollte ich keine Möglichkeit finden, diese Information indirekt einzuführen, müßte ich das Bild des einsamen Sarges mit einem Untertitel versehen, auf dem zu lesen wäre: *18. November 1927.*

Ein Mann wirft eine Kippe auf den Boden und tritt sie aus. Eine weitere Gruppe nähert sich den in der Nähe des Sarges Diskutierenden; sie bringen Neuigkeiten.

2. Ein Schuß kracht. Langsam, sehr langsam, sinkt der Kopf von Adolf Abramowitsch Joffe auf das Kissen. Er ist durch den Tod entstellt, die Brille hängt schief, das Blut quillt aus der Wunde an der Schläfe hervor und tropft allmählich auf das Kissen. Die Szene ist wiederum mit einem Untertitel versehen: *16.November 1927*. Das erlaubt uns, den Sarg mit dem Todesereignis zwei Tage vorher in Verbindung zu bringen.

3. Der Mann schaut uns an, er scheint keine Eile zu haben und auf ein Signal zu warten, das nicht kommt. Wir haben ihn vor einigen Sekunden sterben sehen. Er schielt und hat einen kräftigen krausen Bart. Endlich erzählt er uns mit monotoner Stimme, fast ohne zu stocken. Er redet in eine Kamera, die auf einem Stativ fixiert ist und ohne Schwenks starr auf das Gesicht und die Worte gerichtet ist. Da er russisch spricht, sind Untertitel mit der Übersetzung erforderlich. Keine Musik oder andere Albernheiten, nichts was ablenkt oder der schmucklosen Geschichte zusätzlichen Nachdruck verleihen würde:

»Ich heiße Adolf und wurde am 10. Oktober 1883 als Kind eines reichen Händlers in Simferopol auf der Krim geboren. Ich ging noch zur Schule, als sich in den letzten Jahren des Jahrhunderts die Arbeiterbewegung in Rußland entwickelte. Sie artikulierte sich insbesondere in der Organisation von Streiks, mit denen die berühmten Studentenverfolgungen begannen. Ich reihte mich damals in die revolutionäre Bewegung ein und trat der Sozialdemokratischen Arbeiterpartei Rußlands bei. Deshalb wurde ich nach dem Verlassen der Schule 1903 als *politisch verdächtig* eingestuft und konnte mich deshalb an keiner russischen Universität einschreiben. Ich reiste nach Berlin ...«

4. Vor dem Kommissariat für Auswärtige Angelegenheiten. Auf der schneebedeckten Straße formiert sich eine Gruppe. Etliche

Männer und Frauen verlassen das Gebäude. Weitere kommen hinzu und strömen in der Mitte der Straße zusammen. Ein Mann zieht eine rote Fahne aus seinem Mantel. Ein anderer bindet die Enden der Fahne an eine lange Stange. Trotzki gerät durch die Blicke der anderen automatisch in den Mittelpunkt und reckt seinen Hals aus dem dünnen schwarzen Mantel. Er trägt eine Schirmmütze. Der Sarg wird auf den Schultern von vier Personen aus dem Ministerium getragen. Mindestens zweitausend Männer und Frauen haben sich nun auf der Straße versammelt. Inmitten des fahlen Lichts und des schmutzigen weißen Schnees bahnt sich der Sarg einen Weg, als würde er schweben.

In den ersten Reihen des Zuges, der sich formiert, befindet sich der kahlköpfige Christian Rakowski, dessen markante Gesichtszüge seine Erregung verraten. An seiner Seite sticht Iwan Nikitsch Smirnow ab, der dürr, blond und schlaksig ist. Um sie herum eine Gruppe georgischer Genossen in blauen Mänteln. Der Sarg zieht an ihnen vorbei. Ernste Gesichter, in denen sich eine gewisse Anspannung, Unbehaglichkeit, Kälte und zurückgehaltene Wut widerspiegeln.

Rakowski schaut uns direkt an. Er ist 54 Jahre alt. Eine unbekannte Hand gibt ihm das Mikrofon. Er spricht zu uns: »Ich bin Christian Rakowski. Vor zwei Tagen wurden die Genossen Trotzki und Sinowjew aus der Partei ausgeschlossen; ich selbst, Kamenew, Smilga und einige andere aus dem Zentralkomitee; Hunderte von Aktivisten aus ihren Basisorganisationen. Joffes Selbstmord ist eine Form des Protestes gegen die Art und Weise, wie man die bolschewistische Demokratie mit Füßen tritt ... Einige früher durch die gesamte Partei und die gesamte Arbeiterklasse ausgeübte Funktionen haben sich jetzt in Attribute der Macht verwandelt, nämlich in Instrumente einer kleinen Anzahl von Mitgliedern dieser Partei und dieser Klasse ... Uns drohen die der Macht innewohnenden Gefahren ... Ich übertreibe nicht, wenn ich behaupte, daß der Aktivist von 1917 sich schwerlich in dem Aktivisten von 1927 wiedererkennen würde. Es hat ein grundlegender Wandel in der Anatomie und der Zusammensetzung der Arbeiterklasse stattgefunden.«

5. Die Kamera schwenkt langsam weg. Sie verliert sich in einer verschneiten Tanne, kehrt zurück auf das zerknirschte Gesicht Victor Serges, der sagt: »Er hatte das Gesicht eines bärtigen Assyrers, mit kräftigen Lippen und einem Blick, der durch starkes Schielen irritierte.«

6. Joffe sitzt vor seinem Schreibtisch. Er trägt einen Pyjama, hat einen Schal um, bewegt sich nur mühsam, schreibt. Sein Arbeitszimmer besteht aus einem großen Tisch, auf dem ein Bild Lenins steht, Bücherregalen und einem Bett in der Ecke nah am Fenster.

Eine anonyme Hand reicht ihm ein Mikrofon. Er schaut uns überrascht an, liest uns den Brief vor, den er gerade geschrieben hat. In seinem Tonfall schwingt eine gewisse Melancholie mit:

»Mein ganzes Leben lang habe ich gedacht, daß ein Politiker wissen sollte, wann er zu gehen hat, und daß er den Zeitpunkt dann wählen sollte, wenn er der Sache, der er diente, nicht mehr nützen kann.«

Er hält inne, steckt sich eine Zigarette an, seine Hand zittert:

»Vor mehr als dreißig Jahren habe ich mir die Vorstellung zu eigen gemacht, daß das Leben nur im Dienste des Unendlichen – und für uns ist das die Menschheit – Sinn hat. Ich glaube sagen zu können, daß nicht ein einziger Tag meines Lebens des Sinns entbehrte. Aber jetzt scheint der Moment gekommen zu sein, wo mein Leben zwecklos geworden ist, und folglich fühle ich mich verpflichtet, es zu verlassen, ihm ein Ende zu setzen. Wie Sie wissen, hat mich das Politbüro im vergangenen Jahr als Oppositionellen von jeder politischen Betätigung ausgeschlossen.«

Joffe erhebt sich. Er schwankt, als könne er seine Bewegungen nicht kontrollieren. Er legt die Hände an die Schläfen, als hätte er Kopfschmerzen. Er geht zum Fenster, eine Laterne vertreibt langsam die Dunkelheit. Wir folgen seinen Schritten und können nicht umhin, die Pistole auf dem Tisch zu bemerken, an dem er gerade geschrieben hat. Es ist ein kleiner sechsschüssiger Browning Revolver.

7. Vier Uhr nachmittags. Der Trauerzug bewegt sich auf dem Schnee voran. Es müssen jetzt ungefähr dreitausend Menschen sein. Einige rote Fahnen wehen. Der Zug zieht am Bolschoi-Theater vorbei und biegt in die Kropotkinstraße ein. Arbeiter schließen sich an. Die Männer an der Spitze des Zuges singen die Internationale.

Serge beschreibt uns, während er weitergeht, in eindringlicher Weise das Gesehene: »Es ist ein grauer und armseliger Trauerzug ohne Prunk, aber die Ruhe ist trügerisch, und die Lieder haben einen herausfordenden Nachklang.«

Die Kameratechnik läßt die Menschenmenge verschwimmen, und wir bleiben mit dem Echo der Internationale zurück.

8. Joffe erzählt seine Lebensgeschichte. Er gestikuliert kaum, raucht nur:

»1904 reiste ich im Auftrag des Zentralkomitees der Sozialdemokratischen Arbeiterpartei Rußlands mit illegalen Publikationen nach Baku, um dort Propagandaarbeit zu machen.

In Baku gehörte ich der bolschewistischen Organisation an, aber im Laufe des gleichen Jahres mußte ich den Kaukasus verlassen, um der Verhaftung zu entgehen, und übernahm dann in Moskau die gleichen Aufgaben. In dieser Stadt sah ich mich erneut von Verhaftung bedroht und mußte abreisen, um mich im Ausland zu verstekken, wo ich bis zu den Ereignissen von 1905 blieb. Ich kehrte augenblicklich nach Rußland zurück und nahm in mehreren Städten an der Revolution teil, zuerst im Norden des Landes und später im Süden. Im Moment des Aufstands auf dem Panzerkreuzer Potemkin befand ich mich auf der Krim und organisierte in der Folge die Flucht von K. Feldman, einem der Führer der Rebellion, aus dem Militärgefängnis von Sewastopol. Danach mußte ich wiederum ins Ausland fliehen. In Berlin ernannte man mich nach dem Stockholmer Vereinigungskongreß der SDAPR zu einem der vier Mitglieder des ersten Auslandsbüros des Zentralkomitees.

Im Mai 1906 wurde ich durch ein Dekret des deutschen Reichskanzlers von Bülow als *unerwünschter Ausländer* aus Deutschland ausgewiesen und reiste wieder nach Moskau, wo ich von der Polizei verfolgt wurde und mich bald wieder gezwungen sah, ins Ausland zu fliehen. Ich reiste nach Zürich ...«

9. Der Trauerzug nähert sich dem Friedhof des Klosters Nowo-Djewitschij. Jetzt sind es schon über sechstausend Männer und Frauen. Am Eingang des Friedhofs blockiert ein Wall von Polizisten und Abteilungen der GPU den Durchgang. Sie versuchen uns mit Stößen am Filmen zu hindern.

Sapronow, der mit seinen vierzig Jahren bereits weißes Haar hat, durchquert die Reihen: »Ruhe, Genossen, lassen wir uns nicht provozieren. Wir werden die Absperrung durchbrechen.«

Eine Gruppe von Polizisten kommt heran, um mit den Männern zu verhandeln, die den Zug anführen.

Die Menge wogt unruhig hin und her.

Ein Polizist sagt: »Wir haben Anweisungen, nur zwanzig Personen auf den Friedhof zu lassen.«

Trotzki antwortet zornig: »Dann kommt der Sarg auch nicht hinein, und die Reden werden hier auf der Straße gehalten.«

Ein Funktionär des Zentralkomitees kommt herbei. Trotzki, Smirnow und Rakowski ignorieren ihn und reihen sich wieder in die Demonstrationsspitze ein, die jetzt an das Gitter vorrückt. Als der Zusammenstoß unausweichlich scheint, öffnen die Polizisten zögernd ihre Reihen. Die Demonstration dringt auf den Friedhof ein, der Sarg schwebt von Fahnen umringt über der Menge. Es gibt weder Lächeln noch Siegesgesten nach diesem traurigen Triumph.

Trotzki, der vor uns geht, wird von einer Hand aufgehalten, während ihm eine andere das Mikrofon entgegenstreckt. Er spricht, während er die vorbeiziehenden Demonstranten betrachtet.

»Ihr habt uns aus dem Zentralkomitee und aus der Partei ausgeschlossen, und wir müssen zugeben, daß dieser Schritt in voller Übereinstimmung mit der aktuellen Politik in der gegenwärtigen Phase ihrer Entwicklung steht, oder besser gesagt, ihrer Degeneration. Diese regierende Gruppe schließt Hunderte und Tausende ihrer besten Mitglieder, die zuverlässigsten Bolschewisten, aus der Partei aus; diese Kamarilla von Bürokraten erdreistet sich, Bolschewiken wie Mratschkowski, Serebrjakow, Preobraschenski, Sharov und Sarkis auszuschließen, Genossen, die für sich allein schon ein unendlich fähigeres, zuverlässigeres und leninistischeres Parteisekretariat als das gegenwärtige bilden würden; diese Stalin-Bucharin-Clique, die selbstlose und bewunderungswürdige Männer wie Netschajew, Shtilkold, Wassiljew, Schmidt, Fischelew und viele andere mehr in die Gefängnisse der GPU eingesperrt hat, dieser Zirkel von Funktionären, die ihre Stellung an der Spitze der Partei durch Gewalt und Unterdrückung anderer Ansichten aufrechterhalten ...«

Er hat seine Rede kühl und ruhig begonnen, sogar mit einem leichten Lächeln, das nur gelegentlich von einer bitteren Geste unterbrochen wird. Dann aber verwandelt er sich, seine Augen sprühen vor Wut, die Stimme wettert und klagt an, sein Haar weht im Wind. Hinter ihm ziehen die Demonstranten schweigsam auf den Friedhof, ihre entschlossenen Schritte lassen die Kamera leicht zittern.

»... diese faschistischen Methoden sind nichts anderes als die unbewußte und blinde Ausführung der Absichten anderer Klassen. Das Ziel, welches verfolgt wird, ist die Unterdrückung der Opposition und ihre physische Zerstörung. Manipulierte Stimmen schreien bereits: *Schließen wir tausend aus und erschießen wir hundert, damit Frieden in der Partei herrscht.* Diese Stimmen stammen von entmutigten und bemitleidenswerten Menschen, die entsetzlich blind sind. Es ist die Stimme des Thermidor. Die schlimmsten Elemente, von der Macht korrumpiert und von bürokratischem Haß geblendet, bereiten mit all ihrer Kraft den Thermidor vor ...«

10. Wieder im Arbeitszimmer von Joffe. Er schreibt immer noch an seinem Abschiedsbrief. Er scheint uns zu ignorieren. Er beendet den Brief mit seiner Unterschrift und steht auf, er muß sich auf dem Stuhl abstützen. Er geht zum Fenster. Ein Mikrofon erscheint, das ihm von einer unbekannten Hand hingehalten wird. Er nimmt den Brief, den er gerade geschrieben hat, und liest ihn in die Kamera vor, als bitte er um Vergebung für seine Unbeholfenheit. Wir fühlen uns unbehaglich wegen der Verletzung seiner Privatsphäre, die Zuschauer vielleicht auch. Er hingegen scheint bereits weit jenseits von alledem zu sein.

»Um den 20. September herum ließ mich die Ärztekommission des Zentralkomitees von einem Spezialistenteam untersuchen, das mir unumwunden erklärte, daß mein Gesundheitszustand viel schlechter sei, als ich selbst geglaubt hatte, und daß ich keinen Tag länger in Moskau bleiben könne, ohne etwas zu unternehmen, und keine weitere Stunde ohne Behandlung bleiben könne. Ich solle mich unverzüglich ins Ausland begeben und mich in ein geeignetes Sanatorium einweisen lassen.

Während eines Zeitraums von zwei Monaten unternahm die Ärztekommission des Zentralkomitees keine zu meiner Auslandsreise oder zu meiner Behandlung führenden Schritte. Im Gegenteil, die Kremlapotheke, die mir immer die vom Arzt verordneten Medikamente beschafft hatte, erhielt die Anweisung, das zu unterlassen.

Dies ereignete sich, als die regierende Gruppe begann, mit den Genossen der Opposition ihr Spiel zu treiben und sie an den empfindlichsten Stellen zu treffen.

Seit neun Tagen muß ich wegen der Verschlimmerung meiner chronischen Schmerzen und besonders meiner Polineuritis, die sich weiter zugespitzt hat und mich dazu zwingt, unerträgliche Schmerzen zu erdulden, und mich sogar am Gehen hindert, das Bett hüten. Während dieser neun Tage habe ich keinerlei Behandlung erfahren, und die Frage meiner Reise ins Ausland ist auch noch nicht entschieden worden.

Am Abend wurde meine Frau vom Arzt des Zentralkomitees, dem Genossen Potemkin, davon unterrichtet, daß die medizinische Kommission des ZK beschlossen habe, mich nicht ins Ausland zu schicken. Die Begründung lautete, daß die Spezialisten auf einer langen Behandlung bestanden und das ZK für meine Heilung maximal tausend Dollar bewilligt hatte.

Deshalb sage ich, daß der Moment gekommen ist, in dem es nötig ist, diesem Leben ein Ende zu setzen. Ich weiß sehr gut, daß die herrschende Parteimeinung gegen den Selbstmord ist. Aber ich glaube, daß niemand, der meine Situation kennt, mich dafür verurteilen kann. Wenn ich bei guter Gesundheit wäre, hätte ich mehr Kraft. Aber in dem Zustand, in dem ich mich befinde, kann ich keine Situation tolerieren, in der die Partei ihre stillschweigende Zustimmung zu Ihrem Ausschluß aus ihren Reihen gibt. In diesem Sinne ist mein Tod eine Geste des Protests gegen jene, die die Partei in einen Zustand versetzt haben, daß sie auf keine Weise imstande ist, gegen diese Schmach zu reagieren.«

Er hört auf zu lesen. Er legt den Brief auf den Tisch und geht wieder ans Fenster. Er kehrt zum Schreibtisch zurück. Das Telefon klingelt.

11. Ein anderer, schwarzgekleideter Joffe erzählt uns mit eintöniger Stimme seine Biographie, ohne den Geschichten, die er zusammenfügt, weitere Bedeutung beizumessen:

»1907 verließ ich die Schweiz, um nach Rußland zurückzukehren, aber 1908 sah ich mich wieder gezwungen, ins Ausland reisen. Ich ließ mich in Wien nieder, wo ich mit Trotzki die Herausgabe der *Prawda* in Angriff nahm. Von der Redaktion dieser Zeitung beauftragt, besuchte ich alle Organisationen der Partei in Rußland. Ich wiederholte diese Operation in den Jahren 1911 und 1912.

Während meines Aufenthaltes in Odessa im Jahre 1912 wurde ich zusammen mit der gesamten lokalen Parteiorganisation verhaftet.

Obwohl man keine Beweise hatte, die zu einer Verurteilung ausgereicht hätten, wurde ich nach zehn Monaten Gefängnis in den hohen Norden des Regierungsbezirkes Tobolsk in Sibirien deportiert.

1913 wurde ich in Sibirien erneut verhaftet und wegen der Sache der Matrosenunion des Schwarzen Meeres angeklagt. Vor dem Tribunal bekannte ich mich zu meiner Zugehörigkeit zur Partei, und man verurteilte mich zur Aberkennung der bürgerlichen Rechte und zur lebenslänglichen Deportation nach Sibirien (...) Ich wurde in ein Strafbataillon eingegliedert und mußte Zwangsarbeit leisten. 1916 wurde ich zum zweiten Mal verurteilt und wiederum zur Deportation in eine sibirische Siedlung verurteilt. Dort führte ich meine Zusammenarbeit mit verschiedenen illegalen Organen weiter. Als die Gerüchte von der Revolution zu mir drangen, verließ ich die Minen und fuhr, nach einem kurzen Aufenthalt in Kansk, bei dem ich die dortigen revolutionären Aktivitäten organisierte, nach Petrograd.«

12. Auf dem Friedhof wird der Sarg von Hand zu Hand weitergereicht, er fliegt, steigt empor, steigt herab, neigt sich zur Seite, scheint plötzlich zum Leben zu erwachen, erreicht das offene Grab. Der Funktionär des ZK, den wir schon vorher bei den Verhandlungen über den Zutritt zum Friedhof gesehen haben, steigt auf einen kleinen Hügel und versucht das Wort zu ergreifen. Buhrufe, Schreie: »Er soll den Mund halten!«

Irgend jemand hat eine rote Fahne über den Sarg geworfen. Rakowski drängt den Bürokraten zur Seite und ergreift das Wort:

»Dieser Fahne
werden wir folgen
wie du
bis zum Zicl
das schwören wir
an deinem Grab.«

Seine Stimme beherrscht die Menge.

Er spricht die Worte Zeile für Zeile aus, mit Pausen, ohne Hast, mit einer Dramatik, die dem eigentlichen Drama irgendwie ausweicht. Der Schnee, den seine Sätze auf einem Baumast aufgerüttelt haben, rieselt langsam auf seinen Kopf.

13. Joffe spricht in seinem Arbeitszimmer ins Telefon:

»Lew Dawidowitsch, ich würde mich freuen, wenn du vorbeikommst ...«

Er hört die Antwort, legt auf. Er sieht betrübt aus. Er geht zum Bett und legt sich hin. Es dämmert gerade.

14. Kehren wir zur vorherigen Szene zurück, in der Joffe sein Leben erzählt. Mitten in dem Bericht erscheint eine Hand im Bild und reicht ihm ein Glas Wasser. Er weiß nicht, was er damit anfangen soll, schließlich trinkt er, und es entsteht eine Pause. Dann spricht er weiter:

»Mit Trotzki und anderen Genossen veröffentlichte ich die Zeitschrift *Wperjod*. Danach repräsentierte ich die Bolschewiki nacheinander in der städtischen Duma von Petersburg, im Exekutivkomitee der russischen Sowjets (...). Auf dem sechsten Kongreß der Partei im Juli 1917 wurde ich zum Mitglied des ZK der SDAPR(B) gewählt. Zum Zeitpunkt der Oktoberrevolution war ich Präsident des revolutionären Militärkomitees ...

Ich wurde als Präsident der russischen Friedensdelegation nach Brest-Litowsk geschickt. Aber nach dem deutschen Ultimatum weigerte ich mich, den Vertrag zu unterzeichnen, und erklärte, daß es sich nicht um ein Friedensabkommen handele, sondern um einen auferlegten Frieden ...

Ich war Kommissar für Auswärtige Angelegenheiten und für Soziale Sicherheit, später wurde ich als Botschafter nach Berlin geschickt ...

Ich nahm aktiv an den Vorbereitungen zur deutschen Revolution teil und wurde mit der gesamten Botschaft drei Tage vor dem Aufstand vom 9. November 1918 aus Deutschland ausgewiesen.«

15. Es ist Tag geworden in Joffes kleinem Arbeitszimmer. Er liegt ausgestreckt auf dem schmalen Bett, die Hände liegen seitlich an den Nähten der Schlafanzughose. Seine Frau Maria spricht mit ihm. Die Reaktion Joffes kann man nur daran ablesen, daß er sich mit den Zähnen auf die Unterlippe beißt. Auf dem Schreibtisch ruht der Brief, den er während der Nacht geschrieben hat. Maria sagt:

»Sie haben mir geantwortet, daß ein Kurzaufenthalt im Ausland völlig nutzlos sei, und teilten mir mit, daß die Ärztekommission entschieden habe, dich unverzüglich ins Kremlhospital einzuweisen, obwohl sie eingestehen, daß sie nicht die geeigneten Mittel haben und daß es nichts nützen wird.«

16. Wir nehmen den letzten Teil seines biographischen Berichtes auf. Er zählt kühl die Länder und Städte auf, wie jemand, der eine geographische Lektion wiederholt. Wir unterstreichen diese Wirkung, indem wir das Ende einiger seiner Sätze weglassen, durch Zusammenfassungen und Auslassungen.

»Ich wurde nach Litauen geschickt, um bei der Organisierung der Parteiarbeit mitzuhelfen ...«

»Nach kurzer Zeit schickten sie mich in die Ukraine ...«

»Ich wurde nach Turkestan geschickt als Vorsitzender der Kommission ...«

»Als Präsidiumsmitglied der sowjetischen Delegation wurde ich nach Genua geschickt.«

»Sie schickten mich als Sonderbotschafter in den Fernen Osten nach China.«

»1924 wurde ich schwer krank. Sobald ich wiederhergestellt war, reiste ich nach London.«

»In der Folge ernannten sie mich zum Botschafter in Wien ...«

17. Friedhof. Trotzki nimmt den Platz von Radek ein. Seine Stimme geht der Menge durch Mark und Bein, er hat eine elektrisierende Wirkung. Im Grunde fühlt er sich schuldig, weil er innerlich Joffe der Feigheit und des Aufgebens bezichtigt, und das macht ihn wütend:

»Joffe verließ uns, nicht weil er nicht kämpfen wollte, sondern weil er nicht mehr die körperliche Kraft zum Kampfe besaß. Er befürchtete, den Streitern im Kampfe zur Last zu fallen. Sein Leben, nicht sein Selbstmord, soll denen als Beispiel dienen, die zurückgeblieben sind. Der Kampf geht weiter. Jeder bleibt auf seinem Posten! Niemand darf ihn verlassen!«

18. Joffe erhebt sich vom Bett. Geht zum Schreibtisch. Setzt sich und schreibt ein Postskriptum unter den Brief. Er verschließt den Briefumschlag. Beschriftet ihn außen: Lew Dawidowitsch Trotzki. Legt ihn auf den Tisch. Holt einen Revolver aus der Schreibtischschublade. Nimmt ihn in die Hand. Es ist die kleine Browning, die wir vorher schon gesehen haben. Er geht wieder zum Bett und legt sich in die gleiche Position wie vorher. Der Revolver ruht an seiner Seite, von einer verkrampften Hand festgehalten.

19. Die Menge arbeitet sich zu Trotzki vor und schließt um ihn herum die Reihen. Einige applaudieren. Gruppen von Jugendlichen bilden einen Wall, um seinen Abzug vom Friedhof zu decken. Er ist unschlüssig. Bevor er losgeht, kehrt er noch einmal um und blickt in das offene Grab Joffes.

20. Joffe hält sich den Revolver an die Schläfe, hebt den Kopf leicht vom Kissen und drückt ab. Das Blut sprudelt aus der Wunde, der Kopf sinkt hinunter und ruht auf dem Kissen. Über seinem Gesicht erscheint in Überblendung, während das Blut die Bettlaken färbt, ein Datum: *16. November 1927.*

21. Beloborodows Haus ist ungewöhnlicherweise erleuchtet. Trotzki wohnt hier und hat sich mit einer Gruppe von sechs jugendlichen Arbeitern in der Küche versammelt. Sie diskutieren angeregt. Einige Männer rauchen auf dem Flur, während sie warten. Natalia Sedowa kommt mit einem Kind an der Hand heran. Irgend jemand sagt:

»Lew Dawidowitsch, man verlangt dich am Telefon.«

Trotzki erhebt sich, geht durch die Zigarettenrauchschwaden über den Flur zum Telefon und nimmt den Telefonhörer ab. Er lauscht, und wir hören eine Stimme, die sagt: »Adolf Abramowitsch hat sich erschossen. Auf dem Tisch hat er eine Nachricht für Sie hinterlassen.«

Trotzki erstarrt mit dem Telefonhörer, der ihm langsam aus der Hand gleitet. Er unterdrückt einen Wutanfall.

22. Es ist Nacht. Im Hintergrund Joffes Arbeitszimmer. Es befinden sich mindestens zehn oder zwölf Personen im Haus, unter ihnen Rakowski und Joffes Frau Maria. In der Flurtür steht Trotzki. Eine unbekannte Hand reicht ihm ein Mikrofon. Er erzählt, unterhält sich, blickt manchmal auf die Arbeiter, die an ihm vorbeigehen, das Arbeitszimmer betreten und es nach Betrachten des Leichnams wieder verlassen. Die Kamera, die bei Trotzkis Bericht immer auf ihn gerichtet ist, macht einen Schwenk, um das permanente Kommen und Gehen der Aktivisten der Opposition wiederzugeben, die das Arbeitszimmer betreten. Manchmal sieht man das Bett, auf dem der Tote ruht. Trotzki spricht:

»Wir begaben uns eiligst zu Joffe. Auf unser Klingeln und Klopfen fragte man hinter der Tür nach unseren Namen und öffnete uns nicht sogleich. Von dem blutbedeckten Kissen hob sich das ruhige, von einer inneren Güte verklärte Gesicht Adolf Abramowitschs ab. An seinem Schreibtisch machte sich B., ein Mitglied des Kollegiums der GPU, zu schaffen. Ein Brief war auf dem Tische nicht zu finden. Ich verlangte, daß man ihn mir sofort herausgebe. B. brummte etwas; es sei kein Brief dagewesen. Sein Aussehen und seine Stimme ließen keinen Zweifel darüber, daß er log. Nach einigen Minuten sammelten sich in der Wohnung Freunde aus der ganzen Stadt. Die offiziellen Vertreter des Kommissariats des Äußeren und der Parteiinstitutionen fühlten sich einsam unter der Masse der Oppositionellen. Während der Nacht besuchten einige tausend Menschen die Wohnung. Die Kunde von dem Raub des Briefes verbreitete sich in der Stadt. Ausländische Journalisten teilten die

Tatsache in ihren Telegrammen mit. Endlich wurde Rakowski eine fotografische Kopie des Briefes ausgehändigt.«

Er übergibt das Mikrofon, dreht sich um, verschwindet. Die Kamera schwenkt zu dem Zimmer, in dem die Totenwache gehalten wird. Der Sarg befindet sich in der Mitte des Raumes. Serge steht am Fenster und raucht, er schaut in die Kamera und spricht, während die Kamera weiterschwenkt, bis das Gesicht des Toten im Sarg zu sehen ist. Wir sehen und hören, was Serge uns zu sagen hat:

»Er schläft mit gefalteten Händen. Die Stirn ist frei, der graumelierte Bart sorgfältig gekämmt. Die Lider sind bläulich, die Lippen dunkel. Das kleine Loch in der Schläfe ist mit einem Wattebausch verstopft.«

Buenaventura Durruti in Mexiko
Eine Geschichte der Desinformation

Seitdem man festgestellt hat,
daß Privateigentum Diebstahl ist,
sind die größten Diebe hier die Eigentümer.
Rodolfo González Pacheco

(aus einem in *La Antorcha* im Mai 1921
veröffentlichten Artikel, in dem die
anarchistischen Expropiateure verteidigt werden)

Die Version des Polizeireporters von *El Demócrata*

Wer war nur dieser finster dreinblickende Mann mit dem Quadratschädel, der in einem schlecht geschnittenen schwarzen Anzug steckte, zweifellos schlecht geschnitten, die Revers zu breit, die Hosenbeine ungleich hochgekrempelt, die Jacke ausgebeult von den beiden Pistolen, mit denen seine Finger in den Taschen spielten? Wer war dieser Mann, der aus dem Packard ausstieg und seine Augen mit einer dunklen Brille vor der Sonne schützte?

Und wer war der andere, der ihm in einigen Schritten Abstand folgte, eher groß als klein, mit kalten Augen, blonden, etwas ausgebleichten Haaren, wie ein Arbeiter, der im Leben einiges durchgemacht hat, als das Auto an der Ecke der Straßen Uruguay und Isabel la Católica anhielt?

Wer waren die bewaffneten Männer, die einige Meter weiter hinten vorrückten? Warum betraten sie um 3 Uhr 45 nachmittags an diesem 23. April 1925 die Büroräume der Textilfabrik *La Carolina* (berühmt für ihre schönen Stoffe und feinen Garne)?

Los Errantes

Ende 1924 wurde der Besitzer einer Zuckerrohrfarm, die zwischen Cruce und Palmira in der Provinz Santa Clara auf Kuba liegt, erstochen aufgefunden. An seinen Körper war ein Zettel geheftet: »Die Gerechtigkeit der *Errantes*.«

Am Vortag hatte der Besitzer einen Streik der Zuckerrohrarbeiter durch die Landpolizei niederschlagen lassen, welche die Organisatoren des Streiks dabei übel zugerichtet hatte.

Unter den Arbeitern von Santa Clara verbreitete sich das Gerücht wie ein Lauffeuer: Eine Bande spanischer Anarchisten, die sich *Los Errantes* (Die Umherirrenden) nannten, war nach Kuba gekommen, um die Großgrundbesitzer zu töten, die ihre Arbeiter schlecht behandelten. Ein Akt reiner Gerechtigkeit.

Während die Polizei nach den Urhebern der Selbstjustiz zu suchen begann, tauchte im Bezirk Holguín, viele Kilometer vom ursprünglichen Ausgangspunkt entfernt, die Leiche eines Vorarbeiters auf, der für seinen Despotismus gegenüber den Zuckerrohrarbeitern berüchtigt war – mit einer neuen Nachricht der *Errantes*.

Die Version des Polizeireporters von *El Demócrata*

Bei der Gruppe von Männern, die am gestrigen 23. April um drei Uhr fünfundvierzig nachmittags in der Straße Isabel la Católica Nummer fünfzig im Zentrum von Mexiko-Stadt eine der aufsehenerregendsten Aktionen der letzten beiden Jahre durchgeführt hat, muß es sich um eine Bande professioneller, perfekt organisierter Räuber handeln.

Einige Stunden nach diesem Vorfall begab sich unser Reporter persönlich zum Tatort und konnte die Ereignisse rekonstruieren. Dies geschah inmitten eines lästigen Schwarms von Polizeibeamten, die viel Lärm um nichts machten und vor allem anwesend zu sein schienen, um die Spuren zu verwischen und die Presse bei der Arbeit zu behindern.

Das Büro ist geräumig, mehr als zwanzig Meter lang und fünf Meter breit. Die Türen werden um drei Uhr nachmittags geöffnet. Zu diesem Zeitpunkt wird das Geld der zahlreichen Kassierer zusammengetragen, die mit Geldtaschen von ihren Rundgängen zurückkehren; zu diesem Zweck befinden sich in dem Büro vier mittelgroße Tresore.

Um viertel vor vier hielten sich der Kassierer Angel García Moreno und die Angestellten Felipe Quintana, Manuel Abascal und Antonio Saro im Büro der renommierten Textilfabrik auf. Quintana war gerade dabei, zwei- bis dreitausend Pesos aus den Einnahmen des Unternehmens zu übergeben. Weiter hinten im Büro befand sich der Geschäftsführer Manuel Garay. Zu diesem Zeitpunkt betraten sechs bewaffnete Männer die Büroräume. Angeführt wurden sie von dem bereits erwähnten schwarz gekleideten Mann, dem Aussehen nach zweifellos ein Ausländer, der zwei automatische Pistolen in den Händen hielt. Hinter ihm ging eine zweite Person, blond und mit scharf geschnittenen Gesichtszügen, und richtete seine Waffe auf Abascal.

Der junge Kassierer Quintana erschrak beim plötzlichen Auftauchen der Übeltäter und versuchte zu fliehen, worauf ein Schuß in die Luft abgegeben wurde. Diese Situation nutzte der Kassierer Angel García Moreno aus und versuchte, durch die Hintertür zu entkommen, wobei er jedoch von dem Mann in schwarz entdeckt und von einer Kugel getroffen wurde. Tödlich verletzt, schleppte er sich noch bis zu der Tür, die auf den Hinterhof hinausging, wo seine Mühen schließlich endeten. Er blieb tot liegen und beendete ein Leben ohne große Leidenschaft, das zu verlieren er nicht verdient hatte.

Die sechs Angreifer, von denen jeder eine Waffe sichtbar in der Hand trug, plünderten den offenstehenden Haupttresor und verließen daraufhin schnell das Büro, ohne zu versuchen, die anderen drei Tresore zu öffnen. Ihr Vorgehen zeigt, daß sie sich zwar mit den Gepflogenheiten des Unternehmens auskannten, denn sie tauchten genau im Moment der Abrechnung auf, nicht aber mit der Schließvorrichtung der Tresore. Ihre Arbeit wies sie also gleichzeitig als Insider und Outsider aus.

Die geraubte Summe wird auf vier- bis fünftausend Pesos geschätzt.

Die Zeugen bezeichnen die beiden Männer, die geschossen haben, mit großer Sicherheit als Anführer der Gruppe. Zweifelsfrei handele es sich bei ihnen um Spanier. Auf die Frage, warum sie bei der Nationalität der Ausländer so sicher seien, verhedderten sich die Zeugen in eine unauflösbare Kette von Widersprüchen. Wir können davon ausgehen, daß sie Spanier sind, weil sie buschige Augenbrauen hatten.

Los Errantes

Ende 1924 konnten die beiden als *Los Errantes* bekannten spanischen Anarchisten der Umzingelung durch die Polizei entkommen und erreichten Havanna, wo sie mit vorgehaltener Waffe ein kleines Boot entführten, das sie zu einem Fischkutter auf hoher See brachte.

Dort überzeugten sie die Fischer mit derselben Methode davon, sie an die mexikanische Küste der Halbinsel Yucatán zu bringen, wo sie von Bord gingen. Als mexikanische Zöllner sie als Schmuggler verhaften wollten, bestachen sie diese mit ein wenig Geld, woraufhin ihre Häscher sie sogar auf den Weg über Mérida nach Progreso brachten. Im dortigen Hafen nahmen sie ein Dampfschiff nach Veracruz.

Im Hafen von Veracruz wurden sie von Jesus Miño, einem spanischen Anarchisten, erwartet. Die drei Männer reisten in die Hauptstadt der Republik weiter, wo sie der alte Anarchosyndikalist Rafael Quintero empfing, der sie in den Räumen seiner Druckerei am Miravalle-Platz Nummer dreizehn versteckte.

Die *Errantes* hießen in Wirklichkeit Buenaventura Durruti und Francisco Ascaso.

Die Version des Polizeireporters von *El Demócrata*

Als unser Reporter gestern, am Tag nach den Vorfällen, über die *El Demócrata* bereits in den letzten Ausgaben berichtete, in die Büroräume der *Carolina* kam, drängte sich eine Menge Neugieriger vor der Tür. Der gesamte Hof und der Gebäudeteil, in dem das Totenzimmer eingerichtet war, waren mit Kränzen bedeckt. Angesehene Persönlichkeiten aus der spanischen Kolonie hatten sich eingefunden.

Der Geschäftsführer des Unternehmens, Herr Manuel Garay, erzählte uns, daß er sich über die Beileidsbekundungen sehr freue, denn alle Vorsitzenden der spanischen Zentren und der bedeutendsten ausländischen Handelshäuser waren herbeigeeilt, ihr Bedauern auszudrücken.

Bei den Angestellten konnten wir eine merkwürdige Begebenheit in Erfahrung bringen: Gestern vor genau zehn Jahren, am 23. April, war die Ehefrau des heute zu betrauernden Angel García Moreno gestorben. Diese Übereinstimmung ist um so bemerkenswerter, als die Frau um vier Uhr nachmittags gestorben war, fast genau zur gleichen Stunde, zu der der Kassierer den Kugeln der Verbrecher zum Opfer fiel.

Der Oberinspektor der Polizei betonte in einem gestern geführten Interview zum Überfall auf *La Carolina*, er habe Anweisung gegeben, die Ermittlungen energisch voranzutreiben; man habe bereits etliche Indizien, um wen es sich bei den Banditen handeln könne, wolle aber sichere Beweise.

Ein Gespräch mit einem der Ermittler in diesem Fall bestätigte jedoch unseren Eindruck, daß die Sicherheitskräfte im Dunkeln tappen und nicht wissen, wo sie mit ihren Nachforschungen beginnen sollen. Gerne würden wir uns diesmal irren, doch es ist zu befürchten, daß die Polizei wieder einmal ihre übliche Ineffizienz vorführen wird.

Los Errantes

Amerika war für den 29jährigen Metallarbeiter Buenaventura Durruti aus León nur eine weitere Etappe in einem Leben, das der sozialen Revolution und ihren Wechselfällen gewidmet war. Nach dem Scheitern des anarchosyndikalistischen Aufstands gegen die Diktatur Primo de Riveras im September 1924 hatte er sich gemeinsam mit dem aragonesischen Kellner Francisco Ascaso dazu entschlossen, den Atlantik zu überqueren, um Geldquellen für die Revolution zu erschließen.

Die beiden Spanier waren Männer der gewaltsamen Aktion, wozu das Leben sie in der Zeit der bewaffneten Auseinandersetzungen gemacht hatte, die zwischen 1918 und 1923 den spanischen Boden und besonders Katalonien mit Blut tränkten: Es hatte Zusammenstöße mit der Polizei gegeben, Schießereien mit den Arbeitgeberbanden, Bomben auf Fabriken, die ihre Pforten geschlossen hatten, Zusammenstöße mit Streikbrechern, Schießereien mit den bewaffneten Banden der ›freien‹ Gewerkschaft, die von Martínez Anido, dem blutrünstigen Gouverneur von Barcelona, unterstützt wurde, Attentate auf Arbeitgeber, Vertreter der Kirchenhierarchie, hochgestellte zivile und militärische Autoritäten, Banküberfälle ... Die Liste gewalttätiger Aktionen im Zusammenhang mit dem Gewerkschaftskampf war lang.

Dies war ihr bisheriger Lebensweg, zu dem im Verlauf ihres Kuba-Aufenthalts noch einiges hinzugekommen war.

Die Version des Polizeireporters von *El Demócrata*

Drei Tage nach den tragischen Vorfällen in der *Carolina* bestätigen sich die schlimmsten Voraussagen unseres Reporters: Lediglich eine wichtige Zeugenaussage konnte der Akte des Falles hinzugefügt werden.

Der junge Manuel Cortés, der Zeuge der Flucht war, sagte bei der Vernehmung durch einen Polizisten der Sonderkommission präzise aus, daß das Auto, das die Angreifer (zumindest einer von ihnen) benutzt hatten, ein blauer Packard mit dem Kennzeichen 19652 war.

Als Kuriosität muß noch hinzugefügt werden, daß die Ausbeute des Raubes nicht einmal viertausend Pesos waren, denn die Banditen hatten Säcke voll wertlosen Plunders mitgenommen, in der Annahme, es handele sich um Silbermünzen, und im oberen Fach des Tresors dreißigtausend Pesos in Hundertern zurückgelassen, die sie in ihrer Hektik übersehen hatten.

Den Angestellten von *La Carolina* und dem Zeugen der Flucht wurden Bilder polizeibekannter Verbrecher vorgelegt, doch bisher erkannten sie niemanden wieder.

Andererseits scheint man in Polizeikreisen zu denken, die Verhaftung des bekannten Ganoven Antonio Francia könne mit dem Fall zusammenhängen und zu seiner definitiven Aufklärung führen.

Francia, Mitglied einer Bande von Tresorknackern, wird beschuldigt, den Chauffeur Ignacio Maya am Tag des Überfalls an der Kreuzung der Straße des 2. April mit der Santa-Veracruz-Straße ermordet zu haben. Der mutmaßliche Mörder wurde von den Polizeibeamten Nr. 795 und 796 durch Zufall verhaftet, als er das Auto mit dem Leichnam von Ignacio Maya verließ, der zwei Einschüsse aufwies. Francias Kleidung war blutbefleckt. Aufgrund der räumlichen Nähe der Tatorte wird vermutet, daß er an dem Überfall auf *La Carolina* beteiligt war. Die Behörden gehen von einem anschließenden Streit um die Beute aus.

Los Errantes

Einige Tage nach ihrer Ankunft in Mexiko gingen Durruti und Ascaso, begleitet von Quintero, zum Sitz der CGT, der mexikanischen anarchosyndikalistischen Zentrale. An diesem Tag wurde gerade über die wirtschaftlichen Schwierigkeiten von *Nuestra*

Palabra, der Zeitung der Konföderation, diskutiert. Die beiden Spanier spendeten, ohne ein Wort mit den Anwesenden zu wechseln, 40 Pesos.

Die beiden spanischen Anarchosyndikalisten müssen von der Stimmung in den mexikanischen Gewerkschaftskreisen überrascht gewesen sein. 1920 war innerhalb der CGT eine Entscheidung gegen die Linie der direkten Aktion und der individuellen Gewalt getroffen worden, zugunsten einer Strategie der Massenaktion, die 1925 gerade intensiv vorangetrieben wurde: Es gab Arbeitskämpfe im Textilbereich und auf den Erdölfeldern, und ein Landwirtschaftskongreß wurde organisiert.

Die *Errantes* versuchten sich nützlich zu machen und schlugen in *Nuestra Palabra* die Durchführung eines regionalen Anarchistenkongresses vor. Außerdem übernahmen sie die Verantwortung für die Herausgabe der *Rusia Trágica*, einer kleinen Monatszeitschrift, die die Verfolgung der Anarchisten durch die Bolschewiki in der Sowjetunion anprangerte.

Mit beidem fanden sie in den Gewerkschaftskreisen nur wenig Anklang.

Ende März kamen zwei weitere spanische Anarchisten in Mexiko an, um sich der Gruppe anzuschließen: Alejandro Ascaso und Gregorio Jover von der Gruppe *Los Solidarios,* die in Barcelona gemeinsam mit Durruti und Francisco Ascaso einige Gewerkschaftsaktionen und Schießereien bestritten hatten.

Wieder vereint, zogen sie auf Initiative von Quintero auf einen Bauernhof nach Ticomán um, der Román Delgado gehörte, einem Mitglied der Kommunistisch-Anarchistischen Jugend. Hier bildete sich die Gruppe, die die Büroräume von *La Carolina* überfallen sollte. Sie bestand aus den vier Spaniern sowie Román Delgado, dem Peruaner Alejandro Montoya (geborener Víctor Recoba), der ein bekannter Anführer der CGT war, und einer siebten Person, einem mexikanischen Mitglied der Konföderation, dessen Name nicht bekannt ist.

Die Version des Polizeireporters von *El Demócrata*

Aufgrund von Informationen, die aus Polizeikreisen durchgesikkert sind, kann *El Demócrata* heute die genaue Namensliste der Verbrecher wiedergeben, die wegen des Überfalls auf *La Carolina* von vor einer Woche gesucht werden. Es steht so gut wie fest, daß folgende Ganoven an dem Raubüberfall beteiligt waren: der Spanier Manuel López San Tirso, der Spanier Mario Fernández Frank sowie ein Kubaner spanischer Abstammung, der in der Unterwelt unter dem Decknamen *El Kewpie* bekannt ist.

Unbestreitbar scheint aufgrund des *modus operandi* auch die Beteiligung zweier Mitglieder der »Texaner-Bande« an dem Überfall. Als eigenen Beitrag zu den polizeilichen Ermittlungen fügt der Korrespondent von *El Demócrata* zur offiziellen Fahndungsliste auch noch Ceferino Vázquez und die Mitglieder der Pollán-Bande hinzu. Ein anonymer Hinweis, der in unserer Redaktion einging, verwies schließlich noch auf den Franzosen Pedro Laney als möglichen Fahrer des Packard, mit dem der Überfall durchgeführt wurde.

Unterdessen mußte die Polizei den Tatbeteiligungsvorwurf gegen Luis Lenormand (alias Antonio Francia), der wegen der Ermordung eines Chauffeurs verhaftet worden war, wieder fallenlassen, da der Verdächtige von den Angestellten von *La Carolina* nicht identifiziert werden konnte.

Lenormand bleibt jedoch wegen der Ermordung des Fahrers Ignacio Maya weiterhin inhaftiert.

Die Ermittlungen werden von Sicherheitschef Luis Mazorro geleitet, dem nicht weniger als 160 Polizisten unterstellt sind – die, wie es bei unseren Ordnungshütern üblich ist, vermutlich eher simulieren, als daß sie tatsächlich ermitteln. An Arbeit dürfte es ihnen angesichts der langen Liste von Verdächtigen nicht mangeln.

Los Errantes

Aller Wahrscheinlichkeit nach war die Entscheidung, *La Carolina* zu überfallen, Montoyas Idee: Er hatte als führender Gewerkschafter miterlebt, wie die Arbeitgeber gemeinsam mit der CROM das ganze Jahr über versucht hatten, mit allerlei schmutzigen Machenschaften die anarchosyndikalistische Gewerkschaft zu zerschlagen, die in dem Textilunternehmen aufgebaut worden war.

Die Aktion wurde durchgeführt, ohne die Organisation einzuweihen. Montoya sah sich zu diesem Zeitpunkt außerstande, offen zu agieren, da aufgrund seiner gewerkschaftlichen Aktivitäten in Mexiko-Stadt und in Tampico gleich zwei Ausweisungsverfahren gegen ihn eingeleitet worden waren.

Dasselbe galt für Román, gegen dessen kommunistisch-anarchistische Jugend einige Jahre zuvor Armee und Polizei eingesetzt worden waren.

Durruti war es gewesen, der während des Überfalls auf den flüchtigen Angestellten geschossen hatte, und Francisco Ascaso hatte in die Luft geschossen.

Nach der Aktion kamen die Mitglieder der Gruppe in Delgados Haus zusammen, um über die Bestimmung der spärlichen Beute zu diskutieren. Sie einigten sich bald darauf, mit dem Geld die Gründung einer Rationalistischen Schule zu unterstützen, die von der CGT betrieben wurde, und einen kleineren Betrag der Zeitung *Nuestra Palabra* zukommen zu lassen.

Durruti und Ascaso tauchten bei einem Treffen des Bundesausschusses der CGT auf und überreichten das Geld. Weil sowohl ihre Anwesenheit als auch die Herkunft des Kapitals Argwohn hervorriefen, legte Durruti einen Brief des anarchistischen Patriarchen Sébastien Faure vor, in dem dieser den Empfang eines Geldbetrages für die Sozial-Bibliothek bestätigte.

Das Schreiben zerstreute die Zweifel, und das aus den Büroräumen der *Carolina* geraubte Geld wurde angenommen, ohne daß die Führer der CGT seine genaue Herkunft gekannt hätten, wobei sie vermuteten, es stamme aus einer gewaltsamen Aktion.

Die Version des Polizeireporters von *El Demócrata*

Angehörige der ehrwürdigen spanischen Gemeinde haben aus Bestürzung darüber, daß die Täter ihre Landsleute waren, zwanzigtausend Pesos als Belohnung für Hinweise auf die Gangster von *La Carolina* oder für ihre Festnahme zusammengetragen. Unterdessen wächst bei der Polizei der Unmut über das Schneckentempo, in dem die Ermittlungen in einem scheinbar unkomplizierten Fall vorankommen. Sechs Beamte wurden gestern bereits wegen Ineffizienz vom Dienst suspendiert.

Die eigenen Recherchen des Reporters von *El Demócrata* deuten auf mögliche Verbindungen der Täter von *La Carolina* zu den Verantwortlichen des kürzlich verübten Überfalls auf General Francisco Romero hin.

Dem General waren zwanzigtausend Pesos geraubt worden, nachdem man ihn durch Verbrennungen an den Füßen dazu gebracht hatte, die Existenz dieses Vermögens in seinem Tresor preiszugeben. Von den drei Maskierten, die dieses bestialische Attentat auf General Romero verübten, passen zumindest zwei Personenbeschreibungen auch auf die Rädelsführer des Raubüberfalls auf *La Carolina*.

Sicherheitschef Luis Mazcorro steht kurz vor der Entlassung. Bisher haben die von ihm geleiteten Ermittlungen keinerlei Ergebnisse gebracht. Bei der gestrigen Razzia in den Billardräumen des Colón-Theaters wurden zwar fünfunddreißig Spanier verhaftet, doch ausnahmslos alle mußten um neun Uhr abends aus Mangel an Beweisen wieder auf freien Fuß gesetzt werden.

Die Fahndung nach Fernández Frank und *El Kewpie* wird nun im Hafen von Veracruz fortgesetzt, und der Liste der polizeilich Gesuchten wurde ein neuer Name hinzugefügt: Leandro Alonso.

Los Errantes

Durruti sagte zu den Mitgliedern des Bundesausschusses der CGT:

»Diese Pesos habe ich der Bourgeoisie abgenommen ... Es wäre abwegig zu denken, sie würden sie mir auf meine Aufforderung hin einfach geben.«

Die geraubte Summe belief sich auf viertausend Pesos, die komplett der Konföderation übergeben wurden.

Die Version des Polizeireporters von *El Demócrata*

Nach zehntägiger Ungewißheit hat nun ein überraschender Coup der Polizei zu einer Verhaftung geführt, die die Ermittlungen im Fall *La Carolina* endlich wieder in Gang bringt und sensationelle Informationen zugänglich gemacht hat.

In einem Haus in der Straße der Republik Kuba wurden gestern José Greco und Carlos Pavía verhaftet, ersterer argentinischer Staatsangehöriger, der zweite Franzose. Obwohl sie bei einer Gegenüberstellung nicht identifiziert wurden, gilt ihre Schuld als sicher.

Gerüchteweise steht auch die Verhaftung eines gewissen Sansan bevor, der Lenormand beim Mord des Fahrers begleitet haben soll und der zweifellos das Verbindungsglied zwischen diesem Mord und dem Überfall auf *La Carolina* darstellt. Seine blutbefleckten Kleidungsstücke wurden bei einer Hausdurchsuchung in der Medinastraße Nr. 18 gefunden.

Schließlich muß noch von einer weiteren sensationellen Verhaftung berichtet werden, die die fieberhaften Aktivitäten der Polizei zur Folge hatten: Es handelt sich um den Spanier Manuel López San Tirso, einen gefürchteten Verbrecher, der im Hotel Juárez in Veracruz festgenommen wurde.

Nach dem Überfall brachten sich Durruti und Ascaso im Hotel Regis in Sicherheit.

Dort lasen sie ein paar Tage lang erstaunt die Presse der Hauptstadt und verfolgten beunruhigt die Meldungen über die zahlreichen Verhaftungen.

Da sie falsche Papiere auf den Namen Mendoza besaßen und als zwei peruanische Minenbesitzer auftraten, wurden sie nicht weiter behelligt.

Der Raubüberfall war ein relativer Mißerfolg gewesen, doch was ihre künftigen Planungen wesentlich stärker behinderte, waren die Schwierigkeiten, in Mexiko eine Unterstützergruppe zu finden. Die mexikanischen Anarchisten hatten sich der Gewerkschaftsarbeit und direkten Massenaktion verschrieben, und es hatte sich als sehr schwierig herausgestellt, eine Gruppe anarchistischer Expropriateure auf die Beine zu stellen.

Auf eigene Faust loszulegen, ohne auf eine einheimische Unterstützergruppe bauen zu können, war jedoch sehr gefährlich. Deshalb beschlossen die *Errantes* Ende Mai, ihre Reise durch Amerika fortzusetzen.

Die Version des Polizeireporters von *El Demócrata*

Der neunundvierzigjährige Manuel López San Tirso, bekannt als *Der Geizkragen* oder *Der Große Galizier*, ist von dem jungen Mann wiedererkannt worden, der ihn mit den Geldtaschen aus den Büroräumen von *La Carolina* hatte kommen sehen.

»Paß auf, was du sagst«, schrie San Tirso wütend.

»Jawohl, mein Herr, Sie waren es.«

Mit dieser dramatischen Szene endete die erste erfolgreiche Verhaftung der Polizei.

Währenddessen wurde in Pachuca Francisco Rojas festgenommen, der bei dem Raubüberfall vermutlich am Steuer saß. Und schließlich, nachdem ihn eine falsche Fährte zunächst nach Teziutlán geführt hatte, erfüllte sich auch Herrn Mazcorros sehnlichster Wunsch, und er bekam Mario Fernández Frank, Nicolás Elosague alias *El Kewpie*, den Kubaner Antonio und Luis Sansan zu fassen.

Sie wurden in Nautla, Bundesstaat Veracruz, verhaftet und von fünfzig berittenen Dragonern nach Mexiko-Stadt eskortiert.

Epilog

Die vier Spanier setzten ihre Enteignungsrundreise fort, nachdem sie das beim Überfall verwendete Auto verkauft hatten. Sie reisten weiter nach Chile, wo sie eine weitere Bank ausraubten, und schließlich nach Argentinien, bevor sie nach Europa zurückkehrten, um schließlich ihr revolutionäres Projekt weiterzuführen.

Die unschuldig verhafteten Ganoven mußten unterschiedlich lange Haftstrafen absitzen. Einer von ihnen, Mario Fernández Frank, der nach Ansicht seiner Häscher »offensichtlich geistig verwirrt« war, beging im Gefängnis Selbstmord. Herr Mazcorro wurde befördert. Die Rationalistische Schule der CGT existierte noch ein paar Jahre lang.

Die Rückkehr des letzten Magoneros

Der Alte schaute zu Boden, als wollte er sich vergewissern, daß er wirklich auf mexikanischem Territorium stand. Dann blickte er zu den beiden nordamerikanischen Polizisten hinüber, die ihn in Handschellen aus Fort Leavenworth hierher gebracht hatten und die jetzt wieder in die Vereinigten Staaten von Nordamerika zurückkehrten. Er hatte einen Krieg gewonnen. Er seufzte und lächelte. Es war ein kleiner, persönlicher, verbissener Krieg gewesen. Eine winzige Genugtuung innerhalb der ungeheuren Niederlage.

Im Kopf verfaßte er sein erstes Manifest auf mexikanischem Boden: Manifest an die Arbeiter der Welt Doppelpunkt Absatz Ich bin der verbrecherische Sträfling aus Leavenworth Punkt Ich bin der Unerträgliche Komma der Umstürzler der Ordnung Gedankenpunkte Ich bin deportiert worden, damit ich nie wieder zurückkehre Punkt Soll ich darüber etwa weinen Fragezeichen Vor Euch gereicht es mir nur zur Ehre Punkt Auf in den Kampf Brüder Ausrufungszeichen Ich bin bereit Komma Euch zu helfen und die unterbrochene Arbeit wiederaufzunehmen ...

Denn genau darum ging es: Wiederanzuknüpfen, zum sozialen Krieg zurückzukehren. Der Gedanke daran hatte ihn davor bewahrt, vor Trauer zu sterben, als sie Ricardo ermordet hatten. Dieser Gedanke hatte ihn aufrecht gehalten.

Der Alte (ist dieser Mann denn alt, der vor ein paar Monaten gerade 59 Jahre alt geworden ist?) weiß, daß er sich von den alten Geschichten lösen muß. Es sind gewiß keine schlechten Geschichten, aber man muß sie hinter sich lassen, sie ruhen lassen in den nächtlichen Ruhmes- und Alpträumen. »Es wäre jammerschade, das bißchen Leben, das mir bleibt, mit rückwärtsgewandten Betrachtungen und Gejammer zu vergeuden«, sagt er sich.

Auch ich werde nicht auf diese alten Geschichten zurückkommen. Das hat seinerzeit schon James D. Cockroft getan, und mein Freund Jacinto Barrera wird sich ihnen demnächst erneut zuwenden. Der Alte und ich sind hier und heute, 70 Jahre danach, über den Papieren vereint, um eine Geschichte zu erzählen, die damit beginnt, daß zwei Gringopolizisten einem zahnlosen, kranken Mann von 59 Jahren (»ich kam als menschliches Wrack heraus, krank, alt und schon ohne Zähne«) die Handschellen abnehmen und ihn auf dem Grenzstreifen zurücklassen. Die Geschichte beginnt, als Librado Rivera nach achtzehn Jahren Exil, von denen er elfeinhalb in nordamerikanischen Gefängnissen verbracht hat, nach Mexiko zurückkehrt. Als Librado in sein Land zurückkehrt, um sein letztes großes Abenteuer zu erleben, um der unglaublichen Sage Form und Inhalt zu geben, deren Protagonist er in den folgenden neun Jahren sein wird.

Demnach beginnt diese Geschichte also Ende Oktober 1923, als der letzte Magonero die Grenze überquert. Obwohl man vielleicht kurz etwa fünf Jahre zurückgehen muß, um die Ursachen für seine Verhaftung und den privaten und öffentlichen Krieg ganz knapp zusammenzufassen, der dazu geführt hat, daß Librado jetzt mexikanischen Boden betritt.

Im August 1918 wurden Librado Rivera und Ricardo Flores Magón in den Vereinigten Staaten wegen Pressedelikten zu 15 Jahren Gefängnis verurteilt. Ihr »Manifest an die Arbeiter der Welt« lieferte den Vorwand für eine ungeheure Repressionswelle, die die gesamte radikale nordamerikanische Linke traf. Die Mexikaner wurden verhaftet und die Zeitschrift *Regeneración* geschlossen. Ihre Verhaftung schwächte den radikalsten Flügel der revolutionären mexikanischen Linken zu einem für die Regierung sehr günstigen Zeitpunkt. Erst vier Jahre später, nachdem Pancho Villa besiegt, Emiliano Zapata ermordet, die gemäßigten Sektoren siegreich waren und die Revolution sich im Prozeß der Institutionalisierung befand, machten sich die mexikanischen Länderparlamente die Arbeiterforderungen zu eigen und drängten die US-Regierung, die gefangenen Magonisten freizulassen. Im April 1922 richtete das Parlament von Yucatán eine entsprechende Bitte an die nordamerikanischen Behörden, und in den folgenden Monaten äußerten sich die Bundesstaaten San Luis Potosí, Durango, Sonora, Coahuila, Querétaro, Hidalgo, Aguascalientes und Mexiko D.F. in ähnlicher Weise. Zu der offiziellen Initiative kamen Tausende von Briefen aus Gewerkschaftsorganisationen hinzu, häufig flankiert von Demonstrationen, Streiks und Kundgebungen vor den nordamerikanischen Konsulaten in Mexiko. Der Druck reichte noch nicht aus. Sie waren Gefangene und würden fürs erste auch Gefangene bleiben. Nur Gefangene? Am 16.November stirbt Ricardo Flores Magón unter sehr merkwürdigen Umständen. Der Gefängnisarzt stellt eine Sterbeurkunde aus, die den Tod auf eine Angina Pectoris zurückführt. Librado Rivera wird gezwungen, die Nachricht nach draußen weiterzugeben, ohne seine Zweifel auszudrücken. Daß Flores Magón aufgrund fehlender medizinischer Behandlung starb, ist offensichtlich, aber hat es nicht noch etwas anderes gegeben? Im Gefängnis gehen Gerüchte um, er sei von einem Wärter erdrosselt worden. Tage später tötet ein mexikanischer Gefangener den vermeintlichen Mörder. Alles bleibt unklar. Librado wird nicht nur daran gehindert, Nachforschungen anzustellen, sondern auch die Außenwelt zu informieren (»Ich bedaure, Dir nichts mitteilen zu können, was unseren gemeinsamen Freund angeht, ich habe nicht die Erlaubnis dazu«).

Der Alte fällt in seiner Zelle für einige Monate in tiefe Depression und Niedergeschlagenheit, aus der ihn nur die Nachrichten über den Empfang von Ricardos Leichnam in Mexiko herausreißen: »Dieser Ausdruck der Zuneigung von Seiten unserer Genossen, der Lohnsklaven, verschafft meiner Seele große Erleichterung und Ruhe.«

Am Ende bedeutet der Tod doch nicht völlige Anonymität, endgültige Einsamkeit. Es gibt die »Anderen« wirklich, die in den letzten Tagen des Magonismus bloß noch Bilder waren. Es sind Arbeiter, Bauern, Landgemeinden, Gewerkschaften, schwarze und rote Fahnen auf den Bahnhöfen, Schreie wie »Es lebe Land und Freiheit«, die Stimme der Massen.

Sowohl durch den Schrei als auch durch das Schweigen der Gruppen von Arbeitern, die Ricardos Leichnam auf der anderen Seite der Grenze das letzte Geleit geben, wird Librado Rivera aufgerüttelt. Durch diese Ehrung erwacht der letzte Magonero zu neuem Leben und bereitet sich auf die nächste Schlacht vor, die stattfinden wird, wenn er den Río Bravo überschreitet.

Im April 1923 gewährt die Abgeordnetenkammer von San Luis Potosí Librado Rivera eine Pension von fünf Pesos täglich, solange er sich im Gefängnis befindet. Er weist sie zurück: »Vom Staat will ich nichts«, sagt er. Im gleichen Monat schreibt er, seinen Anarchismus erneut bekräftigend: »Man verlangt von mir, dem Gesetz zu gehorchen. Und welches Gesetz hilft den Armen? Alle Gesetze sind gemacht worden, um die Reichen zu schützen, und das ungerechteste von allen ist das Gesetz, welches das Recht auf Privateigentum als heilig betrachtet, die Basis aller sozialen Ungleichheiten und aller Ungerechtigkeiten (...). Ohne dieses Gesetz würden sich alle Schwierigkeiten leicht und zufriedenstellend zum Wohle aller regeln lassen (...). Meine Gefühle und meine Liebe für die Menschheit stehen weit über jedem Gesetz.«

Die Mobilisierungen in Mexiko, der Tod Ricardos, die Zuschreibung als »Wegbereiter der Revolution« (»dieser« Revolution, die heute an der Macht ist), mit der die Regierung die Magonisten institutionalisieren will, um ihnen den täglichen Kampf auszutreiben und sie in die Geschichtsbücher aufzunehmen, führen zur Herausbildung eines sehr breiten Bündnisses für die Freiheit von Rivera. Von den Anarchosyndikalisten der CGT und den Eisenbahngewerkschaftern bis zur korrupten Führung der offiziellen Gewerkschaft CROM, von den ehemaligen Magonisten, die in den linken Flügel der Regierung eingetreten sind, wie Díaz Soto y Gama oder Villareal, bis hin zum Präsidenten Obregón und dem Expräsidenten De la Huerta, setzen sich alle mehr oder weniger intensiv ein und üben Druck auf die Vereinigten Staaten aus.

Anfang Mai 1923 spricht der mexikanische Botschafter in Washington beim Außenministerium vor und fordert Riveras Begnadigung. Die Regierung verzögert ihre Antwort so lange, bis ihre Beauftragten den Alten im Gefängnis von Leavenworth verhört haben. Am 9. Mai bietet sie ihm die Freiheit gegen sein Ehrenwort an, was er jedoch ablehnt. Er bekennt sich als nicht schuldig und erkennt auch das Delikt nicht an, aufgrund dessen er eingesperrt worden war (»es handelt sich nicht um eine kriminelle Tat, sondern um einen lobenswerten Akt der Gerechtigkeit«). Am 27. Mai bedrängen ihn die Behörden erneut, eine Begnadigung im Tausch gegen ein Schuldbekenntnis zu akzeptieren, doch sie erhalten von dem Alten nur die folgende Antwort: »Der Gedanke, den vor so vielen Jahren begonnenen Kampf zugunsten der Armen aufzugeben, liegt mir fern. Die Drohungen und Strafen schüchtern mich weder ein noch entmutigen sie mich; noch viel weniger werden sie mich davon überzeugen, daß ich schlecht gehandelt habe. Mit dieser Taktik erreichen sie vielleicht bei kleinen Kindern gute Resultate (...). Ich werde mich nicht beugen und niemals bereuen.«

Daraufhin entscheidet das Außenministerium, keine Begnadigung zu gewähren, zumal Rivera sich weigert sie anzunehmen, und teilt dies im Juni der mexikanischen Botschaft mit. Doch der Druck läßt nicht nach. Zum Schluß entscheiden die nordamerikanischen Behörden, die des »Falles Rivera« mittlerweile überdrüssig sind, die 15 Jahre Haft in eine Ausweisung umzuwandeln. Librado hat gewonnen.

Die mexikanische Botschaft bietet ihm durch den Konsul Mexikos in Kansas City die Übernahme der Reisekosten zu einem Ort seiner Wahl in Mexiko an.

Librado antwortet: »Ich bin nicht gewillt, das anzunehmen, obwohl mir nur sehr knappe Mittel zur Verfügung stehen.« Einige Zeit später schreibt er einem Freund: »Ich zog es vor, als Gefangener und ohne Kontakt zur Außenwelt an die mexikanische Grenze zu kommen, wie es die Büttel jenes Staates dann auch gemacht haben, bevor sie mich den mexikanischen Behörden überstellten.«

Der letzte Magonero befindet sich nun also an der Grenze. Er ist krank und hat weder Geld noch Pläne. Es sei denn, man bezeichnet die Absicht, nach San Luis Potosí zu gehen und seine alte Mutter aufzusuchen (»Ich fürchte, daß mich die Ärmste gar nicht mehr erkennt«), als einen Plan. Seine Frau ist während seines Gefängnisaufenthaltes in den Vereinigten Staaten gestorben, und seine Kinder sind auf der anderen Seite der Grenze zurückgeblieben. Seine Kampfgenossen sind bei den unzähligen Aufständen und bewaffneten Auseinandersetzungen der letzten zwanzig Jahre im Gefecht gefallen, und die übrigen haben sich mit dem zynischen Realismus der halbvollendeten Revolution abgefunden. Doch Librado, der von Niederlagen und Toten umgebene Hüter der Prinzipien und der Leichen seiner Lieben, findet sich nicht ab. Jeder unparteiische Beobachter könnte in den Augen des braunen und kantigen Gesichts einen Glanz entdecken, eine Kraft in der Ausstrahlung des kranken Gesichts, das von störrischem, krausem und schon recht ergrautem Haar eingefaßt ist, und einen Körper, über dem ein Anzug wie auf dem falschen Kleiderbügel hängt. In einem Brief an einen Freund schreibt Librado in bezug auf seine Situation: »Alles unwichtig, Bruder, ich habe Energien im Überfluß, um weiter zu kämpfen.«

Nicolás T. Bernal, der Koordinator des Gefangenenkomitees der CGT, bietet auf gut Glück Gratis-Bücher im Austausch für eine kleine materielle Unterstützung für Librado an. Der Plan scheint aufzugehen, denn Rivera begibt sich nach San Luis Potosí und zieht in das Haus seiner Familie in der dritten Etage der Vallejo-Straße Nr. 16 ein. Unmittelbar danach hält er in einem Arbeiterverein eine Rede über die immer noch inhaftierten Magonisten in

Texas. Außerdem gibt er ein »Manifest an die Arbeiter der Welt« heraus, in dem er zuallererst seine Kampfbereitschaft erklärt und anschließend darüber informiert, daß er an einem Text über den Tod von Ricardo Flores Magón arbeitet, daß Krankheit und fehlende Mittel ihn jedoch bisher daran gehindert haben, ihn zu vollenden.

Die erste Zeit scheint er damit verbracht zu haben, mit den im ganzen Land verstreuten anarchistischen Gruppen und seinen alten nordamerikanischen und europäischen Freunden brieflich in Kontakt zu treten, Kräfte zu sammeln und sich einen Überblick über die politische Lage im Land zu verschaffen. Die Dinge stellen sich ziemlich anders dar, wenn weder Gitter noch Entfernung den Blick auf das ferne Land verzerren: Da sind Obregón und seine ehemaligen Magonisten an der Macht, da ist die Revolution der Lügen, die anarchosyndikalistische Arbeiteropposition, die CGT, die er sehr sorgfältig unter die Lupe nimmt, da es hier zweifellos Gemeinsamkeiten gibt. Aber Librado kommt aus einem langjährigen Sektiererleben im entweihten magonistischem Heiligtum Nordamerikas und wird sich ganz bestimmt nicht mit dem erstbesten Dahergelaufenen verbünden. Auch die Zielsetzungen und Bezeichnungen haben sich geändert. Da sind die gelben Gewerkschaften, die Flores Magón und er vom Gefängnis aus als potentielle Bündnispartner eingestuft hatten, weil sie die Sache der Gefangenen unterstützten – doch aus der Nähe erschien ihm die CROM eher als ein Rattennest, das den guten Namen von Ricardo zu dem Zweck mißbraucht hatte, eine regierungstreue Gewerkschaftsbewegung zu schaffen. Da sind die autonomen Gewerkschaftsgruppen der Eisenbahner und die aufkeimende Landreformbewegung, die Soto y Gama schon wieder gezähmt hat, und schließlich sind da noch die einzelnen Gruppen, unter denen Nicolás T. Bernal mit seiner Propagadaarbeit für das magonistische Gedankengut hervorsticht. Dann gibt es noch Enrique Flores Magón, den Bruder des Begründers, den letzten Abtrünnigen, auf den man sehr gut aufpassen muß, vor allem jetzt, wo er sich auf eine Propagandarundreise durch die Republik begeben hat, die ihm zwar nicht gerade Erfolg, aber doch viel öffentliche Aufmerksamkeit einbringt.

Das alles will sorgsam bedacht sein, bevor man eine Entscheidung trifft, denkt der alte Librado, während ihm die Luft von San Luis und das Essen neue Lebensenergie geben.

Der »Feind« sucht den Alten auf und kokettiert mit ihm. Die Masche, die »Vorväter« institutionell zu vereinnahmen, wird auch an Librado erprobt. Obregón wendet dabei eine Methode an, die bei seinen Nachfolgern jahrzehntelang gängige Praxis sein wird: »Während meines Aufenthaltes in San Luis Potosí hat man mir einen Sitz als Senator angeboten, einen weiteren als Abgeordneter, und zuletzt hat mir einer meiner Schüler, derzeit Direktor der Hochschule für Lehrer in dieser Stadt, die Lehrstühle für Philosophie und Pädagogik zu einem regulären Gehalt offeriert. Aber ich habe trotz der Not, in der ich immer gelebt habe, nichts davon angenommen.«

Wonach sucht Librado, während er sich körperlich erholt? Nach einer Weiterführung des magonistischen Projekts. Und worin kann diese Weiterführung bestehen? Was kann der Magonismus sein, jetzt wo sein Entstehungsgrund, der Kampf gegen die Diktatur von Porfirio Díaz, wegfällt? Der Widerstand gegen die reaktionäre Carranza-Regierung im Schafspelz? Wo verlaufen die Wege zur nächsten Revolution, die Staat und Privateigentum zerschlagen und das Reich der Solidarität auf Erden errichten wird?

Einige Freunde schlagen ihm vor, sich mit Enrique Flores Magón zusammenzutun, der während des Jahres 1923 im ganzen Land für die Neuauflage der *Regeneración* agitiert hat. Sie bringen ihm sogar den Gedanken einer Föderation der anarchistischen Gruppen Mexikos nahe, um die zwei Dutzend Gruppen, in die sich die Reste der magonistischen Bewegung geflüchtet haben, mit den neuen Aktivisten der anarchistischen Gewerkschaft CGT zusammenzufassen, die in ihm einen ideologischen Lehrmeister sehen. Librado verweigert sich diesen Vorschlägen. Er scheint nicht an zentralistische Organisationen zu glauben und will deshalb auch keine Föderation ins Leben rufen. Andererseits ist er von der Propagandakraft der Idee und von der Magie des geschriebenen Wortes überzeugt. Er sympathisiert mit der CGT, ohne jedoch einzutreten. Die Spannungen zwischen der Vergangenheit und der Gegenwart sind gewaltig.

Ende Juni stellt sein Freund Pierre fest, daß der Alte »sich gesundheitlich langsam erholt und die Lebenskraft in den durch die lange Gefangenschaft in Leavenworth ausgezehrten Körper zurückkehrt«. Einen Monat später begründet Librado die anarchistische Gruppe *Land und Freiheit* in San Luis Potosí mit, die hauptsächlich »revolutionäre Propaganda unter den Bauern« machen wird und 15 jugendliche Mitglieder zählt.

Die Stunde des Kampfes rückt wieder näher. San Luis Potosí ist als Schauplatz für bevorstehende Aktionen sehr begrenzt. Hinzu kommt, daß Librado zu Hause von seiner Mutter unter Druck gesetzt wird, die in einem Anfall von Senilität ihren anarchistischen Sohn in den Schoß der Religion zurückführen möchte. Die Gelegenheit, die Stadt zu verlassen, ergibt sich, als der CGT-Vorsitzende José C. Valadés auf dem Weg von Tampico in die Hauptstadt durch San Luis Potosí kommt. Der Ölhafen brodelt aufgrund des revolutionären Syndikalismus, und die Argumente von Valadés sind leicht rekonstruierbar: Tampico ist eine regelrechte Gewerkschaftshochburg, wobei nicht die Mitgliederzahl entscheidend ist (ungefähr zwölftausend), sondern ihre Kampfmoral. Da ist zunächst das starke und mutige anarchistische Element (Tampico ist der einzige Teil des Landes, wo es Genossen aus den verschiedensten Ecken der Welt gibt, sogar aus Asien), und außerdem wirkt sich die Organisierung der Arbeiter in Tampico nachteilig auf die mächtigen Interessen der Wall Street aus.

Das Haupthindernis, die Finanzen, scheint mit einer Einladung der aufstrebenden Erdölarbeitergewerkschaft gelöst, für die Librado nach Tampico reisen und Vorträge in den verschiedenen Sektionen der Organisation halten soll. Ohne zu zögern packt Librado nach einer Unterredung mit Valadés in der zweiten Septemberwoche 1924 die Koffer und begibt sich ins Herz des sozialen Krieges: Tampico!

Es stimmt, der Hafen und seine Zwillingsstadt Villa Cecilia stellen nicht nur das Herz der Erdöl- und Hafenregion dar, sondern auch das der im Aufschwung befindlichen Arbeiterkämpfe. Erbittert streiten die Anarchisten mit vier anderen Strömungen um die ideologische Meinungsführerschaft innerhalb der Bewegung. Ein auf diese Gegend beschränktes Phänomen, denn in anderen Landesteilen wird dieser Kampf zwischen drei Strömungen ausgetragen: den Gelben von der CROM, den Weißen von den Arbeitgeberverbänden und den Roten (Anarchisten, Kommunisten und Wobblies). In Tampico ist alles komplexer: Es gibt dort gelbe CROMisten, die ihre Verbindungen zur Zentralregierung nutzen, um ihren Aktionsradius zu erweitern. Noch kennt Librado sie nicht gut, ihr Verbalradikalismus und ihre Verehrung der magonistischen Vorkämpfer verwirren ihn. Noch versteht er nicht, was sie sind: ein Bestandteil des Prozesses, durch den die »Vorväter« vereinnahmt werden, der Äußerlichkeiten und Worte bestehen läßt, sie aber vom Denken und Handeln loslöst. Der Zentrismus, der in Tampico unter dem Namen des Autonomismus auftritt, stützt sich auf die große Organisation der Schauermänner, die recht undurchsichtige Beziehungen zur großen Figur der Lokalpolitik, Emilio Portes Gil unterhält. Um sie und ihre Macht herum gruppieren sich zahlreiche Gewerkschaften. Die kommunistische Partei hat durch ihre Ortsgruppe, der einige führende Kader der Erdölgewerkschaft angehören, einen kleinen Keil in die Bewegung getrieben. Zudem ist im Hafen eine Strömung der IWW vertreten.

Aus dem anarchistischen Lager stechen zwei Gruppen heraus: die *Hermanos Rojos* (die Roten Brüder) aus Villa Cecilia, die Propagandaarbeit machen und ihre Ausdauer mit der Herausgabe von *El Pequeño Grande* und später von *Sagitario* bewiesen haben, und *Los Iguales* (Die Gleichen), die sich voll und ganz der Organisation der lokalen Föderation der CGT widmen und denen es im vergangenen Jahr nach zwei gewaltigen Arbeitskämpfen (den Streiks der Mineralwasserarbeiter und dem der Erdölarbeiter von La Huasteca) gelungen ist, die anarchosyndikalistische Organisation aus der Taufe zu heben.

Seltsamerweise schließt Librado sich den *Hermanos Rojos* an. Propagandaarbeit entspricht am ehesten seinem Erfahrungshorizont und seinem Selbstverständnis. Und er schließt sich zwar dem verschlossensten, gruppenbezogensten, am wenigsten »massenorientierten« Anarchismus an, doch er haucht ihm frischen Wind ein.

Ein Bericht des Sekretärs der CGT an die Anarchosyndikalistische Internationale (IAA) legt Zeugnis von der Veränderung ab, die er innerhalb nur eines Monats bewirkt hat: »Zum Beispiel haben die Compañeros, die in Tampico den *Sagitario* herausgeben, die sich in ihrem Gruppenwahn schon völlig von der Arbeiterbewegung verabschiedet hatten, ihren Irrtum nun eingesehen. Die letzte Nummer des *Sagitario* zeigt diesen Wechsel.«

Plötzlich steht Librado mit dem Rückhalt der kleinen Gruppe um den *Sagitario*, in der Pedro Gudiño sich besonders hervortut, im Zentrum der regierungsfeindlichen Gewerkschaftsbewegung des Landes. Kaum angekommen, wird ihn ein Ereignis zutiefst erschüttern und zugleich zeigen, daß der Alte in bester Form ist, bereit, zur Tat zu schreiten und seine Stimme in den Dienst des Kampfes zu stellen. Am ersten Oktober schießen Soldaten auf eine Demonstration streikender Arbeiter der *Mexican Gulf*. Die Repression richtet sich gegen die von den Anarchisten organisierte zweitgrößte Erdölgewerkschaft. Librado veröffentlicht innerhalb von vierzehn Tagen drei funkensprühende Artikel über das Gemetzel, die minutiös aufzeigen, daß die Beschossenen (die zusätzlich zu den späteren Verhaftungen einen Toten und etliche Verletzte zu beklagen hatten) im Augenblick des Zusammenstoßes unbewaffnet waren. Seine Sprache hat nicht an Eindringlichkeit verloren (»Wir protestieren gegen die verfluchte Mördersoldateska«), und sein Stil bricht mit der Tradition des *Sagitario,* die großen Ideen verpflichtet war, zugunsten eines anklagenden, informativen Journalismus.

In den Adern des Alten gerät das Blut wieder in Wallung.

In seinen Rundschreiben wird eine Adresse in Villa Cecilia angegeben. Es handelt sich um ein rundes, enges Zimmer. Als Bett benutzte er einen mit einer Rinderhaut bedeckten Strohsack. An diesem Ort befand sich auch die Druckerei. Rivera und Gudiño schrieben. Der eine setzte die Zeitungsseiten und der andere bediente nach seinem Arbeitstag noch die Druckerpresse.

So entstand der *Sagitario* in einer Auflage von fünftausend Exemplaren, die anschließend von den anarchistischen Gruppen des Landes und ausländischen Aktivisten verteilt wurden. Von was lebte Librado? Anscheinend zweigte er einen kleinen Teil der Einkünfte der Zeitung für seine Arbeit als Typograph ab, doch das reichte nicht einmal für die minimalen Lebenshaltungskosten seines erbärmlichen Daseins. Ein paar weitere Centavos kamen aus den Verkaufseinnahmen der Gruppe Ricardo Flores Magón, die Nicolás T. Bernal ihm aus Mexiko-Stadt schickte. Mit seinen 60 Jahren verkaufte Librado an den Fabriktoren, in den Werkstätten, auf den Fähren, die die Arbeiter über den Fluß zu den Raffinerien brachten, Schriften von Magón, Réclus, Práxedis Guerrero und Biographien von Bakunin ...

Bald war das Bild des alten Anarchisten von den Versammlungen, Streiks, Treffen und kulturellen Veranstaltungen nicht mehr wegzudenken.

Seine Artikel, drei oder vier in jeder Nummer, wurden in den Ausgaben des *Sagitario*, von *Alba Anárquica* aus Monterrey, *Horizonte Libertario* aus Aguascalientes und *Nuestra Palabra* oder *Verbo Rojo*, die in der Hauptstadt herausgegeben wurden, veröffentlicht.

Obwohl er sich ganz seiner journalistischen Arbeit hingab, fand Librado die Zeit, eine Herzensschuld zu begleichen, und organisierte das Verteidigungskomitee für die gefangenen Magonisten in Texas. Das Komitee machte die Gründe für die Inhaftierung Rangels und seiner Genossen bekannt, verfaßte Petitionen für ihre Freilassung und sammelte Geld.

Gleichzeitig war in seiner Umgebung, in der Erdölregion von Veracruz und Tamaulipas, deren Zentrum Tampico war, einiges in Bewegung. Zwar war der Streik bei *Mexican Gulf* niedergeschlagen worden, doch fast unmittelbar danach, im Februar 1925, flammte ein neuer bei *Huasteca Petroleum* auf, der ebenfalls von den Anarchisten angeführt wurde. Danach waren *Corona* und *Transcontinental* an der Reihe, wo bereits die IWW organisiert waren.

Librado korrigierte seine Positionen bezüglich der Gewerkschaftsbewegung und begann, das falsche Spiel der CROM zu kritisieren, ihre Bündnisse mit der Regierung und den Kapitalisten, die zum Ziel hatten, sich an die Spitze der Bewegung zu setzen.

Im Februar 1925 engagierte sich der alte Anarchist außerdem bei den Grundschullehrern von Villa Cecilia, deren Bewegung vom örtlichen CGT-Dachverband angeführt wurde.

Während der ersten sechs Monate des Jahres 1925 blieb die Frage offen, welche gewerkschaftliche Strömung in der Erdölregion die Oberhand gewinnen würde. Librado mischte mit, indem er die Anarchosyndikalisten mit seiner Schreibmaschine und dem *Sagitario* unterstützte. In acht Monaten gab er in Zusammenarbeit mit Pedro Gudiño elf Nummern der Zeitung heraus und schrieb 26 Artikel. Doch das genügte nicht. Weder die publizistische Beharrlichkeit Librados, noch die Arbeit der CGT-Kader Ríos, Valadés und Antonio Pacheco, die einige Monate in Tampico verbrachten und die Bewegung unterstützten, noch die gewaltigen Streiks der Baggerarbeiter, der Lehrer und der Erdölarbeiter. Durch die Repression und die Angriffe der weißen Gewerkschaften, der CROM und der unabhängigen Gewerkschaften, die unter dem Druck von Unternehmen und Regierung standen, wurden die Anarchosyndikalisten diesmal besiegt. Bereits im August 1925 war die Bewegung auf ein Minimum zusammengeschrumpft. Librado und die Gruppe *Hermanos Rojos* hielten sich standhaft und gaben weiterhin den *Sagitario* heraus, allerdings unregelmäßiger und mit weniger Rückhalt als zuvor.

Im Mai 1925 warnte Librado davor, daß die Wahl von Plutarco Elías Calles zum Staatspräsidenten sowohl für die Arbeiter- und Bauernbewegung als auch für ihre radikalsten Strömungen finstere Zeiten bringen werde. In einem Artikel mit dem bezeichnenden Titel *Nieder mit jeder Regierung* kommentierte er: »Wir leben im Despotismus. Doch uns erwartet eine höchst kritische Zeit der Tyrannei.« Und den neuen Präsidenten mit seinem ehemaligen Kontrahenten vergleichend, schrieb er: »Díaz ließ sich nicht als Revolutionär bezeichnen, und auch nicht als Freund der Arbeiter.«

Doch auch die Krise der roten Gewerkschaftsbewegung in der Erdölregion entmutigte den alten Magonero nicht, der schon einige Niederlagen auf dem Buckel hatte und in dieser Hinsicht sehr weise war. Während der Jahre 1925 und 1926 stieß er verschiedene Kampagnen an, deren wichtigste vielleicht die für die Freilassung von Nicola Sacco und Bartolomeo Vanzetti war. Sie endete erst nach der Hinrichtung der beiden italoamerikanischen Anarchisten im Jahre 1927. Librado stand über das Netzwerk anarchistischer Publikationen in den USA mit den beiden Gefangenen in Verbindung und führte einen persönlichen Briefwechsel mit ihnen, der im Rahmen der Kampagne auszugsweise veröffentlicht wurde.

Mitte 1925 schrieb Vanzetti einen Brief an Librado, in dem er den Gruppen aus Tampico und Villa Cecilia für ihre Arbeit dankte und sich um das Schicksal der in Texas Inhaftierten sorgte. Er schloß mit den Worten: »Leg in meinem Namen eine rote Blume auf das Grab unseres unvergeßlichen Ricardo.« Vermutlich hat Librado die Blume, um die Bartolomeo Vanzetti ihn bat, nie nach Mexiko-Stadt gebracht, doch was er ganz sicher nicht vergessen hat, sind die beiden italienischen Anarchisten. Die Kampagne des *Sagitario*, der sich andere anarchistische mexikanische Zeitschriften anschlossen, sensibilisierte die roten Gewerkschaften.

Im Januar 1926 demonstrierten Arbeiter vor dem nordamerikanischen Konsulat in Puebla. Im Mai desselben Jahres schrieb Vanzetti einen Brief an Rivera, der im *Sagitario* abgedruckt wurde:

»Mein lieber Genosse Rivera. Heute hat der Oberste Gerichtshof unsere Forderung nach neuen Geschworenen abgelehnt. Solche Nachrichten überraschen einen wie ein Blitz aus heiterem Himmel. Du kennst dieses Land zu gut, um nicht zu wissen, was diese Ablehnung bedeutet. Man braucht sich keine Illusionen zu machen! Nur die Arbeiter der Welt und Ihr alle, unsere Genossen, könnt uns jetzt noch vor dem elektrischen Stuhl retten und uns die Freiheit geben. Kopf hoch, Genosse Rivera, laß Dich durch unser Schicksal nicht entmutigen. Wir werden Männer sein bis in den Tod. Unsere Parole lautet immer noch: Gebt uns die Freiheit oder den Tod. Mit brüderlichen Grüßen an alle mexikanischen Arbeiter ...«

Der verzweifelte Aufruf Vanzettis und Librados Kampagne führten dazu, daß die CGT-Sektion von Tampico einen Boykott nordamerikanischer Waren seitens der Arbeiter beschloß und der CGT-Kongreß im Juli 1926 sich darauf einigte, die Solidaritätskampagne für Sacco und Vanzetti zu intensivieren. Es kam zu Demonstrationen der IWW und einer großangelegten Intervention der PCM durch ihre Internationale Liga für verfolgte Kämpfer.

Trotz der internationalen Mobilisierung, von der die mexikanischen Aktionen nur einen winzigen Bruchteil ausmachten, rückte die Stunde des »legalen Mordes« immer näher. Im Mai schickten Sacco und Vanzetti einen weiteren Brief an die mexikanischen Anarchisten:

»Man hat unsere Hinrichtung auf den 10. Juli festgelegt. Der Feind beläßt uns nur noch ein paar Tage am Leben (...). Wir werden Euer Andenken mit ins Grab nehmen. Doch gestattet uns, Euch auch etwas über das Leben zu sagen. Freunde und Genossen: Lebt heiter und stolz. Man darf sich nicht beugen, oder sich durch Schmerz oder Niederlagen aufhalten lassen (...) Ideen, Rechte, Wahrheiten oder Motive kann der Feind nicht zerstören.«

Die CGT antwortete am 15. Juni 1927 mit einem eintägigen Streik, wo vor den nordamerikanischen Konsulaten protestiert und Aufrufe und Telegramme verschickt wurden. Am 10. August 1927, zwölf Tage vor der Hinrichtung, wurde der Streik wiederholt, und diesmal beteiligten sich sogar die Gewerkschaften der CROM.

In den letzten Monaten des Jahres 1925 und im Jahr 1926, während die revolutionäre Gewerkschaftsbewegung in der Erdölregion in der Krise steckte, konzentrierte sich Librado auf ideologische Propaganda. Im Laufe dieser 15 Monate produzierte er Artikel über die »Farce der Landverteilung«. Er entwickelte eine antipolitische, kooperativistische und anarchistische Position zum Problem der Landverteilung und rief die Bauern auf, sich mit der Waffe in der Hand gegen die Angriffe der Militärs und der bewaffneten Banden der Großgrundbesitzer zu verteidigen. Er polemisierte scharf gegen die Kommunisten und verteidigte die Yaqui-Indianer in ihrem Krieg gegen die Zentralregierung.

In dieser Zeit begann die callistische Repression gegen die anarchistischen Gruppen der Region, doch einstweilen ließ sie die »Alten« vom *Sagitario* in Frieden. Im Oktober 1925 wurde eine Versammlung der Gruppe *Afinidad* von der Polizei angegriffen. Dabei kam es zu einem Schußwechsel, und drei der Organisatoren und ein Verteiler des *Sagitario* wurden verhaftet. Im Januar 1926 wurde Román González verhaftet, der die anarchistische Propaganda der Gruppen *Afinidad* und *Luz al Esclavo* verteilte; und schließlich griff sich die Polizei am 31. März 1927 auch Florentino Ibarra, einen Verteiler des *Sagitario*.

In diesem Zeitraum hatte Librado dreizehn Ausgaben des *Sagitario* produziert. In der letzten Nummer vom 26. März zeichnete er den Leitartikel, der die Regierung bezichtigte, gegen die Yaqui-Indianer in Sonora Krieg zu führen.

Am ersten April 1927 sprach ein dürrer Alter in einem schäbigen Anzug im Büro des Polizeichefs von Tampico vor. Er traf dort ein »sehr kleinwüchsiges Individuum mit rundlichem Gesicht und fahlgelber Hautfarbe« an: Es handelte sich um Oberst Rivadeneira.

Librado fragte ihn:

»Ich möchte den Grund für die Verhaftung des Arbeiters Florentino Ibarra erfahren.« Der Oberst antwortete, daß er ihn nicht wisse, und schickte Librado, den Gefangenen selbst zu befragen. Ibarra erzählte ihm am Besuchergitter, er sei beim Verkauf des *Sagitario* verhaftet worden. Librado gab sich damit nicht zufrieden und suchte erneut den Oberst auf. Dort bekam er zur Antwort, der Polizeichef könne sich nicht an den Verhaftungsgrund jedes einzelnen Gefangenen erinnern und im übrigen sei hier kein öffentliches Informationsbüro. Die anwesenden Polizisten versuchten den Alten, der weiterhin Forderungen an sie stellte, zum Schweigen zu bringen. Librado beschimpfte sie als »armselige Büttel«, worauf sie ihn wegen Beamtenbeleidigung verhafteten. Auf Librados Frage: »Was wollt ihr nun mit mir machen?« entstand eine lange Pause. »Laßt ihn laufen«, sagte einer von ihnen. Aber der Alte ließ es nicht dabei bewenden. Er suchte den Bezirksrichter auf, der ebenfalls behauptete, von nichts zu wissen. Daraufhin kehrte er noch einmal zur Polizei zurück, und dies ist der Bericht, den er über die Begebenheit hinterlassen hat:

»Ich suchte noch einmal den Polizeichef auf, dem ich berichtete, was der Bezirksrichter gesagt hatte.

›Gut‹, sagte er. ›Sie sind also derjenige, der die Zeitung geschrieben hat?‹

›Ja, ich habe sie geschrieben. Und wenn es irgend etwas Schlimmes darin gibt, bin ich der einzige, der dafür verantwortlich ist. Ich möchte, daß Sie Ibarra sofort freilassen.‹

›Nehmen Sie diesen Mann auf Befehl des Bezirksrichters fest.‹

›Der Bezirksrichter weiß nichts von dieser Sache‹, erklärte ich. ›Oder geben Sie dem Bezirksrichter die Befehle?‹

›Wir sind die Behörde, und die Behörde macht was sie will.‹«

Librado wird in das Gefängnis von Andonegui verbracht. Am 3. April wird er dem Staatsanwalt vorgeführt. Zum gleichen Zeitpunkt wird eine Kommission der Internationalen Liga für verfolgte

Kämpfer vorstellig, um die Freiheit der beiden Inhaftierten zu fordern. Um sie einzuschüchtern, fragt der Beamte sie, ob sie die Ideen des *Sagitario* teilen. Einer der Abgesandten, Francisco Flores, bejaht dies und wird unverzüglich verhaftet; zwei weitere umgehen die Antwort und sagen, daß sie das Recht auf freie Meinungsäußerung der Arbeiter verteidigen.

Zwischen dem Vertreter der Staatsanwaltschaft und dem alten Anarchisten entspinnt sich nun ein packendes Duell:

»Kennen Sie diese Zeitschrift, Señor Rivera?«

»Wie sollte ich sie nicht kennen, wo ich sie doch selbst gemacht habe, und auch die nicht unterzeichneten Artikel sind von mir geschrieben worden, ich habe lediglich vergessen, sie mit meinem Namen zu zeichnen.«

»Der erste Artikel, *Durch Überzeugung oder mit Gewalt*, wie auch der zweite enthalten Verleumdungen über den Präsidenten, insbesondere in der Passage, wo er als Mörder bezeichnet wird.«

»Ein Mörder ist eine Person, die eine andere vorsätzlich, heimtückisch und zu seinem Vorteil umbringt. Gerade hat Calles die Ermordung und die Ausrottung der Yaquis befohlen, und obwohl er das nicht persönlich ausführt, ist er der wichtigste Komplize dieses Verbrechens.«

»Ihre Anmaßung, die Notwendigkeit einer Regierung anzuzweifeln, steht in vollkommenem Widerspruch zu den Fakten. Der Mensch hat immer eine Regierung gehabt.«

»Das ist nicht wahr, denn der Urmensch hatte keine Regierung, er wurde frei geboren und lebte völlig frei in den Wäldern und Bergen. Oder wer soll diese Regierung gewesen sein? Wenn Sie es wissen, sagen Sie es mir!«

»Ich halte es für unumgänglich, Ihre Verhaftung anzuordnen, Señor Rivera, denn ich halte Sie für einen Betrüger und einen Ausbeuter der Arbeiter. Sie führen sie hinters Licht, wobei sie auch noch Geld von ihnen verlangen und sie dazu benutzen, diese Zeitung zu verkaufen. So ist es dem armen Arbeiter Florentino Ibarra ergangen, der nun durch ihre Schuld hier leiden muß. Außerdem tauchen in der Buchhaltung der Zeitschrift große Geldsummen auf, wie von Manuel Rizo, der zwei Pesos schickte ...«

»Und wieviel von diesem Geld ist für mich bestimmt, können Sie mir das sagen?«

»Wo Sie doch gegen Mord sind, wie können sie dann dazu aufrufen, Leute umzubringen? Wie erklären Sie diesen offensichtlichen Widerspruch in Ihrem Denken?«

»Wir Anarchisten sind mit der Anwendung von Waffengewalt einverstanden, wenn es um den Sturz der organisierten Regierungsmacht geht. Ohne Armee und ohne diese Büttel, die sich Polizei nennen, würden die Regierungen innerhalb von 24 Stunden zusammenbrechen, ohne daß dazu Gewalt angewandt werden müßte.«

»Ich halte Sie für geistig verwirrt, überspannt und für einen Schmarotzer, der vom Schweiß der unwissenden Arbeiter lebt, die er mit seinem Gerede von der Gleichheit usw. zu beeinflussen versucht. Wenn Sie diese Theorien vertreten, warum fangen Sie dann nicht mit Ihren eigenen Genossen an, sie zu praktizieren? Wie ich sehe tragen sie eine Krawatte, und sie geben sie nicht ihrem Genossen, der keine hat. Und auch das Hemd müßten Sie ihm geben. Nur zu! Warum verhalten Sie sich nicht so, wenn Sie die Gleichheit so lieben?«

»Weil diese Umverteilung nur einem einzigen Genossen nutzen würde. Ansonsten bliebe alles beim Alten, und die hungernde und notleidende Menschheit wäre in derselben Lage wie zuvor. Unser Kampf zielt nicht darauf, die elenden Lebensbedingungen einiger Weniger zu verbessern, sondern die aller Erdenbewohner (...). Ein totaler Wechsel (...) Eine Welt ohne Grenzen und ohne Vaterländer (...), deren Vertreter die Regierungen sind. Und Sie, Herr Staatsanwalt, sind ihre Stütze, ein sozialer Parasit, der davon lebt, daß er das Blut der arbeitenden Menschen saugt.«

»Sind Sie mit ihren Beleidigungen fertig, Señor Rivera?«

»Ja, ich bin fertig, obwohl ich die Wahrheiten, die ich dargestellt habe, nicht als Beleidigungen betrachte.«

Am 8. April wurde die Inhaftierung Riveras offiziell bestätigt. Sofort protestierten die Arbeiter- und die internationale anarchistische Presse, und es wurde für seine Freilassung demonstriert.

Die Beschuldigung der »Beleidigung des höchsten Justizbeamten der Republik« reichte bei der Haftprüfung nicht aus, um ihn im Gefängnis zu behalten, und der Richter erklärte, er sei nicht zuständig. Daraufhin wurde der Fall den unteren Gerichtsinstanzen übertragen, und die Inhaftierten blieben in der Haftanstalt Andonegui.

Die Regierung Calles war bereit, den politischen Preis zu bezahlen, den der Prestigeverlust aufgrund der Inhaftierung des alten sozialen Kämpfers bedeutete. So schuf sie einen Präzedenzfall, der klarstellte, daß der Krieg gegen die Yaquis ihr heilig war.

Die folgende Nummer des *Sagitario* erschien als Wiederholung derselben Artikel, aufgrund derer Librado verhaftet worden war. Pedro Gudiño hielt sich versteckt. Eine weitere Ausgabe kam im

Mai heraus, die die vielfältigen Proteste der nationalen Gewerkschaften enthielt sowie eine nochmalige Bekräftigung der Überzeugung Librados.

»Ich nehme nicht einen einzigen Buchstaben von dem zurück, was ich in den inkriminierten Artikeln behauptet habe. Sie enthalten keinerlei Verleumdungen, sondern stellen verdienstvollerweise Wahrheiten klar, die den gegenwärtigen Präsidenten, der von servilen Speichelleckern umgeben ist, in seiner Eitelkeit getroffen haben.«

Von April bis November 1927 blieb Librado in einer feuchten Zelle des Gefängnisses von Andonegui. Die Proteste und die Briefe, die mexikanische und ausländische Organisationen an Calles richteten, nützten nichts. Am meisten litt er darunter, die Kampagne für die Freiheit von Sacco und Vanzetti nicht weiterführen zu können, die in diesen Monaten mit den Generalstreiks ihren Höhepunkt erreichte. Als die beiden hingerichtet wurden, befand Librado sich noch im Gefängnis.

Im Juni erschien die letzte Nummer des *Sagitario*. Die Gruppe, deren Mitglieder entweder inhaftiert oder verfolgt waren und die zudem ökonomisch ausgeblutet war, konnte die redaktionelle Arbeit nicht mehr aufrechterhalten. Librado fand eine neue, wenn auch nicht sehr effektive Möglichkeit, um seine Botschaft an die mexikanischen Arbeiter zu übermitteln, und schrieb aus dem Gefängnis einige Artikel für *Cultura Proletaria* in New York. In einem schrieb er: »Die Wahrheiten, die ich der früheren Diktatur vom Rednerpult aus entgegenschleuderte, richte ich nun aus dem Gefängnis gegen die heutige Diktatur, und ich werde an ihnen so lange festhalten, wie sie mir in ihren wohltuenden Kerkern nicht die Luft abdrehen.«

Nach sieben Monaten Gefängnis wurde Librado Rivera am 4. November in die Freiheit entlassen. Angesichts seiner Weigerung, sich auf irgendwelche Bedingungen einzulassen, mußte die Einstellung des Verfahrens angeordnet werden. Im Gefängnis war er 63 Jahre alt geworden.

Einen Tag vor Librados Entlassung aus dem Gefängnis wurde in Monterrey ein Zeitungsprojekt ins Leben gerufen, das er angeregt hatte. Die neue Zeitschrift, die sich *Avante* nannte, enthielt in ihrer ersten Ausgabe zwei lange Artikel des Magonisten: Einer gab eine Rede wieder, die er am 16. September im Gefängnis gehalten hatte, und in der er seine besondere Version der Unabhängigkeit Mexikos wiedergab. Der andere zeigte Parallelen zwischen seinem ersten

Gefängnisaufenthalt im Jahr 1902 und dem jetzigen auf. Hinter der Zeitschrift stand die Metallarbeitergewerkschaft der Stadt, doch sie hielt sich nur über drei Ausgaben. Im Februar 1928 wurde sie in Villa Cecilia unter dem Herausgeber Librado Rivera erneut ins Leben gerufen. So begann eine Laufbahn, die der des *Sagitario* sehr ähnlich war: Eine Ode an die Hartnäckigkeit und die Unbeugsamkeit.

Avante nimmt die Propagandaarbeit wieder auf, die Verbreitung der Ideen: Rundschreiben anarchistischer Gruppen, Kampagnen für die Freiheit von Gefangenen, Herausgabe »klassischer« Texte. In formaler Hinsicht ist sie dem *Sagitario* überlegen, sie erscheint mit nur vier Seiten, aber in größerem Format. Dennoch dürfte Librado nicht allzu stolz auf sein neues Kind gewesen sein. Es ist kein Kampforgan mehr, sondern dient nur noch der Verbreitung von Ideen, von vereinzelten Anklagen, von Zeichen des Widerstands. Angesichts der Daueroffensive der Regierungen von Obregón und Calles hat sich die CGT zurückgezogen. Formell behält sie ihre Linie der absoluten Unabhängigkeit von der Zentralmacht und der permanenten offensiven Aktion gegen das Kapital bei, doch die Organisation ist ausgelaugt. Viele ihrer besten Kader sind ausgetreten, ihre Mitgliedsgewerkschaften sind durch Dutzende von Kämpfen, Entlassungen, ständige Schließungen in der Industrie aufgerieben worden. Durch die Krise der CROM lebt sie zwar noch einmal auf, findet aber nicht mehr zur Beständigkeit ihrer früheren Linie zurück.

Librado hält stand. Die Konjunkturen der Bewegung sind nicht seine Konjunkturen. Er gehorcht nur einem Impuls: Vorwärts und nicht vergessen.

Den Tod Obregóns am 17. Juli 1928 kommentiert Librado in einem mit *Der Tod von Alvaro Obregón* überschriebenen Artikel: »Die unterdrückte Menschheit kann sich beglückwünschen, ein Tyrann ist verschwunden.« Seine Freunde vom *Verbo Rojo* in Mexiko-Stadt folgen seinem Beispiel und veröffentlichen *Ein Tyrann weniger*, wofür die Autoren ins Gefängnis gehen. Ein kleiner Vorgeschmack auf das, was noch kommen sollte.

Überlassen wir Librado das Wort: »Am 22. Juli, um ungefähr ein Uhr nachts, erschien in meinem bescheidenen Büro eine Person, dem Äußeren nach ein Arbeiter, mit der Botschaft, die Genossen erwarteten mich dringend in der Druckerei.

Es muß etwas Außergewöhnliches geschehen sein, sagte ich mir, denn die Genossen lassen mich sonst nie rufen (...). Doch bereits auf dem Weg bemerkte ich an den Straßenecken einige Polizeispitzel. Als ich um eine Ecke bog, kam einer von ihnen auf mich zu, nannte mich beim Namen und nahm mich fest, wobei er mir einen Haftbefehl präsentierte (...). Als wir im Polizeipräsidium von Cecilia angekommen waren, bedeutete mir die Person, die mir den Befehl des Militärkommandanten im Hafen, General Benignos, vorlas, ich solle den Hut abnehmen.

›Ich bin nicht gewohnt, es zu tun, wenn irgend jemand es mir befiehlt‹, erwiderte ich, ›sondern lediglich wenn ich es will. Und kämpfen Sie nicht angeblich für eine Demokratie in Mexiko?‹

›Schon gut‹, antwortete er.

›Nun ja, jetzt nehme ich ihn ab, aus reiner Höflichkeit.‹

Nachdem er mir den Haftbefehl vorgelesen hatte, den er in seinen Händen hielt, wurde ich von vier oder fünf Bütteln ins Hauptquartier von Tampico geschafft, wo ich in einen Kerker gesperrt wurde, den bis an die Zähne bewaffnete Schließer bewachten, als wäre ich ein gefährlicher Mörder.

Fünf Stunden später brachte man mich zum Büro des Generals, der gerade den *Avante* las. Auf der ersten Seite waren die Artikel *Der Tod von Álvaro Obregón* und *Die politische Unordnung* bereits mit dem Rotstift angestrichen.

›Sie geben diese Zeitung heraus?‹

›So ist es‹, antwortete ich.

›Sie verleumden darin General Obregón, warum machen Sie das?‹

›Ich verleumde ihn nicht, was ich behaupte, ist die reine Wahrheit.‹

›Da Sie zu den Vorkämpfern der Revolution gehören, die heute regiert, sollten sie auch die Gesetze respektieren, die diese Revolution erläßt.‹

›Der Irrtum‹, erwiderte ich ihm, ›besteht darin, zu glauben, wir hätten die Revolution begonnen, um die Regierung von Porfirio Díaz abzusetzen und sie durch eine andere desselben Schlages zu ersetzen.‹«

Nach ein paar weiteren Diskussionen mit ähnlichem Verlauf, die Rivera mit zwei seiner Untergebenen geführt hatte, teilte General Benignos ihm mit, er werde in Haft bleiben. Trotzdem holten sie ihn kurze Zeit später aus dem Kerker und sagten ihm, er sei frei. Acht Tage später gab er die Geschichte in der Nummer 13 von *Avante* wieder. Librado setzte seine redaktionelle Arbeit fort. Im Lauf des Jahres 1928 gab er 20 Ausgaben von *Avante* und eine

Sonderausgabe heraus, initiierte Kampagnen gegen die Politik von Calles im Religionskonflikt und machte die lokalen Unterdrückungsmaßnahmen gegen Anarchisten öffentlich.

Sein Beitrag zu einer Debatte, ob in Mexiko eine Föderation anarchistischer Gruppen ins Leben gerufen werden solle, veranschaulicht seine damalige Position. *Avante* antwortete ablehnend auf die Initiative von *Verbo Rojo*, weil eine solche Föderation »dem Wesen nach eine antianarchistische Idee sei«. Die Zeichen der Zeit stünden wieder auf Propaganda, nicht aber auf Organisierung.

Seit Dezember 1928 war aufgrund des Todes von Alvaro Obregón vorübergehend Emilio Portes Gil an der Macht, der Librado gut kannte, da er im Grenzstaat Tamaulipas die Sozialistische Partei mitbegründet hatte, dann Gouverneur gewesen war, unter Carranza als Rechtsanwalt die Gewerkschaften verteidigt und die neutrale Strömung innerhalb der Gewerkschaften unterstützt hatte, mit der die CGT und die anarchistischen Gruppen heftig aneinandergeraten waren. Obwohl seine anfängliche Sozialpolitik in den übrigen Landesteilen den Bewegungsspielraum der linken Strömungen erheblich erweiterte (damals ging die Exekutive auf Distanz zur CROM) und sie sogar an sich zu binden suchte, übertraf in Tamaulipas die Offensive gegen die Linke alles bisher Dagewesene. Der Verantwortliche für diese Offensive sollte General Eulogio Ortiz sein, der Militärchef der Region. Librado erzählt:

»Ich wurde am 19. Februar verhaftet. In der Nacht holte man mich aus meinem Kerker, und ich wurde zum Büro von General Eulogio Ortiz gebracht, dem Chef der Militärgarnison des Hafens von Tampico. In despotischem Tonfall fragte man mich:

›Sie sind also ein Feind der Regierung?‹

›Aller Regierungen‹, antwortete ich ihm.

Darauf wandte er sich zu seinem Sekretär und befahl ihm energisch:

›Morgen bringen Sie mir einen detaillierten Bericht über die Aussage dieses alten Scheißkerls (...).‹

Am Morgen des 20. wurde ich erneut ins Büro von General Eulogio Ortiz gebracht, der mit dem *Avante* in der Hand im Zimmer auf und ab wanderte. Man bot mir einen Stuhl an und begann das Verhör.

›Wer hat den Artikel *Dynamitattentat* geschrieben?‹

›Ich habe ihn geschrieben.‹

›Lesen Sie ihn noch einmal, damit Sie sich an seine Aussage erinnern.‹

Als ich mich weigerte, da ich den Inhalt sehr gut kannte, bekam der General einen cholerischen Anfall und fiel wütend über mich her:

›Sehen Sie sich vor, Sie alter Scheißkerl, Sie werden mir jetzt hier die ganze Wahrheit sagen!‹

›Darum war ich immer bemüht, ich habe sie immer gesagt und werde sie weiterhin sagen, selbst wenn es mich das Leben kosten sollte.‹

Diese Entgegnung endete mit zwei furchtbaren Fausthieben in mein Gesicht, dann nahm er einen Ledergürtel und baute sich drohend vor mir auf.

›Warum zum Teufel nennen Sie alter Hurensohn den Präsidenten einen Parasiten?‹

Heftige Riemenhiebe auf meinen Kopf begleiteten die Frage.

›Ich schätze, daß ich dieses Wort ganz anders gebrauche als Sie. Ich bezeichne Leute als Parasiten, die von fremder Arbeit leben‹, antwortete ich.

›Dann sind Sie auch ein Parasit, weil Sie von denen leben, die Ihnen Geld schicken, um Ihre Zeitung zu publizieren!‹ folgerte der Scherge.

›Sie werden in der Zeitschrift keinen Pfennig finden, der für mich bestimmt ist. Die Arbeiter, die Geld für die Veröffentlichung ihrer Zeitung schicken, tun das aus Liebe zu den Ideen und um zur Aufklärung des Volkes beizutragen, Licht ins Bewußtsein ihrer ausgebeuteten Genossen zu bringen.‹

›Bringt mir die Peitsche, um diesen alten verrückten Scheißkerl zur Vernunft zu bringen‹, sagte Ortiz zu den Umstehenden.

Danach erschien ein Beamter mit einem Lexikon:

›Anarchie‹, sagte er, ›ist das Fehlen jeder Regierung, Unordnung und Chaos aufgrund des Fehlens einer Autorität.‹

›Diese Definition ist Propaganda von bürgerlichen Schreibern und meint nicht die Anarchie, die ich im *Avante* propagiere, wo man die gewaltsamen Aktionen der Regierungen nachlesen kann. Unterdessen wünsche ich Ihren Namen zu erfahren, der Sie mich so niederträchtig beleidigt haben‹, wies ich General Ortiz zurecht.

›Ich bin ihr Vater, Scheißkerl‹, antwortete der Büttel.

›Mein Vater war nicht so ungehobelt.‹

›Was sagen Sie?‹

Und er stürzte sich auf mich und versetzte mir Peitschenhiebe, begleitet von weiteren Beschimpfungen.

›Und wie stehen Sie zur Armee?‹ fragte er mich.

›Die Armee dient dazu, die Regierungen an der Macht zu halten.‹

›Die Armee ist zur Verteidigung des Vaterlandes und seiner Institutionen da‹, sagte Ortiz.

›Außerdem ist die Armee das Fundament jeglicher Tyrannei, und ich betrachte die Richter, die mich jetzt verurteilen, als meine schlimmsten Feinde.‹

Als ich fühlte, daß mir das Blut über die Schläfen rann, erhob ich mich entrüstet und forderte meinen Peiniger auf, mich ein für allemal zu erschießen, aber mich nicht weiter derartig feige zu schlagen. Als ich einen Augenblick geistesabwesend war, zog der Unmensch seinen Revolver und schoß auf mich. Zunächst glaubte ich, am Kopf getroffen zu sein, denn durch den Knall war ich benommen und hatte kein Gefühl mehr im Leib. Doch schon ein paar Sekunden später verstand ich, daß es nur darum ging, mich zu foltern, um in mir irgendein Anzeichen von Feigheit oder Reue sichtbar zu machen.

Ortiz und seine Helfer beeilten sich, die Kugel zu finden, und sagten, sie habe einen harten Gegenstand getroffen, da sie ganz plattgedrückt war. Während sich das in meinem Rücken abspielte, blieb ich ganz standhaft und gelassen, als sei nichts geschehen. Die edle Sache, die ich von ganzem Herzen liebte, ließ mich über diese Wölfe weit erhaben sein.

›Ich werde Ihnen das Protokoll vorlesen, damit Sie es unterschreiben können‹, sagte der Sekretär.

›Ich möchte es selbst lesen, um mich über seinen Inhalt zu informieren‹, antwortete ich ihm. Und da das Dokument in einer Weise verfaßt war, daß ich mich darin für schuldig bekannte, weigerte ich mich, es zu unterschreiben, unterzeichnete jedoch zwei Exemplare, die ich eigenhändig verfaßt hatte.

Zurück in meinem Verlies verbrachte ich den Rest des Tages unter den Qualen von Schlaflosigkeit und Alpträumen. Am folgenden Tag wurden Genosse Santiago Vega und ich von einer starken Eskorte aus der Kaserne geholt und in Richtung Strand gebracht. Anfangs glaubten wir, daß unser letztes Stündlein geschlagen habe, aber dann brachte man uns zu einem Personenzug nach Monterrey.«

Das Gerücht, Librado sei verhaftet und von den Militärs geprügelt worden, verbreitete sich von Tampico aus über das ganze Land. In Mexiko-Stadt kam am 26. Februar der Bundesrat der CGT zusammen und diskutierte die Option eines Generalstreiks.

»Sie haben es gewagt, den Alten zu schlagen!« sagte die anonyme Stimme der Gewerkschaftsbewegung, die zwar in der Defensive war, aber ihre frühere Kraft nicht gänzlich eingebüßt hatte.

Wo war Librado? Präsident Portes Gil gab zu verstehen, daß er seinen Aufenthaltsort nicht kannte, obwohl er es gewesen war, der General Ortiz die Anweisung für die Verhaftung gegeben hatte. Die Druckerei des *Avante* war von der Armee konfisziert worden, die Gruppen aus Tampico und Cecilia wurden verfolgt. Die Frage lautete immer noch: Wo war Librado?

Der Alte war zu einer Hazienda namens *El Limón* gebracht worden, die Calles gehörte, und von dort aus auf einen zweiten Landsitz des Expräsidenten namens *La Aguja.* Unterdessen berieten die Militärs, was sie mit ihm machen sollten. Librado berichtet:

»Dort befand sich ein Militärlager, in dem man uns acht Tage gefangenhielt. In dieser Zeit gaben uns die Soldaten oder ihre Frauen zu essen. Doch am vorbildlichsten benahmen sich einige Chinesen, die uns Lebensmittel beschafften. Dann kehrten wir zur Hazienda *El Limón* zurück, wo man uns gegen die Auflage, den Staat Tamaulipas zu verlassen, die Freilassung anbot. Doch da ich mich weigerte, unter diesen Bedingungen die Freiheit anzunehmen, ließ man uns am nächsten Tag ohne weitere Auflagen frei.

Wir waren stolz auf unseren unverhofften Triumph (...) wir wurden ohne Geld in den Feldern ausgesetzt, hatten aber das Glück, selbst dort gute Freunde zu treffen, die uns Geld für die Heimreise beschafften.«

Am 1. März aus der Haft entlassen, kam er nach Hause und mußte feststellen, daß die Druckmaschine des *Avante* nicht mehr existierte. Einen Monat später, am 1. April, wurde er erneut für einige Stunden verhaftet. Doch wer glaubte, auf diesem Weg seine Arbeit verhindern zu können, war verrückt. Am 15. April erschien eine neue Ausgabe des *Avante*, die in wer weiß welcher Druckerei hergestellt worden war und in der Librado in einem persönlich gezeichnetem Artikel über das Geschehene informierte, der in seinem weitschweifigen, informativen Stil verfaßt war.

Unterdessen weiteten sich die Proteste der anarchistischen Gruppen im ganzen Land aus, und die Behörden wurden mit Briefen überschwemmt, die die Rückgabe der Druckmaschine an Rivera verlangten. Die Polizei von Cecilia und Tampico und die Armeeführung verfolgten die Herausgebergruppe und andere Gruppenaktivisten. So wurde Emeterio de la O inhaftiert, nach Mexiko-Stadt verbracht und den Militärbehörden überstellt. Der Tod des gelben Gewerkschaftsführers Isauro Alfaro am 14. April, der von dem roten Schauermann Esteban Hernández bei einer Straßenschlacht infolge einer Versammlung getötet wurde, lieferte den Vorwand für die Verhaftung von Leandro Porras, der fast zu Tode geprügelt wurde. Und obwohl Hernández aussagte, die Tat sei ein individueller Akt der Selbstverteidigung gewesen, wurden weitere vierzig Mitglieder der Gruppen verhaftet, von denen elf nach Mexiko-Stadt gebracht wurden.

Der illegale *Avante* informierte in den Ausgaben vom 15. Mai und 10. Juni weiterhin über diese Ereignisse, woraufhin Librado von den gelben Gewerkschaftsführern Serapio Venegas und Nicolás González verraten und am 11. Juni erneut verhaftet wurde.

Wieder protestierte die CGT, und Gewerkschaftsorganisationen, Landgemeinden und anarchistische Gruppen demonstrierten für die Freiheit des alten Anarchisten.

Nach dieser dritten Verhaftung innerhalb von vier Monaten wurde Librado sehr bald wieder entlassen, doch er sollte nicht lange draußen bleiben. Das Fortbestehen des *Avante* traf die Militärbehörden in ihrem Stolz. Am 14. Juli um elf Uhr morgens wurde Librado erneut verhaftet und in die Keller der Militärbehörde von Tampico gebracht. Dort blieb er vier Tage ohne Nahrung und Wasser. Als er sich weigerte, Informationen über die Druckerei zu geben, in der die Zeitschrift hergestellt wurde, brachten die Militärs ihn nach vier Tagen Folter unter Bewachung nach Cerritos in San Luis Potosí und setzten ihn dort ohne Geld aus.

Am 20. wurde Esteban Méndez festgenommen, der Propagandamaterial der anarchistischen Gruppen gegen die Verhaftung von Rivera verteilt hatte. Man sperrte ihn gemeinsam mit seinem achtjährigen Sohn, der ihn zum Zeitpunkt der Verhaftung begleitet hatte, in ein Verlies.

Am 21. folterte ihn General Ortiz persönlich und brachte ihm mit dem Säbel etliche Verletzungen auf dem Rücken bei, weil er sich weigerte, den Standort der Druckerei preiszugeben. An diesem Tag führten die Gruppen auf dem Platz der Freiheit eine Versammlung gegen die beiden Verhaftungen durch. Wiederum griff die Ordnungsmacht ein und inhaftierte J. Inés Mena. Die Verhöre führten zu nichts, doch im Gegenzug riefen die Verhaftungen eine massive Reaktion der Hafengewerkschaften hervor, bis sich auch noch die zahmsten Organisationen für die Freiheit der Verhafteten ausgesprochen hatten. Librado bekam Geld geliehen und kehrte am 22. Juli nach Tampico zurück. Einen Tag später wurden die übrigen Verhafteten freigelassen. Kaum einen Monat später zirkulierte die Nummer 29 des *Avante* mit einem ausführlichen Bericht über die Ereignisse.

Wieder einmal hatte der Alte die Militärs besiegt.

Im Oktober 1929 veröffentlichte Librado einen Artikel in seiner Zeitschrift, in dem er den Angriff der Regierung auf die rote Presse anklagte. Einen Monat zuvor, am 13. September, war die Verbreitung von *Sembrando Ideas* aus dem Bundesstaat Baja California verboten worden, und am 19. war die Druckerei von *Defensa Proletaria* in Mexiko-Stadt entdeckt und die Maschinen beschlagnahmt worden. Librado kommentierte:

»Jetzt leben wir in Mexiko in Frieden. Doch das ist nicht der Frieden, den wir aufrechten Revolutionäre uns wünschen ..., sondern der ernste und eintönige Frieden der Toten.«

Am 5. Februar 1930 übernimmt Pascual Ortiz Rubio die Präsidentschaft und Emilio Portes Gil wird sein Innenminister. Noch am selben Tag wird auf den frisch gekürten Präsident ein Attentat verübt, und obwohl ein Mitglied einer konservativen Organisation verhaftet wird, rollt eine neue Verfolgungswelle über die Linke hinweg.

Am 11. Februar werden *Avante* (der im Dezember mit Nummer 33 erschienen war), zwei Zeitschriften der kommunistischen Jugend und die gesamte spanischsprachige anarchistische Presse in Mexiko verboten, insbesondere die argentinische und uruguayische.

»Als ob das noch nicht ausgereicht hätte, wurde mein Haus von der Polizei gestürmt«, erzählt Librado. »Sie verwüsteten alles, was sich darin befand, auch meine Bibliothek mit mehr als 2.500 Bänden, die gleichzeitig als Büro des *Avante* genutzt wurde (...). Geld (ungefähr 500 Pesos), Kleidung und andere persönliche Dinge wurden beschlagnahmt, und mir blieben nur die Kleider, die ich am Leibe trug (...). Ich wurde zum Quartier der Garnisonsleitung gebracht, wobei mir zur Krönung auch noch die Brille und das wenige Geld, das ich in der Hosentasche trug, abgenommen wurde. Von diesem Geld wurden (trotz meines Protestes) die Fahrtkosten für das Auto bezahlt, das uns zur Kommandantur von Tampico brachte.«

In der Dunkelheit des Kerkers versucht Librado, die von der Polizei verursachten Schäden aufzulisten. Eine unersetzliche Sammlung der *Regeneración,* eine weitere von *Revolución*, etliche Lexika, seine zwei Brillen ...

Der Alte rauft sich die Haare. Wenn das kein ungleicher Kampf ist, den er da mit dem Staat aufgenommen hat.

Gleichzeitig werden Pedro Gudiño, Ángel Flores und Osvaldo Manrique verhaftet. Die Reste der Gruppe *Avante* sind zerschlagen. Doch damit enden die Repressalien nicht. Am 21. März holt eine Eskorte von 25 Soldaten den Alten mit unbekanntem Ziel aus dem Gefängnis. Sieben gefangene Arbeiter aus der Kommunistischen Partei begleiten ihn. Sie werden zum Bahnhof gebracht und in einen Güterwaggon gesteckt, der einige Stunden später die Erdölregion verläßt.

Einen Tag später taucht Librado in der Strafanstalt von Mexiko-Stadt auf. Es heißt, er werde auf die Marías-Inseln gebracht.

»Weder in Tampico noch hier teilte man uns den Grund für unsere Verhaftung mit. Man brachte uns einfach in die Garnison der Hauptstadt und von dort in die Strafanstalt des Distrikts. Dort wurden wir in die Krankenstation eingeliefert, weil wir in ziemlich schlechtem Gesundheitszustand angekommen waren.«

Die CGT interveniert beim Präsidenten der Republik, um die Freilassung des Alten zu erreichen. Am 5. März sprechen sie mit dem Sekretär von Ortiz Rubio, der ihnen mitteilt, daß im Moment nichts zu machen sei, da Innenminister Portes Gil über einen Artikel von Librado sehr aufgebracht sei, in dem dieser ihn beschuldigte, sich während seiner Präsidentschaft an ein ausländisches Trinkwasserunternehmen verkauft zu haben. Drei Tage später besucht eine Kommission die Strafanstalt, doch der Innenminister hat angewiesen, Librado weiterhin zu isolieren.

Am 20. März »wurde ich freigelassen, angeblich, weil die Ermittlungen keine Anhaltspunkte ergeben hätten, die meine Verhaftung rechtfertigten. Hier bin ich nun, ohne Geld oder andere Dinge, die in meinem fortgeschrittenen Alter lebensnotwendig sind, und suche in den Häusern meiner Freunde Unterschlupf, die zum Glück immer bereit sind, mir zu helfen, wohin ich auch komme. Nun, da Gefängnisse sich bereits als untauglich erwiesen haben, um mich von meinem Irrtum zu überzeugen, will man mich durch Hunger gefügig machen und meine feste Überzeugung erschüttern, daß keine Regierung das Problem des Elends lösen wird.«

Ab dem 20. März ging in der Presse des Nordens das Gerücht um, Librado Rivera sei in Mexiko-Stadt verschwunden. Verschiedene Zeitungen greifen die Meldung auf: »Es gibt keinerlei Hinweise auf seinen Aufenthaltsort.« Gerüchteweise wird angedeutet, er sei möglicherweise auf die Marías-Inseln deportiert worden.

Manuel del Río, der Koordinator der anarchistischen Gruppen in der Erdölregion, schrieb: »Diese Blödmänner wissen nicht, daß ein toter Rivera viel gefährlicher für sie ist und die Stabilität viel mehr bedroht.«

Doch Librado ist gesund und munter. In Mexiko-Stadt hatte ihn ein Straßenbahnschaffner mit dem Vornamen Vega zum Haus von Nicolás T. Bernal gebracht, der ihm ein kleines Zimmer zum Wohnen überläßt.

Einen Monat und ein paar Tage später gibt er wieder Lebenszeichen von sich, indem er im *Verbo Rojo* einen mit »Niederträchtige Racheakte« betitelten Artikel veröffentlicht: »Die Drohungen und Verfolgungen seitens unserer Feinde ermutigen uns viel eher, als daß sie uns einschüchtern, denn sie zeigen uns, daß wir gar nicht so unbedeutend sind.«

Wie weiter? fragt sich Librado im August 1930, als er 66 Jahre alt wird. Er lebt isoliert in einem kleinen Zimmer, das Bernal ihm überläßt, umgeben von den geliebten Büchern von Ricardo Flores Magón, die Nicolás nach wie vor in einer immer schwächeren Gewerkschaftsbewegung vertreibt. Er verkauft Schuhcreme, um zu überleben, und versucht, die Druckmaschine des *Avante* zurückzubekommen, um seine journalistische Arbeit weiterzuführen, doch die Behörden bieten ihm die Rückgabe nur unter der Bedingung an, daß »sie nicht für subversive Tätigkeit benutzt wird«. Er lehnt ab, und die Druckmaschine wird auf einer öffentlichen Auktion in Cecilia versteigert. Ist etwa die Stunde der Kapitulation gekommen? Librado schaut sich in den Gewerkschaftskreisen von Mexiko-Stadt um. In der CGT kommen starke versöhnlerische Tendenzen zum Ausdruck, und die Radikalen sind isoliert. Aber dennoch gibt es Aktivismus und auch Kämpfe. Librado entschließt sich, eine neue Zeitschrift herauszugeben.

Die Vorbereitungen dauern ein Jahr. Am 1. Mai 1931 erscheint *Paso!* in Mexiko-Stadt. Librado steht kurz vor seinem 67. Geburtstag, 270 Tage der letzten vier Jahre hat er im Gefängnis gesessen. Er hat weder eine feste Arbeit noch Einkünfte anderer Art. Nicht einmal seine Bibliothek besitzt er noch, sie ist der Polizei von Tampico in die Hände gefallen. Doch da ist er wieder, jetzt mit *Paso!*. Anfangs ist die Zeitschrift von den sozialen Kämpfen isoliert und widmet dem Andenken an die Magonisten viel Raum (wendet der Blick sich in diesen letzten Jahren der Vergangenheit zu?), das sich in langen Artikeln unter dem spannenden Titel *Aufklärung der Ereignisse von vor 30 Jahren* ausdrückt. In diesen Texten reiten Ricardo und Enrique Flores Magón, Praxedis und Saravia wieder, zusammen mit Librado Rivera, sie konspirieren, geben Zeitschriften heraus und knüpfen das Netz, das die porfiristische Diktatur stürzen wird. Daneben finden sich Verkaufsangebote für Broschüren, Berichte von den Gefangenenkomitees und ideologische Artikel über Kindererziehung und die dem Staat innewohnende Bösartigkeit ...

Doch dabei bleibt es nicht. Schon bald mischt sich *Paso!* in die Debatten der CGT ein und unterstützt dabei den anarchistischen Flügel. Die Zeitschrift berichtet über Arbeiterkämpfe in Baja California und ihre Niederschlagung, über Lehrerstreiks in San Luis Potosí und die Aktionen der militanten Anarchisten der Föderation in der Hauptstadt, die sich von der CGT abspalten. Ab Nummer 8 im Dezember 1931 wird die von Librado geleitete Zeitschrift zum Organ der anarchistischen Gruppe, die am engsten mit der Gewerkschaftsbewegung zusammenarbeitet, *Ideas y Acción*.

Noch im selben Monat hebt die Regierung die Befreiung von den Postgebühren für *Paso!* ohne Vorwarnung auf. Nummer 9, vom Januar 1932, wird verboten und kann nicht mehr per Post verbreitet werden. Librado druckt ein Flugblatt, das der Ausgabe beigelegt wird, in dem er das Ende des Projekts verkündet, das von der Zensur und, »was uns am meisten betrübt, durch unser Finanzloch« begraben wurde.

Und was nun? Wie weiter? Welches neue Projekt steht an? Am 19. Februar 1932 verläßt Librado zu Fuß die Textilzone im Süden von Mexiko-Stadt, wo er Geld für ein neues Zeitungsprojekt gesammelt hat.

Ein unvorsichtiger Autofahrer überfährt ihn beim Überqueren der Avenida San Ángel. Man bringt ihn ins Juárez-Krankenhaus. Ein alter Genosse, General Juan José Ríos, ordnet seine Überführung ins Industrie- und Militärhospital La Ciudadela an. Seine Freunde möchten, daß er den Autofahrer anzeigt, doch Librado weigert sich. Er sagt, er habe nichts davon, einem Arbeiter zu schaden, der vielleicht Familie habe, und gibt der Polizei zu Protokoll, er habe selbst die Schuld.

Zwei Wochen lang leider er unter starken Schmerzen. Ein mit General Villareal befreundeter Arzt besucht ihn und stellt fest, daß er sich aufgrund medizinischer Schlamperei auch noch Tetanus zugezogen hat. Die Ärzte hatten das verheimlicht, denn für eine Behandlung ist es bereits zu spät. Eines Abends will die Krankenschwester, die ihn umsorgt, ihm das Gesicht bedecken, um die Fliegen zu vertreiben, die ihn belästigen. Librado schlägt ihr mit der Hand den Arm weg. »Du kämpfst also immer noch, Genosse?« – »Ich habe immer gegen die sozialen Ungerechtigkeiten der Mächtigen gekämpft.«

Wenige Stunden später beginnt die Agonie.

Am 1. März 1932 stirbt Librado Rivera.

Nach einem neunjährigen, atemberaubenden persönlichen Krieg gegen den Staat, einem Krieg, den er oft einsam im Innern eines Kerkers führte, einem Krieg, in dem die Hartnäckigkeit und der Schreibstil immer seine stärksten Waffen waren, ruht Librado nun.

Am 3. März erscheint die letzte Nummer von *Paso!*. Die anonym gedruckte Zeitschrift trägt in der Kopfzeile immer noch den Vermerk »Herausgeber Librado Rivera« und die Nummer seines Postfachs: 1563. Sie besteht aus einem einzigen Artikel: *Librado Rivera ist tot*, und ruft die Arbeiter von Mexiko-Stadt auf, dem Leichnam das letzte Geleit zu geben, vom Lokal der Arbeiterföderation, der letzten Bastion des Anarchosyndikalismus, bis zum Friedhof von Dolores. Der letzte Satz des Artikels trifft genau den Ton der roten Lyrik der damaligen Zeit: »Möge ein endloser Regen roter Blumen auf seinem Grabe niedergehen.«

Der letzte Magonero zieht sich von der Bühne zurück.

Die Leerstelle bleibt.

Solche Menschen gibt es nicht mehr. Verglichen mit dem alten Rivera sind selbst die Besten von uns nur farblose Schatten.

Zumindest aber sollten wir dieses Grab, das heute verschwunden ist, dieses inexistente Grab mit einem endlosen Regen roter Blumen bedecken.

Zum Glück bleibt uns die Geschichte.

Zum Glück bleibt uns die Erinnerung.

Typisch Hoelz

I.

Es gibt Leute, die für den Roman geboren sind, doch weil sie sich durch die Niederungen des Alltags kämpfen müssen, um ein Schlupfloch in der Geschichte zu finden, werden sie neu erfunden, neu entworfen für die Kinoscheinwerfer, für die spannendste Seite eines Buchs oder für das irrealste, widersprüchlichste und leidenschaftlichste Heldenepos. Das sind Leute, denen die Biographien mit all den Fußnoten einfach zu eng am Leib sitzen, und deshalb verschwinden sie, bis sie das Recht erworben haben, schlecht gedruckte Kalenderblätter über den Öfen proletarischer Haushalte zu zieren oder als Stummfilmhelden in nie gedrehten Streifen aufzutreten oder Gesprächsthema im irrealen Lichtschein eines Hochofens zu sein.

Zu dieser Sorte Leute gehört zweifellos Max Hoelz. Deshalb hat er keine Vergangenheit, bis sein Name auf der ersten Seite eines historischen Romans auftaucht. Vor 1918 existiert über Hoelz absolut nichts, was einen in dem Glauben bestärken könnte, die Kindheit sei der Ort, wo auf einem Nährboden aus Elend und Träumen Helden herangezüchtet werden.

Geboren wurde er im Jahr 1889 in Moritz (jede Suche auf der Landkarte ist fruchtlos) bei Riesa (auch hier hilft die Karte nicht weiter) im deutschen Sachsen, als Sohn einer Familie von Knechten, die in einer Mühle arbeiteten. Max Hoelz war einer dieser jungen Deutschen, die mit der Jahrhundertwende in eine bäuerliche Welt eintraten und versuchten, ihr wieder zu entkommen, nur um von der Industriegesellschaft eingeholt zu werden, die sie mit Hammerschlägen gefügig machen wollte.

Nach zwei Jahren zog die Familie mit dem jungen Sproß nach Hirschstein, ein einfacher Tapetenwechsel, doch sie fanden noch muffigere Tapeten vor und arbeiteten als Knechte auf einem großen Gutshof.

Als er vierzehn war, feierte Max seine neuerworbene Jugend mit einer Flucht von zu Hause, die jedoch von kurzer Dauer war. Schon nach einem Monat kehrte er schwer krank ins Elternhaus zurück, mit einer Blutvergiftung, die ihn beinahe die Amputation eines Armes gekostet hätte. Doch bereits bei dieser ersten Flucht offenbart sich seine Berufung zum Entfliehen. Von jetzt an wird Max Hoelz nicht mehr zu halten sein. Seine Jugendjahre sind voll schnell erzählter Geschichten ohne große Tragik oder besonderen Zauber, dafür aber geprägt von stetigem Umherstreunen. Es ist ein einziges Kommen und Gehen durch verschiedene Anstellungen, Städte, Handwerkszweige, eine regelrechte Sammlung verunglückter Zukunftspläne. Das Überleben als Sinn des Lebens. Nicht einmal einen richtigen Beruf erlernt er.

Er arbeitet an verschiedenen Orten in Sachsen als Dienstbote. Zum Wehrdienst wird er wegen einer Tuberkulose nicht eingezogen. Schließlich landet er in Falkenstein, einer industriellen Kleinstadt im Vogtland, die einige Jahre später zum Schauplatz seiner Heldentaten werden wird, sich ihm aber einstweilen wie ein Friedhof darstellt. Nachts arbeitet er in einem Kino (werden dort die künftigen Träume geschmiedet?), später wird er Kutscherlehrling. Dann, um weiterhin auf Trab zu bleiben, nimmt er ein Angebot an, das ihn nach England verschlägt. Das Ganze ist eine einzige Flucht, er wechselt die Anstellungen, ohne wirklich eine Beschäftigung zu finden, ändert sein Leben, ohne sich jemals darin wiederzufinden. In England konvertiert er zum Protestanten, vermutlich aus rein ökonomischen Motiven. Er hat keine feste Anstellung. Mit ein bißchen Glück findet er kurzfristige Arbeiten, er schrubbt Böden und putzt Fenster. Schließlich wird er in einem Unternehmen angestellt, das Eisenbahnteile herstellt. In Chelsea besucht er als Externer technische Lehrgänge für Arbeiter, die er nicht abschließen wird.

Die Zeit vergeht wie im Flug. Zehn Jahre lang lebt er auf der Flucht, hat zwanzig verschiedene Jobs gehabt und seine Armut durch zwei Länder spazierengeführt. Träume gibt es schon nicht mehr. Kurz bevor der Weltkrieg losbricht, kehrt Max nach Sachsen zurück. Er läßt sich in Falkenstein nieder und heiratet Clara. Zu diesem Zeitpunkt ist er 25 Jahre alt. Als die Gefechte 1914 beginnen, ist er ein idealer Anwärter auf eines der Massengräber, wie sie in Frankreich am Rand eines Schützengrabens ausgehoben werden.

Dieselben Leute, die ihn wegen der Tuberkulose für wehrdienstuntauglich befunden hatten, rekrutieren ihn nun ohne zu zögern. Der Krieg schluckt alles, er frißt Menschen, ganze Weizenernten und Tonnen von Stahl. Alles, was das Gemetzel verlängern kann, schlingt er in sich hinein.

Als er 1917 an die Westfront kommt, ist Max 28 Jahre alt. Ein gutes Alter, um zu sterben.

Wie gesagt, es existiert keine Biographie über die Zeit davor. Keine Angaben darüber, woher der übermenschliche Wagemut rührt, woher diese Fähigkeit, mit dem Tod Katz und Maus zu spielen, woher die Sturheit und die Halsstarrigkeit. Nur Aristokratenkinder und Sprößlinge des aufgeklärten Kleinbürgertums verfügen über so etwas wie Biographen, die die Heldentaten ihrer Kindheit festhalten. In der proletarischen Welt erzählt niemand von der kindlichen Liebe, von den ersten Wahnsinnstaten, der ersten Masturbation oder von frühen Anzeichen von Heldentum. Es gibt nicht einmal eine Uhr, die angezeigt hätte, wie der jugendliche Hoelz in seiner Kindheit die Kunst, beim Rendez-vous mit der Revolution pünktlich zu sein, erlernt hat.

Seine Geschichte beginnt mit 28 Jahren.

Eines Tages wird die Routine des Massakers durchbrochen. Ein Offizier befiehlt dem Soldaten Hoelz, einen »Verräter« zu bewachen, aber nicht mit ihm zu reden. Einen Mann, der als Gefangener an die Front geschickt worden ist, weil er gegen den Krieg war. Max widersetzt sich dem Schweigebefehl. Nach ein paar ersten Worten mit Georg Schumann reißt das Gespräch nicht mehr ab. Georg ist Sozialist und Herausgeber der *Leipziger Volkszeitung*, der nichts sehnlicher erwünscht, als das auferlegte Schweigen zu brechen. Hoelz erzählt ihm von seiner Vergangenheit, für die Schumann neue Erklärungen findet, er enthüllt sie, erzählt ihm von Sozialgesetzen und Klassen, er bricht mit der Rede vom Glück und vom Pech. In der neuen Interpretation von Schumann ist Hoelz' Lebensgeschichte nur ein Element in einem Gesamtbild von Ausbeutung und sozialer Ungerechtigkeit. Seine private Geschichte verbindet sich mit der Geschichte der anderen, mit der großen Geschichte von Deutschland, mit den zufälligen Katastrophen in der Geschichte des Nachbarn, mit dem Frösteln des Kameraden, der mit ihm Wache schiebt, mit den Ängsten des Genossen, der in der selben Straßenbahn fährt. Max wird von einer Lawine neuer Ideen überrollt.

Unterdessen ereignen sich an der Ostfront Dinge, die das Leben des Soldaten Hoelz stark beeinflussen werden. In Rußland beginnt die Revolution. Februar, Oktober, Sowjets, bewaffnete Arbeiter. (Wie sieht es in den Straßen von Petrograd aus? Hat Trotzki einen Bart? Was genau steht in dem Dekret über den Krieg? Wird es in den Fabriken Vorarbeiter geben? Werden im Sozialismus Chauffeure gebraucht? Oder Kinoportiers?) Schumann schafft es, auf dem Laufenden zu bleiben, und weiht Max in die ruhmreichen Neuigkeiten ein.

Während sich in Maxens Kopf seine bisherige Weltanschauung neu ordnet, gerät die Außenwelt aus den Fugen. Die Offensive vom Herbst 1918 beginnt. Tonnen von Granaten gehen auf die Schützengräben nieder. Schlafwandlerische Sanitäter, die durch den Schlamm waten, schleifen vor seinen Augen Leichen hinter sich her. Es ist ein Glück, daß Hoelz von einem Geschoß am Fuß getroffen wird. Die Wunde bewirkt, daß er aus dem Gemetzel abgezogen und in ein Krankenhaus in Süddeutschland verfrachtet wird. Er bleibt kampfunfähig und hält sein Soldatenleben für beendet. Noch ahnt er nicht, daß diese Beeinträchtigung ihn keineswegs daran hindern wird, in einem ganz anderen Krieg unter radikal anderen Vorzeichen zu kämpfen, der in den nächsten Jahren beginnen wird. Mit einer Pension von vierzig Mark wird er nach Hause geschickt.

II.

Seine Rückreise aus dem Elsaß nach Sachsen fällt in die Zeit des Zusammenbruchs des deutschen Kaiserreichs. Am 4. November beginnt der Matrosenaufstand in Kiel, am 9. dankt der Kaiser ab. Genau zwischen diesen beiden Daten, die den Beginn der deutschen Revolution von 1918 markieren, kehrt Hoelz nach Hause zurück. Er reist in einem Zug, in dem sich Tausende von Fahnenflüchtigen drängen. Er muß sich mit anderen in die Toilette zwängen, um überhaupt einen Ort zum Reisen und Schlafen zu haben. Das Bild aufständischer Soldaten, das sich ihm in jedem Bahnhof bietet, erfüllt ihn mit tiefer Freude.

»Während der Fahrt spürte ich schon etwas von der ungeheuren Kraft der Masse, die auch ohne Offiziere zu marschieren und zu handeln weiß«, wird er Jahre später festhalten.

Am liebsten würde er bleiben und am Sturz des alten Regimes

mitwirken, doch er weiß, daß seine Frau Clara krank ist und er schnell nach Falkenstein zurück muß. In den Bahnhöfen, in die der Zug auf der Durchreise einfährt, erlebt Hoelz die Gründung der ersten Soldatenräte mit: Frankfurt, Kassel, Halle ...

Als am 9. November 1918 ein erschöpfter und fiebriger Max Hoelz in Falkenstein ankommt, markiert dies den Auftakt zu einer neuen Geschichte. Noch bevor er nach Hause geht, fragt er am Bahnhof nach, ob bereits ein Arbeiter- und Soldatenrat existiert. In dieser Gegend hat noch niemand von so unerhörten Dingen gehört. Ohne Zeit zu verlieren, schreibt er per Hand Plakate, auf denen er zu einer Versammlung zum Zweck der Ratsgründung aufruft, und verklebt sie am Bahnhof und am Rathaus. Dann erst geht er Clara begrüßen.

Am Nachmittag kommen auf seinen Aufruf hin dreißig Soldaten zusammen, darunter auch der örtliche USPD-Vorsitzende Storl. Der Rat wird gebildet, doch Hoelz und Storl geraten in Streit, da sie beide die Initiative für sich beanspruchen. Max, weil er den Aufruf verfaßt hat, und Storl, weil er der Ortsvorsitzende der USPD ist. Die Versammlung schlichtet den Streit, indem sie beide zu Vorsitzenden des Arbeiter- und Soldatenrates wählt. Sie beanspruchen einen Büroraum im Rathaus und bekommen ihn auch. Hoelz reist mit einer Gruppe von Männern nach Leipzig, um Waffen zu besorgen. Von den Mitgliedern des dortigen Rats erhält er ein paar Gewehre. Als er nach Falkenstein zurückkehrt, hat ihn sein Mitvorsitzender bereits abgesetzt. Doch Hoelz ist bereits ein anderer, einer von denen, die – wie Nazim Hikmet sagt – vom Sturm aus der Tiefe des Ozeans an die Oberfläche gespült werden. Sein ganzes Streben ist auf ein einziges Ziel ausgerichtet: die Revolution. Wenn er im Arbeiter- und Soldatenrat nicht erwünscht ist, dann gibt es immer noch mehr als genug andere Dinge zu tun. Er bietet der *Vogtländischen Volkszeitung*, dem USPD-Organ, seine Dienste an. Seine Aufgabe besteht darin, für einen erbärmlichen Lohn Abonnenten zu werben. Er zieht nach Plauen, wo er in die USPD eintritt. Er organisiert Wahlkampfveranstaltungen und gründet neue Ortsgruppen im Landkreis. Er arbeitet für eine Revolution, die schon keine mehr ist. Die Räterevolution hat sich in eine parlamentarische Demokratie verwandelt, die mit dem Kapital verhandelt. Aber das ist noch lange kein Grund sich zu ergeben. Auch wenn die Revolution ihm entschlüpft, ihm zwischen den Fingern zerrinnt wie eine Hoffnung, die sich verflüssigt hat. Die Mehrheitssozialisten von der SPD machen sie zunichte. Die Räte, in denen sie das Sagen haben, übergeben die Macht an eine bürgerliche Republik. In Berlin erhebt sich der radikalste Flügel der Arbeiterbewegung in Waffen. Die Spartakisten rufen den Aufstand aus. Hoelz verflucht sich, er müßte jetzt in Berlin sein und nicht in Sachsen. Die Revolution scheitert, Rosa Luxemburg und Karl Liebknecht werden ermordet. Hoelz gerät in Rage, legt sich mit den örtlichen Anführern der SPD an, der Streit endet in einer Prügelei. Es gibt kaum Argumente, die überzeugender wären. Doch auch das hilft wenig: Die Revolution ist verloren. Am 11. Februar wird mit Ebert ein Mehrheitssozialdemokrat zum Reichskanzler gewählt, die Sozialisten sind die Zerberusse (oder Wachhunde, für diejenigen, die mit den mythologischen Formulierungen, die damals so *en vogue* waren, nicht vertraut sind) der bürgerlichen Republik. Die unabhängigen Sozialisten wagen es nicht, mit ihnen zu brechen.

Verzweifelt sucht Hoelz nach einem Orientierungspunkt. Er schreibt seinem Freund Georg Schumann, der inzwischen Spartakist geworden ist, und lädt ihn nach Sachsen ein, um auf Versammlungen zu sprechen. Er will, daß der andere den Leuten erklärt, wofür er selbst keine klaren Worte findet. Daß das, was heute existiert, zerstört werden muß, um den Weg für eine Arbeiterrepublik freizumachen. Er ist nicht der einzige, der so denkt. Im April und Mai rufen Kommunisten, Anarchisten und unabhängige Sozialisten in Bayern die Räterepublik aus. Doch auch diese Revolution stirbt durch die Bajonette der Weißen Garden und die Komplizenschaft der SPD-Regierung.

III.

Im Frühjahr 1919 gründet Max Hoelz, der immer dringender nach einem eigenen Projekt sucht, die Ortsgruppe Falkenstein der KPD. Die KPD war Ende 1918 aus einer Fusion der Spartakisten mit den neuen Anhängern der russischen Revolution hervorgegangen. Doch mit der Gründung gibt er sich nicht zufrieden. Hoelz sucht verzweifelt nach Handlungsmöglichkeiten für die Falkensteiner KPD.

Max Hoelz sieht sich um. Sein Blick fällt auf ein zerstörtes, bankrottes Industriegebiet mit Tausenden von Arbeitslosen. In der gesamten Region sind es mindestens drei- oder viertausend. Er wird auf eine Arbeitslosenversammlung eingeladen. Die Stimmung ist angespannt. Im vergangenen Winter sind Arbeiter verhungert und erfroren. Max ruft zur direkten Aktion auf, er will zum

Kampf, zur Sprache der Tat übergehen. Kaum hat er es ausgesprochen, organisiert er auch schon eine Kundgebung draußen vor dem Versammlungsort. Die Demonstranten marschieren zum Rathaus und besetzen es. Der Arbeitslosenrat von Falkenstein wird ins Leben gerufen und fordert Kohle und Nahrungsmittel. Die Forderung wird mit der Drohung unterlegt, sich andernfalls zu nehmen, was man nicht bekommt. Der Bürgermeister reagiert, indem er Verstärkung aus Dresden anfordert. Hoelz wird beschuldigt, der Rädelsführer des Aufstands zu sein. Jahre später stellt er fest: »Und nun wurde ich – mehr gefühlsmäßig als aus Überlegung – zu Handlungen getrieben, die mich ganz unvermittelt aus der normalen bürgerlichen Bahn herausschleuderten.« Diese aufrührerischen Aufrufe, diese Art und Weise, die Aktion allem anderen vorzuziehen, markieren die Geburtsstunde des »Hoelz'schen Stils«.

Die Armee erklärt den Ausnahmezustand und besetzt die Stadt. Die meisten Mitglieder des Arbeitslosenrates werden verhaftet. Hoelz entwischt, doch er entfernt sich nicht allzu weit. Schon wieder der »Hoelz'sche Stil«. Man muß immer in der Nähe des Ortes sein, wo die Aktionen plötzlich wiederaufflammen könnten, auf der Flucht muß man immer alles genau im Blick behalten und auf kurze Wege achten. Man darf sich nicht von den Genossen entfernen, nur von der Polizei. Eine regelrechte Entfernungslehre für den Klassenkampf.

Die Behörden setzen zweitausend Mark Belohnung auf die Ergreifung von Hoelz aus. Max beschließt, zum Gegenangriff überzugehen: Parolen rufend, marschiert er an der Spitze einer schnell zusammengetrommelten Arbeitslosengruppe auf genau das Rathaus zu, das ein Kopfgeld auf ihn ausgesetzt hat. Am Eingang haben Soldaten ein paar Maschinengewehre aufgestellt. Ganz so, als läge die Macht in seinen Händen, verlangt Max von dem für den Ausnahmezustand abgestellten Offizier Erklärungen und bezeichnet den angeblichen Aufruhr als eine Erfindung des Bürgermeisters. Er fordert die Armee auf, die Kleinstadt zu verlassen, da für eine militärische Besetzung von Falkenstein keinerlei Grund bestehe. Der entgeisterte Offizier bittet um eine zweistündige Frist, um sich mit seinen Vorgesetzten beraten zu können. Unterdessen hat die herbeiströmende Menge das Rathaus umringt. Der Überfall, den Hoelz anführt, hat etwas Operettenhaftes. Die Arbeiter treten die Maschinengewehre um und verbrüdern sich mit den Soldaten, umringen sie, und nehmen einigen die Gewehre ab. (Freundlich? Lächelnd? Handeln sie nach der Maxime von der Weisheit der Masse? Oder kraft ihrer Ellenbogen und mit einem Verweis auf den Pistolenknauf in der Hosentasche?) Die Armee zieht sich zurück, das aufrührerische Volk nimmt den Bürgermeister fest. Er wird als Geisel genommen, während die Freilassung der Mitglieder des Arbeitslosenrates gefordert wird. Von acht Uhr morgens, dem Zeitpunkt der Rathausbesetzung, bis sechs Uhr abends, als schließlich die Gefangenen auf freien Fuß gesetzt werden, gehört die Stadt den Arbeitern. Es kommt zu einem Patt und damit zum Waffenstillstand. Der Rat übernimmt die kostenlose Verteilung von Kohle und Lebensmitteln an die Arbeitslosen, an der die Stadtverwaltung zwangsweise beteiligt wird. Dann herrscht ein paar Wochen Frieden.

Doch Hoelz und seine Jungs gehen noch weiter: Sie konfiszieren in den Unternehmerhaushalten Lebensmittel, um sie in den Häusern der Ärmsten zu verteilen. Und selbst das ist noch nicht genug. Hoelz und die Mitglieder des Rats beginnen, die Organisation auf die umliegenden Dörfer auszuweiten.

Während einer Versammlung in Treuen kommt ein alter Bauer unsicheren Schritts auf die Redner zu und bittet um Hilfe. Sie bitten ihn aufs Podium. Er berichtet, daß der Eigentümer des Hofes, in dem er arbeitet, ihm zuerst den Lohn gekürzt habe, um dann auf seinen Einspruch hin zu antworten: »Geh zu Hoelz und laß dir von ihm etwas geben.«

Max genießt die Antwort des Bourgeois geradezu. In derselben Nacht noch schreibt er einen Brief an den Gutsbesitzer mit der Aufforderung, dem Boten unverzüglich zehntausend Mark auszuhändigen, die Summe würde verwendet, um das Gehalt seiner Knechte aufzubessern. »Ich schrieb dem Rittergutsbesitzer [...], sollte er unseren Wunsch nicht erfüllen, so würden wir ihm die Pferde aus dem Stall ziehen, sie verkaufen und den Erlös seinen Arbeitern geben. Das Geld wurde pünktlich abgeliefert.«

Nach dieser köstlichen Erfahrung beginnen Hoelz und seine Leute, von den Kapitalisten der Region Gelder zu kassieren, wobei sie ihnen im Fall von Zahlungsverweigerung direkte Aktionen androhen. Mit dem erbeuteten Geld finanzieren sie die Verteilung von Lebensmitteln an die Arbeitslosen. Gemeinschaftsküchen sprießen im Vogtland aus dem Boden. Gruppen von Revolutionären gehen bei den Arbeitslosen von Haus zu Haus und verteilen Geld, Brennstoff, Kleidung und Essen. Insgesamt wird etwa eine Million Mark an von Kapitalisten bezahlten Schutzgeldern ausgeteilt.

Dann geht das libertäre Abenteuer, die Parallelmacht, dem Ende zu. Am 3. Juli 1919 besetzt ein Armeeregiment Falkenstein. Unter dem Vorwand, bei ihrem Einmarsch in die Stadt sei auf sie geschossen worden, durchsuchen sie die Häuser der Kommunisten. Die Operation zielt auf den Ratsvorsitzenden Max Hoelz ab. Hundert Soldaten umringen sein Haus, werfen Handgranaten in seinen Garten und beschießen den Kamin mit Maschinengewehren. Max beobachtet sie von einem nahegelegenen Hügel aus – ohne zu lächeln, aber auch ohne Furcht. Es ist immer noch wesentlich besser, es wird mit einem Maschinengewehr auf einen Kamin geschossen als auf einen Menschen.

Mehrere Wochen lang verfolgt die Polizei ihn mit allen Mitteln. Er versteckt sich weiterhin in der Gegend und wechselt ständig den Wohnort, lebt in den Häusern seiner arbeitslosen Freunde. Unter falschem Namen spricht er auf Versammlungen in anderen mitteldeutschen Gemeinden. Solange er sich in Falkenstein oder im Umkreis der Stadt befindet, ist es für ihn ein Kinderspiel, der Armee zu entkommen.

Unter den wissenden Augen des Volkes geht er an den Soldaten vorbei, die ihn nicht erkennen. Er ist ein Gespenst, das vor Hunderten von Augenpaaren herumspukt, und alle geben vor, blind zu sein. (Ein Fisch im Wasser? Ein neuer unter den heiligen drei Königen, der Geld an seine Untergebenen verteilt?) Sein Gesicht ist gewöhnlich, ohne besondere Kennzeichen. Er ist Arbeiter und sieht wie ein Arbeiter aus. Ungehobelte Züge, ein Schnurrbart, den er mal stehen läßt und mal abrasiert, struppiges Haar unter einer Mütze, einer Baskenmütze, unter der das neutrale Gesicht nur manchmal ein Lächeln zeigt. Seine Gestalt ist grobschlächtig, vierschrötig, und leicht gebeugt vom vielen Bödenschrubben, Kauern in Schützengräben, Schneeschippen.

Am 21. Juli verläßt die Armee Falkenstein, nachdem die dreiwöchige Besetzung der Stadt nicht das erwünschte Ergebnis gebracht hat. Kaum haben die Militärlastwagen den Ort verlassen, wird Max schon wieder aktiv. Noch am selben Nachmittag geht er mit einer Gruppen von Freunden zum Rathaus, und binnen weniger Minuten findet dort eine Versammlung mit mehreren hundert Arbeitslosen statt.

Der »Hoelz'sche Stil« wird genauer faßbar: Seine größten Trümpfe sind die Geschwindigkeit, mit der er auf die Ereignisse reagiert, seine Kenntnis der Bevölkerung und der Gegend und sein unglaublicher Wagemut.

Die ortsansässige Bürgerwehr, die sich aus dem Kleinbürgertum der Stadt rekrutiert, begeht den Fehler, die Versammlung anzugreifen. Die Arbeiter und Arbeitslosen jagen sie nicht nur in die Flucht, sondern entwaffnen sie auch noch.

Nun werden Verhandlungen eingeleitet. Die Regierung verlangt unter der Androhung, dauerhaft ein Regiment in Falkenstein zu stationieren und den Ausnahmezustand zu verlängern, die Auflösung des Arbeitslosenrates. Aus Unerfahrenheit begeht Max einen Fehler und vernachlässigt während der Verhandlungen seine Rükkendeckung. Während die Abgesandten im Rathaus diskutieren, besetzen erneut Truppen die Stadt und umstellen den Rathausplatz. Der Belagerungszustand wird ausgerufen. Mit den Gewehren in der Hand springen Soldaten von den Lastwagen und dringen ins Rathaus ein, um Max Hoelz festzunehmen. Die Arbeiter stellen sich ihnen entgegen, es kommt zum Kampf Mann gegen Mann. Es wird nicht geschossen, bisher nur gerungen, gerangelt und erbittert diskutiert. Die Arbeiter setzen die Soldaten unter Druck. Hoelz wird verhaftet, doch die Menge befreit ihn wieder. Es kommt zu grotesken Szenen, als hätte sich der Klassenkampf in eine Komödie mit Laurel und Hardy verwandelt: Es ist ein Hin und Her aus Demonstrationen, Verhandlungen, Rangeleien, versuchten Gewaltausbrüchen, Pistolen, die vorgezeigt, aber nicht abgedrückt werden. Max wird schließlich gerettet, die Menge umringt ihn und bringt ihn aus dem Stadtzentrum. Er muß fliehen.

IV.

Es sind gerade erst acht Monate vergangen, seitdem Max Hoelz in Falkenstein hinkend aus dem Zug gestiegen war, mit einer Fußverletzung und in der Uniform einer Truppe, die im Begriff war, sich in eine revolutionäre Macht zu verwandeln. Bloß acht Monate. Was ist die Bilanz? Zählen die Siege mehr als die Niederlagen? Sind in den Geschichten der ewigen Verlierer die ruhmreichen Augenblicke doppelt so viel wert? Doch jetzt ist es notwendig, auf Abstand zu gehen. Zunächst ein paar Wochen im nahegelegenen Auerbach. Und wieder muß er fliehen. Das neue Reiseziel ist die bayerische Stadt Hof im Süden Deutschlands, wo die Spuren des Massakers, das der Räterepublik ein Ende setzte, noch frisch sind. Max sucht anonym eine Anstellung und stellt den Kontakt zu ein paar Genossen her. Wie ein Mondsüchtiger zieht er seine Kreise durch die Stadt. Er hält die Einsamkeit nicht lange aus, er braucht die Menschenmenge, wie andere die Sippe, die Familie brauchen. Er nimmt an einer Versammlung der unabhängigen Sozialisten teil. Er sollte besser schweigen, doch das Schweigen ist seine Sache nicht, also ergreift er das Wort und schlägt vor, die Kohleunternehmen an der Ruhr, in der französischen Besatzungszone, zu boykottieren. Die Arbeitslosen sollen dort keine Arbeit annehmen, wo doch das Gebiet selbst vor Arbeitslosigkeit überbrodelt. Und wenn sie denn doch gehen, sollen sie nicht zu Lohndrückern werden und nur zu den Tarifen arbeiten, die die Gewerkschaften vor Ort ausgehandelt haben. Selbstverständlich bietet er einen eigenen Ausweg aus der Arbeitslosigkeit. Nicht etwa die Arbeitssuche in anderen Teilen Deutschlands, etwas viel Einfacheres: die Arbeitslosen zu organisieren und zur direkten Aktion überzugehen. Die Sozialdemokraten von der USPD beschuldigen ihn, ein Provokateur der Polizei zu sein. Sie denunzieren ihn als Agenten im Dienst des Kapitals und geben dabei seine Identität Preis: Er ist Max Hoelz! Die Tarnung, die ihn in der Illegalität schützte, ist dahin. Eine Stunde später wird er von der Polizei festgenommen. Zu seinem Glück erkennen ihn mehrere Arbeiter in dem Lokal, wo er zu Abend ißt, befreien ihn aus dem Griff der Beamten und geben ihm Deckung, während er durch die Straßen von Hof davonrennt.

Es ist ihm wieder eine Lehre. Wenn er auf einer Versammlung den Mund aufmacht, muß sein Fluchtweg vorbereitet sein, oder aber die Pistolen müssen locker sitzen, um seine Worte auf eine solide Basis zu stellen. Eine Variante derselben Lehre lautet: Gehe niemals in Restaurants der Mittelschicht essen, denn dort wird es keine Arbeiter geben, die dir zu Hilfe kommen.

Kurze Zeit später wurde in Hof der örtliche Arbeiterrat gewählt. Die Kommunisten besiegen mit 1.303 Stimmen die USPD, die nur 264 erhält, sowie die Mehrheitssozialdemokraten mit ihren 209 Stimmen. Hoelz kann nicht zurückkehren, um diesen indirekten Sieg zu feiern. Auf seine Ergreifung steht immer noch eine Belohnung von zweitausend Mark, die die sächsische Regierung ausgesetzt hat und welche die bayerischen Polizisten sich gerne verdienen würden.

Hoelz versteckt sich im Dorf Oberkotzau. Als er bereits im Begriff ist, vor lauter Einsamkeit und Untätigkeit durchzudrehen, taucht wie gerufen ein alter Freund aus Falkenstein auf: Paul Popp, einer der besten Kämpfer des Arbeitslosenrats. Er kommt im Auftrag der KPD und bringt falsche Papieren für Max, die ihm zwei neue Identitäten eröffnen. Er kann sich nun Werner oder Sturm nennen (ein wahrer Luxus, dieser Doppelpack falsche Pässe). Mit den neuen Papieren ausgestattet reist Max durch Mitteldeutschland und hält Versammlungen für die KPD ab.

Doch bald wird er von den Sozialdemokraten der SPD enttarnt, der falsche Sturm wird als Max Hoelz identifiziert. Während einer Versammlung in Leuna versucht die Polizei, ihn zu verhaften. Als er die Hand eines der Beamten bereits auf seinem Arm spürt, springt Hoelz auf eine Bank und ruft: »Arbeiter, wollt ihr zulassen, daß man mich verhaftet?« Den Tumult, der daraufhin einsetzt, nutzt er für seine Flucht.

Eine alte Lehre im neuen Gewand: Man ist nie allein. Die Masse besteht nicht aus anonymen Gesichtern, die man von einem Podium aus sieht. Es sind Leute wie man selbst, die bereit sind, zu intervenieren und von Zuschauern zu Handelnden zu werden.

Der Waffenstillstand ist zu Ende, er muß sich wieder verstecken und auch Mitteldeutschland verlassen. In Halle spricht er mit dem kommunistischen Kader Otto Rühle, der dem linken Flügel der KPD angehört und ihm »Theorieurlaub« verordnet. Max, der Mann der Tat, soll die erleuchtende Theorie der Revolution lernen. Die Partei schickt ihn auf einen Bildungslehrgang für kommunistische Parteimitglieder in Walsrode, der von Rühle selbst geleitet wird. Sechs Wochen lang genießt Hoelz einen seltsamen Frieden. (Gefällt ihm das oder muß er sich dazu zwingen?). Unterdessen gewinnt er an Wert: Die Belohnung, die im Vogtland und in Mitteldeutschland für seine Festnahme versprochen ist, wird auf fünftausend Mark aufgestockt.

Schließlich ist der Kurs zu Ende. Auf die theoretischen Inhalte, die er sich in diesen Tagen angeeignet hat, geht Max in seinen Memoiren kaum (oder gar nicht) ein. Keine Erinnerung an Marx, Engels oder Lenin, keine Überlegungen in bezug auf Mehrwert oder Imperialismus, keine Spur von der Werttheorie oder der hegelschen Negation.

Er beschließt, den Urlaub noch ein wenig auszudehnen und seine Familie in Ilten zu besuchen, doch eine Indiskretion seiner Ehefrau Clara führt die Polizei zu ihm nach Hause. Er wird festgenommen. Es ist niemand da, den er hätte um Hilfe rufen können.

Max wird zunächst in das Gefängnis von Burgdorf bei Hannover gesperrt, um später in einem Gefangenentransport nach Plauen verlegt zu werden, wo er vor Gericht gestellt werden soll. Eine Unaufmerksamkeit der Wärter ermöglicht es ihm, einen Brief an seine Freunde im Vogtland zu schicken. Wie immer in der bewegten

Lebensgeschichte von Max Hoelz lassen die Freunde nicht lange auf sich warten.

»Auf die Minute pünktlich trafen etwa fünf Mann in Burgdorf ein, einige ganz waghalsige Genossen, die sich zur Durchführung des schwierigen Planes einen wegen seiner Tapferkeit bekannten Wilddieb mitgenommen hatten«, wird Max später in seiner Biographie festhalten.

Die Freunde gehen nach einem Plan vor, den Hoelz selbst in seiner Zelle ausgeheckt hat. Die Gruppe soll vorgeben, einen Häftling einzuliefern, und wenn die Wärter dann die Tore öffnen, mit gezückten Pistolen ins Gefängnis eindringen.

Max hat den ganzen Tag sehr unruhig gewartet. Plötzlich hört er Geräusche und befürchtet, seine Genossen hätten den Plan verändert und würden nun versuchen, sein Zellenfenster aufzusägen, das zur Straße weist. »Plötzlich ging ein ohrenbetäubendes Lärmen los. Ich hörte Rufe und Schreie, Türenwerfen, Fenster klirren und Schüsse fallen. Mit einem lauten Hallo wurde meine Zelle aufgeschlossen, ein Genosse schrie mir entgegen: ›Max, Du bist frei!‹«

Die Freunde haben Wort gehalten.

Inmitten der Schießerei entwischt die Gruppe durch die ruhigen Straßen des kleinen Örtchens Burgdorf, zwischen Liebespärchen und nächtlichen Säufern.

Nach dieser wundersamen Flucht fordert Max weiter das Schicksal heraus. (Oder gibt es diese Art von Herausforderung gar nicht, und es ist im Gegenteil das Schicksal, das uns herausfordert? Oder ist es kein Schicksal, sondern eine irrationale Art, sich an die Orte zu begeben, an denen man nichts zu suchen hat, den gesunden Menschenverstand und die polizeiliche Vernunft immer wieder zu hintergehen?) Er tritt zuerst bei einer Versammlung in Hannover auf, und ein paar Tage später in Leuna, wo die Polizei ihn zwei Monate vorher beinahe geschnappt hätte.

V.

Dieses Umherirren währt nicht lange, dann kehrt Max ins sächsische Vogtland zurück. Sein Herz schlägt in Falkenstein und erlaubt ihm nicht, sich allzu weit davon zu entfernen. Max ist ein Gefühlskommunist, ein Revolutionär, für den die Heimat wichtig ist. Er ergreift nicht gerne die Flucht, auch wenn ihm die Verhaftung droht, sobald er ins Licht der Öffentlichkeit tritt. »Kann ich es wirklich nicht?« fragt er sich.

Er findet einen Schlupfwinkel und beginnt, regelmäßiger politische Schriften zu lesen. In seiner Autobiographie wird er diese Lektüre nicht vermerken. Vielleicht haben die Bücher ihn nicht über die Maßen interessiert. Max studiert nur dann politische Theorie, wenn ihm für andere Dinge die Hände gebunden sind. Häufig wird in der Presse und im Radio seine Verhaftung gemeldet. Seine Angehörigen erhalten Beileids- und Solidaritätstelegramme, die Max mit großem Vergnügen liest. Doch auch die Hetzjagd auf ihn lähmt seinen Aktionsgeist nicht. Mehrmals redet er auf Versammlungen im Vogtland und entgeht nur knapp der Festnahme.

Am 22. Oktober 1919 (kann das möglich sein, daß seit seiner Rückkehr nach Falkenstein nicht einmal ein Jahr verstrichen ist?) findet eine Versammlung des Arbeitslosenrats statt.

Seine Genossen, die ihn gut kennen, verbieten ihm teilzunehmen. Max selbst ist davon überzeugt, daß er bei dieser Versammlung nicht auftauchen sollte, daß es keine Gründe für ein derart selbstmörderisches Tun gibt und man das Schicksal nicht über die Maßen reizen sollte. Um acht Uhr abends bringt ein Genosse ihm die Zeitung in sein Versteck. Die Behörden scheinen etwas zu ahnen, das Kopfgeld auf ihn ist nochmals erhöht worden. »Das reizte mich, die Falkensteiner Spießer, die Spitzel und Gendarmen ein bißchen in Aufregung zu bringen.«

Der dringend gesuchte Max Hoelz leitet seinen theatralischen Auftritt auf der Versammlung ein, indem er durch ein offenes Fenster vom Garten aus hereinspringt. In der allgemeinen Überraschung hält er eine kurze Rede vor Tausenden von Gesichtern, in denen sich Freude und Verblüffung mischen. Seine letzten Worte sind noch nicht verhallt und die Arbeiter erheben gerade ihre Hände zum Applaus, da ist Max schon wieder zum Fenster hinaus, kullert über den Rasen und entfernt sich vom Versammlungsort.

»Ich ging langsam durch einige Straßen, die Menschen blieben stehen, glotzten mich an, hielten mich für ein Gespenst oder fanden, daß ich eine überraschende Ähnlichkeit mit Hoelz habe. Dann lief ich direkt nach dem Rathaus in die Polizeiwache, in der viele Beamte waren. Dort sagte ich laut: ›Guten Tag, ist alles in Ordnung?‹ Es war ein ganz toller Augenblick. Die Beamten waren so verdutzt, daß sie sich nicht einmal vom Platze rührten.«

Auf einem Spaziergang durch Falkenstein trifft Max seinen Freund Paul Popp. Den berühmten Paul, den Freund der Freunde. Jemand, auf den man sich in diesen schwindelerregenden letzten zehn Monaten verlassen konnte. Hoelz zieht Menschen an wie ein riesiger Magnet. Er entdeckt sie schweigend in der Menge und stürzt sie mit sich in den Krieg. Paul ist vielleicht sein bester Genosse, er hat wie Max einen ganz eigenen Stil. Im Vormonat war es Paul, der Max aus einer Umzingelung durch die Polizei rettete, als dieser auf einer Versammlung sprach. Paul zertrümmerte die Saalbeleuchtung mit einem Stock und verursachte dadurch einen Kurzschluß, bevor er den unversehrten Max in der entstandenen Dunkelheit, die nur vom Mündungsfeuer der Pistole in seiner Hand erhellt wurde, hinausbrachte.

Jetzt umarmen sich die beiden Freunde mitten auf der Straße. Die Polizei, die routinemäßig jede Bezeugung proletarischer Lebensfreude zu verhindern sucht, nähert sich in Gestalt zweier Beamter, die die beiden verhaften wollen. Popp zieht einen Knüppel unter seinem Mantel hervor und schlägt sie durch bloßes Zähneblecken in die Flucht. Die Polizisten rennen, um Verstärkung zu holen, während die beiden fröhlichen Kumpel sich zurückziehen, um ihre Begegnung in der Falkensteiner Nacht gebührend zu feiern.

Zwei Wochen später wird Popp verhaftet. Ein paar Tage später dringen seine Genossen mit der Waffe in der Hand ins Gefängnis ein und befreien ihn. Der Oberamtsrichter Rietschel, ein persönlicher Feind der roten Arbeiter, sperrt Pauls Ehefrau ein, obwohl diese krank und schwanger ist.

Hoelz beschließt in Abwesenheit von Paul, für Gerechtigkeit zu sorgen. Gemeinsam mit einem Genossen sucht er Rietschel eines Nachts auf und verprügelt ihn erbarmungslos, so daß er für mehrere Wochen ins Krankenhaus muß.

Eine Ruhepause scheint dringend geboten. Max Hoelz versteckt sich wieder einmal. Das Jahr 1920 bricht an.

VI.

Im vergangenen Jahr ist Max eine Schlüsselfigur für die kommunistische Arbeit im Vogtland gewesen, und auch in Mitteldeutschland hat er Dutzende Agitationsaufgaben ausgeführt. Doch am Innenleben der KPD hat er sich nicht beteiligt. Mit Ausnahme der kurzen politischen Schulung hielt er sich bei parteiinternen Auseinandersetzungen stets am Rande. Hoelz ist Kommunist, weil die Kommunisten die Revolution machen wollen und alle anderen nicht. Von internen Debatten und Spaltungen hat er sich ferngehalten. Deshalb ist es auch nicht weiter verwunderlich, daß der III.

Parteitag der KPD im Februar 1920 spurlos an ihm vorübergeht. Die Partei steckt in einer tiefen Krise. Den Vorgaben der Kommunistischen Internationalen entsprechend, grenzt sie ihren linken Flügel aus und paßt ihr Programm dem vereinfachten Schema der bolschewistischen Partei an: eine stark zentralisierte Partei, Nutzung des Parlaments als politische Anklagebühne, Einwirkung auf die konservativen Gewerkschaften. Mit dem Rechtsruck der Partei wird die lang angekündigte Phase des Aufstands auf später vertagt. Jetzt dreht sich alles um die Massenpartei. Niemand macht sich die Mühe, diesen neuen Kurs mit Max zu diskutieren. Seine Freunde Schumann und Rühle sind aus der Leitung ausgeschieden. Die KPD auf ihrem Stand von Februar 1920 würde Max nicht allzusehr schmecken, wenn er sich die Zeit nähme, sie genauer zu betrachten.

Hoelz ist zwar für das Innenleben der KPD eine marginale Figur, um so mehr aber steht er im Zentrum ihrer Außenaktivitäten. Da er vorübergehend nicht in der Lage ist, Massenarbeit zu machen oder nach Falkenstein zu gehen, um den Bourgeois und der Polizei die Zähne einzuschlagen – wonach ihm am ehesten der Sinn stehen würde – nimmt er eine neue Identität an. Er nennt sich jetzt Professor Lermontow und verfügt über alle notwendigen Papiere, um dies zu bestätigen. Unter diesem anregenden Namen beteiligt er sich in den ersten Monaten des Jahres 1920 an der Organisierungsarbeit in den Arbeitergebieten Bayerns und des Vogtlandes. In diesen Tagen häufen sich Verfolger und abenteuerliche Fluchten, bei denen er »um ein Haar« entkommt. Wie zum Beispiel am 19. März im bayerischen Selb, wo er einen Versammlungsraum auf der Flucht vor der Polizei mithilfe einer Strickleiter durch das Fenster verläßt. Doch auf dem letzten Stück rutscht er ab und verletzt sich am Knie.

Noch am selben Tag reist er nach Oberkotzau, einen der vielen Orte, an dem er über eine Operationsbasis verfügt. Dort setzt er sich mit einer Gruppe von Genossen zusammen (schon wieder die »Genossen«, die Freunde, das Netz aus Männern und Frauen des persönlichen Vertrauens, das er sich in Süd- und Mitteldeutschland aufgebaut hat). Auf der Versammlung werden ihm detailliert die Begebenheiten berichtet, die das ganze Land seit ein paar Tagen in Atem halten.

Am 12. März 1920, kurz bevor Hoelz sich nach Oberkotzau zurückzog, haben sich die Soldaten der reaktionären Freikorps nach ihrer Rückkehr aus Rußland aus Furcht vor ihrer Demobilisierung erhoben. Der Putsch wird von Wolfgang Kapp angeführt, der eine Gruppe weißer Millitärs der monarchistischen Rechten befehligt. Am 13. haben die aufständischen Militärs Berlin praktisch eingenommen, und die mehrheitssozialistische Regierung mußte aus der Hauptstadt nach Dresden flüchten. Erstmals ziehen die drei Arbeiterparteien an einem Strang und rufen aus Protest gegen den Putsch geschlossen zum Generalstreik auf, woraufhin auch die Gewerkschaften sich ihnen anschließen. Berlin ist völlig lahmgelegt, doch die Ereignisse reichen weit über die Hauptstadt hinaus: Im Ruhrgebiet haben Arbeiter die Militärbanden von Lützow angegriffen, am 17. Dortmund besetzt und anschließend Essen.

In anderen Teilen Deutschlands kämpfen die Arbeiter bewaffnet gegen die Freikorps. In Berlin selbst geraten die Putschisten angesichts der Geschlossenheit des Generalstreiks ins Wanken.

Hoelz, der bis dahin nur vage Informationen erhalten hat, beschließt angesichts der neuen Sachlage, die ihm das Ausmaß der Geschehnisse verdeutlicht, den reaktionären Putsch als Auslöser für die Erhebung der Arbeiter zu nutzen. Noch am selben Nachmittag besteigt er einen Zug nach Hof.

Es wird keine gemütliche Reise. Ein Polizist erkennt ihn und löst Alarm aus. Die Beamten umstellen das Zugabteil, in dem er sich befindet. Mit der Kaltblütigkeit, die ihm langsam zur Gewohnheit wird, holt Max eine Handgranate aus der Manteltasche und entsichert sie. Polizisten und Mitreisende rennen entsetzt durch die Gänge des Zuges davon.

Hoelz springt aus dem fahrenden Waggon. Das verletzte Knie macht sich bemerkbar und schwillt allmählich an. Unter großen Schmerzen kommt er schließlich zu Fuß in Hof an. Dort findet er kein Automobil, um ins Vogtland weiterzureisen, so daß er weiterhin laufen muß. Die Eisenbahn bietet nicht genügend Sicherheit, vermutlich hat der Polizist aus dem Zug die gesamten Polizeikräfte der Region alarmiert. Also geht er wieder zu Fuß und verliert vor lauter Schmerzen mehrmals das Bewußtsein. Schließlich hält er den Wagen eines Gastwirtes an und überredet ihn mithilfe eines Bündels Geldscheine, ihn bis Ölsnitz im Vogtland zu fahren. Telefonisch benachrichtigt er seine Falkensteiner Freunde. Sie kommen, weigern sich jedoch, ihn in diesem Zustand in die Stadt mitzunehmen. Er entschlüpft ihnen – nicht einmal der Rat der Freunde taugt in der Gefahr. Wieder besticht er einen Fahrer, der ihn nach Falkenstein bringt.

Zwar halten Soldaten die Stadt besetzt, doch die Arbeiter befinden sich in großer Erregung. Max verliert keine Zeit und ruft mithilfe seiner Genossen zu einer Versammlung auf. Das Ziel ist, die Reichswehr zu entwaffnen und Arbeitermilizen auf die Beine zu stellen. Während Max auf das Resultat seines Aufrufs wartet, zieht die Reichswehr aus der Stadt ab, um einer anderen Division zur Hilfe zu kommen, die in Thüringen gegen die Arbeiter kämpft.

Hoelz rast. Ihm entgeht dadurch die Gelegenheit, sich Waffen zu verschaffen. Mit sechs Genossen greift er vor dem Hotel zum Falken ein paar Nachzügler der Reichswehr an und entwaffnet sie. Seine Truppe beschlagnahmt mehrere Fässer Benzin. Sie basteln gerade Molotowcocktails, als die alarmierten Militärs in die Stadt zurückkehren.

Hoelz und seine kleine Gruppe liefern sich eine Schießerei mit der Reichswehr. Doch die Waffen reichen nicht aus, und die Gruppe ist sehr klein, so daß Maxens proletarische Miniarmee sich zurückzieht. Eigentümlicherweise ist sein Knie besser geworden und schmerzt nicht mehr, wie er erstaunt feststellt. Offenbar verfügt die Revolution über einen ganz eigenen Zauber, der im Zweifel auch in der Lage ist, verstauchte Knie zu heilen. Die Natur arbeitet für die Revolution, sagt sich Max und beugt das Knie, während er sich auf der Landstraße von Falkenstein entfernt.

In Auerbach, das er am Nachmittag erreicht, beruft Hoelz eine Versammlung ein. Hier hat der Arbeiterrat den Generalstreik ausgerufen. Doch Max geht auf dem Treffen noch weiter: Es geht nicht mehr um Generalstreik, sondern um einen Aufstand. Die reaktionären Militärs haben geputscht, jetzt sind die Arbeiter mit dem Gegenschlag und der Revolution an der Reihe. Das Drehbuch ist bereits geschrieben. Max fordert die Anwesenden auf, zur Polizeiwache zu marschieren, sich dort zu bewaffnen und die Soldaten in Falkenstein anzugreifen. Überraschend. Die Arbeiter wissen, daß Hoelz das ernst meint, und sind sich mit ihm einig. Zweitausend Leute begeben sich mit Max an der Spitze zur Polizeiwache. Der Entschluß wird unmittelbar in die Tat umgesetzt. Die Türen werden mit Äxten eingeschlagen, bei dem anschließenden Gerangel werden einige Polizisten leicht verletzt. Sie haben keine Zeit zu reagieren, die meisten übergeben widerstandslos ihre Waffen. Aus dem Blickwinkel von Max ist die Ausbeute stattlich: mehrere Gewehre, einige Maschinengewehre, mehrere Kisten voll Handgranaten. Er reibt sich die Hände: Damit kann man die Revolution beginnen!

Als er auf die Straße tritt, um die Waffen auszugeben, haben sich die Roten Garden bereits formiert und in Gruppen mit jeweils einem gewählten Anführer aufgeteilt. Max schickt Boten zur Reichswehr in Falkenstein, die den Soldaten die Aufforderung überbringt, die Waffen abzugeben, wenn sie nicht wollen, daß die Arbeiter der umliegenden Dörfer sie umzingeln und massakrieren.

Der Oberkommandierende der Falkensteiner Garnison macht sich nichts aus Drohungen und hat keine genaue Vorstellung von diesem Max Hoelz. Er setzt die Boten fest und rückt mit seinen Truppen gegen die Roten Garden vor, von denen er glaubt, sie befänden sich in Auerbach.

Max und seine Anhänger liegen schon auf der Lauer. Ein Regen von Leuchtmunition geht auf die entsetzten Soldaten nieder, gefolgt von der gesamten Feuerkraft der bewaffneten Arbeiter. Dann das Kreuzfeuer der Maschinengewehre. Im letzten Krieg haben die Arbeiter einiges gelernt. Die Nacht erhellt sich, als gäbe es auf der Straße zwischen Auerbach und Falkenstein ein Feuerwerk. Die Armee zieht sich geschlagen nach Plauen zurück.

Die Arbeitermilizen nehmen Falkenstein ein.

Max erhält Informationen über den Stand des Militärputsches in Deutschland. Die Nachrichten sind jetzt genauer: Durch den Generalstreik in der Hauptstadt wurde der Kapp-Putsch niedergeschlagen, die Militärs sind aus Berlin geflohen, und die sozialdemokratische Regierung kontrolliert wieder die Lage. Im Ruhrgebiet kämpfen weiterhin bewaffnete Arbeiter gegen die Militärs.

Hoelz bringt diese Nachrichten in eine Versammlung der Arbeitermilizen ein. Es gibt keine lange Diskussion oder gar wirkliche Zweifel. Die kleine rote Armee beschließt, sich in eine große rote Armee zu verwandeln und weiterzumachen. Im ganzen Vogtland werden Rekrutierungsstellen eröffnet. Finanziert wird die Operation auf denkbar einfache Weise: 45.000 Mark werden den ortsansässigen Kapitalisten abgenommen, um den Rotgardisten ihren wöchentlichen Sold zu zahlen. In der folgenden Woche wird die Summe auf 100.000 Mark aufgestockt, da die Armee Zulauf bekommen hat.

Auf Disziplin wird geachtet. Der kleinste Versuch, die Arbeitermacht zu mißbrauchen, wird harsch vereitelt. Hoelz mischt sich persönlich ein, um ihn zu unterbinden. Im gesamten Industriegebiet stehen die Arbeiter nun unter Waffen. Die Rote Garde besiegt die Bürgerwehr von Markenkirchen. Jetzt geht es ums Ganze. Das nächste Ziel ist Plauen, eine Stadt mit 130.000 Einwohnern, in der sich neben der Reichswehr auch die politischen Gefangenen aus Falkenstein befinden, 24 Arbeiter, die bereits im Frühjahr 1919 verhaftet wurden und schon seit 19 Monaten hinter Gittern sitzen.

Hoelz geht in seinem Kopf die verschiedensten Möglichkeiten durch. Er möchte seine nagelneue rote Armee nicht in ein frontales Gefecht schicken, das blutig enden kann. Schließlich entscheidet er sich für eine Kleingruppenaktion, wie er sie gewöhnt ist und bei der er sich wohl fühlt, die mehr auf den Überraschungseffekt und den Wagemut setzt als auf die Feuerkraft.

Er bildet einen gut bewaffneten Stoßtrupp von fünfzig Mann mit drei Maschinengewehren, Gewehren, Pistolen und Handgranaten. Max selbst führt sie an – wie könnte er sich das auch entgehen lassen?

Der Angriff auf das Plauener Gefängnis verläuft erfolgreich. Sie überraschen die Garnison und stehen nur vor der Schwierigkeit, ein riesiges Eisengitter überwinden zu müssen, das ihnen mehrere Minuten lang standhält. Doch mithilfe der Granaten springt es schließlich aus den Angeln. Sie befreien nicht nur die Gefangenen, sondern nehmen auch die Gerichtsakten aus Plauen mit. Das Selbstmordkommando kehrt mit den Befreiten nach Falkenstein zurück, wo die Angehörigen und die rote Armee sie gebührend empfangen. »Es war der schönste Tag meines Lebens«, stellt Max später fest. Im Vorbeigehen hat er auch den Staatsanwalt als Geisel genommen, damit er ihnen die Namen der Verräter sage, die sich in die Arbeiterbewegung der Region eingeschmuggelt hatten. Der zu Tode erschreckte Mann sagt alles, was er weiß. So kommt heraus, daß die Polizei zwei KPD-Mitglieder auf ihrer Gehaltsliste hatte.

Um die glückliche Stunde zu krönen, beschließen Max und seine »Kerls«, die großen Baumeister der Revolution, sämtliche Gerichtsakten von Falkenstein zu verbrennen: Besitztitel, anstehende Prozesse, Arbeiterschuldscheine, Hypotheken ... Drei Tage und drei Nächte lang lodern die Ungerechtigkeiten der Vergangenheit auf einem Scheiterhaufen.

Ist das die Revolution? Die Vergangenheit zu verbrennen?

Das gesamte Vogtland steht unter Waffen. An der Spitze der roten Armee weiß Hoelz nicht so genau, wie und gegen wen er die Revolution nun fortsetzen soll. Unterdessen hat die sozialdemokratische Regierung am 25. März auf der Grundlage beiderseitigen Einlenkens einen Pakt mit der Armee geschlossen: Die Freikorps werden nicht aufgelöst, dafür müssen sie die Legitimität der Republik anerkennen, beide Seiten respektieren sich künftig als Machtfaktor, man lächelt sich an, entdeckt sich gegenseitig als Ordnungsmacht.

Die Militärs gehen zum Gegenangriff gegen die aufständischen Arbeiter über, die im Ruhrgebiet eine achtzigtausendköpfige Armee auf die Beine gestellt haben. Das Eindringen der Weißen Garden in die entmilitarisierte Zone, die im Versailler Vertrag festgeschrieben worden war, führt zu einer französischen Intervention. Die französische Armee besetzt Hamburg und Frankfurt. Die Arbeiter des Ruhrgebiets werden von den Weißen Garden und der regulären Armee in die Zange genommen, während die Franzosen ihnen den Nachschub abschneiden, und werden schließlich geschlagen.

Max Hoelz, der ohne weitere Informationen in seinem kleinen roten Territorium in Sachsen festsitzt, erfährt, daß in Frankenburg ein Waffendepot von lediglich fünfzig Soldaten und einem Hauptmann bewacht wird. Der ortsansässige Arbeiterrat habe die Waffen den Arbeitern der Industriestadt Chemnitz angeboten, diese hätten jedoch abgelehnt. Nachdem Hoelz dieses Waffendepot ein paar Minuten lang an seinem inneren Auge hat vorbeiziehen lassen, bricht er mit dreißig Mann nach Frankenburg auf.

Als sie in Zwickau ankommen, kommt es zu Auseinandersetzungen mit dem örtlichen, von der USPD angeführten Arbeiterrat. In Chemnitz wird der Eisenbahnwagen, in dem die Truppe von Hoelz reist, von der Polizei umstellt. Der Kopf von Max ist mittlerweile bereits 30.000 Mark wert. Doch auf die bloße Drohung hin, daß sie gleich Handgranaten durch die Zugfenster werfen werden, ziehen die Polizisten sich zurück. Schließlich kommen sie in Frankenburg an, wo der Arbeiterrat sie empfängt und unter seinen Schutz stellt.

Hoelz hat eine Unterredung mit Heinrich Brandler, dem Vorsitzenden des Chemnitzer Arbeiterrates, der gleichzeitig ein bekannter Kommunist ist. Brandler redet mit dem Anführer der roten Armee um den heißen Brei herum. Er bittet ihn, vor dem Rat zu sprechen, in dem sowohl Sozialdemokraten beider Strömungen als auch Kommunisten sitzen, aber nichts von der Waffengeschichte zu erzählen. Hoelz soll lediglich sagen, er sei mit seiner Truppe gekommen, um Lebensmittel und Kleidung abzuholen. Brandler sagt, in Chemnitz sei die Lage kompliziert: Einerseits habe der Arbeiterrat die Bürgerwehr entwaffnet und die Arbeiter stünden zur Verteidigung der Stadt bereit, andererseits aber seien sie gegen offensive Handlungen. Brandler befürchtet nun, Hoelz und seine

»Verrückten« könnten das labile Kräftegleichgewicht durcheinanderbringen und sie alle in ein Abenteuer stürzen. Max macht sich kaum die Mühe, mit seinem Parteigenossen zu argumentieren. Er schickt ihn zum Teufel. Sie nehmen das Waffendepot ein und kehren mit der Beute in der Hand nach Falkenstein zurück.

Die KPD hatte sich der Position von Sozialdemokraten und Unabhängigen angeschlossen, der bewaffneten roten Bewegung als Gegenleistung für die Bestrafung der aufständischen Militärs ein Ende zu machen. Im Rahmen ihres politischen Rückzugs schrieb sie in voller Kenntnis der Lage im Vogtland folgendes Kommuniqué:

»Wir erklären feierlich, daß wir die Aktivitäten von Hoelz nicht billigen, da er versucht hat, die Massenaktion durch seine persönliche Aktivität zu ersetzen. Damit haben sich Hoelz und seine Genossen an den Rand der Partei manövriert, die Partei kann nur existieren, wenn alle ihre Mitglieder sich gleichermaßen an das Parteiprogramm halten.«

Max bemerkt zunächst gar nicht, daß er aus der Partei ausgeschlossen wurde, und als er es schließlich erfährt, macht er nicht viel Aufhebens darum. Er hat Wichtigeres zu tun.

Das Militär rückt nach Sachsen vor. Die verrückten Roten Milizen von Max Hoelz sind die letzte Bastion der sozialen Revolution, die die Antwort auf den Kapp-Putsch darstellte. Fünfzigtausend Soldaten bereiten sich auf einen blutigen Einfall ins Vogtland vor.

Kurz bevor sie in Falkenstein eingekreist werden, ziehen die Roten sich nach Klingenthal in die Nähe der Grenze zurück. Eine Gruppe von Emissären verhandelt mit der tschechischen Regierung. Es wird beschlossen, daß die Milizen in die Tschechoslowakei gehen und dort die Waffen abgeben sollen, falls der Belagerungsring sich enger um sie schließt.

Anfang April 1920 halten ca. tausend bewaffnete Arbeiter in einer Baumschule an der Straße zwischen Klingenthal und Georgenthal eine Versammlung ab. Sie fragen sich, ob die Revolution zu Ende ist. Die Soldaten haben sie umzingelt. Hoelz ist unruhig: Entgegen seinem Befehl wurden beim Abzug aus Falkenstein einige Fabrikantenhäuser in Brand gesteckt. Die Vergeltung könnte brutal ausfallen.

Die rote Armee beschließt, sich zu zerstreuen. Erst dann rückt die Reichswehr vor. Hoelz versteckt sich in einem Heuschober. Die Soldaten kommen herein und durchstöbern das Heu. Einer von ihnen steckt mehrmals sein Bajonett ins Heu, um Revolutionäre aufzustöbern. Hoelz wird durch einen dieser Stiche am Bein verwundet und kann den Schmerzensschrei nur mühsam unterdrükken. Als die Soldaten die Scheune wieder verlassen haben, schleppt Max sich blutend davon. Er findet in den Feldern einen weiteren Genossen. Zwischen Bäumen kauernd, wird er zum Augenzeugen schauerlicher Szenen: Die Soldaten ermorden ihre Gefangenen mit Bajonetten.

Gemeinsam mit fünf anderen Flüchtlingen geht Hoelz noch in derselben Nacht über die Grenze. In Egen wird er von der tschechischen Polizei verhaftet. Sein Ruf hat sich längst über die Grenzen hinaus verbreitet, die Polizisten kommen nicht näher, bevor er nicht ein paar Granaten mitten auf der Straße abgelegt hat. Die Revolution gegen den Putsch ist für ihn beendet.

VII.

Die nächsten vier Monate seines Lebens verbringt Max zusammen mit 24 anderen deutschen Revolutionären im Gefängnis von Korthaus. Sein Kommentar über diesen Aufenthalt fällt lakonisch aus: »Das Essen war nicht schlecht, doch es gab so wenig, daß man davon nicht satt werden konnte.«

Nach vier Monaten wird er der Untätigkeit überdrüssig und beginnt einen Hungerstreik, um die tschechischen Behörden dazu zu bringen, ihm politisches Asyl zu gewähren und ihn auf freien Fuß zu setzen.

Gleichzeitig nimmt er Kontakt zu Genossen in Deutschland auf, um Geld für die Verteidigung der Gefangenen zu erhalten. Gegen Ende der versuchten Revolution hatten Hoelz und seine Gruppe in Sachsen 750.000 Mark aus Enteignungen in einem Versteck hinterlassen.

Hoelz beabsichtigt nun, mit einem Teil dieser »vergrabenen« Mittel eine breite Kampagne und Rechtsanwälte zu finanzieren. Das Geld kann ohne Zwischenfälle in die Tschechoslowakei überbracht werden, doch der mit der Kampagne beauftragte Rechtsanwalt betrügt sie und entwendet einen Teil der Summe, ohne für die Verteidigung wirklich tätig zu werden. Max hat eine erregte Unterredung mit dieser zwielichtigen Person, bedroht ihn mit dem Tod und schickt ihn weg. Der Hungerstreik wird fortgesetzt. In diesen Tagen hinter Gittern gibt es für Max nur einen einzigen Trost: Die tschechischen Lieder, die er durchs Zellenfenster hören kann, »sind die schönsten der Welt«.

Es ist gelungen, durch den Hungerstreik Druck auszuüben. Nach vierzehn Tagen bitten die Behörden darum, ihn zu beenden. Im August 1920 sind Max Hoelz und seine Genossen frei.

Max tritt auf die Straße und stellt fest, daß er sich im Exil befindet. Er ist in der Tschechoslowakei, nicht in Deutschland und nicht in Sachsen. Er ist ein politischer Exilant, fernab von seiner Heimat und seinen Ressourcen, fernab von seinen Freunden. Die Realität führt ihm seine Lage deutlich vor Augen: Der Zug, der ihn nach Prag bringt, wird von tschechischen Nationalisten mit Steinen beworfen, und Hoelz ist zum ersten Mal seit zwei Jahren wehrlos. Als er in der Hauptstadt ankommt, muß er sich in einer Privatklinik von den Folgen des Hungerstreiks erholen. Zwei tschechische Geheimagenten lösen sich wechselseitig ab, um ihn rund um die Uhr zu bewachen. Er muß nicht nur ihre Anwesenheit ertragen, sondern auch noch für ihre Ausgaben aufkommen. Hoelz ist indigniert. Die wertvollen Gelder aus Enteignungen können wohl schlecht dazu verwendet werden, um Polizisten zu bezahlen, selbst wenn es tschechische sind. Die Nationalisten beginnen eine Kampagne zugunsten des Auslieferungsgesuchs, das die deutschen Behörden gestellt haben. Hoelz zögert nicht lange und erbittet von der tschechischen Regierung die Erlaubnis, im Oktober 1920 die österreichische Grenze zu passieren.

In Deutschland hat sich unterdessen einiges ereignet, was die nächsten Schritte des emigrierten Revolutionärs entscheidend beeinflussen wird. Im April 1920 ist eine links von der KPD angesiedelte neue kommunistische Partei entstanden, die Kommunistische Arbeiterpartei Deutschlands (KAPD).

Einige der Freunde von Hoelz, die aus der KPD ausgeschlossen worden waren, finden sich darin wieder, wie Gorter und Otto Rühle. Die neue Gruppe bezeichnet sich selbst als »Partei der Massen, nicht der Führer«. Doch das ist nicht die einzige Veränderung. In denselben Tagen, da Max Hoelz Wien erreicht, beschließt eine Mehrheit der USPD auf dem Parteitag in Halle, der Kommunistischen Internationalen beizutreten. Kurze Zeit später, am 5. Dezember, fusionieren KPD und USPD-Mehrheit zur Vereinigten Kommunistischen Partei (VKPD), einer Partei, die nunmehr 400.000 Mitglieder umfaßt.

Diese Veränderungen in der Organisationslandschaft der deutschen Linken kümmern Hoelz, der davon erfahren haben muß, jedoch wenig. Er windet sich vielmehr zwischen dem erzwungenen Frieden in Wien und seinen gewalttätigen Erinnerungen.

Er wird eingeladen, in die Sowjetunion zu reisen, doch die Versuchung, die erste sozialistische Revolution der Welt mit eigenen Augen zu erleben, fällt mit der Nachricht zusammen, daß in Plauen und Dresden die Prozesse gegen die Genossen beginnen, mit denen er noch vor wenigen Monaten gemeinsam gegen den Kapp-Putsch gekämpft hat. Nach kurzem Zögern beschließt er im Dezember 1920, illegal nach Deutschland einzureisen. Er besorgt sich einen falschen Paß auf den Namen Alexander Matiasek. Eine neue Identität. (»Eine mehr«, denkt sich Herr Hoelz, der in den letzten Jahren bereits Herr Werner, Herr Sturm und Herr Lermontow gewesen ist.) Doch Hoelz verschwindet nicht hinter seinen Masken. Sie sind zufällig und vorübergehend (oder zumindest scheinen sie das im nachhinein gewesen zu sein): Er trägt einen gestutzten Oberlippenbart, einen neuen Haarschnitt und eine Brille aus Fensterglas.

»Als ich die Grenze passierte, wo mein Paß kontrolliert wurde, und die Beamten mich musterten, wurde mir doch ein bißchen seltsam zumute. Es war immerhin etwas riskant, da ich in keiner Weise verkleidet war.« Das ist alles. Max Hoelz ist wieder in Deutschland.

VIII.

Noch vor Weihnachten 1920 erreicht Max die Stadt Hof und überrascht seine Freunde. Auf welche Netzwerke wird er sich jetzt stützen? Sind seine Freunde bei der VKPD oder in der radikaleren KAPD? Wen kümmert das, es sind die »Freunde von Hoelz«, sein ganz persönliches, brüderliches Netzwerk. Wen interessiert schon, in welcher Partei du bist, wenn es darum geht, die Revolution zu machen?

Doch seine Kontaktpersonen schauen ihn eigenartig an. Hoelz spürt Mißtrauen. In Wien kleidete er sich gut (Besser? Ein bißchen besser? Trug er einen Mantel? Eine Weste? Eine Krawatte ohne Fettflecken?) und ging gern in die Oper (Ist das denn seriös und proletarisch?). Hoelz setzt sich und gesteht, von dem Mittelklassedasein, das er einige Monate lang in der österreichischen Hauptstadt geführt hat, angesteckt worden zu sein (War das ein untätiges Leben?). Er ist selbst unzufrieden mit seinem veränderten Äußeren. Die Verkleidung führt dazu, daß er sich nicht wohl fühlt in seiner Haut. (Was soll das, eine Brille zu tragen, die gar nichts nützt?) So erklärt er sich die verwunderten Blicke, die seine Freunde ab und zu auf ihn richten. (Gibt es die wirklich oder hat Hoelz sie sich eingebildet?) »Ich mußte wieder so werden wie sie«, sagt er sich anläßlich dieser Weihnacht 1920.

»So sein wie sie« bedeutet in der Lebensphilosophie von Max Hoelz, die Erfahrung der Ausbeutung in derselben Grube, derselben Fabrik oder Werkstatt mit ihnen zu teilen. Oder verfolgt zu werden. Flüchtling oder illegal zu sein ist für Max der Inbegriff des Proletarischen. Er setzt sich wieder in Bewegung, und die deutsche Geheimpolizei entdeckt die Anwesenheit des gesuchten Max Hoelz. (Wodurch entdeckt sie sie? Dringt vielleicht eine Art roter Nebel unter den Türen durch? Gerüchte? Nachrichten von einem Gespenst?) Obwohl die Polizei ihm auf den Fersen ist, reist er nach Hannover, um seine Ehefrau Clara zu besuchen. Nachdem es ihm gelungen ist, dem Zugriff der Polizei zu entwischen, versteckt er sich in Braunschweig und baut dort eine Operationsbasis auf.

Ende Dezember geht er nach Berlin, um dort mit Freunden (Max hat überall »Freunde«) einen großangelegten Plan zur Befreiung der Gefangenen in Plauen, Hof und Dresden zu besprechen. Er hat mehrere Unterredungen mit der nationalen Leitung der KAPD, doch der Empfang bei den Anführern der kommunistischen Linken ist nicht besonders freundlich, und die Diskussionen fruchten nichts. Es ist, als sprächen sie verschiedene Sprachen.

Hoelz beschließt, eine eigene Organisation aufzubauen, und ruft zu diesem Zweck Aktivisten der KAPD, der VKPD, Anarchisten und Parteilose zusammen. Alle, die er auftreiben kann, denen der Sinn nach Taten und nicht nach Worten steht. Offenbar sind solche Leute reichlich vorhanden, denn bereits nach wenigen Wochen teilt er 50 Mann in drei Gruppen auf: Berlin, Braunschweig und Sachsen. Aus den geheimen Gelddepots früherer Enteignungen kauft er Waffen und Fahrräder (ein Auto zu kaufen, wäre unproletarisch gewesen). Damit die Finanzreserven nicht zur Neige gehen, da mit ihrer Hilfe auch regelmäßig die Angehörigen der Gefangenen unterstützt werden, müssen neue Expropriationen organisiert werden. Banken und Postämter werden ausgeraubt. Ein Teil des Geldes wird der KAPD-Leitung überbracht. Hoelz beteiligt sich persönlich an einem Postraub in Berlin, der aber letztlich wegen »technischer Probleme« nicht durchgeführt wird.

In jenen Tagen durchlebt Max eines der seltsamsten Abenteuer seines bewegten Lebens, das bis heute nicht ganz aufgeklärt werden konnte. In seiner Autobiographie berichtet er, er habe Kontakt zu einem Mann namens »Ferry« aufgenommen, der sich die Sprengung der Berliner Siegessäule, des Symbols des preußischen Triumphs über Frankreich in Gestalt einer unter dem Namen »Goldelse« bekannten Säule im Tiergarten, zur Lebensaufgabe gemacht hatte. Für Ferry symbolisiert die »Else« den deutschen Militarismus und muß deshalb in tausend Stücke zerspringen. Hoelz berichtet, Ferry – der damals auch unter dem Pseudonym Hering bekannt war – habe ihm Waffen und Bomben im Austausch gegen das benötigte Dynamit angeboten.

Der Tausch kommt zustande, doch die Geschichte ist damit noch lange nicht zu Ende. Das Dynamit wurde von Hoelz' Leuten bei einer Reihe von Überfällen im bergwerkreichen Ruhrgebiet und Mitteldeutschland besorgt. Die Gruppe wollte es verwenden, um die Gefangenen zu befreien und verschiedene Gerichtsgebäude in die Luft zu jagen. Die erste größere Sprengung sollte sich in Falkenstein ereignen (Welch eine Rückkehr in die Wiege! Welch ein Feuerwerk am Herkunftsort!), doch der Plan wurde geändert, ohne daß Max das groß aufgefallen wäre. Ursprünglich ging es um die Befreiung der Gefangenen, doch dann: »Durch diese Sprengung und die gleichzeitig ausgestreuten Flugzettel sollten die Arbeiterschaft und die Spießbürger darauf aufmerksam gemacht werden, daß wir, die von der Polizei verfolgten und gehetzten illegalen Kommunisten, noch lebten, unsere eingekerkerten Genossen nicht vergessen hatten und bereit waren, mit allen Mitteln für ihre Befreiung zu kämpfen.«

Es ist eigenartig, daß Hoelz zeigen will, daß »die Kommunisten noch lebten«, denn zu dieser Zeit hatte die offizielle kommunistische Partei VKPD in Deutschland eine halbe Million Mitglieder, war im Parlament und in den Landesregierungen stattlich vertreten, verfügte über einen mächtigen Presseapparat und diskutierte gerade über die Machbarkeit eines Arbeiteraufstands. Nach dem Rechtsruck von 1920 hatte die VKPD, offenbar durch den Zustrom der Linkssozialisten gestärkt, sich nunmehr unter dem Einfluß der Kommunistischen Internationalen extrem links positioniert. Dieselben Leute, die die gewaltsame Antwort der Arbeiter auf den Kapp-Putsch bremsten, wollten nun ihren eigenen Staatsstreich durchführen.

Auf welche Kommunisten bezieht sich Hoelz also? Die dissidente kommunistische Partei, die KAPD, ist mit ihren 40.000 Mitgliedern zwar zahlenmäßig wesentlich schwächer, doch dafür befinden sich ihre Mitglieder in den strategisch bedeutsamsten und kämpferischsten Sektoren der Arbeiterbewegung, und auch sie vertritt eine Position, die den Aufstand befürwortet.

Also? Welche Kommunisten meint Hoelz später in seinen Memoiren, als er sein Vorgehen rechtfertigt? Sich selbst und seine Freunde? Die einzigen, die die Revolution wirklich ernst nehmen.

Im Februar 1921 diskutiert die VKPD-Leitung in Anwesenheit eines Delegierten der Internationalen, des Ungarn Bela Kun, einen Plan für eine Erhebung nach Ostern. Weiß Hoelz davon? Wohl kaum, denn wie sollte der ausgeschlossene Max davon erfahren, der nicht einmal entfernten Zugang zu dieser Entscheidungsebene hat. Er kann also auch nicht wissen, daß die Kommunistische Internationale als Brennpunkt, der die Revolution auslösen soll, ausgerechnet sein eigenes Operationsgebiet ausgewählt hat: Mitteldeutschland, und insbesondere Sachsen.

Doch damit hören die Zufälle noch nicht auf. Die VKPD-Leitung hat ihren eigenen »Dynamitplan« entwickelt, um damit »die Gemüter zu erhitzen«. Einen Plan, der dem von Hoelz sehr ähnlich ist, obwohl auf Parteiseite Hugo Eberlein mit seiner Ausführung beauftragt werden wird, der bei der VKPD-Basis als »Zündschnur-Hugo« bekannt ist. Ein beachtenswerter Kader, der vor den Risiken der direkten Aktion nicht zurückschreckt. Zweifellos ahnt Max nichts von den Plänen der Partei. Doch kennt die Partei die Pläne von Max?

Am 6. März 1921 kommen Hoelz und seine Jungs in Falkenstein an, nichtsahnend, daß die VKPD ihr Projekt usurpieren will. Ohne lange zu zögern, greifen sie die Polizeiwache an.

»Loose hatte die Aufgabe, zu gleicher Zeit eine Handgranate zu werfen, damit, wenn die Bombe durch die Zündschnur nicht zur Entzündung gebracht würde, die explodierende Handgranate dies nachhole. Im Begriff, die Tür zur Polizeiwache zu öffnen, in die ich die Bombe werfen wollte, brannte ich mit meiner Zigarette die Zündschnur an. Die Bombe mußte in spätestens vier Sekunden explodieren. Der Genosse Loose hatte zu gleicher Zeit seine Handgranate abgezogen. In diesem Augenblick merkte ich zu meinem Entsetzen, daß die Tür verschlossen war. Wir waren verloren. Die bereits entzündete Bombe hielt ich in der Hand, der Genosse seine abgezogene Handgranate, er warf sie schnell in die Ecke, ich die Bombe mit der zischenden Zündschnur dazu; im selben Augenblick explodierte die Handgranate.«

Durch die Explosion ist Max fast erblindet. Richard Loose, einer dieser ewigen Genossen von Hoelz, packt ihn am Arm und zieht ihn aus dem Getöse um sie herum. Man hört Maschinengewehrsalven, Hoelzens Leute werfen in der ganzen Stadt Handgranaten, als würden sie Bonbons verteilen. Max, immer noch an der Hand seines Blindenführers, beschließt, ein Souvenir zu hinterlassen, und ordnet an, das Haus des Befehlshabers der Einwohnerwehr mit sechs Handgranaten zu sprengen.

Sie fliehen auf Fahrrädern. Ein irrwitziges Bild, wie Max Hoelz wie besessen in die Pedale tritt, mit blutigem Gesicht, halb blind, und hinter seinem Rücken die brennende Stadt, während das Fahrrad auf der Landstraße nur so dahinfliegt.

Hoelz erholt sich in Berlin von seinen Verletzungen, während seine Gruppe in Freiberg, Dresden und Leipzig erfolgreich die Gerichtsgebäude angreift. »Mit der angerichteten Verwirrung konnte ich also zufrieden sein. Dennoch empfand ich weder Freude noch Befriedigung über das Ergebnis.« Max hat zwar eine Terroristenbande auf die Beine gestellt, die die deutsche Polizei in Schach hält, doch sein revolutionäres Projekt kommt nicht voran, die Gefangenen sitzen immer noch hinter Gittern, und die Arbeiterbewegung schaut den Aktionen seiner Gruppe zu, anstatt an ihnen teilzunehmen.

Unterdessen nimmt das Aufstandsprojekt der VKPD Formen an. Vorwand und Auslöser soll die Polizeipräsenz im sächsischen Bergbaugebiet sein, die die Regierung dekretiert hat. Paramilitärische Kräfte der Sicherheitspolizei, in den Arbeitermedien »Sipos« genannt, werden mit dem Auftrag in die Region entsandt, die Arbeiter der Roten Garden zu entwaffnen und den Diebstahl von Dynamit zu unterbinden. »Die Polizeikräfte werden Kriminelle und diejenigen, die versuchen, sie bei der Durchführung ihres Auftrages zu behindern, mit gleicher Härte behandeln«, erklärt der Innenminister.

Inmitten dieser Spannung wird ein gescheitertes Attentat die Aufmerksamkeit der Weltpresse auf sich ziehen und das Klima noch weiter anheizen: Am 13. März wird an der Siegessäule in Berlin eine Dynamitladung entdeckt, die wegen einer defekten Zündschnur nicht explodiert ist. Die Ladung, die von der Menge her ausgereicht hätte, das Denkmal zu pulverisieren, wird von der Polizei entfernt.

Die »Else« wird durch ein Wunder gerettet. Verhaftungswellen sind die Folge. Viele der Festgenommenen sind Arbeiter der KAPD, von denen einige ihre Beteiligung an dem Attentat gestehen. Beim Verhör identifizieren sie den Urheber der Aktion, Ferry alias Hering, auf einem Foto, das ihnen vorgelegt wird. Das Foto zeigt Max Hoelz. Sind Hoelz und Ferry ein- und derselbe? Hat es diesen Ferry überhaupt gegeben? Warum hätte Hoelz das Denkmal des preußisch-französischen Kriegs sprengen sollen?

Die einzige (durchaus zu bezweifelnde Zeugenaussage) über die tatsächliche Existenz einer Person namens Ferry liefert Max selbst Jahre später in seiner Autobiographie. Alle Welt glaubt, das Attentat gehe auf das Konto von Hoelz. Die Polizei ist davon überzeugt, und die Zeitungen beschuldigen ihn ebenfalls. Die Belohnung für die Ergreifung von Max wird auf 55.000 Mark erhöht.

Am 20. beginnt die Besetzung der mitteldeutschen Bergbauregion durch die Polizei. Die *Rote Fahne*, das Parteiorgan der VKPD, ruft die Arbeiter zu den Waffen. Bereits zwei Tage vorher läßt die VKPD-Zentrale auf denkbar verwirrende Weise die Order zum Aufstand verbreiten.

Der sozialdemokratische *Vorwärts* warnt vor einer kommunistischen Provokation und fordert dazu auf, den Generalstreik nicht zu befolgen, den die Kommunisten des Bezirks Mansfeld ausgerufen haben und der sich langsam ausweitet. Am 21. März wird im Leunaer Industriegebiet eine gegen die Polizeipräsenz gerichtete Versammlung abgehalten, an der 18.000 der insgesamt 20.000 Arbeiter der Region teilnehmen.

Am 21. März 1921 nimmt Max Hoelz in seinem Versteck die Zeitung zur Hand. Er ist nun 32 Jahre alt und hat die letzten drei Jahre seines Lebens im Strudel der Revolution verbracht, hat sich von ihr ernährt, hat sie neu erfunden, wenn sie sich verbarg oder entzog, ist auf sie gestoßen, wo sie aufloderte und zum Schlachtruf der bewaffneten Massen wurde. Es ist eine große Liebe gewesen, voller Rosensträuße im Morgengrauen. Oder eine Fahrradfahrt auf einer schlaglochreichen Straße, doch bisher ohne Umwege – zumindest bis vor ein paar Monaten. Diesen letzen Monaten, in denen Max die Tuchfühlung zu den Arbeitern verloren und sich dem individuellen Terror hingegeben hat.

Die Zeitung eröffnet ihm, daß in Mitteldeutschland der Generalstreik ausgerufen wurde. Die Buchstaben huschen schneller als gewöhnlich vor seinen Augen vorbei. Er muß nicht verführt werden, sondern fühlt sich sofort angesprochen. »Mein Entschluß stand sofort fest: Ich wollte erst informatorisch die Entwicklung der Dinge dort beobachten und mich dann den Organisationen zur Verfügung stellen«, schreibt Hoelz Jahre später in seinem wortkargen Bericht.

Wie immer ist seine »Studienreise« nach Mitteldeutschland von dem ihm eigenen Stil geprägt: Gemeinsam mit fünf pistolen- und granatenbewehrten Genossen tritt er die Reise an, nachdem er die Verfolger der Polizei abgeschüttelt hat.

Der Zug hält in Kloster-Mansfeld. In dieser Stadt kann Hoelz sich relativ sicher bewegen, da er hier nicht unter seinem wirklichen Namen bekannt ist, sondern als jener Sturm, als der er 1919 in dieser Region agitiert hatte. Unter demselben Pseudonym redet er am Abend auf einer Versammlung, zu der die örtlichen Arbeiterorganisationen aufgerufen haben. Der Aussage eines seiner Zuhörer zufolge soll Hoelz dazu aufgerufen haben, den Streik zu generalisieren, sich zu bewaffnen und die Polizeipatrouillen anzugreifen.

Am darauffolgenden 22. März redet er auf weiteren Versammlungen in Hettstedt, Mansfeld und Eisleben. Am selben Tag trifft Hugo Eberlein, der Mann, der von der VKPD zur Leitung des Aufstandes bestimmt wurde, in Halle ein.

Rund um Hoelz überschlagen sich die Ereignisse. Ein Treffen, eine Versammlung jagt die nächste, ungeachtet dessen, ob sie nun von der VKPD, der KAPD, den Sozialdemokraten von der USPD oder den revolutionären Gewerkschaftern von der AAU einberufen wird. Max redet dort als politischer Flüchtling und bleibt bei seiner Position: Generalstreik, Organisierung des Aufstandes. Eine nach der anderen stimmen die Versammlungen für den Generalstreik gegen die Intervention der Polizei in Sachsen.

Max beteiligt sich an der wachsenden Bewegung, indem er Stoßtrupps bildet, die die Gegend von Kloster-Mansfeld durchstreifen, den Streik organisieren und verhindern, daß Streikbrecher in die Fabriken eindringen.

Erst zwei Tage sind vergangen. Am 22. März um sieben Uhr abends bricht Hoelz in Begleitung seines Freundes Richard Loose in Richtung Eisleben auf, wo eine wichtige Versammlung stattfinden soll. Auf der Straße begegnen sie bewaffneter Polizei, eben jenen »Sipos«, die die Regierung nach Sachsen entsandt hat. Hoelz fährt kaltblütig auf sie zu.

»Machen Sie dieser Unruhe möglichst bald ein Ende, wir haben genug von dem kommunistischen Abschaum«, sagt er dem Leutnant, der entgeistert mit einem dämlichen Lächeln antwortet. Max und sein Begleiter passieren die Straßensperre problemlos.

In Eisleben spricht er auf der Versammlung, die für eine Fortsetzung des Streiks stimmt. Dort lernt er Josef Schneider kennen, einen ortsansässigen VKPD-Verantwortlichen und Herausgeber der Arbeiterzeitung der Region. Durch ihn erfährt Max von den

Plänen der Kommunistischen Partei, einen bewaffneten Zusammenstoß herbeizuführen, der in den Aufstand münden soll.

In jener Nacht dringt die Polizei im gesamten Industriegebiet in die Arbeiterhäuser ein und verhaftet zahlreiche Menschen. Die Arbeiterkomitees schlagen Alarm. Gruppen von Arbeitern versuchen, Festgenommene zu befreien. Zu dieser nächtlichen Stunde wird die von Hoelz ausgegebene Losung angenommen: »Bewaffnet euch! Greift die Polizeipatrouillen an und bessert eure Waffenausrüstung auf!«

In der Gegend von Mansfeld befinden sich 120.000 Menschen im Streik.

Am Morgen des 23. März enthüllt Hoelz vor den Teilnehmern einer Versammlung seine wahre Identität. Gerüchte waren ihm bereits vorausgeeilt: »Hoelz ist schon da!« Und Max beginnt, rund um Eisleben Kampfgruppen zu formieren. Er bildet eine fünfzigköpfige Sturmkompanie mit Gewehren und drei Maschinengewehren. Er schickt Boten mit der Bitte um Instruktionen und Unterstützung nach Berlin, Hannover, Braunschweig und Halle – ohne zu wissen, daß sich dort der KPD-Mann Eberlein aufhält.

»Die Revolution war zum Greifen nahe. Sollten wir sie machen?« Er zögert nicht lange und wartet auch nicht auf die Rückkehr der Boten. »Ich mußte versuchen, die sich spontan bewaffnende Arbeiterschaft zu einheitlichen Kampfhandlungen zusammenzufassen.« Er vernachlässigt auch die Finanzierung der Revolution nicht und überträgt »die Herbeischaffung der notwendigen Gelder vier zuverlässigen Genossen«, die ihn seit Berlin begleitet haben. Es kommt zu ersten Überfällen auf Banken, Handelsvertretungen und Regierungsstellen. Hoelz vergißt nicht, daß zu einer guten Revolution auch gute Enteignungen gehören.

Obwohl er sich nun mit der VKPD koordiniert hat, gibt Max seine politische Unabhängigkeit und sein gutes Verhältnis zu allen, die auf der Seite der Revolution stehen, nicht auf und gibt einen Teil der Gelder für den Druck von Zeitungen und Flugblättern an die örtliche KAPD-Leitung weiter.

In Eisleben kommt es gegen drei Uhr nachmittags zum ersten Zusammenstoß der Arbeiter mit der Polizei. Zu diesem Zeitpunkt besteht Maxens Armee aus neunzig mit Gewehren bewaffneten Männern. Man beschließt, sich in zwei Gruppen aufzuteilen und zur Offensive überzugehen. Die einen werden das Seminar angreifen, die anderen das Krankenhaus – das sind die beiden Orte, in denen die bewaffnete Polizei kaserniert ist. Hoelz befehligt die zweite Gruppe persönlich. In der Stadt stehen 400 »Sipos« 90 Arbeitern gegenüber.

Max hält sich an sein gewohntes Vorgehen. Er schickt zunächst einen Boten mit einem übertriebenen Ultimatum aus. So erfährt der Polizeichef, daß die Ortschaft angezündet wird, falls er sie nicht verläßt. Um der Drohung Nachdruck zu verleihen, steckt Hoelz ein Gebäude in der Nähe des Krankenhauses in Brand. Zudem zieht eine Gruppe von Arbeitern durch die eleganten Straßen der Innenstadt und schlägt dort die Schaufenster ein, um die Polizei aus ihrem Versteck zu locken, da sie ja das heilige Eigentum schützen muß. Doch das Manöver scheitert – die Polizei bleibt untätig. Hoelz sieht sich gezwungen, das brennende Gebäude wieder löschen zu lassen.

Die rote Miniarmee stellt den Angriff ein und schlägt ihr Quartier in Helbra auf. Dort hatte die Polizei die Räume der Streikenden angegriffen und dabei zwei unbewaffnete Männer getötet, darunter einen sechzehnjährigen Jugendlichen. Bei der Ankunft von Hoelz ergreifen die »Sipos« die Flucht.

Mittlerweile ist die gesamte Region auf den Beinen. Hunderte von Dingen ereignen sich gleichzeitig, und die »Sipos« sind in der Defensive.

Es geht das Gerücht um, Hoelz sei verhaftet worden. Die Fehlinformation geht auf die Verhaftung eines Mannes zurück, der an den Enteignungen beteiligt war und den Max mit dem Geld und seinem persönlichen Siegel als Beglaubigung aus dem Kampfgebiet weggeschickt hatte. Die Polizei glaubt, es handle sich um Max, und der Verhaftete dementiert das auch nicht, um den Anführer der Bewegung zu schützen.

In der Nacht wird aus dem Hauptquartier der roten Miniarmee eine Gruppe nach Leimbach ausgesandt, um Dynamit zu beschaffen. Unterdessen ist die Lage außerhalb des Kampfgebiets unsicher. Zwar haben VKPD und KAPD gegen die Stimmen der Sozialdemokraten und der Überbleibsel der USPD bundesweit zum Generalstreik aufgerufen, doch der Aufruf wird nicht befolgt. In anderen Teilen Deutschlands befinden sich lediglich 80.000 Arbeiter im Ausstand, und selbst innerhalb der VKPD gibt es eine Fraktion, die den Aufruf mit dem Argument boykottiert, es handle sich um ein militaristisches Abenteuer. Zweitausend Männer schließen sich im Leunawerk ein, Barrikaden werden gebaut. Der Befehl zum Aufstand wird nicht angenommen, und die mehrheitlich von der KAPD angeführte Bewegung bleibt in der Defensive. In Hamburg kommt es aufgrund lokaler Arbeitskämpfe zu Zusammenstößen. In Halle, wo Eberlein sich aufhält, wird zum Aufstand aufgerufen, ohne daß die Arbeiter darauf reagieren. In Berlin organisieren die beiden kommunistischen Parteien kleine Demonstrationen. Lediglich in Hamburg kann die Bewegung auch nach dem ersten Tag noch Zuwachs verzeichnen, Massenkundgebungen werden abgehalten und die Werften besetzt.

Wird es den kommunistischen Parteien gelingen, den Aufstand über Mitteldeutschland hinaus auszuweiten? In der Region, wo Hoelz operiert, und auch in vielen anderen Industriezentren fehlt es lediglich an Waffen. Die Regierung beschließt, die Armee in der Reserve zu halten und den Aufstand allein durch die »Sipos« niederschlagen zu lassen.

Am Morgen des 24. März gehen die von Hoelz befehligten Gruppen – mittlerweile handelt es sich um 400 mit Pistolen, Gewehren, Granaten und sechs Maschinengewehren bewaffnete Arbeiter – zur Offensive über. Zunächst greifen sie Eisleben an, von wo die »Sipos«, deren Moral durch die Ereignisse des Vortages noch geschwächt ist, sich zurückziehen, wobei sie ihre Waffen zurücklassen.

Worin seine Führungsautorität begründet lag, wird Hoelz selbst Jahre später so erklären: »Die schwierigen Aufträge führte ich immer selbst aus.«

Am Nachmittag wird in Hettstedt gekämpft. Die bewaffneten Arbeiter kreisen die Ortschaft ein und kämpfen in kleinen, aggressiven Kamofgruppen, die die »Sipos« bis ins Stadtzentrum zurückdrängen. Die Kämpfe ziehen sich bis in die Nacht hinein. Dann schicken die »Sipos« einen Zug gegen die Aufständischen vor, den diese kurzerhand in die Luft sprengen. Spät in der Nacht beginnt die von Hoelz angeführte rote Armee ihre Schlußoffensive. Ein kleiner Sturmtrupp wird gebildet, der ins Zentrum von Hettstedt vordringen soll. Er rückt auf das Polizeiquartier vor, indem er die davorgelegenen Gebäude sprengt und im Staub und in den Trümmern Deckung sucht. Als das vierte Gebäude gesprengt wird, flüchtet die bewaffnete Polizei entsetzt inmitten des Lärms der Detonationen (die rote Miniarmee verschmäht bei ihrem Vormarsch auch den Lärm als psychologische Waffe nicht).

Sie besetzen die Kaserne und erbeuten weitere Waffen für die roten Milizen. Einige Gefangene informieren Hoelz, daß polizeiliche Verstärkung aus Sangershausen unterwegs ist. Es ist vier Uhr morgens, als die rote Armee sich nach Helbra zurückzieht.

»Niemand weiß, was wir als nächstes tun werden«, sagt Hoelz. Das ist der Schlüssel zum Erfolg. Beweglichkeit und unerwartete Reaktionen.

Doch nicht nur die Polizei rätselt, wo die Revolutionäre als nächstes auftauchen werden, auch sie selbst wissen es nicht. Es gibt keinen Plan außer dem, zuzuschlagen, sich zurückzuziehen, erneut zuzuschlagen usw. Wenn das ein Plan ist, dann bringt er jedenfalls gute Ergebnisse. Mit den erbeuteten Waffen werden neue Kampftruppen aufgestellt. Hoelz überfällt weiter Banken und Geschäfte. In einer Fabrik verteilt er das Geld aus dem Tresor unter den Arbeitern.

An diesem Tag kommt der einzige Kontakt zwischen Halle und der Bewegung zustande. Es ist eine gemeinsame Botschaft von KPD und KAPD an Max Hoelz, in der sie ihm mitteilen, daß sie sein Handeln billigen und ihn bitten, die Stellung zu halten. Es wird die einzige Verbindung bleiben, die die rote Miniarmee zu den Parteien herstellen kann, die den Aufstand losgetreten haben.

In Berlin erklärt die Regierung den Ausnahmezustand. Die beiden kommunistischen Parteien rufen zum Generalstreik auf. Wieder bleibt die Reaktion aus. Aus Mitteldeutschland treffen bei den Parteiführungen verwirrende Nachrichten ein. Es heißt, dort kämpfe eine rote Armee. Wer führt sie an? Max Hoelz. In wessen Namen? Im Namen der deutschen Revolution. Aber für welche Partei? Nein, darüber ist nichts bekannt ... Im Ruhrgebiet findet der Streikaufruf ein gewisses Echo, dagegen erstirbt die Bewegung in Hamburg. Wer hat den Aufstand vorbereitet? Welchen Aufstand eigentlich?

Am Nachmittag des 25. März greift die rote Armee erneut Eisleben an. Diesmal durchbricht sie mit dem Angriff die Verteidigungslinien der Polizei. Das Rathaus wird besetzt. Das Haus des Admirals Ever wird gesprengt. Darin werden zahlreiche Waffen und Dokumente der rechten paramilitärischen Organisationen gefunden. Ever wird als Geisel mitgenommen. Dann zieht die rote Armee sich nach Wimmelburg zurück. Dort stoßen andere Arbeiterkampftruppen aus anderen Regionen hinzu, sogar ein paar von Eberlein aus Halle geschickte. Hoelz hat nun 2.500 bewaffnete Arbeiter unter seinem Kommando.

Beweglichkeit, immer wieder Beweglichkeit. Wenige Stunden nach der Sammlung in Wimmelburg ziehen sie in Richtung Tautschental, wo Hoelz seine Truppe zusammenziehen und mit den Arbeitern aus Leuna vereinigen will.

Die »Sipos« fallen mit Feuer und Schwert in Wimmelburg ein, nachdem die Roten die Stadt bereits verlassen haben. Wehrlose Arbeiter werden ermordet.

Die »Sipos« kontrollieren Eisleben und Hettstedt. Nützt ihnen das etwas? Dies ist kein Stellungskrieg, die gesamte Region ist Schauplatz von Kämpfen. Nicht nur die rote Armee von Max Hoelz ist unterwegs, sondern auch einzelne Streikbrigaden, sich sich bewaffnet haben, und eine weitere kleine rote Armee unter Führung eines »Freundes von Max«, Torgler. Wenn die Arbeiter des Leunawerks ihre defensive Haltung aufgeben, bedeutet das enormen Zuwachs für den Aufstand. In Halle unternimmt die VKPD große Anstrengungen, die Bewegung auszuweiten, doch es bleibt bei den Aktionen einer Minderheit, umgeworfenen Straßenbahnen, ein paar Explosionen.

Am Samstag, dem 26. März, dem vierten Tag der Kampfhandlungen, hat niemand einen wirklichen Überblick über die Situation. Die »Sipos« haben Mansfeld eingenommen, doch es geht weniger um territoriale Kontrolle als darum, den Feind in die Defensive zu drängen. Wenn die Polizei eine Arbeiterstadt kontrollieren will, muß sie dort ein Aufgebot postieren, das die Arbeiter überwacht.

Für die rote Miniarmee dagegen ist die Eroberung eines Arbeitergebietes eine Frage der Propaganda, und zugleich eine Möglichkeit, an Geldmittel zu gelangen oder an mehr Gewehre von besiegten Polizisten, mit denen sie dann die Arbeiter der ortsansässigen Fabriken bewaffnen kann. Es ist einfach ein weiterer Stützpunkt.

An diesem Tag geht der Marsch in Richtung Sangerhausen. Dort soll gegessen werden. Doch eine halbe Stunde nach der Ankunft der roten Armee fährt ein mit Soldaten vollbesetzter Zug ein. Es kommt am Bahnhof zu schweren Kämpfen. Schließlich sehen sich Hoelz und seine Leute aus Mangel an Munition gezwungen, das Feuer einzustellen. Dennoch besiegen sie die Soldaten, die ihnen mehrere Gewehre und ein Maschinengewehr hinterlassen. Der Zug fährt aus Sangerhausen ab, und noch in derselben Nacht verläßt auch die rote Armee diesen Ort.

Unterdessen erklärt die sozialdemokratische Regierung in Berlin: »Mit bewaffneten Arbeitern wird nicht verhandelt.«

Andere, von der VKPD entsandte Arbeitergruppen unter der Führung von Lembke und Bowitzkin kämpfen um Tautschental und nehmen es schließlich ein. Sie haben den Kontakt zur Organisation verloren und wissen auch nicht, wo die Armee von Hoelz sich befindet.

Am Sonntag, dem 27. März, rastet Hoelzens Armee in Schraplau. Dort erhalten die Arbeitersoldaten in aller Form ihren ersten bescheidenen Sold. Am Abend des Sonntags, des ersten Tags ohne Kämpfe seit einer Woche, wird beschlossen, sich wieder in Bewegung zu setzen. Über Fahrzeuge, mit Maschinengewehren und roten Fahnen ausgestattete Lastautos verfügt die rote Armee bereits seit dem ersten Tag.

In der Nacht rücken sie nach Ammendorf vor. Ziel ist nach wie vor eine Zusammenführung des Großteils der in der Gegend operierenden Arbeiterkampftruppen und die Fusion mit den Arbeitern des Leunawerks. Insgesamt könnte die rote Armee so auf eine Stärke von fünfzehntausend Arbeitern kommen, die dann noch durch die in Halle stehende Artillerie vervollständigt werden würde. Die Kanonen sollen im Handstreich geholt werden. Beides wird vor dem nächtlichen Marsch beschlossen. Der 28. wird der entscheidende Tag dieses mitteldeutschen Aufstands werden.

Der Morgen des 28. verstreicht in der unruhigen Erwartung der Männer aus Leuna, die Lembke bringen soll, und vor allem des Nachschubs für die bereits sehr knapp gewordene Munition. Man beschließt, mit der Aktion in Halle zu beginnen, um den Überraschungseffekt nicht zu verspielen.

Zweitausend rote Soldaten rücken in gefächerter Formation auf über zwei Meilen Breite auf die Stadt Halle vor. Wenige Kilometer vor der Stadtgrenze kommt es zu ersten Zusammenstößen mit den »Sipos«. Hoelz befiehlt, den Kampf zu meiden, solange Munition und Verstärkung noch nicht eingetroffen sind. Die »Sipos« kreisen die Arbeiter langsam ein.

Als endlich Lembke mit der Munition auftaucht, ist keine Zeit mehr, sie auszugeben. Hoelz begibt sich zum vordersten Posten, um Bescheid zu geben. Der Kampf beginnt. Seine Anwesenheit verhindert den Ausbruch einer Panik. Als er zum Kommandoposten der kleinen Armee zurückkehrt, fällt er beinahe den »Sipos« in die Hände. Ein paar Bergarbeiter verstecken ihn fast ohnmächtig in einem Kohleschacht. Als er dort schließlich wieder herauskommt, sucht er seine Leute in der Nähe von Groebers. Er findet sie nicht, sondern stößt statt dessen auf die Kampfgruppe von Gerhard Tiemann, einem Kommunisten aus Werdau, der Arbeiter aus Bitterfeld und Holzweisig anführt. Noch vor dem Abend besiegen sie die »Sipos« in Groebers.

Im Verlauf des Dienstags versucht Hoelz, den Kontakt zur roten Armee wiederherzustellen, während er die Abteilung von Tiemann anführt. Er begegnet Josef Schneider, dem Schatzmeister der Revolution, und sie verteilen in den Dörfern an ihrem Weg große Mengen Geld unter den Arbeitern. Es heißt, die eigentliche Truppe von Hoelz befinde sich in Mansfeld. Also versuchen sie, dorthin zu gelangen.

Ohne daß Hoelz etwas davon erfährt, greift die Polizei am selben Tag das Leunawerk an, welches die Arbeiter in einer Defensivaktion besetzt hatten. Vierzig Arbeiter werden getötet. Auch in Berlin ereignen sich Dinge, die für die Bewegung entscheidend sein werden: Das Zentralkomitee der VKPD diskutiert, ob der Aufruf zum Generalstreik und die Unterstützung des Aufstands aufrechterhalten werden sollen. Man beschließt, der Rebellion noch drei Tage zu geben und die Bewegung, falls sich bis dahin nichts Entscheidendes verändert hat, zum geordneten Rückzug aufzufordern. Welche Bewegung eigentlich? Die mobilisierten Kräfte agieren außerhalb der Kontrolle der VKPD.

Unterdessen irrt die Gruppe von Hoelz weiterhin durch die Dörfer des Industriegebiets. Mit ihren roten Fahnen und den Lastautos voller Arbeiter mit Gewehren bieten sie ein großartiges Schauspiel. Vorneweg fährt ein gepanzerter Wagen mit Maschinengewehren, in dem Hoelz und sein Schatzmeister sitzen. Sie überfallen Fabriken und kleinere Polizeiwachen. Fabriktresore werden mit Dynamit gesprengt. Auch Postämter, Banken, Geschäfte und Villen des Großbürgertums überfallen sie und konfiszieren Lebensmittel, um sie dann zu verteilen. Ganz ohne Zweifel ist dies das Ende der Welt, die Revolution. Robin Hood ist gekommen. Die Gruppe von Hoelz erhält Zulauf. Am 30. kämpfen sie in Wittin gegen die Milizen und besiegen sie, woraufhin 30.000 Mark an die Arbeiter verteilt werden. Am darauffolgenden Tag greifen sie Beesenstedt an und besetzen es. Nahrungsmittel und Kleidung werden auf einem großen Gut beschlagnahmt und verteilt.

Schließlich ist Freitag, der 1. April. An diesem Morgen ruft die VKPD zur Beendigung des Generalstreiks auf. In Mitteldeutschland wurden bereits siebentausend Menschen festgenommen, aber über dreitausend bewaffnete Arbeiter sind immer noch in kleineren Gruppen unterwegs. Die »Sipo« setzt nun mit der Unterstützung von Zeitfreiwilligeneinheiten aus Süddeutschland alles daran, zu verhindern, daß diese Kleingruppen sich wieder zu einer größeren Armee zusammenschließen können.

Hoelz steht an der Spitze von ca. hundert Mann. Für den Fall, daß er keine Anweisungen von den kommunistischen Parteien erhält, hat er sich das Ziel gesetzt, den Bezirk Mansfeld zu erreichen, dort die Waffen zu verstecken und sich zu zerstreuen. In der vergangenen Nacht ist Schneider mit den Geldern aus den Enteignungen geflohen. Hoelz ist es nicht gelungen, herauszufinden, wo sich der Haupttrupp der roten Armee befindet. Ist sie überhaupt noch vorhanden oder wurde sie vielleicht schon geschlagen?

Gegen Mittag verläßt die bewaffnete Truppe Beesenstedt. Drei Kilometer vor sich entdecken sie einen dichten Polizeikordon. Die Revolutionäre bringen ihre Maschinengewehre in Stellung, doch es ist nicht genug Munition vorhanden. Die Schießerei beginnt. »Nicht einer von uns glaubte, daß er lebend aus diesem Hexenkessel herauskommen würde.« Zwanzig Leute aus der von Hoelz angeführten Gruppe kommen bei diesem Gefecht ums Leben. Anderen gelingt es, schwimmend durch die Saale zu flüchten, darunter auch Tiemann und Hoelz. Die ganze Gegend wimmelt nur so von Polizeipatrouillen. Also verbergen sie die Waffen und versuchen, die Umzingelung zu durchbrechen, doch in Könnern werden sie von weißen Garden verhaftet. Hoelz, der mitten im allgemeinen Chaos mit Hunderten von anderen Arbeitern festgenommen wird, gibt sich als Reinhold König aus. Einmal mehr ist ihm die Revolution aus den Händen geglitten. Hoelz denkt an die wenigen ruhmreichen Tage zurück, während die Polizei in den Nachbarzellen seine Genossen verprügelt. Wieder ist die Revolution gescheitert. »Beim nächsten Mal wird es klappen«, denkt Hoelz.

»Wo ist Max Hoelz?« fragen die Polizisten die Arbeiter, während sie sie foltern. Den Schlägen zum Trotz verrät ihn niemand. Hunderte von Männern kennen seine Identität, doch das bleibt ihr Geheimnis und dringt nicht zur Polizei durch. Er ist wieder der Fisch im Wasser, auch wenn es diesmal das Wasser der Gefangenschaft ist. Max selbst antwortet auf die Frage nach dem Verbleib von Max Hoelz mit einem schlichten: »Ich weiß es nicht.« Er verlangt ein schnelles Gerichtsurteil, denn er habe sich gar nicht an den Kämpfen beteiligt. Tiemann wird von den Polizisten zu Boden geschlagen, Max geht dazwischen und bekommt selbst mehrere Kolbenhiebe ab. Am 3. April wird Max auf freien Fuß gesetzt. Gegen den vorgeblichen Reinhold König liegt nichts vor. In der allgemeinen Verwirrung läßt er das Gefängnis hinter sich, flieht aus der Region und gelangt nach Berlin. Zu diesem Zeitpunkt ist sein Kopf bereits 185.000 Mark wert.

IX.

Max glaubt nicht an das Glück. Alle, die ihn kennen, glauben an Magie. In Mitteldeutschland beginnt das Gerücht die Runde zu machen, daß Max Hoelz der Polizei wieder entwischt ist. Trotzdem befindet er sich in keiner einfachen Lage. Seine erste Nacht in Berlin muß er auf der Straße verbringen, da niemand bereit ist, ihn aufzunehmen. Er schläft unter freiem Himmel.

Der Mann, der immer Freunde hatte, kann sie jetzt nicht finden. Seine Beziehungsnetze sind aufgeflogen. Nach dem Attentat auf die Siegessäule vor zwei Wochen (ist das erst zwei Wochen her?) ist der Boden unter seinen Füßen weggesackt. Seine Beziehungen zur KAPD und zur VKPD sind die eines Fremden, eine Zufallsbekanntschaft, er kann den Apparat nicht für sich in Anspruch nehmen.

In der zweiten Nacht trifft er wie durch ein Wunder zwei Genossen, die bereit sind, ihn zu verstecken. In ganz Deutschland wird er von der Polizei gesucht. Noch wissen die Beamten nicht, daß sie ihn bereits in den Händen hatten und ihn versehentlich wieder laufen ließen. Hoelz beginnt bereits, über seine nächsten Aktionen nachzudenken.

Nach der Niederlage der Bewegung zieht die VKPD eine erste Bilanz: »Die militärische Leitung stand nicht einen Augenblick lang im Einklang mit der politischen Leitung.« Max Hoelz kann sich vor Lachen kaum halten. Welche politische Leitung? Wovon sprechen die eigentlich?

Er beginnt, neue Nachrichtenkanäle aufzubauen. Er erfährt, daß während des Aufstands in Leipzig Enteignungen unter seinem Namen durchgeführt worden sind. Sogar von Max Hoelz unterschriebene Quittungen wurden ausgegeben. Max weiß, wer das war. Er spürt die Gruppe in Berlin auf und verlangt, daß sie das Geld für Propagandamaterial und die Verteidigung und Unterstützung der Gefangenen der KAPD ausgeben. Auf dem Rankeplatz verabredet er sich mit einem gewissen Henke, der an diesen Aktionen beteiligt war. Henke taucht nicht auf, dafür aber die Polizei.

»Hände hoch!« schreit ein Beamter, der seinen Revolver auf ihn richtet. Max leistet ein letztes Mal Widerstand. Er hebt die Hände nicht, flieht aber auch nicht. Weder in Könnern noch in Sangerhausen hat er jemals die Hände erhoben, also wird er es auch jetzt nicht tun. »Meine Verhaftung war mir keineswegs überraschend gekommen. Fast täglich hatte ich damit gerechnet.«

X.

In den folgenden 48 Stunden wird er von der Polizei gefoltert. Seine Glückssträhne ist zu Ende. Max Hoelz hat sie herausgezögert, solange er konnte, doch jetzt ist er endgültig am Ende angelangt. Die Presse feiert die Verhaftung des revolutionären Helden.

Bis zum Tag der Gerichtsverhandlung verweigert er jede Aussage. Er wird vor ein Sondergericht gestellt. Er ist nur einer von insgesamt fünftausend Arbeitern, die in Berlin und Mitteldeutschland verurteilt werden. Die Anklage wirft ihm Raub, Hochverrat, Entführung, Brandstiftung, Eingriff in den Bahnverkehr und den Mord an einem Gutsbesitzer vor. Alle Zeugen, die potentiell entlastende Aussagen machen könnten, landen selbst auf der Anklagebank. Die KAPD besorgt ihm einen Anwalt und organisiert seine Verteidigung.

Die VKPD dagegen läßt Hoelz vor Gericht fallen. Der Parteivorsitzende der Mehrheitskommunisten sagt aus, daß Hoelz kein Parteimitglied sei und daß die Organisation individuelle Gewalt ablehne.

Die Staatsanwaltschaft nutzt diese Aussage, um Hoelz als Gangster abzustempeln.

Max verteidigt sich: »Gewalt ist ein Mittel und niemals Selbstzweck.« Er gibt alle Anklagepunkte bis auf die Ermordung des Gutsbesitzers Heß zu, einem Hauptmann der weißen Garden. Dazu sagt er aus, er habe angeordnet, den Mann nicht zu erschießen und sei nicht einmal am Ort des Geschehens gewesen.

Das Gericht verurteilt ihn zu lebenslänglicher Haft. Hoelz bekommt ein letztes Mal die Gelegenheit, in der Öffentlichkeit zu sprechen. Er nutzt sie, um den Richtern zuzurufen: »Es kommt der Tag der Freiheit und der Rache – dann werden wir die Richter sein! Die Justiz ist eine Hure und Sie sind ihre Zuhälter!«

Dann verläßt Max Hoelz unter den Kolbenschlägen der »Sipos« das Gerichtsgebäude.

XI.

Kurz nach dem Prozeß, nachdem die VKPD den eigenen Kopf geschickt aus der Schlinge gezogen hat, verabschiedet die Kommunistische Internationale auf ihrem dritten Kongreß im Juni 1921 eine öffentliche Erklärung zu Max Hoelz. Seine Taten während des

Märzaufstandes werden nicht gebilligt, doch man versucht, aus der Figur Hoelz propagandistisches Kapital zu schlagen:

»Die Kommunistische Internationale ist Gegnerin des individuellen Terrors und der Sabotageakte, die nicht direkten Kampfeszwecken im Bürgerkriege dienen. Sie ist Gegnerin eines von der politischen Leitung des revolutionären Proletariats unabhängig geführten Freischärlerkrieges. Aber die Kommunistische Internationale sieht in Max Hoelz einen mutigen Rebell gegen die kapitalistische Gesellschaft. [...] Darum sendet der Kongreß Max Hoelz brüderliche Grüße, empfiehlt ihn dem Schutze des deutschen Proletariats und spricht die Hoffnung aus, daß an dem Tage, wo die deutschen Proletarier die Tore zu seinem Gefängnis sprengen werden, er in Reih und Glied der Kommunistischen Partei Deutschlands für die Sache der Befreiung der deutschen Arbeiter kämpfen wird.«

Ein bemerkenswertes Dokument. Max wird vorgeworfen, ähnlich wie die VKPD gehandelt zu haben, die in Mitteldeutschland während der Märztage von Hugo Eberlein geführt wurde.

Doch es ist nicht diese Erklärung, die Max Hoelz im Gefängnis beschäftigt, während er unter dem Freiheitsentzug zu leiden beginnt, der ihm für die Ewigkeit zugedacht ist. In den ersten Monaten ist er noch der zornige Prolet, der er immer war, die Gewalt juckt ihm in den Fingern. Eines Tages empört er sich über eine zynische Antwort des Gefängnisdirektors und spuckt dem Mann ins Gesicht, nachdem er ihn geohrfeigt hat. Die Tätlichkeit kostet ihn vier Wochen Einzelhaft. Es wird nicht das letzte Mal gewesen sein, daß er einen Gefängniswärter anspuckt.

Für Tausende von Arbeitern ist Max ein Vorbild, der Mann, von dem sie träumen, der große Rächer aller Ungerechtigkeiten. Besucher aus allen Teilen Deutschlands kommen ins Gefängnis, Briefe und Pakete werden in solchen Mengen geschickt, daß das örtliche Postamt mit der Arbeit nicht mehr hinterherkommt.

Jetzt übernimmt die Kommunistische Partei seine Verteidigung und organisiert ein Komitee von Intellektuellen, an dem sich u.a. Thomas Mann und Ernst Toller beteiligen. Ohne großen Erfolg setzen sie sich für eine Wiederaufnahme des Verfahrens ein.

Das ist für Max nur ein geringer Trost. Die Haft nagt an seinen Nerven und zerstört ihn. Die Untätigkeit zehrt in auf. Er wird schwächer und weicher. Nach fünf Zuchthausjahren bittet er die Regierung brieflich um Amnestie, setzt die KAPD mit dem Hinweis unter Druck, daß ein Teil der enteigneten Gelder in den Parteikassen gelandet sei, und fordert sie auf, ihn aus dem Gefängnis herauszuholen. Max braucht frische Luft zum Atmen. Wozu ist ein Revolutionär ohne Revolution von Nutzen? Im Zuchthaus ist er nicht Max Hoelz, sondern ein anderer, schwacher und nutzloser Mann, ein Schatten seiner selbst, der endlos in seiner Zelle auf- und abgeht, deren Boden sich langsam abnutzt.

Sieben qualvolle Jahre vergehen auf diese Weise. Anders als anderen radikalen Revolutionären hat der Gefängnisaufenthalt Max auch in Sachen revolutionärer Bildung nur wenig gebracht. Er liest kaum in der Haft, beschränkt sich auf Gymnastik und lange Spaziergänge. Er hat alle Zeit der Welt, sich an die bewegten Monate des Kampfes zwischen November 1918 und März 1921 zu erinnern.

Sieben Jahre voller Erinnerungen, die nicht enden wollen.

XII.

Schließlich amnestiert die deutsche Regierung am 14. Juli 1928 alle politischen Gefangenen. Max Hoelz kommt frei, drei Monate vor seinem neununddreißigsten Geburtstag.

Seine Freilassung ist ein großes Fest. Die KPD (die deutsche kommunistische Bewegung hat inzwischen wieder diesen Namen angenommen, der die Mehrheit der moskauorientierten Aktivisten bezeichnet) führt ihren Helden stolz vor, es gibt eine ganze Reihe von Kundgebungen, Festivals und Ehrungen.

Nun ist Max zwar draußen, doch nicht im Untergrund wie früher. Anstatt neue Aktionen vorzubereiten, ist er der große Elefant in einem Propagandazirkus:

»Ein Jahr lang benutzte die KPD ihn als Aushängeschild, führte in auf Rundreisen vor, auf denen er seine Lebensgeschichte erzählte. [...]. Als dann seine Anziehungskraft im gleichen Rhythmus nachließ, wie sein Unabhängigkeitsstreben wuchs, hörte er auf, eine Sensation darzustellen«, erinnert sich später eine Aktivistin aus dem KPD-Apparat.

Die Zeichen der Zeit haben sich gewandelt. Die KPD ist enorm angewachsen, sie hat sich in einen riesigen Apparat und eine starke politische Kraft bei den Wahlen verwandelt. Die Partei verfügt über eine Kampforganisation, den Rotfrontkämpferbund, der gegen die nationalistischen Gruppen und insbesondere die Nationalsozialisten kämpft. Das Land wird allmählich von einer gnadenlosen Wirtschaftskrise heimgesucht.

In diesem Jahr verfaßt Max seine Autobiographie, doch in der neuen Konstellation findet er keine politische Heimat. Um noch einmal ganz unten anzufangen, sich von der KPD loszusagen und die nächste Revolution vorzubereiten, die so nötig ist wie eh und je, fehlt ihm die Kraft. Er ist Berufsrevolutionär gewesen, doch dann war er sieben Jahre lang vom Alltag seiner Klasse abgeschnitten und sah die Welt nur von seiner Gefängniszelle aus – oder sah sie eben nicht mehr –, und nun hat er ein Jahr voller Feierlichkeiten und billigen Ruhms hinter sich. Für die Basis des Rotfrontkämpferbunds ist er ein Held, doch die Parteileitung erlaubt ihm nicht, sich in die Alltagsarbeit der paramilitärischen Organisation zu integrieren. Für die KPD ist Hoelz eine wohlfeile Legende, deren größte Tugend darin besteht, sich nicht in den Parteiapparat einzumischen und nicht weiter zu stören. Im Grunde ist die ihm entgegengebrachte Wertschätzung nicht aufrichtig, die disziplinierten Parteibonzen betrachten seinen Werdegang in den Jahren 1918 bis 1921 mit Mißtrauen. Hoelz gerät immer mehr zum Pappmachéhelden oder zum »korrupten Helden«, wie sein Biograph Phillip es ausdrücken wird. Max selbst sucht seinen Ausweg im Privatleben. Er wird zum Frauenhelden, der nach den Versammlungen seinen Ruhm für leichte Eroberungen nutzt und mit den Frauen, die ihn bewundern, ins Bett geht. Er läßt sich von Clara scheiden und lebt jetzt mit Ada zusammen, der Exfrau eines rechten Journalisten.

Er wird jähzornig, aufbrausend, doch er findet kein Gegenüber, mit dem er sich streiten könnte. Wenn dieser Max Hoelz sich mit den Augen von 1921 betrachten könnte, würde er sagen: »Dieser Mann gehört nicht mehr zu uns.«

Die KPD löst das Problem des unbequemen Helden, indem sie ihn nach Moskau schickt. Dort gräbt Hoelz sich als Parteibürokrat bei lebendigem Leibe ein, er lebt im Hotel Lux, wo die Komintern-Funktionäre wohnen, und übernimmt kleinere Aufträge. Er versinkt in Selbstverachtung. Schon längst ist er kein »proletarischer Revolutionär« mehr, auch wenn noch so über ihn geredet wird.

Im Jahr 1932 taucht er wieder aus der Depression auf und scheint zumindest seine Lebensfreude wiederzufinden. In einer Moskauer Industrieliga spielt er in einer Arbeitermannschaft Fußball. (Als was? Torwart? Stürmer? Es ist schwer, sich Max in der Verteidigung vorzustellen.) Was die Liebe angeht, führt er ein Doppelleben. Tagsüber treibt er sich auf Festen herum und hat zahlreiche Liebhaberinnen, und abends ist er der fürsorgliche Ehemann, der mit Ada ein häusliches Dasein führt.

Im Sommer 1933 wird Max von einem altgedienten Moskauer KPD-Funktionär auf eine Versammlung zitiert. Zu Recht macht er sich Sorgen. Er wird für seinen Lebensstil und seinen »Mangel an Parteidisziplin« kritisiert. Hoelz bittet darum, mit klandestinem Auftrag nach Deutschland geschickt zu werden, doch niemand geht darauf ein. Er wendet sich an die höchsten Instanzen der Kommunistischen Internationalen, hat eine Unterredung mit Manuilski, der ihm mitteilt, die Komintern gestatte ihm die Rückkehr nach Deutschland, um im Untergrund gegen den Aufstieg des Nationalsozialismus zu kämpfen. Max weint vor Freude. Er wird in den Kampf zurückkehren. Manuilski bittet ihn, ihm seinen Paß auszuhändigen, was Max tut. Die Zeit geht ins Land, der versprochene Auftrag läßt auf sich warten.

Unterdessen sind in Deutschland die Nazis an der Macht. Der Reichstagsbrand liefert den Vorwand für eine Hetzjagd auf KPD-Mitglieder, Sozialdemokraten und Gewerkschafter. Der Rotfrontkämpferbund bricht in sich zusammen – es ist bereits zu spät.

Hoelz schämt sich seiner Untätigkeit, wenn er seinen Genossen gegenübertritt. Für die deutschen Emigranten, für die Widerstandskämpfer im Untergrund ist Hoelz der künftige General der deutschen Revolution. Warum befindet er sich dann außerhalb des Kampfgebiets? Hoelz fühlt sich verpflichtet, zu handeln. Seine Vergangenheit zieht ihn fort, doch wohin? Wiederum beantragt er bei der Komintern, nach Deutschland in den antifaschistischen Untergrund entsandt zu werden. Die KPD antwortet, Hoelz sei nicht der richtige Mann, er sei zu bekannt und zu populär und würde zu schnell auffliegen. Hoelz hat eine heftige Auseinandersetzung mit Heckert, dem KPD-Verantwortlichen in Moskau:

»Bin ich also in der Sowjetunion gefangen?«

»Ohne offizielle Genehmigung kannst du machen, was du willst.«

»Aber ich habe keinen Paß.«

»Das ist deine Sache.«

Weshalb läßt man ihn nicht nach Deutschland gehen? Die KPD-Leitung befürchtet, daß Max der Wiederaufbau des kommunistischen Widerstands in Deutschlands gelingen und er sich dann der Kontrolle der Emigrantenbürokratie entziehen könnte. Sie haben ihn lieber im Blick, auch wenn er nutzlos ist.

Max verliert völlig die Orientierung. Er wendet sich an die deutsche Botschaft in Moskau und bittet um ein Gespräch mit dem Nazi-Botschafter Pfeiffer, der schon von ihm und seinem Ruf gehört hat, und bittet darum, nach Deutschland, in die Heimat, zurückkehren zu dürfen. Die Nazis halten das für eine Provokation. Pfeiffer fragt ihn: »Sind sie Jude?« Hoelz antwortet: »Wenn Sie mich in diesem Ton fragen, bin ich Jude, fühle ich mich als Jude, aber ansonsten bin ich Arier.« Der Botschafter sagt, er werde die Anfrage auf den formal vorgesehenen bürokratischen Wegen bearbeiten lassen. Hoelz verläßt die Botschaft.

An den folgenden Tagen fühlt er sich überwacht und beschattet. Sein Zustand beginnt, der Paranoia zu ähneln. Seine Freunde bitten ihn, mit den Dummheiten aufzuhören. Das politische Klima in der UdSSR ist äußerst angespannt. Die politische Polizei beherrscht Leben und Alltag von Russen wie von Emigranten. Die Opposition ist eingekerkert oder verbannt. Max entscheidet, sich Manuilski anzuvertrauen, und bittet erneut um einen Gesprächstermin. Er erzählt dem Komintern-Vorsitzenden, weshalb er in der deutschen Botschaft war. Er habe das nur getan, um nach Deutschland zurückkehren und dort die Nazis zu bekämpfen, versichert er und betont, die Untätigkeit habe ihn verwirrt. Schließlich wiederholt er seinen Wunsch, eine Aufgabe in der Untergrundarbeit zugeteilt zu bekommen. Manuilski bittet um Zeit. Nach einigen Tagen teilt er ihm mit, die KPD und die Internationale hätten entschieden, er müsse in der Sowjetunion bleiben. Sie bieten ihm eine Vollzeitanstellung als Leiter einer staatlichen Baufirma an, bei guter Bezahlung. Aber nicht die Rückkehr nach Deutschland.

Max will sich bei der Kommunistischen Internationalen einschmeicheln. Zwar nimmt er die Anstellung nicht an, doch er nähert sich wieder der KPD-Leitung an und beginnt, Freunde zu denunzieren, die die Parteilinie kritisiert haben. Einige seiner Genossen werden aufgrund seiner Denunziationen verbannt oder eingesperrt, doch die GPU gibt sich damit nicht zufrieden. Sie beginnt, ihn einzukreisen.

Schließlich wird einer der wenigen Freunde verhaftet, die ihm geblieben sind, der Jugoslawe Olrom, der um Hoelz zu verteidigen bereits die Lubjanka ertragen hatte. Max versucht, ihn zu retten, indem er einen Brief an Stalin schreibt. Er fordert die Freilassung von Olrom und seine eigene Entsendung in den antifaschistischen Kampf nach Deutschland und beschließt den Brief mit den Worten, wenn sich nichts ändere, werde er sich mit einem Revolver in sein Hotelzimmer einschließen, der politischen Polizei bis zur letzten Kugel Widerstand leisten und damit seinem »verabscheuungswürdigen Dasein ein Ende setzen«.

Während er auf eine Antwort wartet, hat er in der Hotelbar eine schreckliche Auseinandersetzung mit einer Gruppe ausländischer Journalisten, die die Sowjetunion kritisieren. Er schreit sie an, er werde sie umbringen, und zeigt seinen Revolver. Die GPU zwingt ihn, die Waffe abzugeben. Er war bereits ohne Paß, er war bereits ohne Partei, nun hat er auch keinen Revolver mehr.

Für die KPD ist der günstige Augenblick gekommen, um ihn zu liquidieren. Heckert lädt ihn vor und zeigt ihm eine Geheimakte über ihn. In dieser Akte befinden sich Kopien von Maxens Amnestie-Bittschreiben an die deutsche Regierung, von Briefen an Freunde, in denen er die Partei kritisiert, ferner Korrespondenz, in der er der KPD androht, Geschichten über die Märztage 1921 öffentlich zu machen, deren Bekanntwerden die Partei sicher nicht gerne sähe, falls sie ihn nicht aus dem Gefängnis hole. Schließlich Denunziationen, die ihn bei der GPU als Schmuggler anschwärzen, Anklagen wegen der Bestechung von Angestellten und polizeiliche Anzeigen wegen Handlungen, die Max sich im Vertrauen auf seine revolutionäre Immunität erlaubt hatte.

Max Hoelz, der Mann, der die mitteldeutsche Revolution von 1921 angeführt hat, bricht zusammen. Ihm wird ein Schreiben vorgelegt, das die KPD-Politik der letzten Jahre gutheißt. Hoelz unterschreibt, ohne das Blatt überhaupt gelesen zu haben. In den folgenden Monaten werden Hunderte von Parteiaktivisten und -funktionären denselben Brief unterzeichnen müssen.

Max bittet um die Erlaubnis, seine Schuld im Untergrundkampf in Deutschland wieder wettmachen zu dürfen. Die Bürokraten der KPD teilen ihm mit, er sei für einen Verwaltungsposten in einer sowjetischen Fabrik in einem Dorf bei Gorki vorgesehen. Max läßt den Kopf hängen. Er ist besiegt, zum ersten Mal vollständig besiegt.

XIII.

In den ersten Septembertagen des Jahres 1933 entdecken ein paar Kinder einen Leichnam, der in der Oka treibt. Es handelt sich um einen kräftigen Mann zwischen 40 und 50 Jahren. Sein Gesicht ist von Schlägen entstellt. Die Kinder geben der Miliz im nahen Gorki Bescheid, die den Toten bergen.

Die Leiche wird als die von Max Hoelz identifiziert.

Die sowjetische Presse schreibt, »der große deutsche Revolutionär Max Hoelz« sei »in der Nähe von Gorki versehentlich ertrunken«. In der offiziellen Version heißt es, Max sei bis zehn Uhr abends mit ein paar Freunden zusammengewesen. Seinem Tagebuch sei zu entnehmen, daß er ein Rendez-vous mit einer Arbeiterin des Elektrizitätswerks von Gorki gehabt habe. Er habe versucht, den Weg abzukürzen und mit einem Boot die Oka zu überqueren – einen kleinen Zufluß der Wolga –, und sei von einem Sturm überrascht worden, wobei das Boot gekentert und er selbst ertrunken sei.

Doch neben der offiziellen Version kamen Gerüchte auf.

Wenige Tage vor seinem Tod hatte Hoelz einer Gruppe von Freunden seine Angst eingestanden. Er wisse, daß man bald versuchen werde, ihn zu ermorden. Die Freunde hatten diese Befürchtungen auf den nervösen Zustand geschoben, in dem Max sich damals befand. Nun erinnerten sie sich daran. Doch dies war nur das schwächste Indiz.

Bald wurde bekannt, daß wenige Stunden, bevor der Leichnam in der Oka gefunden wurde, ein paar GPU-Agenten aus dem persönlichen Umkreis von Jagoda ins Hotel Metropol gekommen waren, das Zimmer von Max durchsucht hatten, seine persönlichen Papiere an sich genommen und seinen Koffer versiegelt hatten. Auf die Fragen des Angestellten antworteten sie: »Hoelz verreist für eine Zeit, heben Sie den Koffer auf.«

Unter den europäischen Kommunisten in Moskau machten bald neue Informationen die Runde, die die offizielle Version der Lächerlichkeit preisgaben: Hoelz habe niemals Tagebuch geschrieben. In dieser Nacht habe es auf der Oka keinen Sturm gegeben. Niemand lasse einfach sein Boot am Flußufer zurück, so daß der erstbeste Passant es einfach mitnehmen könne, und schließlich sei Max ein hervorragender Schwimmer gewesen.

Die KPD und die Komintern brachten eine neue Version im Umlauf: Max sei mit vier anderen Personen bei einem Schiffbruch ertrunken. Diese Version war noch dümmer als die erste. Deutsche Arbeiter, die in Gorki lebten, betonten nochmals, die Oka sei in der Todesnacht ein friedlich dahinplätscherndes Flüßchen gewesen. Die Nachrichten verbreiteten sich wie ein Lauffeuer.

Die offizielle Obduktion versuchte, die Gerüchte über die Verletzungen im Gesicht von Hoelz mit der Behauptung zu zerstreuen, die Steine auf dem Flußgrund hätten sie nach Eintreten des Todes verursacht. Zwei KPD-Ärzte brachten heimlich eine Gegenversion in Umlauf: Hoelz habe eine dicke Kopfhaut gehabt, es habe keine Fraktur gegeben, und wenn eine Leiche Schläge auf die Haut erhielte, würden die Spuren erst mit dem Beginn der Verwesung sichtbar werden. Also mußte Hoelz die Schläge erhalten haben, bevor er ertrunken war.

Niemand zweifelte mehr daran: Die traurige Vorahnung von Max hatte sich bewahrheitet. Die GPU hatte ihn ermordet.

Die Art und Weise, in der Max Hoelz den Tod fand, hinderte die Kommunistische Internationale nicht daran, am 9. September 1933 ein aufwendiges Begräbnis zu inszenieren, um sich von dem »großen deutschen Revolutionär« zu verabschieden.

Ein Großteil der Trauergäste defilierte schweigend an dem aufgebahrten Sarg vorbei. Über ihren Köpfen zogen sich schwarze Wolken zusammen. In den folgenden vier Jahren sollten einige von ihnen selbst den »Säuberungen« zum Opfer fallen.

XIV.

In der Zeit unmittelbar nach seinem Tod wurde Max von den Sozialdemokraten als gefährlicher Abenteurer betrachtet, von den Parteikommunisten als verantwortungsloser Verräter, von der kommunistischen Linken als Anarchist und von den Anarchisten als Leninist. Diejenigen, die Seite an Seite mit ihm gekämpft hatten, wurden von den Nationalsozialisten oder in den stalinistischen Lagern massakriert. Ihre Namen, ihre Geschichten gerieten in Vergessenheit.

XV.

In den 80er Jahren beschloß die poststalinistische Bürokratie der DDR, ein entkoffeiniertes Revival von Max Hoelz zu organisieren. In Hettstedt, einem Ort seines Wirkens, wurde auf einem Platz eine Hoelz-Statue aufgestellt. Als die konservative CDU im März 1990 die ersten Wahlen nach dem Mauerfall gewann, bestand eine ihrer ersten Amtshandlungen in der Entfernung dieser Statue, die im Keller eines Museums gelagert wurde. In der Presse erschien eine Randnotiz über das Ereignis. Eine bis heute unbekannte Gruppe fuhr nach Hettstedt und »befreite« in einer nächtlichen Blitzaktion die Statue. Der Legende nach wurde sie später in einem besetzen Haus in Halle gesehen. Fakt ist jedoch, daß die Phantomstatue bis heute verschwunden bleibt.

Eine Berliner Freundin erzählte mir, daß im selben Jahr 1990 in der Berliner Mainzer Straße, deren Häuser von der Bewegung besetzt worden waren, ein Antiquariat namens »Max Hoelz« eröffnet habe. Bei dem Polizeieinsatz zur Räumung der besetzen Häuser, die dreitägige Straßenkämpfe und die Festnahme von 300 Leuten mit sich brachte, stürmte die Polizei schließlich auch das Antiquariat.

Die Beamten drangen in das Max-Hoelz-Antiquariat ein und begannen, die Regale umzuschmeißen. Sie traten Abenteuerromane und Aufsätze über die Anarchie mit Füßen, zerstörten kleine Gedichtbände, Handbücher über Verhütung und Biographien, trampelten auf Broschüren und Zeitschriften herum, und schließlich organisierten sie einen Schießwettbewerb und begannen, auf die Bücher zu schießen.

Angesichts einer solchen Heldentat hätte Max gelächelt.

Tatsächlich lächelt er uns aus den Seiten eines Heftchens an, das von seinen Heldentaten handelt und jetzt Einschußlöcher aufweist.

Der Mann, der den Maoismus erfand

P'eng P'ai

und die proletarische Revolution, die vom Land kam (Eine apokryphe Autobiographie)

I.

Meine persönliche Geschichte ist ein endloser Kampf gegen Drachen, die ganze Ernten verschlangen, fünfjährige Kinder versklavten, Männer verschlissen, bis sie nahezu schwachsinnig wurden und der Lebensfunke in ihren Augen erlosch. Ich wuchs heran, um sie zu besiegen, und benetzte mich mit ihrem Blut, das in gewisser Weise mein eigenes war.

Ich wurde am 22. Oktober 1896 in Haifeng geboren, knapp zweihundert Kilometer östlich von Kanton in der südchinesischen Provinz Kwantung. Ich sollte P'eng P'ai heißen, obwohl ich bei der Geburt den Namen P'eng Han Yu erhalten hatte, den ich in meiner Jugend änderte. Nachdem mein Vater gestorben war, als ich zehn Jahre alt war, nahm mein Großvater mein Leben und meine Erziehung in die Hand. Er umgab mich mit Lehrern, Vormündern und Aufpassern. Er hatte beschlossen, daß ich intelligent sei und noch intelligenter werden sollte.

Mein Großvater war der Herr über Leben und Schicksal, der Herr über die Zukunft und vor allem die Gegenwart, der Herr über eintausendfünfhundert arme Bauern und ihre Familien. Er entschied, wo sie lebten, ob sie heirateten, wann und was sie säten, wann sie Feste feierten und wann ein Arbeitstag mit dem Sonnenuntergang enden würde. Für meinen Großvater war das die natürliche Ordnung der Dinge. Auch ich selbst sollte noch einige Jahre brauchen, um den Sinn all dieser Geschichten zu begreifen, und noch ein paar Jahre mehr, um mich gegen die ländliche Sklaverei aufzulehnen und diese Rebellion zu meiner Bestimmung zu machen.

Im Jahr 1912, ich war gerade sechzehn Jahre alt, beschloß meine Familie, mich den feudalen Traditionen entsprechend mit Tsai Suping zu vermählen, einem jungen Mädchen aus der örtlichen Bourgeoisie. Kurz nach der Hochzeit entbrannte der erste wirklich ernsthafte Streit zwischen mir und meiner Familie – bis dahin war es nur zu den üblichen Zusammenstößen eines rebellischen Jugendlichen mit einer konservativen und engstirnigen Umwelt gekommen, einer Umwelt, die Antworten auf meine Fragen verweigerte und die Macht von Sitten und Gebräuchen als einzige Lösung anbot. Ich war dagegen, daß Su-ping der Tradition entsprechend ihre Füße bandagierte und sich auf diese Weise selbst verstümmelte. Die Bauern taten das auch nicht, ihre Frauen arbeiteten mit ihnen zusammen auf den Feldern, bei den *Haka* existierte dieser absurde Brauch nicht. Ich blieb hart und setzte mich durch. Und dabei blieb es nicht: Nach der Entfernung der Bandagen zeigten wir uns häufig in der Öffentlichkeit, liefen Hand in Hand durch die Dorfstraßen, und ich begann, ihr das Lesen beizubringen. Ich wollte keine Luxussklavin zur Lebensgefährtin. Unser Betragen war für die Agraroligarchie ein Skandal, eine Sensation und ein Störfaktor.

Das Land, in dem ich aufwuchs, befand sich im Umbruch: Auf politischer Ebene wurde das alte Feudalregime zerschlagen, doch in ökonomischer Hinsicht blieb es intakt und klammerte sich an die Vergangenheit und die Tradition. Es war ein Regime, das sich zu sterben weigerte und die traurigen Kolonialbande der Vergangenheit noch über viele Jahre hinwegrettete. Die Welt, in der ich aufwuchs, wurde bestimmt von fernen Nachrichten über die Siege und Niederlagen von Kriegsherren, die in einem scheinbar unendlich großen Land voller unheilbarer Mißstände über ganze Provinzen herrschten.

In jenen ersten Jahren beschränkte sich mein Widerstand auf einen Kampf gegen Symbole. Ich weigerte mich, das Denken abzustellen, und eines Tages zerstörte ich mit einem Stemmeisen die Statue eines Feldherrn, die in Haifeng enthüllt werden sollte und vor dem ich keinerlei Respekt hatte.

Mit 21 ging ich nach Tokio, um dort ein Jahr auf der Seijo-Akademie zu absolvieren und dann an der Universität von Waseda politische Ökonomie zu studieren. Ich erhielt ein Regierungsstipendium von unserem örtlichen Kriegsherrn Chen Chiu-ming, der auf die Ausbildung der Oberschichtssprößlinge viel Wert legte, da er in ihnen den Schlüssel zur Modernisierung Chinas sah. Meine Familie war gegen diese Studien und weigerte sich, ihren Anteil an den Kosten zu tragen, so daß ich in Tokio das Leben eines armen Studenten führte.

An den japanischen Universitäten gärte es, und ich schloß mich sozialistischen Gruppen an, die eine Landreform forderten und in der Zerstörung des japanischen Feudalismus den Schlüssel zur Veränderung und Entwicklung ihres Landes sahen. Ich kam mit einer Gesellschaft in Berührung, die sehr viel moderner war als die unsrige, gleichzeitig aber genauso gefährlich in bezug auf konservative Traditionen. Doch ich war umgeben von jungen Leuten, die an die Zukunft glaubten und das politische Bewußtsein besaßen, das mir fehlte. Bei meinen Kommilitonen hörte ich zum ersten Mal etwas von Bauerngewerkschaften und Agrarkommunen.

Am 4. Mai 1919 begann die Geburt des neuen China. In den Häfen des Südens, dem entwickeltsten Landesteil, entwickelten sich Massenproteste und große Studentenstreiks gegen den Versailler Vertrag, der die deutschen Konzessionen – wahre Bollwerke des Kolonialismus in unseren Häfen – den Japanern zuteilte, ohne uns Chinesen dabei überhaupt in Betracht zu ziehen. Diese Welle von Studentendemonstrationen und Streiks, die Arbeiter und Kleinhändler mit sich riß, war gewissermaßen die Geburtsstunde des Nationalbewußtseins.

Auch wir chinesischen Studenten in Japan gingen auf die Straßen, und am 7. Mai wurde ich auf einer Demonstration von der Polizei am Kopf und an den Rippen verletzt. An diesem Tag wurden etwa einhundert meiner Landsleute von den Japanern verwundet.

Im Juli 1921 schloß ich mein Studium ab und kehrte nach China zurück. Ich reiste nach Kanton, wo ich zufällig Ch'en Tu-hsiu kennenlernte, der vor kurzem die Kommunistische Partei Chinas mitbegründet hatte. Im Zuge der Sowjetrevolution war sie von einem Dutzend Studenten aus Shanghai und Peking aus der Taufe gehoben worden und bot mir eine strahlende Zukunft voller Verantwortung und Leid für die Sache der Armen. Zu diesem Zeitpunkt hätte ich mein Leben aufs Spiel gesetzt, wenn die Sache es nur wert war. Wir kamen überein, daß ich zunächst heimlich aktiv sein und in Haifeng marxistische Studienzirkel einrichten sollte, da ich in Japan mit einigen Texten von Marx in Berührung gekommen war.

Ein paar Monate später hatte ich in meiner Heimat eine kleine Gruppe von Studenten ins Leben gerufen, die in der »Gesellschaft zum Studium des Sozialismus« zusammengeschlossen waren, und veröffentlichte in der Zeitschrift *Neues Haifeng* einen Artikel

»Aufruf an alle meine Mitbürger«, in dem ich sehr allgemein die Vorzüge einer Gesellschaft ohne Privateigentum, Gesetze, Regierung und Staat aufzählte.

Am 1. Oktober 1921 ernannte mich der lokale Kriegsherr Cheng Chiu-ming zum Leiter des Bildungsamtes von Haifeng.

Aus seiner Kenntnis der ländlichen Welt heraus wußte er, wenn auch auf sehr naive Weise, daß die Bildung die Kette sprengen könnte, die die Bauern und die jungen Söhne der Großgrundbesitzer an die Sklaverei fesselte. Diese Zusammenarbeit mit dem Kriegsherrn stand damals nicht im Widerspruch zu meinen neuerworbenen politischen Überzeugungen. In meinen ersten Tagen im Amt begnügte ich mich nicht damit, Schulen zu fördern und die Unterrichtsqualität zu überwachen, sondern ich führte auch Sport, Oper und traditionelle Tänze als neue Unterrichtsfächer ein.

Unterdessen gründete ich mit einigen Genossen eine Zeitschrift mit dem Titel *Das aufrichtige Herz*, die sich selbst zur Stimme der Arbeiter und Bauern ernannte, obwohl sie ausschließlich von Studenten erstellt wurde und es obendrein in Haifeng weder Arbeiter noch Bauern gab, die lesen konnten. Unsere Zeitschrift nahm einen erbitterten Kampf mit der offiziellen Zeitung auf.

Am 1. Mai 1922 organisierte ich ein Theaterstück und einen großen Umzug mit den Gymnasiasten. Der Zug wurde von einer roten Fahne und Transparenten angeführt, die sich für den Bolschewismus aussprachen, sowie von Zimbeln, Trommeln und Knallern begleitet. Es gelang uns nicht, auch nur einen einzigen Arbeiter oder Bauern zum Mitlaufen zu animieren. Die ganze Aktion war recht kindisch und brachte als einzigen Erfolg, daß ich persönlich von diesem Tag an heftig bekämpft wurde.

Wenige Tage später begannen die Großgrundbesitzer, Druck auszuüben. Sie setzten das Gerücht in die Welt, ich beabsichtige die Einführung des Kommunismus und die Verstaatlichung der Frauen. Eine Delegation nach der anderen sprach mit Klagen bei Chen Chiu-ming vor, weshalb ich am 9. Mai aus meinem Amt entlassen wurde. Ich hatte es sieben Monate lang bekleidet. In gewisser Hinsicht fühlte ich mich erleichtert.

II.

Damals propagierte die Partei, ihre Mitglieder sollten Studienzirkel ins Leben rufen und sich den Arbeitern anschließen, um die Gründung von Gewerkschaften zu fördern. Doch intuitiv ahnte ich, daß die Revolution in China und insbesondere in Haifeng niemals stattfinden würde, wenn sie nicht die ländliche Sklaverei abschaffte. Ich beschloß also, aufs Land zu gehen und dort zu arbeiten.

»Das ist Zeit- und Energieverschwendung«, sagten meine Freunde aus Haifeng. »Die Bauern sind ängstlich und können sich nicht organisieren. Außerdem sind sie so schüchtern, daß man bei ihnen keine Propaganda machen kann.«

Ich blieb also allein, weil diese frischgebackenen Sozialisten nicht an die Bauern glaubten. Als man bei mir zu Hause gewahr wurde, daß ich vorhatte, eine Bauernbewegung zu organisieren, entwickelten alle Familienmitglieder einen regelrechten Haß auf mich: Männer und Frauen, Alte und Junge, mit der Ausnahme zweier Brüder, die sich einstweilen einer Meinung enthielten. Mein älterer Bruder wollte mich fast umbringen. Doch ich kümmerte mich nicht darum.

Ende Mai beschloß ich, den ersten Versuch zu starten, und machte in einem Dorf im Distrikt Chishan halt. Ich trug einen Anzug in fremdländischem Stil, wie er bei den Studenten üblich war, und einen runden Strohhut. Der erste Mensch, dem ich begegnete, war ein Bauer um die dreißig, der neben einem Misthaufen vor sich hinbrummelte.

»Setzen Sie sich, Herr«, sagte er, ohne seine Arbeit zu unterbrechen. »Ich schätze, Sie kommen wegen der Steuern, weil ein Theater haben wir hier nicht.«

Ich beeilte mich zu antworten: »Ich komme nicht wegen der Steuern. Ich will nur ein Freund der Bauern werden. Ich weiß, wie hart euer Leben ist. Deshalb dachte ich ... Nun gut, wir könnten uns über ein paar Dinge unterhalten.«

»Oh ja, es ist sehr hart. Aber das ist unser Schicksal. Trinken Sie eine Tasse Tee, Herr, bitte, aber zum Reden haben wir keine Zeit. Seien Sie uns bitte nicht böse.«

Und mit diesen Worten ging der Bauer weg.

Nach einer Weile kam ein junger Mann von etwa zwanzig Jahren. Er schien gewiefter als der vorherige zu sein und begann, mir Fragen zu stellen: »Welchem Bataillon gehören Sie an? Für welches Amt arbeiten Sie? Wozu sind Sie hier?«

»Ich bin weder Offizier noch Angestellter des Staates«, antwortete ich. »Ich bin Student, ich bin nur hierhergekommen, um spazieren zu gehen und den einen oder anderen von euch kennenzulernen.«

Der junge Mann lachte.

»Oh, wir sind nicht gut, sehr schlechte Gesellschaft für einen Herrn jedenfalls. Vielleicht möchten Sie eine Tasse Tee?«

Und auch er machte sich von dannen, ohne sich umzuschauen, genau wie der erste Bauer. Ich wollte noch etwas hinzufügen, doch er konnte mich schon nicht mehr hören.

Ich ärgerte mich, und als ich mich erinnerte, was meine Genossen gesagt hatten, wurde ich noch wütender. Ich ging zum nächsten Dorf. Dort empfing mich Hundegebell. Sie zeigten mir die Zähne und knurrten, benahmen sich feindselig, doch ich verstand das fälschlicherweise als freundliche Begrüßung und ging unbeirrt weiter. Alle Türen waren verschlossen, offensichtlich befand sich keine Menschenseele im Dorf. Einige waren zur Arbeit auf die Felder gegangen, andere zum Markt.

Ich ging zum dritten Dorf. Am Horizont ging die Sonne unter. Es wurde dunkel, so daß ich beschloß, das Dorf nicht zu betreten, denn ich fürchtete, den Argwohn der Bauern zu wecken. Also ging ich nach Hause.

Zu Hause wurde ich wie ein Feind behandelt. Niemand wollte mit mir sprechen, alle hatten bereits gegessen und mir lediglich einen Rest Suppe übriggelassen. Ich aß und ging auf mein Zimmer. Dort schlug ich mein Tagebuch auf und wollte die Ergebnisse meines ersten Arbeitstags aufschreiben, doch es gab keine Ergebnisse. Ich warf mich auf mein Bett und schmiedete die ganze Nacht hindurch verschiedene Pläne. Beim Grauen der Morgendämmerung stand ich auf. Ich nahm zum Frühstück etwas mit und kehrte in das erste Dorf zurück, das ich am Vortag besucht hatte.

»Sind Sie gekommen, um Schulden einzutreiben, Herr?« fragte mich ein alter Bauer.

»Nein, nein«, protestierte ich. »Im Gegenteil, ich bin gekommen, um euch zu helfen, eure eigenen Schulden einzutreiben. Man schuldet euch viel, wißt ihr? Vielleicht habt ihr das vergessen. Aber ich habe beschlossen, euch zu helfen, euch daran zu erinnern.«

»Das wäre gut, wenn wir anderen kein Geld schulden würden. Aber wer sollte schon Leuten wie uns etwas schulden?«

»Wie? Das wißt ihr nicht? Die Großgrundbesitzer schulden euch eine Menge. Sie verplempern Jahr für Jahr ihre Zeit, während ihr euch vor Arbeit krummlegt. Und dann müßt ihr auch noch die Pacht zahlen! Ein *mow* Land (ein Sechstel Morgen) kostet die Großgrundbesitzer nicht mehr als hundert Dollar. Und ihr Bauern müßt diesen *mow* jahrhundertelang beackern. Versucht doch auszurechnen, wieviel sie euch in all diesen Jahren stehlen! Wir haben beschlossen, daß das nicht gerecht ist, so daß ich gekommen bin, um mit euch zu diskutieren und herauszufinden, wie man das zurückbekommen kann, was die Großgrundbesitzer euch schulden.«

Der Bauer lachte.

»Das ist zu schön, um wahr zu sein. Wenn du ihnen nur einen *sheng* Reis schuldig bleibst, prügeln sie dich und stecken dich ins Gefängnis. Doch so will es das Schicksal. Die einen bauen Reis an, und die anderen essen ihn. Entschuldigen Sie, Herr, aber ich muß jetzt zum Markt.«

»Wie heißt du?« fragte ich.

»Oh, ich bin aus diesem Dorf. Schauen Sie mal vorbei, wenn ich Zeit habe.«

Ich sah, daß er mir seinen Namen nicht nennen wollte, und setzte ihn nicht weiter unter Druck.

Nur die Frauen waren im Dorf geblieben. Die Männer arbeiteten auf den Feldern. Es wäre unvorteilhaft gewesen, wenn sie mich mit den Frauen sprechen gesehen hätten. Ich verharrte eine Zeitlang unentschieden, bevor ich zu einem anderen Dorf weiterging. An diesem Tag lief ich noch mehrere Dörfer ab, doch ich erreichte genausowenig wie am Vortag und konnte nur wenig in mein Tagebuch schreiben.

In der Nacht fiel mir auf, daß wir komplizierte Redewendungen verwendeten, wenn wir mit den Bauern sprachen. Daß vermutlich ein Großteil unserer Worte für sie unverständlich war. Ich dachte mir eine Reihe abstrakter und literarischer Ausdrücke aus und versuchte, sie in eine einfache Sprache zu übersetzen. Dann heckte ich einen neuen Aktionsplan aus. Ich beschloß, nicht in die Dörfer zu gehen, sondern meine Angelrute an einer belebten Wegkreuzung auszuwerfen. Das tat ich dann auch.

Am Morgen ging ich zum Lun-shan-Tempel. Dort kreuzten sich die Hauptwege aus verschiedenen Distrikten. Die Bauern, die diese Wege einschlugen, hielten für gewöhnlich eine kleine Rast beim Tempel. Ich begann, mit ihnen über ihre Lebensbedingungen zu reden. Ich sprach über die Ursachen ihrer Armut und darüber, wie sie die Unterdrückung abschütteln könnten. Ich gab Beispiele für die Ausbeutung durch die Großgrundbesitzer und erklärte, daß es notwendig sei, sich zu organisieren.

Am Anfang sprach ich nur mit zwei oder drei Bauern, doch der Kreis wurde allmählich größer. Es entstand eine kleine Versammlung. Halb zweifelnd, halb glaubend hörten sie mir zu. Lediglich vier oder fünf beteiligten sich an dem Gespräch, während sich etwa zehn aufs Zuhören beschränkten. Das war schon ein nicht zu unterschätzender Erfolg.

Ich versuchte zu erklären, warum die Bauern sich organisieren sollten: »Wenn die Bauern sich zusammentun, können sie eine Verbilligung der Pacht durchsetzen. Die Großgrundbesitzer werden nichts gegen sie unternehmen können. Es wird Schluß sein mit illegalen Steuern und anderen Formen der Unterdrückung. Auch das Recht werden die Landbesitzer dann nicht mehr selbst in die Hand nehmen können.«

»Was redest du da?« rief ein alter Bauer wütend. »Du solltest besser Ming-ho bitten, die offene Pacht nicht einzutreiben. Vielleicht glaube ich dir dann, daß du uns nicht auf den Arm nimmst.«

Ming-ho war ein Verwandter von mir, ein Kaufmann und Großgrundbesitzer. Gerade setzte ich zu einer Antwort an, als hinter mir plötzlich ein junger Mann aufstand.

»So redet man nicht«, tadelte er meinen Widersacher. »Du arbeitest auf den Ländereien von Ming-ho. Wenn Ming-ho die Pacht herabsetzt, bist du der einzige, dem das etwas nützt. Und was ist mit mir? Ich bin nicht sein Pächter. Es geht nicht darum, eine Einzelperson um etwas zu bitten, sondern herauszufinden, ob wir uns organisieren können. Es geht nicht nur um dich, es geht um alle.«

Seine Antwort beeindruckte mich. Ich erfragte den Namen des Sprechers und bat ihn, mich am Abend aufzusuchen. Er kam und wir führten ein langes Gespräch, in dessen Verlauf er mir erzählte, eine Gruppe von Bauern stünde hinter seinen Worten, doch die anderen hätten Angst. Ich bat ihn, die Gruppe der Überzeugten zusammenzutrommeln, und kochte unterdessen Tee. Das Wasser war im Begriff zu kochen, als Chang Ma-an mit seinen Freunden zurückkehrte. Sie alle waren junge Bauern, keiner älter als dreißig Jahre, doch nach ihrem Betragen und ihrer Redeweise zu urteilen waren sie alle sehr aufgeweckt. Ich begann, von der Bauernbewegung zu erzählen, was mir am dringlichsten erschien.

»Ich ziehe jeden Tag aus, um Propaganda zu machen, aber die Bauern kümmern sich nicht um mich und wollen nicht mit mir sprechen. Was kann ich tun?« fragte ich sie.

»Ein Grund ist, daß die Bauern keine Zeit zu verlieren haben«, sagte Leng-pei. »Der andere, daß deine Reden sehr kompliziert sind. Ich selbst verstehe sie manchmal nicht. Und außerdem hast du keine Freunde unter den Bauern. Das beste wäre, wir würden einmal zusammen ins Dorf gehen, abends gegen sieben oder acht Uhr. Zu dieser Zeit ist die Arbeit beendet. Und du mußt versuchen, dich einfach auszudrücken. Und denk daran, wenn du im Dorf sprichst, laß die Götter und Heiligen aus dem Spiel.«

Ich hatte nichts einzuwenden. Als meine Besucher gegangen waren, schrieb ich in mein Tagebuch: »Der Erfolg ist nicht mehr fern.«

III.

Meine neuen Genossen begannen, mich in Bauernhäuser einzuführen, und bald konnten wir im Distrikt Chishan eine erste Kundgebung abhalten. Ich arbeitete mit einen System aus Fragen und Antworten und sprach von der Sklaverei auf dem Land, der Grausamkeit der Großgrundbesitzer und den Wegen zur Befreiung.

Das Ganze war ein Erfolg, und ich wurde gebeten, auf die nächste Versammlung ein Grammophon mitzubringen und Musik aufzulegen.

Andere Dörfer folgten, und alles lief wie am Schnürchen. Doch dann stießen wir auf ein Hindernis. Wenn wir den Bauern vorschlugen, der Vereinigung beizutreten, antworteten sie: »Das ist alles gut und schön. Wenn die anderen eintreten, werde ich es auch tun.«

»Wenn ihr wartet, bis andere eintreten, werden Tausende von Jahren vergehen, bevor sich jemand entscheidet, den ersten Schritt zu tun. Stellt euch vor, viele Bauern stehen an einem Fluß, um eine Furt zu durchqueren, aber alle haben Angst, und niemand tut den ersten Schritt. Keiner wird jemals den Fluß überqueren. Aber wenn wir uns alle bei der Hand nehmen, können wir es schaffen. Wenn einer zweifelt, wenn einer von der Strömung mitgerissen wird, werden die anderen ihn halten können.«

Das Beispiel tat seine Wirkung. Ich bat sie um ihre Namen, und einige sagten ihn mir. Ich begann, die Namen in ein kleines Heft zu schreiben, was jedoch Mißtrauen erregte. Also beschloß ich, gar nichts aufzuschreiben. Die Rekrutierung von Mitgliedern ging ohnehin sehr zögerlich vonstatten. Obwohl die Propaganda wirkungsvoll war, hatten wir in einem Monat lediglich dreißig Mitglieder in die Vereinigung aufgenommen.

Ein eigenartiger Zwischenfall beschleunigte den Prozeß dann schlagartig. Wir mischten uns in einen Konflikt zwischen zwei Familien ein, die kurz davor standen, mit Messern aufeinander loszugehen, weil sie sich gegenseitig den Tod eines Mädchens vorwarfen. Die Intervention unserer Gruppe verhinderte das Schlimmste, und gleichzeitig legten wir uns mit dem Abgesandten der

Großgrundbesitzer an, der beiden Familien Geld aus der Tasche ziehen wollte – beinahe hätten wir ihn verprügelt. Dies verschaffte uns enormes Prestige, und neue Mitglieder stießen zu uns.

Wir gaben uns ein erstes Statut. Kein Mitglied unserer Vereinigung durfte Land pachten, das vorher ein anderer Bauer bewirtschaftet hatte, auch wenn die Großgrundbesitzer ihm das vorschlugen. Jeder, der diesen Fehler machte, würde mit einer schweren Geldbuße belegt werden. Die Unionsmitglieder bremsten die Verteuerung der Pacht und beschafften Bauern, die vertrieben wurden, neues Land. In verschiedenen Distrikten verhinderten unsere Aktionen die Anhebung des Pachtzinses, indem sie Konkurrenzsituationen unter den Bauern vermieden.

Kein Tag und kein Abend verging, an dem wir nicht in irgendeinem Dorf eine Versammlung abhielten. Jetzt stießen täglich bereits um die zwanzig Bauern zu unserer Vereinigung hinzu. Wir eröffneten in Haifeng eine Krankenstation und erreichten, daß dort ein Arzt behandelte, der unserer Sache nahestand. Wir schufen auch eine Bauernschule. Anfangs brachten wir den Kindern die Grundlagen des Rechnens bei, damit die Großgrundbesitzer sie nicht betrügen konnten, sowie die Schriftzeichen für Getreide und Arbeitswerkzeug. Zur Schule gehörte ein eigener Acker, für den die Eltern das Saatgut brachten und den die Schüler selbst bewirtschafteten, um den Lebensunterhalt des Lehrers daraus zu bestreiten. Wir begannen mit einer einzigen solchen Schule, doch bald gab es in unserer Gegend zehn davon.

Zudem beschloß die Vereinigung ein Wiederaufforstungsprogramm: Zwar regte sich zunächst Widerstand bei den Bauern, sie sagten, das nütze nur den Landbesitzern. Doch bald waren sie überzeugt, daß es eher denjenigen zugute kam, die das Land wirklich bewirtschafteten.

Am 1. Januar 1923 gründeten wir die Bauernvereinigung von Haifeng mit beinahe hunderttausend Mitgliedern. Es waren sechzig Delegierte anwesend, die zwanzigtausend Familien vertraten. Im Rahmen eines Armenbanketts (viel Reis und sonst kaum was) wurde ich zum Vorsitzenden gewählt, Trommeln und Zimbeln erklangen, und die schwarzrot-karierte Flagge der Vereinigung wurde gehißt.

Der Kongreß befaßte sich vor allem mit Organisationsfragen, und wir diskutierten ausführlich darüber, wie Konflikte beigelegt werden könnten, auf welchem Weg die Vereinigung eingreifen und die Bauern vor den Großgrundbesitzern schützen könnte und wie sie sich bei Auseinandersetzungen unter den Bauern verhalten sollte, um die Differenzen möglichst unparteiisch zu schlichten. Die Propagandaabteilung und die Bauernschulen wurden dank der Unterstützung aus Studentenkreisen entscheidend gestärkt. Wir spürten, daß wir trotz unseres enormen Wachstums noch nicht die Kraft hatten, um die Forderung aufzustellen, die uns am wichtigsten war, die aber zum offenen Krieg mit den Großgrundbesitzern geführt hätte: die Verbilligung des Pachtzinses. Also wurde beschlossen, dieses Ziel noch um fünf Jahre zu vertagen. Wenn ich in diesem letzten Jahr eines gelernt hatte, dann war es, behutsam vorzugehen. Doch der Druck seitens der Großgrundbesitzer war enorm. Sie übten ihre Macht mittels korrupter Richter, Erpressungen und gedungener Mörder aus. Deshalb erhoben wir die Forderung, der Korruption ein Ende zu setzen, und beschlossen, keine Schmiergelder mehr an Polizei und Verwaltungsangestellte zu zahlen.

Wir organisierten ein großes Neujahrsfest und versprachen, den größten Drachentanz aller Zeiten zu veranstalten. Knapp zehntausend Bauern kamen auf einer großen Freifläche vor dem Ling-Tsu-Tempel zusammen. Nach Musik, Tanz und Reden riefen wir gemeinsam: »Ein Hoch auf die Bauern!« Es war eine sehr schlichte Parole, doch in dieser Gegend war sie bis dahin noch nie erklungen, und Tausende von Stimmen antworteten. Wir hatten eine Macht geschaffen.

Im Februar 1923 begannen die Großgrundbesitzer zu reagieren. Bis dahin hatte die umsichtige Haltung des Magistrats von Haifeng, der sich neutral verhalten hatte, das Anwachsen der Organisation ermöglicht. Doch früher oder später mußte etwas passieren, denn unsere Organisation wuchs täglich um Hunderte von Mitgliedern, und unser Einfluß erreichte bereits die benachbarte Region Lufeng.

Chu Mo war ein Großgrundbesitzer, der in einer Prunkvilla in der Stadt lebte und ohne jeden Grund die Pacht erhöhte. Unter dem Einfluß unserer Vereinigung weigerte sich einer seiner Bauern, zu bezahlen. Chu schickte Geldeintreiber aus, die den Bauern bedrohten und schlugen. Der wandte sich hilfesuchend an die Vereinigung. Wir konnten so etwas nicht zulassen und mußten handeln. Ich setzte mich mit fünf Familien zusammen, die ebenfalls Chus Pächter waren, und wir überzeugten sie, die Ländereien zu verlassen. Daraufhin zerrte Chu sie vor Gericht. Doch der Richter war ein ehemaliger Mitschüler von mir, der außerdem noch den Bauernvereinigungen etwas schuldig war, weshalb er die Klage des Großgrundbesitzers ausnahmsweise zurückwies.

Chu versammelte alle Großgrundbesitzer, fünfhundert kamen zusammen. Ich erfuhr erst im nachhinein von diesem Treffen, auf dem folgende Worte fielen: »Wir haben unser Land mit gutem Geld gekauft und zahlen unsere Steuern an die Regierung, und jetzt kommen diese Kriminellen von der Bauernvereinigung und wollen unser Land und unsere Frauen. Sie haben sogar begonnen, die Richter zu bestechen, damit sie die Großgrundbesitzer benachteiligen. Wenn man diesen Lokalvandalen P'eng P'ai nicht in seine Schranken verweist, werden wir große Verluste erleiden, und auch die Regierung wird nicht ungeschoren davonkommen.«

Es wurde eine Großgrundbesitzervereinigung namens »Schutzgesellschaft der Getreideindustrie« gegründet. Sie sammelte hunderttausend Dollar und legte in Mos Fall Revision ein. Der Richter wurde unter Druck gesetzt, bekam Angst und ließ die sechs Genossen der Bauernvereinigung einsperren.

Wir hatten mit dieser Entwicklung gerechnet und riefen sofort die Massen zusammen. Die Aktivisten der Vereinigung reisten von Dorf zu Dorf, und am nächsten Tag strömten ganze Legionen von zerlumpten Bauern in die Stadt und versammelten sich im Zentrum. Von einem Heuwagen aus redete ich zur versammelten Menge, wobei ich sehr einfache Dinge sagte: Daß die sechs Verhafteten unschuldig seien und uns, wenn wir sie nicht befreiten, dasselbe Schicksal blühe. Ich bot mein Leben und meine Person im Austausch für die Gefangenen und sagte, ich würde das mit Freuden tun. Es war meine Verantwortung, der ich mich nicht entziehen konnte. Andere Redner sagten, das Geld der Großgrundbesitzer stamme aus dem Getreide, das die Bauern ernteten, und riefen zu einem Pachtstreik auf. Es gab sogar Genossen, die die Stimme erhoben, um eine Landverteilung zu fordern.

In meiner Eigenschaft als Vereinsvorsitzender suchte ich den Richter auf. Er war sehr ängstlich, da er ins Kreuzfeuer geraten war, und wußte nicht wohin mit sich. Als ich das Haus des Richters verließ, regnete es. Ich hatte ihm damit gedroht, die Ernte in Brand zu stecken, falls er nicht für Gerechtigkeit sorgte. Da gab er nach. Er konnte sich mit seinem Dutzend schlecht bewaffneter Polizisten schlecht mit uns anlegen, vor allem weil die Menge sehr erzürnt war. Also ließ er die Gefangenen frei. Als sie herauskamen, wurde ein großes Fest gefeiert, Knaller flogen durch die Luft und erschütterten die Stadt. Wir Chinesen verscheuchen mit solchem Lärm die Dämonen der Angst, von denen wir besessen sind. Deshalb hat unser Volk das Pulver erfunden.

Ich bat die Menge, mir zu sagen, wer nun diesen Sieg errungen habe. Die einen riefen meinen Namen, die anderen den der Vereinigung, wieder andere sagten, die Arbeiter seien es gewesen. Ich sagte ihnen, daß ein P'eng P'ai ohne die anwesenden sechstausend Bauern wenig hätte ausrichten können.

IV.

Nach diesem Sieg dehnte sich die Vereinigung binnen zweier Monate auf die Regionen Ch'ao-chou, P'uning und Huilai aus. Zu Beginn des Sommers 1923 erstreckte sie sich bereits auf sechs Grafschaften und umfaßte hundertdreißigtausend Mitglieder. Die Hauptgeschäftsstelle hatte zehn Büroräume, wir brachten eigene Publikationen heraus, führten Statistiken und betrieben eigene Forschungsprojekte. Selbst kleine Wunder wurden vollbracht: Mit den Vereinigungen war es uns gelungen, die ortsansässigen Banditen zu neutralisieren, die fortan die armen Bauern nicht mehr bestahlen.

Dann verwüstete ein Taifun die Küsten des südchinesischen Meeres. Als die Überschwemmung zurückging, füllte ein menschliches Meer von schmerzenden Körpern das Hauptquartier der Vereinigung. Täglich kamen Tausende an, die bettelten und Schrekkensgeschichten erzählten.

Die Kader der Organisation versammelten sich. Es wurde ein Gegenangriff der Großgrundbesitzer befürchtet, sobald die Forderung nach einer Pachtminderung auf den Tisch käme, und daß wir nicht die Kraft haben würden, sie zu besiegen. Eine Fraktion war der Ansicht, die Pachtverringerung könne nur in Härtefällen verlangt werden, d.h. für Familien, die alles verloren hatten. Dieser Vorschlag war insofern absurd, als die riesige Mehrheit der Bauern von den Überschwemmungen schwer geschädigt worden war. Wir einigten uns darauf, dreißig Prozent Pachtnachlaß zu fordern, und ich mußte das ganze Gewicht meines Namens in die Waagschale legen, damit die Forderung nicht noch höher ausfiel. Ich hatte das Gefühl, wenn wir noch weiter gingen, müßten wir eine Konfrontation auf Leben und Tod mit den Großgrundbesitzern durchstehen. Ich schrieb an Chen, den Kriegsherrn der Region, schilderte ihm die schreckliche Lage in den Dörfern, wo die Leute an Hunger und Krankheiten starben, und bat ihn, Gerüchten keinen Glauben zu schenken. Doch unterdessen schürten die Großgrundbesitzer das Feuer.

Wir starteten eine Riesenkampagne und verhinderten in einigen Gebieten die Eintreibung der Pacht. Die schwächsten Kader zogen sich aus der Organisation zurück, darunter auch verschiedene Studenten, die selbst die Kinder von Großgrundbesitzern waren, wie z.B. unser Bildungssekretär.

Die Reaktion ließ nicht lange auf sich warten. Am 15. August erklärte Richter Wang, nachdem er von den Großgrundbesitzern unter Druck gesetzt worden war: »Der Banditenchef P'eng P'ai plant einen Aufstand«, und befahl der Polizei, die Bauern auf offener Straße zu verhaften.

Unsere Leute reagierten geschlossen, die Bauern schlugen die Polizei mit Stöcken und Steinen in die Flucht und zerrissen die Erklärung von Wang in der Öffentlichkeit. Der Richter forderte Verstärkung an, schloß sich mit der Polizei in der Kaserne ein und befestigte sie. Wir errangen einen kurzlebigen Sieg: Bis zum Einbruch der Dunkelheit war die Stadt unter unserer Kontrolle, und zwanzigtausend Bauern hielten eine Kundgebung ab, auf der große Begeisterung herrschte. Doch noch in derselben Nacht marschierten die Truppen von Chen in die Stadt ein.

Am nächsten Tag gingen sie zur Offensive über. Soldaten, Großgrundbesitzermilizen und Wangs Polizei griffen gemeinsam das Hauptquartiert der Organisation an und verhafteten dort 25 Kader, den Vorsitzenden Yang Ch'i-shan eingeschlossen. Ich selbst mußte über die Dächer flüchten. In derselben Nacht schlug ich vor, die Bauern zu bewaffnen, doch andere Organisationsmitglieder überzeugten mich, daß das Selbstmord wäre und daß ich mit dem Kriegsherrn verhandeln und Zeit gewinnen müßte.

Ich reiste nach Laolung und sprach mit Chen Chiu-ming. Ich bat ihn um dreierlei: erstens um die Freilassung der Gefangenen, zweitens um die Genehmigung, die Bauernligen zu reorganisieren, und drittens um die Herabsetzung der Pacht, solange die Katastrophensituation infolge des Taifuns fortbestehe. Der Kriegsherr war damit einverstanden, die Vereinigung wieder zu legalisieren und die Pacht zu verringern, doch er bestand darauf, die Gefangenen vor Gericht zu stellen.

Heimlich kehrte ich nach Haifeng zurück und besprach mich mit den Anführern der Organisation. Unsere Gefangenen befanden sich in einer furchtbaren Lage, im Gefängnis wurden die Essenspakete konfisziert. Unsere Krankenstation war zerstört worden, und die Verletzten blieben unversorgt. Ein Aufstand lag in der Luft, doch wir konnten diesen Schritt nicht allein wagen. Es wurde beschlossen, durch die Städte zu reisen, um Gelder zur Unterstützung der Gefangenen zu beschaffen.

Ich erledigte in Hongkong einige Arbeiten für die Kommunistische Partei, doch den Großteil meiner Zeit widmete ich dem Anliegen der Gefangenen. Bei einem meiner zahlreichen Besuche in der Kaserne von Chen, wo ich unsere Forderungen immer wieder vorbrachte, sah ich im Vorzimmer zu seinem Büro die reichen Bauern, Großgrundbesitzer, Kapitalisten, Funktionäre und Händler sitzen: Ich spürte, daß ich dort nichts verloren hatte. Das war ein Haufen Typen mit rundlichen Gesichtern, fette Monster, die wie die Schmeißfliegen um Chen herumschwirrten. Ich kochte vor Wut. Am liebsten hätte ich ein Maschinengewehr gehabt, um sie alle zu töten. Ich verließ Huichow.

Ich begann nun, in den östlichen Grafschaften von Kanton Bauernorganisationen auf die Beine zu stellen, gab mich als Angestellter von Chen aus und richtete in Swatow Büros ein. Dort verliebte ich mich in eine junge Studentin, Hsü Yü-ching, von der ich wenig später eine Tochter bekam. Später sollten wir – wie das Leben so spielt – mit meiner ersten Ehefrau und unseren Kindern zusammenleben.

Chen Chiu-ming versuchte, mich auf seine Seite zu bringen, und bot mir eine Stelle im Generalstab an. Ich lernte von seiner eigenen Zweideutigkeit, wenn es um die Forderungen der Bauern ging, und gab ihm zunächst keine eindeutige Antwort. So hielt ich eine gewisse Nähe zu ihm aufrecht, um im Sinne unserer Forderungen Druck ausüben zu können. In dieser eigenartigen Lage reiste ich erneut nach Haifeng. Die Großgrundbesitzer wagten es nicht, sich mit mir anzulegen, denn ich schien in der Gunst von Chen zu stehen – ein Mißverständnis, das mich schützte. Ich sprach mit den Leuten und überbrachte die Nachricht, sie sollten die Organisation am Leben erhalten, es stünden bessere Zeiten bevor. Ich begann mit der klandestinen Arbeit und richtete unter einem Deckmantel ein Büro ein. Bei einem der Besuche von Chen organisierte ich einen Empfang, um ihn unter Druck zu setzen und ihm unseren Standpunkt darzulegen, doch die Bauern, die weiser waren, nahmen nicht teil. So waren wir nur fünfzig Leute. Einer unserer Anführer, der im Gefängnis gewesen war, fragte Chen, warum, wenn Arbeiter und Studenten sich organisieren dürften, den Bauern nicht dasselbe Recht zustünde. Er erhielt keine Antwort, wieder blieb alles unentschieden. Ich versuchte, die Vereinigungen wieder aufzubauen, und begann an der Küste mit der von Chiesheng.

Im März 1924 kehrte Chen Chiu-ming nach Haifeng zurück und ließ sich von den Großgrundbesitzern überzeugen, daß es das beste sei, die Bauernligen wegen ihrer politischen Nähe zur prokommunistischen Regierung von Sun Yat-sen in Kanton aufzulösen. Chen lud mich zu einer Versammlung, wo auch der Richter und die Großgrundbesitzer anwesend waren.

»Professor P'eng ist ein guter Mensch, doch er handelt extremistisch, wenn er eine Verringerung der Pacht vorschlägt oder zur Gewalt aufruft«, sagte Richter Wang.

»Mein Charakter steht hier gar nicht zur Debatte, es geht um den Vorwurf des Extremismus. Wenn wir uns etwas vorzuwerfen haben, dann, daß wir zu gemäßigt waren. Die wahren Extremisten waren in diesem Katastrophenjahr die Großgrundbesitzer. Hat die Vereinigung ihre Forderungen nicht freiwillig auf dreißig Prozent gesenkt? Der General glaubt euch nicht, er glaubt eure absurden Vorwürfe nicht, wir würden einen Bauernaufstand vorbereiten. Er glaubt, daß der wahre Extremismus darin besteht, die Vereinigung aufzulösen und ihre Anführer ins Gefängnis zu werfen.«

Chen stimmte diesen Worten wohlwollend zu. Von da an preschte ich weiter vor und beschuldigte Wang und seinen Cousin, sich das Geld, das wir an die Gefangenen schickten, in die eigene Tasche zu stecken. Chen schien empört. Die Latifundisten konterten mit der Anschuldigung, ich hätte Geld gesammelt, um Waffen zu kaufen. Wang versuchte zu schlichten, indem er an unsere Verwandtschaftsbeziehungen erinnerte. Ich antwortete ihm, ich würde ihm die Verbrechen, die er am Volk begangen hatte, selbst dann nicht vergeben, wenn er mein Vater oder meine Mutter wäre.

Am Ende der Versammlung blieb ich mit einem von Chens Leibwächtern im Saal zurück. Als alle gegangen waren, sagte der Mann, er bitte untertänigst um Aufnahme in eine unserer Bauernvereinigungen.

Ich nutzte die Gunst der Stunde und organisierte ein dreitägiges Fest in Haifeng, das als Tarnung für einen heimlichen Bauernkongreß diente. Chen sandte mir eine Botschaft mit der Bitte, keine Volksopern aufzuführen. Offenbar fürchteten sie unsere Allegorien und symbolischen Kämpfe von Bauern gegen Drachen mehr als die direkte Propaganda.

Der Druck verstärkte sich, und am 17. März wurde an die Mauern der Stadt Plakate mit der folgenden Aufschrift geklebt:

»P'eng und die Vereinigung treten für das Gemeinschaftseigentum an Sachen und Frauen ein. Sie erfinden Lügen, um die

Massen zu verwirren. Das Gericht hat bereits einmal ihre Auflösung angeordnet. Wenn diese Anordnung ein zweites Mal nicht befolgt wird, werden sie hart bestraft werden. Dies sollen allen Dorfbewohnern eine Warnung sein.«

Auf einem Treffen beschlossen wir, die Organisation im Untergrund weiterzuführen. Unsere Stunde war noch nicht gekommen.

Mein Bruder und der Herausgeber der Zeitung blieben als Verantwortliche zurück, und ich verließ Haifeng in Richtung Kanton.

V.

Kanton war nicht mehr dieselbe Stadt, und auch die Kommunistische Partei war nicht mehr dieselbe. Wir waren die unehelichen, aber immerhin privilegierten Kinder aus der Verbindung des progressiven Nationalismus von Sun Yat-sen, für den die Kuomintang (KMT) stand, und der Sowjetunion. Als Kommunisten bildeten wir den linksextremen Flügel der KMT und konnten uns nicht nur auf eine wachsende Anhängerschaft bei den Arbeitern der südchinesischen Städte und Pekings stützen, sondern auch auf die sowjetischen Berater und das Kriegsgerät, das für die nationalistische Armee eintraf.

Die nationale Revolution würde, indem sie die Kriegsherren und den Feudalismus besiegte, der sozialen Revolution den Weg bereiten. In diesem Sinn hatte die Partei die Agrarrevolution dem militärischen Kampf untergeordnet. Politisches Hauptziel war die militärische Befreiung der nördlichen und östlichen Provinzen, um dann erst den Kampf um Grund und Boden einzuleiten, und nicht umgekehrt.

Die militärische Befreiung galt als Voraussetzung, um in einer bürgerlichen Demokratie dann auf eine Landreform hinarbeiten zu können.

Dies verhinderte nicht, daß sich in den Gegenden, die von der Provinz Kwantung, in der die Kuomintang dominierte, kontrolliert wurden, eine breite Agrarbewegung entwickelte. Und da jeder politische Vorschlag einen Interpretationsspielraum offen läßt, konnte dieser von den Massen und auch von einigen Parteikadern genutzt werden.

Die Partei beauftragte mich, die Bauern im Umland von Kanton zu organisieren. Ich hielt Versammlungen und Kundgebungen ab und steigerte innerhalb von vierzehn Tagen die Mitgliederzahl der Bauernvereinigungen von vier- auf siebentausend Leute. Ich legte mich mit den Militärbefehlshabern der Region an und erreichte die Unterstützung der lokalen KMT-Regierung.

Die Kommunistische Partei und der linke KMT-Flügel hatten beschlossen, eine Ausbildungsstätte für Bauernkader ins Leben zu rufen, wo Organisatoren und Aktivisten herangebildet werden sollten. Es gelang ihnen, für dieses Projekt die Unterstützung des Exekutivkomitees der KMT zu bekommen. Meine Aktivitäten in Haifeng und meine letzten Taten zeichneten mich aus, so daß ich zum Direktor dieses Instituts der Bauernbewegung ernannt wurde, das am 30. Juni 1924 gegründet wurde. Wir begannen mit 33 Schülern und einem einmonatigen Kurs. Die Teilnehmer dieses ersten Kurses waren mehrheitlich Aktivisten mit fortgeschrittenem Bewußtsein, d.h. Studenten, die sich im Rahmen der Bewegung des 4. Mai zusammengeschlossen hatten und den Wunsch hegten, ins Volk zu gehen und es zu organisieren. Nur sehr wenige von ihnen waren Bauern, fast alle dagegen Mitglieder oder Sympathisanten der Kommunistischen Partei.

Die Studenten mußten lernen, die Bauern nicht in ihrem magischen oder religiösen Denken zu verletzen, und vermeiden, offen von der Revolution oder über Blutvergießen zu reden. Die Ausbildung umfaßte auch viele praktische Aktivitäten und Arbeiten auf dem Feld. Mir war bewußt, daß man nicht in einem Klassenzimmer lernen konnte, wie man Bauern organisiert. Jeden Sonntag führte ich sie aufs Land, wo sie Organisierungsaufgaben ausführten. Auch Märsche, Reisen zu Pferd und die Organisation großer Kundgebungen standen auf dem Trainingsprogramm.

Ende Juli war die Schule bereits mehr als nur eine Bildungsstätte für Kader und stellte für die Bauernligen der Provinz eine effektive Stärkung dar. Am 28. Juli organisierten wir eine große Bauernkundgebung mit zweitausend Leuten an der Universität von Kwantung, auf der Sun Yat-sen sprach.

Sun Yat-sen vertrat in der Landfrage eine gemäßigte Linie und rief zur Zurückhaltung auf, er wollte die nationale Revolution in den Mittelpunkt stellen. Er ging sogar so weit, zu sagen, wir müßten auch die Großgrundbesitzer für unsere Sache gewinnen. Damals hieß es, seine Sympathien stünden im Grunde auf Seiten der Bauern und seine Rede sei nur deshalb so zurückhaltend ausgefallen, um ein Gegengewicht zum kommunistischen Einfluß zu schaffen. Zusammengefaßt forderte er uns auf, in der Landfrage eine friedliche Lösung zu suchen. Die Großgrundbesitzer sahen das jedoch anders.

Ich arbeitete mit meinen Studenten an einer neuen Strategie: Sie sollten sich nicht nur in den Dörfern frei bewegen und den bäuerlichen Forderungen mit der nötigen Sensibilität begegnen, sondern ich sorgte dafür, daß die Polizei von Kanton uns eine militärische Ausbildung gab. Später bildeten wir dann in den Gemeinden Selbstverteidigungsmilizen. Es ging darum, für die zu erwartenden Kämpfe gegen die Kriegsherren eine Hilfsarmee zu schaffen und die Macht der Bauern zu festigen. Ich wurde zum Kommandanten der Bauernmilizen ernannt.

Gegen Ende August beendete die erste Aktivistengeneration des Instituts die Ausbildung, und die zweite Klasse trat an. Ich begann, als Sekretär im Bauernbüro der KMT zu arbeiten, das in einer ehemaligen Zementfabrik in den Außenbezirken von Kanton untergebracht war. Im September wurden uns Gelder für Propagandaarbeit zugewiesen. Oft standen die Tätigkeiten dieses Büros und auch die des Instituts in der Gegend rund um Kanton im Widerspruch zur offiziellen Politik der KMT, die sich in der Agrarfrage jeder Aktivität enthielt und auf Verhandlungen und Versöhnung setzte.

Während der letzten Monate des Jahres 1924 führte ich einen regelrechten Krieg gegen die örtlichen Latifundisten, während die Bauernvereinigungen in atemberaubendem Tempo anwuchsen. Doch immer wenn wir die Großgrundbesitzer in die Defensive gedrängt hatten, griff die KMT-Armee ein und erzwang eine Kompromißlösung. So wurden die Forderungen der Bauern im Zaum gehalten, während die Großgrundbesitzer sich im fernen Hongkong auf Kosten der hungernden Bevölkerung den Wanst vollschlugen. Anfang 1925 lancierte die KMT mit dem Feldzug im Osten ihre lang angekündigte Offensive. Das Ziel war die Säuberung der Gegend von Kriegsherren, und dieser erste Feldzug hatte es auf meinen Bekannten Chen Chiu-ming abgesehen. Wir baten den Oberkommandierenden der Streitkräfte, Tschiang Kai-schek, kein Getreide zu beschlagnahmen, auf die Zwangsrekrutierung von Lastenträgern zu verzichten und keine Privathäuser zu Kasernen umzufunktionieren. Im Gegenzug stellten wir die Bauernligen und unsere Organisatoren in den Dienst der KMT-Armee.

Ich reiste der Armee vier oder fünf Tage voraus, um den Bauernaufstand zu organisieren. Als die Vorhut der KMT in Haifeng eintraf, hatten wir bereits einen Aufstand organisiert, und die Soldaten wurden von dreißigtausend Bauern mit Musik und Tanz empfangen. Die mit Speeren und Messern bewaffneten Bauernschwadronen hatten die Gegend befreit.

Während der Kämpfe in Taipu wäre ich beinahe ums Leben gekommen, als ich an der Außenmauer der Festung eine Mine installierte. Dies war meine zweifelhafte Feuertaufe als Kämpfer. Doch viel interessanter war die Art und Weise, wie wir das Vorrücken der nationalistischen Armee nutzten, um bei den Bauern eine fünfundzwanzigprozentige Pachtminderung und die Organisierung von Milizen durchzusetzen. Im April 1925 existierten in der Gegend um Kanton hundertsechzig Bauernorganisationen mit etwa zweihunderttausend Mitgliedern.

Während des Feldzugs starb Sun Yat-sen, wodurch die Widersprüche zwischen dem rechten und dem linken KMT-Flügel, auf den wir uns zur Aufrechterhaltung des Bündnisses stützten, noch verschärft wurden. Eine Fraktion der Rechten rebellierte in Kanton, wurde aber besiegt.

Im Mai 1925 fand der vor allem von kommunistischen Kräften angeregte Agrarkongreß der KMT statt. Doch selbst wir Kommunisten, die wir die treibende Kraft der großen Kämpfe auf dem Land waren, hielten uns um des Bündnisses mit der KMT willen an die offizielle Linie, die die Bauernbewegung dem politischen Kampf in den Städten unterordnete. Unsere Parteileitung verstand nicht, wo das Herz der chinesischen Revolution schlug, obwohl die Bauern ihren Willen und ihre Entschlossenheit mehr als einmal unter Beweis gestellt hatten. Zum Teil lag das daran, daß die Partei in die Städten einen riesigen Zulauf hatte, aber nur fünf Prozent ihrer aktiven Mitglieder Bauern waren. Dies verstellte ihr den Blick, obwohl drei Monate zuvor das V. Plenum der Kommunistischen Internationalen durch Bucharin hatte verkünden lassen, die Bauern seien zu einer starken und grundlegenden Kraft innerhalb der chinesischen Revolution geworden. Dennoch stimmte der Kongreß nicht der fünfundzwanzigprozentigen Pachtreduzierung zu, die in Haifeng und dem Distrikt nahe Lufeng faktisch durchgesetzt worden war. Die Bewegung entwickelte sich trotz alledem weiter, und die organisatorischen Maßnahmen zeigten eine positive Wirkung.

Im Oktober 1925 begann der zweite Ostfeldzug. Die KMT-Armee befreite Haifeng und erreichte Swatow. Der Durchmarsch der Armee löste eine Welle bäuerlichen Aufruhrs aus. Auf Tausenden von Kundgebungen rief ich zur Reduzierung der Pachtzahlungen auf. Mein ehemaliger Arbeitgeber Chen Chiu-ming mußte nach Hongkong flüchten, aber dennoch konnten wir aus der Niederlage der Großgrundbesitzer keinen wirklichen Gewinn ziehen. Das

Bündnis mit der KMT zwang uns, die ländlichen Besitzverhältnisse nicht grundlegend anzutasten. In Haifeng allerdings beschlossen wir, einen Schritt weiter zu gehen, und riefen zunächst zu einer neunundvierzigprozentigen, später dann zu einer vierundsechzigprozentigen Pachtminderung auf. Den Großgrundbesitzern, die im letzten Jahr ganze Dörfer zerstört, organisierte Bauern bei lebendigem Leib verbrannt und 48 unserer Anführer ermordet hatten, brachten wir schmerzhafte Niederlagen bei.

Von den drei Strömungen innerhalb der Bewegung waren wir die radikalste. Während wir in Kwantung gegen die Großgrundbesitzer regelrecht Krieg führten, wollte der linke KMT-Flügel eine langsame, passive Bewegung, die lediglich die Militäroperationen unterstützte, und die Kommunistische Partei Chinas hatte die Linie ausgegeben, sich mit der KMT zu versöhnen und zu verhindern, daß unsere Errungenschaften auch auf andere Regionen übergriffen, um das kommunistisch-nationalistische Bündnis zu retten.

Im Mai 1926 wurde der 2. Bauernkongreß von Kwantung abgehalten. Ich redete mit dem Kopf und mit dem Herzen. Als ich die Greueltaten schilderte, die Großgrundbesitzer, Richter und die Milizen der Kriegsherren an den Bauernvereinigungen und Dörfern verübt hatten, versagte mir zuweilen die Stimme. Ich sagte, daß es in der Geschichte Grenzen gebe, Grenzen menschlichen Verhaltens, doch daß diese Grenzen des Schreckens hier überschritten worden seien. Daß wir der gerechten Forderung der Bauern nach einer Minderung des Pachtzinses nicht entgegentreten könnten, daß wir nicht einmal eine Landreform vorschlügen – auch wenn solche Stimmen immer deutlicher zu vernehmen seien –, sondern lediglich den Exzessen der Großgrundbesitzer gewisse Grenzen setzen würden. Daß die Lobreden, die aufgrund der großen Fortschritte der Bewegung in meiner Heimatregion Haifeng – das damals »Klein-Moskau« genannt wurde – an mich adressiert wurden, mich beschämten, solange wir nicht in der Lage seien, das Beispiel Schule machen zu lassen. Und ich schloß mit den Worten, daß die Bauernrevolte trotz der widrigen Umstände Fortschritte mache.

Im Juni 1926 führte die KMT-Armee ihren Feldzug nach Norden durch. Anfangs blieb ich als Bürochef in Kwantung, doch schließlich führte ich eine Truppe von 600 Bauernmilizionären an, die am Jahresende zusammen mit der Armee Hankow erreichte.

In der Zwischenzeit vermittelte ich im Hua-Konflikt. Im August 1926 richteten die Weißen Garden der Latifundisten in dieser dreißig Meilen nördlich von Kanton gelegenen Gegend großes Unheil an. 25 Dörfer wurden verbrannt, ihre Bewohner ermordet. Das Zentralkomitee der Partei entsandte mich, und es gelang mir, die Bauernmilizen und das Militär für die Zerschlagung der weißen Großgrundbesitzergarden zu gewinnen, die eine irreguläre Armee von Mördern und Plünderern waren. Es gelang uns, sie militärisch zu isolieren, doch ein Netz aus Rücksichtnahmen verhinderte die Liquidierung einer Kraft, die den Großgrundbesitzern zu Diensten war. So wurden wir zwar bei unserer Rückkehr nach Kanton am 14. September als Sieger gefeiert, doch bereits einen Tag später kam es in Hua zu einem neuen Übergriff, einem Massaker, in dessen Verlauf mehrere Bauerndörfer bis auf die Grundmauern niedergebrannt wurden. Die Repression ging also weiter, und einen Tag darauf wurden mehrere Bauernführer standrechtlich erschossen. Auch an den Folgetagen kam es in der gesamten Grafschaft zu Entführungen, Plünderungen und Brandstiftungen.

Welcher Pakt konnte so etwas rechtfertigen? Die Macht der Bauernbewegung war unsere eigene Macht, ihre Forderungen waren gerecht, und man durfte nicht zulassen, daß die Großgrundbesitzer in einem von der KMT kontrollierten Gebiet Dorfbewohner massakrierten. Doch damals gab in unserer Partei eine äußerst konservative politische Strömung den Ton an, die im Einklang mit der KMT dazu aufrief, die »guten Großgrundbesitzer« in die Organisationen eintreten zu lassen. Das führte zu erhitzten Debatten. Im November riefen die Abgesandten der Kommunistischen Internationale in China unter Führung von Borodin die Parteileitung zu einer Sitzung nach Shanghai zusammen, wo ein radikaleres Vorgehen beschlossen wurde. Der neue Plan sah sogar vor, Ländereien »übelmeinender« Großgrundbesitzer – übelmeinender *shenshi* –, die mit den reaktionären Militärs gemeinsame Sache machten, zu konfiszieren, ebenso Ländereien von Klöstern und Tempeln. Schließlich war von der Gründung von Bauernmilizen die Rede. Doch dieser Beschluß war nicht einmal das Papier wert, auf dem er geschrieben stand, er wurde nicht einmal in der Partei bekanntgemacht. Die Bauernbewegung machte also Fortschritte, wo sie bereits existierte, aber ihr Wachstum wurde nicht gefördert. Das Zentralkomitee der KPCh ging sogar so weit, auf einem Plenum die Forderung nach einer Landreform als kindisch zu bezeichnen.

Die Avantgarde der revolutionären Bauernbewegung war Anfang 1927 in der Kaderschule von Kanton zu finden, die der Genosse Mao Tse-tung aus Hunan leitete, mit dem ich zusammenarbeitete. Wir bildeten bereits die sechste Generation aus. Die fünfte, die ihren Lehrgang im vergangenen Oktober abgeschlossen hatte, hatte der Bewegung 318 neue Kader eingebracht, darunter auch einige, die wirklich aus Bauerndörfern stammten. Mao hatte verschiedene Berichte verfaßt, in denen er sich für eine Unterstützung der Bauernrevolte einsetzte, doch auch er war bei der Parteileitung auf taube Ohren gestoßen.

Unterdessen erreichten die Spannungen zwischen dem rechten KMT-Flügel und der Kommunistischen Partei, die sich seit Sun Yat-sens Tod ununterbrochen verschärft hatten, ihren Höhepunkt. Die KMT wollte zwar die republikanische Einheit Chinas und seine Modernisierung, doch in ihrer Vorstellung von einem neuen China wurde die Hauptrolle von den reichen Händlern und Großgrundbesitzern gespielt, die die Organisierung von Arbeitern bzw. Bauern um jeden Preis verhindern wollten.

Es stellte sich heraus, daß das Instrument der Konterrevolution General Tschiang Kai-schek war, dessen Staatsstreich sich gegen Kommunisten und Basisorganisationen richtete. Blut floß auf den Straßen von Shanghai und Kanton. Unsere Aktivisten wurden standrechtlich erschossen, die besten Kader der Arbeiterbewegung wurden in die siedenden Kessel der Lokomotiven geworfen, zu Hunderten wurden Gewerkschafter und progressive Soldaten von den Säbeln der Henker durchbohrt. Am 12. April setzte die Reaktion ein. Und es ist richtig, daß wir damit gerechnet hatten, wir wußten um die Spannungen, doch wir dachten, wir könnten den Bruch durch Kompromisse verhindern – dabei hatten wir dadurch nur unsere Feinde gestärkt. Wir glaubten eben, was wir glauben wollten. Tausende von Aktivisten mußten diese Naivität der Partei mit ihrem Leben bezahlen. Die besten Söhne Chinas blieben mit abgeschnittenem Kopf oder durchsiebten Körpern auf den Straßen liegen. In den Städten des Südens war die Partei vernichtet.

Das Zentralkomitee schlug eine Reorganisierungslinie vor, die das Bündnis mit den Resten des linken KMT-Flügels zu retten versuchte, und am 27. April hielt die KP in Wuhan ihren V. Parteitag ab.

Die Fürsprecher der Bauern, namentlich Mao und ich, schlugen Bauernaufstände vor, die Gründung einer Roten Armee und die Radikalisierung der bäuerlichen Forderungen. Das Bündnis mit der KMT-Linken bestand dort, wo diese überhaupt existierte, weiterhin fort. Allgemein herrschten Chaos und Verwirrung. Unterdessen setzte die KMT-Rechte mit der von der Sowjetunion ausgebildeten Armee die Hetzjagd fort.

Hätten wir uns zurückziehen sollen? Eine Kaderpartei kann in den Untergrund gehen, aber wie taucht eine Massenorganisation ab? Die Falle war zugeschnappt, und wir bewegten uns einen Schritt vor und zwei zurück. Es kam zu mehr oder weniger spontanen und koordinierten Aufständen. Am 1. Mai erhoben sich die Bauern aus Haifeng als Reaktion auf den Staatsstreich. Sie wurden von meinem Bruder Hai Yuan angeführt. Die Kommune von Haifeng dauerte neun Tage, dann mußten die Kämpfer sich in die Berge zurückziehen und ließen eine bäuerliche Basis zurück, auf der die Repression niederging.

Doch unser Projekt war nach wie vor inkohärent und widersprüchlich. Der Parteitag stimmte gegen unseren Widerstand für ein gemäßigtes Agrarprogramm, um die Reste des Bündnisses mit der KMT-Linken zu retten – zu einem Zeitpunkt, da diese Linke völlig unbedeutend war und die Mehrheit der KMT uns lediglich an die Gurgel gehen wollte.

Die Politik der Aufstände scheiterte, und wir hatten damit unsere besten Kräfte verbraucht. Am 1. August erhoben wir uns in Nanchang, und vom 8. September an begannen die untereinander schlecht koordinierten sog. Herbsternte-Aufstände – voller Heroismus, aber fruchtlos. Nach den ersten kurzlebigen Siegen schlug das Militär mit voller Brutalität zurück. Im Verlauf dieser Aufstände führten wir in Haifeng erneut eine bewaffnete Erhebung mit Stöcken, Hacken, Lanzen und Steinen durch, errangen einen Teilsieg und lösten eine weitere Repressionswelle aus.

Die Partei schickte mich nach Hongkong, wo ich im Untergrund ein Unterstützungsnetz für Emigranten aus Kanton und Shanghai knüpfte und die Partei wieder aufbaute.

VI.

Die Aufstandslinie um jeden Preis beherrschte eine in sich zerrissene Partei, die erbittert verfolgt und in die Klandestinität gezwungen wurde und deren Kräfte zersplittert waren.

So wurde ich im November 1927 von der Parteileitung beauftragt, eine neue Erhebung in der Gegend von Haifeng und Lufeng vorzubereiten. Wenigstens erlaubte diese Direktive, die Forderungen der Bauern voll auszureizen.

Nach einer kurzen Reorganisierungsphase erhoben sich die Bauernvereinigungen ein drittes Mal. Im Handstreich zerstörten wir die kleine Militärbasis der KMT. Doch das Überraschende war die Initiative der ländlichen Massen, die offenbar bereit waren, sich selbst zu befreien. Aus freien Stücken erhoben sie sich in der gesamten Region von Haifeng und Lufeng. Vierzehn Sowjets entstanden in ebenso vielen Bezirken der Region. Ich stand an der Spitze der Sowjetregierung, deren Sitz wir in einem buddhistischen Tempel außerhalb von Haifeng einrichteten.

Am 18. November begannen wir die Gründungsveranstaltungen für den Sowjet von Haifeng, mit einem riesigen befreiten Gebiet im Rücken und begleitet vom ewigen Klang der bäuerlichen Musikinstrumente und der großen Gongs, die wir in den Tempeln entwendet hatten.

Im Verlauf der ersten Sitzung des Sowjets erzählte ich den Hunderten von bäuerlichen Delegierten von der Welt. Eine Welt, die sie selbst nie sehen würden und die auch ich nicht kennenlernen sollte. Ich erzählte ihnen von den weißen englischen Dämonen, nicht denen aus Hongkong, sondern denen im fernen England, von den Erntemaschinen, die den Bauern die Arbeit nahmen, von den gelben japanischen Dämonen und den riesigen Kriegsschiffen aus Stahl. Von einem Kino in einer Stadt namens Paris und von Marx und seinem Schüler und Freund Lenin, und von dem Netz der Roten Armee, das in Moskau seinen Ausgangspunkt nahm und bis in unsere Berge reichte.

Wir errangen erste militärische Siege, stellten die Gefangenen vor die Menge und fragten, welche Strafe diese Leute erhalten sollten, die das heilige Gemeinschaftseigentum von Grund und Boden verletzt hatten. Die Menge rief, sie sollten geköpft werden – der Bauer zweifelt immer an seiner Kraft und seiner Geschicklichkeit und hadert mit seinem Schicksal. Also köpften wir sie alle, Blut war zwar noch nie etwas Gutes, aber die Revolution ist auch ein junger Drachen, der rast und schrecklich ist und im Namen der Zukunft die Vergangenheit frißt.

Wir diskutierten mit Männern und Frauen, die schwankend und ungeschickt ein neues Schicksal probten und sich mit uns zusammen Fragen stellten wie: Sollte das enteignete Land verteilt oder kollektiv bebaut werden? Und sollten diejenigen, die von Beginn an die Bauernligen unterstützt hatten, bei der Landverteilung bevorzugt behandelt werden? Und sollten diejenigen, die Land besaßen, das sie nicht bebauen konnten, diesen Anteil nicht anderen zum Anbau überlassen? Zwangen wachsende oder schrumpfende Familien nicht dazu, das Land konstant neu aufzuteilen? Welcher Anteil an den Ernteerlösen sollte zur Bezahlung von Richtern, Angestellten, Verwaltern und der Leute des Sowjets aufgewendet werden? Und sollte das Land nicht aufgrund seiner Fruchtbarkeit bemessen werden anstatt aufgrund seiner Ausdehnung? Stimmte es denn nicht, daß ein geschickter Bauer die Erde fruchtbarer machen konnte?

Wir mußten den Alltag organisieren und entscheiden, was mit den Witwen der Feinde geschehen sollte und wie der Sowjet ihnen einen Ehemann besorgen konnte. Und wir verbesserten die Bedingungen für die Rote Armee, die nicht nur Waffen, sondern auch Schuhe benötigte. Wir verkündeten das Recht auf Ehescheidung gegen den Widerstand vieler Männer, aber mit dem Rückhalt der neuen Frauenorganisationen. Und wenn die Frauen ebenso umkamen wie die Männer, wenn die Großgrundbesitzer die Dörfer anzündeten und die Menschen in ihren Häusern verbrannten, warum sollten sie dann nicht auch kämpfen können? Also wurde eine Frauenbrigade mit 300 Kämpferinnen gebildet. Und wir setzten unser Siegel auf die Geldscheine und schmuggelten unser Hauptprodukt, Salz, durch die feindlichen Linien hindurch. Auf den Feldern führten wir den Zehnstundentag ein, bzw. den Achtstundentag für Frauen und Kinder. Ländereien wurden aufgeteilt, und kollektive Böden zum Anbau freigegeben.

In organisatorischer Hinsicht versuchte ich, die Verwaltung möglichst zu vereinfachen und alle Entscheidungen in dieser Kriegsphase soweit wie möglich zu zentralisieren. Doch alles basierte auf der Demokratie der Versammlungen.

Es war eine Zeit, in der ich kaum lachte. Von den Parteigenossen erfuhr ich, daß die KMT meine Frau getötet hatte und meine Kinder verschwunden waren. Auch über den Verbleib der Tochter, die ich mit Hsiao hatte, wußte ich nichts. Blut verband mich mit den Bauern, die ich vertrat.

Wir errichteten ein Krankenhaus und eine kleine Waffenschmiede, wo nur alte Gewehre repariert werden konnten, und wir organisierten den roten Terror. Die Bauern waren weniger grausam als die Latifundisten, doch wir mußten die Basis der Großgrundbesitzer ausrotten, damit sie nicht wieder Aufwind bekamen.

Die jungen Sozialisten starteten eine Kampagne gegen die Religion, doch sie wurden von den Bauern zurückgehalten, die dagegen waren, Tempel zu zerstören, die von den Dörfern verehrt wurden. Wenngleich sie nichts dagegen hatten, die Götzen von Klöstern oder die Tempel der Großgrundbesitzer zu zerstören. Der Sowjet unterstützte diese Weisheit der Bauerngemeinden.

Ende Januar fand die erste Militäroffensive der KMT gegen das Sowjetgebiet statt. Unsere schlecht bewaffneten Milizen konnten sie zurückschlagen, doch unsere Isolation verschärfte sich. Es gab keine Möglichkeit, eine Verbindung mit anderen Regionen herzustellen, in denen die Partei stark war, oder die Reste der Roten Armeen aus den Aufständen des vergangenen Herbstes wieder zusammenzuführen, die inzwischen zerschlagen und aufgelöst waren.

Schließlich wurde unser Schicksal besiegelt. Im Februar rückte die Armee vor, und ihre Kanonen vernichteten unsere Milizen. Der Sowjet versank in unserem Blut.

Ich schaffte die Flucht nach Shanghai. Dort verbrachte ich furchtbare und einsame Nächte im Untergrund unter wechselnden Namen und mit wechselnden Gefühlen. Ich konnte ein kleines Büchlein verfassen, in dem ich die Erfahrungen dieser Monate bäuerlicher Freiheit festhielt. Ich erfuhr, daß ich auf dem VI. Parteitag in Abwesenheit ins Zentralkomitee der Partei berufen worden war.

1929 kehrte ich heimlich in die Sowjetzone von Hai-Lufeng zurück und versuchte, die Basis zu reorganisieren, doch im vorherrschenden Klima des Terrors war das eine schier unlösbare Aufgabe.

VII.

Seit dem 1. August hatten in Shanghai mehrere Kundgebungen zur Erinnerung an den Aufstand von Nanchang stattgefunden, so daß bei den Weißen große Unruhe herrschte. Am 26. August führte die Polizei in der französischen Konzession von Shanghai infolge eines Verrats eine Polizeirazzia durch und verhaftete uns Mitglieder des Militärkomitees. Ich fiel gemeinsam mit Yang Yin, der den Aufstand von Kanton angeführt hatte, in ihre Hände.

Wir wurden ins Polizeipräsidium gebracht und am 28. in die Polizeikasernen von Lunghua verlegt. Ich versuchte, meine wahre Identität hinter dem Pseudonym Wang Tzu-an zu verbergen, doch ich wurde verraten. Die Presse feierte meine Verhaftung. Der rote Dämon von Haifeng befand sich in ihren Händen.

Ich hoffte zunächst, die Partei würde uns in einem Handstreich befreien, doch meine Hoffnung schwand mit den Stunden dahin. Ich wußte nicht, daß Tschou En-lai eine Kampftruppe ausgesandt hatte, um uns zu retten. Der Gruppe gelang es, bis Shanghai vorzudringen, und sie erreichten ein geheimes Waffendepot in der Nähe des Nordtors. Die Waffen waren zur besseren Konservierung mit Paraffin bedeckt. Während sie gereinigt wurden, verstrichen entscheidende Stunden.

Da ich entdeckt war, sah ich wenig Sinn darin, Ahnungslosigkeit vorzutäuschen, und ich wollte ihnen auch nicht die Genugtuung verschaffen, mich reumütig zu erleben. Man lebt für dasselbe Ziel, für das man stirbt. Ich nutzte die Gerichtsverhandlung, um darauf hinzuweisen, daß die Zukunft der Kommunistischen Partei gehöre, unsere Toten gerächt werden und unsere sozialen Forderungen China beherrschen würden. Ich schloß mit dem Satz, in Hai-Lufeng hätten wir viele solcher Richter, wie sie jetzt über uns richteten, dem Henker überantwortet. Es habe keinen Sinn, mich weiter zu verhören, es sei reine Zeitverschwendung, sie sollten mich hinausführen und erschießen.

Am 30. August wurde ich fünf Stunden lang gefoltert. Meine Peiniger waren sehr ungeschickt und wußten nicht einmal genau, was sie von mir wollten.

In der Einsamkeit meiner Zelle und mit der Hilfe eines Schließers konnte ich einen Kassiber an Tschou En-lai verfassen: »Diesmal entkommen wir dem weißen Terror nicht. Drei von uns haben sich offen zu ihrer Identität bekannt und bei den Soldaten soviel Propagandaarbeit geleistet, wie sie nur konnten.«

Noch am selben Tag wurde ich in den Kasernenhof von Lunghua geführt, zwei Soldaten mußten mich beinahe tragen, weil ich nicht laufen konnte. Sie stellten mich mit dem Rücken an eine weiße Wand. Es war heiß. Ich sprach mit den Soldaten, die mich erschießen sollten, und sagte ihnen, sie sollten sich gut überlegen, was sie täten, bevor sie abdrückten – schließlich seien sie Bauern. Der Offizier befahl zu feuern, doch die Soldaten schossen nicht. Da entriß der Offizier einem von ihnen das Gewehr und zielte auf mich. Ich versuchte noch »Es lebe die Revolution!« zu rufen, doch die Kugel war schneller, so daß der Satz unvollständig blieb.

Als die Männer, die die Kaserne überfallen sollten, ihre Waffen endlich vorbereitet hatten, erfuhren sie, daß ich bereits erschossen worden war. Wenige Tage später wurde Pai Hsin, der Mann, der mich verraten hatte, in den Straßen von Shanghai von einem Kommunisten mit einer Kugel hingerichtet.

Mein Leichnam wurde zusammen mit denen meiner Genossen in ein Massengrab geworfen. Bessere Gesellschaft hätte ich mir nicht wünschen können.

Dies ist meine Geschichte.

Von Italienern und Erinnerungen

I.

Der Vater des Vaters des Vaters meiner Mutter war Italiener. Von ihm weiß ich nur, daß er Seemann war. Mitte des vergangenen Jahrhunderts erlitt er an der Küste des Golfs von Biskaya im Norden Spaniens Schiffbruch, verliebte sich in eine Frau, ließ sie schwanger zurück und verschwand spurlos. Auch sein Sohn schwängerte Jahre später eine Frau und machte sich ebenfalls aus dem Staub. Diese zweite Frau starb bei der Geburt, und ihr Sohn Adolfo, mein Großvater, wuchs in einem Waisenhaus auf, das er als Jugendlicher verließ, um Seemann zu werden.

Meine Mutter änderte als Heranwachsende den väterlichen Namen, indem sie ein »h« einschob und so Maojo in Mahojo verwandelte. Es war nicht das erste Mal, daß sich der Name veränderte. Vor Maojo hatte er Malocchio gelautet. Mein Urgroßvater war der vaterlose Sohn eines gewissen Malocchio gewesen – »Böser Blick« war der Spitzname des Italieners, der am Ursprung dieser Geschichte steht.

Meine Mutter schmuggelte in den 60er Jahren Kinderkleidung, ein Beruf, auf den ich immer sehr stolz war und von dem ich Jahre später feststellen sollte, daß sie ihn von ihrem Vater geerbt hatte, der ihn seinerseits von seinem Großvater, dem Italiener, geerbt hatte. Adolfo, mein Großvater, der in den 30er Jahren Kapitän der Handelsmarine war, widmete sich dem Schmuggel von Spitze aus Brügge und Mecheln, von Zuckerrohrraffinade und Likören. Später hörte ich in Cimadevilla, einem Viertel von Gijón, einem alten Seemann zu, der unter allgemeiner Bewunderung eines seiner Abenteuer zum Besten gab: Es handelte von dem Schmuggler-

Kapitän Adolfo Maojo, der – kurz bevor er von der Küstenwache mit einer Ladung Zucker aufgegriffen wurde (zu jener Zeit schützte die spanische Regierung den lokalen Rübenzucker durch hohe Zölle auf den Rohrzucker, obwohl dieser von besserer Qualität und billiger war) – damit begann, sämtliche Kessel des Schiffes mit dem weißen Pulver zu füttern. Schaufel um Schaufel landete in den Kesseln und hinterließ eine gewaltige schwarze Rauchfahne, die nach Melasse und Karamell roch und mit der er stolz in den Hafen von Gijón einfuhr – den Ordnungshütern zum Spotte und den Kindern zum Vergnügen.

Im Jahre 1934 widmete sich mein Großvater Adolfo dem Schmuggel von belgischen Pistolen für die anarchosyndikalistischen Jugendgruppen, die die Revolution vorbereiteten. Er wurde erwischt und verhaftet, da die Polizei während einer Hausdurchsuchung Dutzende von Pistolen im Holzkasten der Jalousie entdeckt hatte. In der Kaserne der Guardia Civil wurde er gefoltert, damit er die Namen der Empfänger preisgebe. Eine Woche lang fesselten sie ihn an einen Tisch, zogen ihm die Schuhe aus und schlugen seine Fußsohlen blutig. Den Akten zufolge bekannte er sich zum Waffenschmuggel, gab aber niemals preis, für wen sie bestimmt gewesen waren. Tage später mußte er zu seinem Haus getragen werden. Er war ein Schmuggler mit festen Prinzipien, und aus seinem Mund würde niemand die Namen seiner Kunden erfahren.

Während des Bürgerkriegs trat er der roten Kriegsmarine bei und steuerte einen kleinen Trawler, ein mit Artillerie bestücktes Fischerboot von 25 Metern Länge, die *José María Martínez*, die vor der Küste Galiciens kreuzte, um die Blockade der franquistischen Armee zu durchbrechen. Sie widmete sich vor allem dem Einschleusen von Partisanen und dem Diebstahl von Kühen, um die Versorgungslage der Milizen zu verbessern. Während einer dieser Fahrten – es war in einer Januarnacht – wurde sein Schiff von einem Zerstörer angegriffen und versenkt.

Meiner Mutter ist von ihrem Vater nur ein einziges Foto geblieben, auf dem man ihn lächeln sieht. Sie erinnert sich auch, daß er ihr einmal zum Dreikönigsfest Plastikstiefel geschenkt hat, als es noch gar kein Plastik gab, und auch eine russische Puppe.

Voller Liebe für die Meinigen füge ich die Puzzlestücke der Familiengeschichte zusammen. Und wie immer kann ich schon nicht mehr auseinanderhalten, was Wahrheit und was Legende ist. Aus solchem Stoff sind Clans wie der unsere. Und ich kehre zum

Seemann Malocchio zurück, dem ersten Schmuggler, während sich in meiner Erinnerung seine Geschichte mit der eines anderen Italieners vermischt, den sie *Malaboca* oder Schandmaul nannten.

II.

Es war Krieg in Spanien.

Es war unser Krieg, als solcher wurde er mir erzählt, als solchen habe ich ihn gelesen. Seine Lieder pflanzten sich über Generationen fort, und sechzig Jahre nach der Belagerung Madrids singt meine Tochter sie mit ihrem Großvater, und wir singen sie zusammen, wenn sich der Clan versammelt, *und mit dem fünften fünften fünften, mit dem fünften Regiment* grölen Sepúlveda und der Arpaía; und Laura Grimaldi und Tropea kennen den Text von *Genossen im Graben singt alle mit* auswendig, und *Vier noble Generale hab'n uns verraten, hab'n uns verraten* singt der dicke Chavarría mit ernster Stimme. Und Paloma erinnert sich: *Madrid, du wunderbare, Mamita mía, dich wollten sie nehmen.*

Es war der Krieg der Freien gegen den Rest: gegen Großgrundbesitzer, obskurantistischen Klerus, Generäle, Berufsarmeen, Hitlers Flugzeuge, Mussolinis Panzer, Falangisten und Karlisten.

Die Unseren waren die Truppen der republikanischen Armee und die Volksfront, die letzte antifaschistische Front. Später mußten wir die Nuancen zur Kenntnis nehmen, einsehen, daß die Geschichte komplexer war; aber auch so blieb es immer noch unser Krieg.

Im Juli 1936 erhoben sich die Generäle, und nach einer Woche voller Manöver und Straßenkämpfe, voller Geschichten von Wankelmut und Entschlossenheit zeichnete sich die politische Landkarte ab: Die Großstädte – Madrid, Barcelona, Valencia – waren in der Hand der Republik, die zudem Aragonien, das Baskenland, die spanische Levante und Asturien mit der Ausnahme Oviedos kontrollierte, während Galicien, Navarra, ein Teil Andalusiens, Estremadura, Teile Kastiliens und das marrokanische Territorium, welches der Standort der alten Kolonialarmee war, den Machtbereich der Militärs ausmachten.

Ende 1936 war Madrid, die Frage seiner Verteidigung oder Eroberung, in den Mittelpunkt des Krieges gerückt. Eine kaum verhüllte deutsche Intervention und das massive Eingreifen Italiens verschafften den aufständischen Militärs einen Vorteil. Der Faschismus wurde auf dem europäischen Schachbrett verhandelt. Die

Republik konnte nur auf die begrenzte Unterstützung der Franzosen und Sowjets sowie auf die Internationalen Brigaden zählen, die von antifaschistischen Freiwilligen aus der ganzen Welt gebildet wurden. Im Dezember fand die erste Schlacht um Madrid statt, es folgte die Jarama-Schlacht und später die Eroberung Malagas durch die Faschisten unter der Beteiligung eines starken italienischen Expeditionsheers.

III.

Im Juni 1965 begab sich meine Mutter in das Spanische Sanatorium von Mexiko-Stadt, um ihr drittes Kind zur Welt zu bringen. Weil die Fruchtblase geplatzt war, begannen die Geburtsvorbereitungen einen Monat früher als erwartet. Meiner Mutter wurde auf der Entbindungsstation strenge Bettruhe verordnet, während sie auf die Geburt meines späteren Bruders Carlos wartete.

Das Spanische Sanatorium bildet eine merkwürdige Insel der Ruhe in einer Stadt, die schon in jenen friedlicheren Zeiten vor Geschäftigkeit vibrierte. Es liegt am Rande von Polanco, einem Viertel der Oberschicht, die ihr Geld aus manchmal zweifelhaften Geschäften bezieht, und grenzt andererseits an eine Industriezone von Automobilausrüstern und Brauereien. Das Sanatorium ist von einer riesigen Backsteinmauer umgeben und beherbergt in seinem Innern mehrere voneinander getrennte Pavillons, die in einem weitläufigen Park verstreut liegen. Das Leben hat sie in Inseln verwandelt, um vergessen zu können, daß nur dreißig Meter vom Haus der Mutterfreuden entfernt die Sterbenden untergebracht sind.

Ich war fünfzehn Jahre alt und hatte noch viele Bücher vor mir, die es zu verschlingen galt. So nutzte ich die langen Nachmittage, die ich auf die Geburt meines Bruders wartete, um im Park spazieren zu gehen, zu lesen und Pfeife zu rauchen. Letzteres war ein ziemlich albernes Laster, aber unter ästhetischen Gesichtspunkten interessant und beeindruckend durch den Tabakgeruch, den man hinter sich ließ. Ich glaubte, durch das Pfeiferauchen die gewichtige Aura des künftigen Schriftstellers auszustrahlen, welche ich in Ermangelung von Geschriebenem nötig hatte.

So umherschweifend traf ich auf Eusebio Carranza, der den Nonnen entwischt war und der sich trotz einer fortgeschrittenen Tuberkulose entschieden hatte, rauchend zu sterben. Carranza muß damals so um die 65 gewesen sein. Ich verschaffte ihm heimlich Zigaretten, und bekam etwas viel Wichtigeres zurück: Er erzählte mir Geschichten. Er war von kleinem Wuchs und mit einem grauen Morgenmantel, über dessen losen Gürtel er ständig stolperte, sowie einem hellblauen, schlecht zugeknöpften Pyjama bekleidet. Sein Blick war durchdringend und konnte dir, wenn er sich auf dich heftete, einen Schreck einjagen, bis er dich langsam zärtlicher ansah. Und in dem Maße, wie die Anspannung seiner Pupille nachließ, verwandeltest du dich vom Feind in einen verschwommen wahrgenommenen Verbündeten. Er gehörte zu jenen Erzählern, die zum Wesentlichen vordringen und das rechte Adjektiv finden, die Metapher, die im Gedächtnis haften bleibt und inmitten all der Erinnerungen als treffendes Bild wieder auftaucht. Wir rauchten und spielten Schach, und er hat mir Geschichten erzählt. Vermutlich war ich der Einzige, der als Gesprächspartner von Interesse war, denn seine Kinder besuchten ihn nie (es gab da eine merkwürdige Geschichte von schrecklichen, wirklich schrecklichen familiären Brüchen, die er mir nicht weiter erklärte, durch die er aber allein zurückgeblieben war). Nachdem er sich durch ein langes Verhör vergewissert hatte, daß ich zur Linken gehörte, und ich bekannt hatte, daß ich an die Tugenden des Sozialismus und die Existenz des Klassenkampfes glaubte, erzählte Eusebio mir die Geschichte der Schlacht von Guadalajara.

IV.

Fünfundsiebzig Kilometer von Madrid entfernt, an der Straße, die in nordöstlicher Richtung über Zaragoza nach Frankreich führt, war am Frontabschnitt von Guadalajara in den letzten Monaten wenig los gewesen. Als im Dezember 1936 die erste große Offensive gegen Madrid rollte, waren hier höchstens ein paar Scharmützel zu verzeichnen. Es war so ruhig, daß zwischen den feindlichen Linien Zeitungen und Zigaretten getauscht wurden.

Die Jarama-Schlacht hatte die republikanischen Streitkräfte erschöpft, und die Brigaden, die sich mit Verlusten von 50 Prozent in den Dörfern zwischen Alcalá de Henares und Madrid ausruhten, rechneten nicht damit, zu den Protagonisten der kommenden Ereignisse zu werden. Darunter befand sich die XII. Internationale Brigade, die von einem Ungarn, der in der Oktoberrevolution gekämpft hatte, dem sagenumwobenen General Lukács, geführt wurde und deren Politkommissar, der Deutsche Gustav Regler, sich als herausragender Schriftsteller erweisen sollte. Ihren Kern bildete das Garibaldi-Bataillon, welches von italienischen Antifaschisten und einer slawischen Kavallerieeinheit gebildet wurde. Für die spätere Schlacht sollten zum Garibaldi zwei spanische Bataillone stoßen. Die Italiener der XII. kamen aus allen Ecken der Welt, einem Exil, welches die Diktatur Mussolinis genährt hatte. Sie kamen aus Paris und Brüssel, aber auch aus Los Angeles und New York, aus Argentinien, Afrika und Australien, wohin sie das antifaschistische Exil verstreut hatte.

Am 8. März entdeckte die republikanische Luftaufklärung einen überraschenden Vormarsch auf breiter Front entlang der Straße von Sigüenza nach Guadalajara. Drei motorisierte Marschkolonnen mit Panzern und Lastwagen rückten fächerförmig vor. Gerüchten zufolge wurde das italienische Expeditionskorps CTV zusammengezogen, welches Franco und seine Generäle erst vor kurzem in der Schlacht von Malaga erfolgreich unterstützt hatte. Tatsächlich wollte Mussolini den Krieg in Spanien gewinnen. Wenn Franco und seine Elitetruppen vergeblich gegen Madrid anrannten, konnte er – so die Strategie aus sicherer Distanz – mit der italienischen faschistischen Armee, die sich in Kolonialkriegen bewährt hatte, die Pattsituation entscheidend verändern.

Mitte Februar überließ das italienische CTV seine Positionen bei Malaga spanischen Reserveeinheiten und brach zu der Operation auf, die ihm den erhofften Ruhm einbringen sollte: der Durchbruch der Nordostfront und die Eroberung der Hauptstadt. Die italienische Expedition umfaßte vier Panzer- und zwei gemischte Divisionen unter dem Befehl von General Roatta, 250 Panzerwagen vom Typ Fiat Ansaldo sowie 1.300 Lastwagen.

Die Vorbereitung ist äußerst sorgfältig, aber vielleicht zu siegesgewiß. Die Frontlinie, an der angegriffen werden soll und die zum Verteidigungsring von Madrid gehört, ist nur schwach befestigt und von einigen Maschinengewehrnestern gesichert. Der italienische Plan sieht ein Durchbrechen der Front bei Mirabueno und den Vormarsch über Seitenstraßen vor, um dann nach Guadalajara vorzustoßen.

Zwei Divisionen sowie die Artillerieeinheiten sollen an der Aktion teilnehmen, zwei weitere werden für eine zweite Angriffswelle in Reserve gehalten. Neunzig Flugzeuge, die den republikanischen Nachschub abschneiden sollen, werden an der Operation beteiligt sein.

Roattas Tagesbefehl zeugt von extremer Zuversicht: »Morgen in Guadalajara, übermorgen in Alacalá de Henares und nach zwei Tagen in Madrid.«

Ein vierzigminütiger Artillerieangriff signalisiert den Beginn der Offensive, die auf morastigem Gelände und bei eisiger Kälte stattfindet.

Überraschenderweise hält die Front am 8. März stand, obwohl die republikanischen Streitkräfte praktisch keine Munition haben und sich mit dem Bajonett verteidigen müssen. Ihr Rückzug verläuft geordnet. Aber der Druck der faschistischen Kräfte ist enorm, und am zweiten Tag wird die Front durchbrochen. Die Lage der Republik ist dramatisch, das Kräfteverhältnis steht inklusive Verstärkung, die geschickt werden kann, zehn- zu fünfzigtausend.

Der republikanische Generalstab, dem klar ist, daß es sich um eine kriegsentscheidende Operation handelt, schickt seine besten Truppen ins Gefecht: die XI. und XII. Internationale Brigade und die Divisionen von Líster, Mera, Galán und Nanetti. Es handelt sich um Truppen, die sich gerade erst von Kampfeinsätzen ausgeruht hatten, neu zusammengestellt worden waren und die nun bei Regen, Schnee und Bombardements vorrücken.

Entgegen dem Mythos, meinem Mythos, unserem Mythos, waren die Interbrigadisten nicht vor Entmutigung gefeit: Während der ersten Tage des Jahres 1937 überschritten drei Dutzend von ihnen die französische Grenze. Sie hatten in Spanien weder Familie noch Namen, keine Dokumente, keine Nachhut, keine Kinder, keine Vergangenheit. Sie ließen nur ihre Decknamen und die Erinnerung an einen schrecklichen Krieg zurück, der längst nicht mehr so romantisch schien wie in den ersten Wochen.

Am 9. März suchen die republikanischen Entsatzeinheiten im Schneematsch und bei furchtbarer Kälte die Feindberührung.

Lukács, der Befehlshaber der Internationalen, hat mit Aldo Barontini, der in Abwesenheit seines Vorgesetzten das Garibaldi-Bataillon führt, eine denkwürdige Unterredung:

»Werden die Italiener kämpfen?« – »Sie brennen geradezu darauf, gegen die Faschisten zu kämpfen.« – »Werden sie die Gefangenen respektieren?« – »Mehr noch, sie werden sie für das Garibaldi gewinnen.«

Noch am Nachmittag desselben Tages kommt es zum Zusammenstoß, als die XI. Internationale Brigade mit kleineren Angriffen den italienischen Vormarsch zu bremsen versucht. Gustav Regler schreibt: »All unsere Schlachten hatten so begonnen: im Chaos.« Die faschistische Division *Fiamme Nere* hat das Ibarra-Schloß eingenommen, eine Ansammlung von Gebäuden mitten im Wald, die zuvor im Besitz eines spanischen Granden waren. Unter dem Druck der Faschisten müssen sich die deutschen Internationalisten des Thälmann-Bataillons zurückziehen. Am Morgen des 10. März stoßen die Garibaldianer auf die Vorhut der Italiener und machen ihre ersten Gefangenen.

Am Morgen des Elften schneit es erneut. Zum ersten Mal in diesem Kriege besitzt die Republik die Lufthoheit, weil die Flugplätze der Faschisten vor lauter Schlamm nicht benutzbar sind. Die Republikaner dagegen, die aus der Umgebung von Madrid und Alcalá de Henares kommen, können ihre Flugzeuge starten und den Vormarsch der italienischen Panzereinheiten stören. Der Hauptangriffskeil wird zwischen Trijueque und Torija zum Stehen gebracht. Die republikanischen Truppen schlagen am Zwölften einen neuerlichen Angriff der Faschisten zurück. Hans Beimler zufolge sind sie »vom Klima und der Niederlage zermürbt«.

Herbert Matthews, der nordamerikanische Reporter, hatte viele Kriege erlebt und dennoch überraschte ihn die geordnete Form, in der die Leichen der italienischen Soldaten aufgereiht lagen, es sprach ein gewisser Respekt vor dem Tod aus der Art, wie sie vor der Dorfkirche aufgetürmt waren. Mit erstaunlicher Regelmäßigkeit schlugen jede halbe Minute Mörsergranaten ein und belegten die kaltblütige Präzision des italienischen Offiziers, der die Batterie befehligte: alle dreißig Sekunden. Der erste republikanische Gegenangriff war erfolgreich gewesen. Würde das republikanische Kommando die Situation nutzen? An den folgenden Tagen erlebte Matthews, wie die Offensive gestoppt wurde. Er hielt dies für einen Fehler, weil es den demoralisierten Italienern erlauben würde, Schützengräben auszuheben und ihre Stellungen zu befestigen. Nachher mußte er feststellen, daß zwei neue Kriege entfesselt worden waren. Der eine, in dem die Republik in Spanien erstmals die Überlegenheit im Luftkrieg genoß und rund um Brihuega über achthundert 250-Kilo-Bomben abwarf, und ein anderer, noch erstaunlicherer: ein Krieg der Worte.

V.

Ich glaube mich zu erinnern, daß mir Carranza im Laufe jener Nachmittage, die wir unter den Bäumen im Park des Spanischen Sanatoriums verbrachten, seine Rolle an der Guadalajara-Front erklärte. Er war so etwas wie der Verbindungsmann zwischen den spanischen Bataillonen der XII. Brigade und dem Garibaldi-Bataillon gewesen, ein Verbindungsmann, der zugleich als Führer diente, weil er aus irgendwelchen Gründen das Gelände kannte. Ich habe nie genau verstanden, warum, denn ich erinnere, daß Carranza kein Kastilier zu sein schien, sondern eher wie jemand aus Andalusien aussah, aber Tatsache ist, daß er das Gelände kannte und einen geigneten Standort für eine *Skoda*-Batterie suchte, als er zum ersten Mal Malaboca sah.

Es war ein kleiner Italiener, der das Aussehen eines Gnoms hatte, ständig fror und sich gut mit Fußball auskannte. Und laut Carranza hatte er ein sagenhaftes Maulwerk, er konnte fluchen wie ein Rohrspatz und war unfähig, ein halbes Dutzend anständiger Wörter zu sagen, ohne ein unflätiges einzuflechten. Dies war so ausgeprägt, daß ihn seine Freunde *Malaboca* – Schandmaul – nannten.

Jedenfalls glaube ich mich zu erinnern, daß in den Erinnerungen Carranzas der kleine Italiener den Spitznamen Malaboca oder Malalengua trug und er beide Namen unterschiedslos benutzte. Ich erkläre es mir so: Malaboca für die Italiener, Malalengua für die Spanier. Ich glaube mich zu erinnern, daß in den Erinnerungen Carranzas der Italiener Piero hieß, Venezianer war (und ich weiß das, weil mir Carranza Venedig so beschrieb, wie ich es Jahre später erleben sollte und wie es ihm Malaboca beschrieben hatte), von Beruf Schuster war und als Radiosprecher gearbeitet hatte, bis ihn die Faschisten mit Fußtritten aus der Sendeanstalt geworfen hatten. Er verbrachte einige Zeit im Gefängnis und konnte dann in die Schweiz entkommen, wo er mit einer spanischen Operettensängerin zusammenlebte, die Arien schmetterte, was er auf den Tod nicht ausstehen konnte.

Wie konnte Carranza all diese Dinge von Malaboca wissen, einem Menschen, mit dem er nur während der zwölf Tage der Schlacht von Guadalajara zusammen gewesen war? Wie konnte er all diese Dinge wissen – und noch andere mehr, die er vergessen haben wird oder die meinem armseligen Gedächtnis entfallen sind?

Malaboca sang im Schlaf. Glücklicherweise schlief er wenig und sang sehr leise. Er rauchte grauenhafte Zigarren, die beim bloßen Ansehen auseinanderfielen, so trocken waren sie, obwohl der Wald vor Regen und Feuchtigkeit triefte. Malaboca verschlang sein Essen mit verzweifelter Gier und gab als Erklärung ab: »Iß immer, als wäre es das letzte Mal.«

Er saß in einem Kreis von Leuten dabei, als der Bataillonskommissar die ersten gefangenen Faschisten verhörte. Dort erblickte ihn Carranza. Später schlenderten sie gemeinsam zwischen den Gefangenen umher, und Malaboca entlockte ihnen scheinbar völlig unnütze Informationen: den Namen der Mutter des Hauptmanns der zweiten Kompanie, die Straße, in welcher der Kommandant wohnte ...

All dies sollte er im Krieg der Worte einsetzen.

Kaum war die erste Offensive der faschistischen Divisionen zurückgeschlagen – bei einem für diese Jahreszeit außergewöhnlichen Wetter, das bei den Nachtwachen mehrere Frosttote forderte –, da setzte die Leitung der Internationalen Brigaden zwischen dem 13. und 18. März ihre Propagandamaschinerie in Gang. Luigi Gallo, Teresa Noce, unterstützt durch den russischen Journalisten und Schriftsteller Ilja Ehrenburg, sowie Camen (der italienische Reporter Giuliano Pajetta) begannen Flugschriften zu verfassen, die in Madrid und Alcalá de Henares gedruckt und anfangs zusammen mit den Bomben von den Flugzeugen abgeworfen wurden.

Regler, der an der Propagandaarbeit beteiligt war, beschreibt das Szenario, als die ersten Lautsprecher eintrafen. Jemand las etwas auf italienisch vor. Schnee fällt, die Botschaft in der eisigen Luft, die Polen auf der linken Seite des Schlosses Ibarra, damit beschäftigt, die Maschinengewehre aufzubauen, auf der linken Seite die Garibaldianer.

»Der Haß Spaniens wird über euch kommen. Brüder, Italiener! Dieses Volk kämpft für seine Freiheit. Verlaßt die Reihen seiner Feinde. Kommt zu uns! Wie Brüder werden wir euch empfangen. Wir, die Freiwilligen des Garibaldi-Bataillons!«

Eine Kugel ließ Gesteinssplitter in der Mauer dicht neben Regler aufspritzen. »Keine schlechte Antwort!« sagte er sich. Ein französischer Brigadist schlug vor, mit dem Geschwätz aufzuhören und das Feuer zu erwidern. Mehrere Italiener brachten ihn zum Schweigen und forderten, mit der Propaganda fortzufahren. Ein leichter Jubel lag in ihren Stimmen. Gustav Regler versuchte dieses Gefühl zu verstehen: »Es gab Tränen, aber vor Freude, die Sprache der Exilierten war zurückgekehrt, sie sprachen wieder zu jenen, die ihnen Jahre zuvor nicht hatten zuhören wollen.«

Alles war zu etwas Nutze in diesen Tagen: um einen Stein gewickelte Flugblätter, die wie Handgranaten geworfen wurden, Lautsprecher, Bombardements aus der Luft. Aus Alcalá de Henares kamen zwei Lautsprecher und ein Mikrofon; über sie wurden Kommuniqués verlesen, und improvisierte Chöre stimmten die *Internationale* oder *Fratelli nostri* an.

Giuliano Pajetta, der seine lange europäische Reise in Mauthausen beendete und es überlebte, in Spanien unter dem Namen

Camen bekannt, war der Verantwortliche für die Lautsprecher. Dies war die offizielle Stimme, die die Kommuniqués verlas, die vom Sitz der Brigaden geschickt wurden. Und nun trat Malaboca in Aktion.

Gegen Mitternacht waren die Lautsprecher über den gesamten Frontabschnitt verteilt, und plötzlich waren die Klänge von *Bandiera Rossa* zu hören. Von Madrid war ein Lastwagen mit zwei riesigen Boxen auf dem Dach gekommen, der zuvor für einen Zirkus im Einsatz gewesen war. Der Wagen kam mit seiner ganzen Ausrüstung, und der Ansager war noch ganz im alten Stil befangen, als er den Italienern erklärte, wie die Anlage funktionierte – *zehn wundervolle Elefanten, zehn ...*

Malaboca näherte sich dem Kommissar und bat ihn um den Job, denn er sei früher Radiosprecher gewesen. Eine Zeitlang las er die Verlautbarungen vor. Dann begann er zu improvisieren.

»Ergib dich, Mariani. Deine Frau ist ein Hürchen, du glaubst, sie wartet auf dich, aber sie hat dir bereits mit Alfredo dem Apotheker Hörner aufgesetzt ... Leone, du Schwuchtel, du willst Hauptmann sein, kannst aber die Finger nicht von den Rekruten lassen ... Soldaten der zweiten Kompanie, wenn euch kalt ist, macht euch keine Sorgen, der Hauptmann Barone wird euch mit Vergnügen den Finger in den Arsch stecken, so hat er es bereits in der Nachhut getrieben. Roselli, bist du da? Hast du immer noch Alpträume? Dieb, Schweinehund, du hast im Dorf das Fleisch falsch abgewogen. Scheißfaschist, niemand kann dich ausstehen.«

Er war nun nicht mehr zu bremsen, er schien die Namen aller Offiziere und Soldaten der feindlichen Linien zu kennen, er schien von jedem eine furchtbare Geschichte zu kennen.

Nachdem der Kommissar Barontini ihm eine Viertelstunde amüsiert zugehört hatte, ging er auf ihn zu und schlug den Befehlston an:

»Malaboca, lies das Kommuniqué vor, hör auf, sie zu beleidigen. Wenn du so weitermachst, werden wir sie alle umbringen müssen, ehe sie sich ergeben.«

Piero riß sich für einige Minuten zusammen. Aber etwas in ihm war stärker als er selbst:

»Hauptmann Pierini, du bist ein Schmutzfink, wann hast du dich zuletzt gewaschen. Folgst du dem Beispiel, das euch Mussolini gegeben hat? Leoni, du nennst dich Offizier und popelst vor deinen Soldaten in der Nase. Du nennst dich Offizier, Schlappschwanz, und verpißt dich, kaum daß unsere Bomben fallen!«

Barontini machte der Vorstellung ein Ende. Am nächsten Tag würden sie die Verteidigungsstellungen der Faschisten einer Probe unterziehen.

»Piero, laß uns jetzt schlafen gehen ...«

»Wir, die wahren Italiener, die Männer des Garibaldi-Bataillons, verabschieden uns für heute. Binnen kurzem werden wir uns persönlich kennenlernen. Und vergeßt nicht, faschistische Hunde, der Hauptmann Aldo stiehlt die Lebensmittelbüchsen«, sprach Malaboca. Dies oder doch etwas Ähnliches, bevor er zuließ, daß eine Platte abgespielt wurde, die jemand wunderbarerweise aufgetrieben hatte. Die Klänge der *Internationalen*, gesungen auf italienisch, durchfluteten die eisige Waldluft.

Stunden später las ein italienischer Politkommissar, der von einem anderen Frontabschnitt gekommen war, Piero die Leviten.

VI.

Am 14. März nahm die XI. Brigade Trijueque ein und eroberte eine enorme Kriegsbeute. Am gleichen Tag fand am Abschnitt des Garibaldi-Bataillons der erste Angriff auf das Ibarra-Schloß statt.

Regler, der Politkommissar der XII. Brigade, war besorgt. Als die Truppen ihre Angriffsstellungen einnahmen, hatte ein Abessinier des Garibaldi-Bataillons eine Geste des Halsabschneidens gemacht, jene Geste, die man auf der ganzen Welt versteht und bei der der ausgestreckte Zeigefinger langsam über die Gurgel fährt. Regler sprach den Mann mithilfe eines Dolmetschers an.

»Die Verletzten und Gefangenen sind zu respektieren. Keine Brutalitäten! Wir sind nicht so wie sie.« Der junge Abessinier nickte zustimmend.

Als die ersten Akkorde der *Internationale* vom Lastwagen mit den Lautsprechern erklangen, pflanzten die Polen das Bajonett auf. Barontini beschwerte sich bei seinem Politkommissar über den Theaterkrieg. »Was soll das bedeuten, Massenmord von Freiwilligen mit Musikbegleitung?« Regler vermittelte in der Diskussion. »Warum sollen wir nicht unter Hymnen kämpfen? Wenn schon sterben, dann mit Musik!« Barontini schlug vor, Verdi aufzulegen. Regler erwiderte, daß er als Politkommissar einverstanden sei, daß er aber die Platte nicht besitze.

Der erste Zusammenstoß ist fürchterlich. Der Kampf beginnt im Wald, Baum für Baum ist umkämpft, nur meterweises Vorankommen ist möglich; die Faschisten ziehen sich langsam zurück, die

Gebäude kommen in Sicht. Die Garibaldianer werden von Panzern unterstützt, und die Offensive zwingt die Schwarzhemden, sich ins Schloß zurückzuziehen.

In der Nacht gelingt es einem Asturianer, zum Schloß vorzudringen und eine Packung Dynamitpatronen hineinzuwerfen, die mit einem ohrenbetäubenden Knall explodieren.

Das Echo der Explosion ist noch nicht verflogen, als aus dem Innern des Schlosses die im Laufe dieser Tage so oft gehörten Klänge der *Internationalen* erklingen. Die Situation ist gänzlich unübersichtlich, die Schüsse gehen weiter, aber auch der Gesang hört nicht auf. Singen etwa die Faschisten? Handelt es sich um einen Scherz? Die Leitung des Garibaldi entsendet eine Verhandlungskommission, die von Nunzio Guerrini angeführt wird. Als sie sich dem Schloß bis auf wenige Meter genähert hat, wirft ein faschistischer Offizier eine Handgranate und tötet ihn. Der Faschist versucht zu fliehen und wird von dem Maschinengewehr des Panzers unter Beschuß genommen, der die Gesandten begleitet hat. Die Garibaldianer betreten das Schloß. Sie stehen den Faschisten von Angesicht zu Angesicht gegenüber. Die Spannung ist unerträglich. Den Finger am Abzug legt niemand die Waffen nieder. Brignoli greift ein und befiehlt den Garibaldianern, nicht zu schießen, und den Faschisten, die Waffen zu Boden zu werfen. In diesem Augenblick läßt die republikanische Artillerie, die nicht weiß, daß ihre Truppen bereits innerhalb des Ibarra sind, eine Salve los. Die Kanonen bereiten der Unentschiedenheit ein Ende, und die Faschisten lassen ihre Waffen und Maschinengewehre fallen und werden in die hinteren Linien abgeführt, ihnen voran auf einer Trage der Leichnam Guerrinis.

Regler sieht seinen Abessinier, wie er mit strahlendem Gesicht zwei Gefangene an einem Strick vorüberführt.

VII.

Zwischen dem 15. und 18. März stabilisiert sich die Front von Guadalajara. Die ersten Energien sind bei der faschistischen Offensive und dem Gegenangriff aufgebraucht worden. Aber das militärische Patt ist ein Sieg für die Republik, für die Internationalen und insbesondere für die Garibaldianer.

Die Medien der Weltpresse werden es so kommentieren. Ein Dokument des faschistischen Generalstabs läßt verlauten: »Selbst die besten und tapfersten Truppen haben einen Feigling in ihren

Reihen. Also darf es uns nicht erstaunen, wenn wir auch unter uns den einen oder anderen finden. Aber wir werden uns ihrer zu entledigen wissen.«

Roman Karmen, der sowjetische Filmemacher, fängt mit seiner Kamera die Soldaten des Líster-Bataillons ein, wie sie das *Viva Mussolini* von den Hauswänden des Dorfes Brihuega entfernen. Sorgfältig kratzen die spanischen Soldaten den Kalk von den weißen Wänden.

Es war der entscheidende Moment in der Schlacht der Worte.

Und Malaboca verlas in jenen Tagen offizielle Kommuniqués, Aufrufe, sich zu ergeben, Versprechen, jedem Deserteur 100 Peseten zu bezahlen und ihn – falls er es wünscht – in das republikanische Heer aufzunehmen, Appelle an das Klassenbewußtsein der Soldaten der faschistischen Divisionen. Wann immer aber es möglich war, ließ er seinem Maulwerk freien Lauf. Die Informationen der Gefangenen des Ibarra-Schlosses waren von unschätzbarem Wert für ihn. So erzählte er die Geschichte eines feindlichen Hauptmanns, der sich während eines Bombardements vor Angst in die Hosen gemacht hatte, von den Geschlechtskrankheiten eines Offiziers der Sanitäter, den Diebstählen beim Beschaffungsamt, die intimen Geschichten eines Oberleutnants, der sich nie die Füße wusch und einen Pimmel von einem Zentimeter hatte, bis zu einem Faschisten aus Genua, der direkt aus dem Gefängnis, wo er wegen Diebstahl eingesessen hatte, an die Front gekommen war. Sein Geschäft war die üble Nachrede, der Tratsch und die Beleidigung. Und darin war er ein Meister. Carranza erinnerte sich, daß es ihm einmal gelang, eine Beleidigung aus zehn Worten zu bilden, in der Art von »Ausgeburt der Niedertracht, vermaledeiter Hurensohn deiner syphilitischen, unglückseligen und mit dir gestraften Mutter«.

Carranza glaubte sich zu erinnern, daß ihm von einem bestimmten Augenblick an verboten wurde, das Mikrofon des Zirkuswagens zu benutzen, oder daß bei einer Truppenverlegung der Garibaldi-Kompanie der Lastwagen mit den Boxen zurückgeblieben war.

VIII.

Am 18. März beginnt die lang ersehnte Offensive. Es ist der Jahrestag der Pariser Kommune, und die republikanischen Bataillone greifen auf gesamter Frontbreite die demoralisierten Italiener an.

Die Einnahme Brihuegas durch die Bauernbrigade und das Bataillon *Commune de Paris* der Internationalen markiert den Höhepunkt der Gegenoffensive. Zweihundert Italiener des faschistischen Heeres werden gefangengenommen.

Der Angriff wird fortgeführt, wobei die Straße nach Aragonien als Achse dient. Vier oder fünf Tage später wird sich die Front stabiliseren. Die Schlacht von Guadalajara hat mit einem Triumph für die Republik geendet.

Als Matthews die Sachen in Augenschein nimmt, die die Italiener in Brihuega zurückgelassen haben, trifft er auf eine Gruppe äußerst zufriedener Kinder. Er fragt sie nach dem Grund ihrer Freude und erhält zur Antwort: »Die Flugzeuge haben die Schule zerstört.«

Carranza erzählte, daß sein Bataillon nach der Schlacht in die Truppen von Mera integriert worden sei und er Piero nie wiedergesehen habe.

IX.

Hat Malaboca wirklich existiert – oder ist er eine jener Erfindungen, die die nachsichtige Zeit im Kopf des Zuhörenden und des Erzählers Gestalt annehmen läßt? Eusebio Carranza jedenfalls glaubte ihn so zu erinnern, und ich erinnere ihn, wie er ihn erinnerte. Ich habe diese Geschichte mehrmals erzählt, und im Laufe des Erzählens, Verbesserns, Ausschmückens, in dem sich die Kunst der mündlichen Rede mit den Nachforschungen des Historikers verbindet, der bei der Lektüre Elemente findet, die zur atmosphärischen Dichte beitragen, hat die Geschichte langsam die Gestalt angenommen, in der sie in den vorherigen Abschnitten erzählt wurde.

Im Jahre 1974 entschied ich, Carranza aufzusuchen und die Geschichte Malabocas aufzuschreiben. Aber Eusebio Carranza war verschwunden. Ich habe ihn nach der Geburt meines Bruders nie wiedergesehen. Ich glaube, daß die Lust zu erzählen und der Wunsch ihn zu finden, neu belebt wurden, als meine Tochter Marina geboren wurde und ich die wundervolle Zeit, während derer Paloma und ich jeden Tag kamen, um unsere Tochter in der Frühgeburtenstation zu sehen, nutzte, um in den Archiven des Krankenhauses zu stöbern. Das war kein leichtes Unterfangen, obwohl ich gute Beziehungen zur Gewerkschaft des Sanatoriums unterhielt, in der er Mitglied gewesen war. *Carranza, Eusebio* existierte nicht.

Es tauchte weder sein Name noch seine Karteikarte, noch seine Krankheit auf. Niemand wußte zu sagen, ob er gestorben, geflohen oder geheilt worden war. Schließlich fand ich im Zentralarchiv eine Akte, die zu passen schien: Ein Mann namens Arturo Carranza war von Juni bis September 1965 wegen einer schweren Tuberkolose behandelt worden. Das war alles. Es ging noch nicht einmal daraus hervor, warum er entlassen worden war.

In der Annahme, daß er Kommunist gewesen war, fragte ich Jahre später meinen alten Freund Juan Ambou nach ihm. Die Welt des spanischen Exils in Mexiko ist weitverzweigt und winzig zugleich, eine Art Familie voller Liebe und Anfeindungen, in der all die kleinen und großen Geschichten zirkulieren und sich fast alle kennen, obwohl sie das Gegenteil behaupten. Merkwürdigerweise wußte Ambou nichts. Er schlug mir vor, die Anarchisten zu fragen. Möglicherweise sei er Mitglied der Brigade Cipriano Meras gewesen. Auf diese chaotische Weise, in der Bücher zustande kommen, betrieb ich die Nachforschungen weiter. Nichts.

1988 schickte mir Silverio Cañada, der mir sehr zugetan ist, aus Spanien das vorzügliche Werk von García Durán zum Quellenstudium des Spanischen Bürgerkriegs. Es öffnete mir eine Reihe weiterer Türen.

Das Archiv des Studienzentrums Piero Gobetti in Turin hatte bis Mitte der 70er Jahre eine Reihe von Interviews mit den italienischen Kämpfern der Interbrigaden geführt sowie mit weiteren Antifaschisten, die in Spanien in anarchistischen Formationen der republikanischen Linientruppen gekämpft hatten. Mein Vater besorgte mir 1976 eine Übersicht dieser ersten Interviews, als er an der Biennale von Venedig teilnahm. Ich ging das Material sorgfältig durch. Kein Malaboca, kein Malalengua, wie ihn die Spanier nannten, und auch kein Piero, der Schuster war und aus Venedig stammte.

Ich versuchte es im Historischen Archiv von Salamanca, aber es gab keine Namensliste des Garibaldi-Bataillons. Ich studierte die umfangreiche Bibliographie, die es zur Schlacht von Guadalajara gibt, und fand Hinweise auf den Krieg der Lautsprecher und Megaphone, aber nichts in bezug auf die Lästerzunge eines Piero. Für eine ganze Zeitlang gab ich auf.

Jahre später besuchte ich während eines Romaufenthaltes die *Associazione Italiana Combatenti Volontari Antifascisti di Spagna*, die über ein wichtiges Archiv biographischer Aufzeichnungen über die Spanienkämpfer verfügt. Ich überflog einige von ihnen mit meinem armseligen Italienisch eines türkischen Touristen, ohne etwas zu finden.

Den einzigen Hinweis fand ich Jahre später auf einigen Metern Filmstreifen des Archivs Gaumont in Paris. Es handelt sich um siebenunddreißig Meter Material, welches irrtümlicherweise unter *Sur le front de Madrid* archiviert worden war und welches ein paar Kampfszenen aus der Offensive von Guadalajara enthält. Zum Ende hin sieht man einen Lastwagen mit zwei großen Lautsprechern auf dem Dach, der in einen Schützengraben gequetscht ist. Es spricht ein kleiner Mann mit Adlernase, krausem Haar und maliziösem Lächeln. Er trägt eine gefütterte Jacke und hat die Hosenbeine mit Lappen umwickelt, die wie selbstfabrizierte Gamaschen aussehen. Ich ließ mir das Fragment ein halbes Dutzend mal vorspielen. Ich war mir sicher, daß es sich um Malaboca handelte. Er hielt das Mikrofon, ohne ihm Beachtung zu schenken, so als wäre er es gewohnt und nicht mit der Verkrampftheit desjenigen, der seine Rede mit Gesten unterstreicht, weil er sich konzentrieren muß, um seine eingebildeten Zuhörer vor seinem geistigen Auge erscheinen zu lassen. Er war es.

Es sind siebzig Jahre vergangen, seit mein Großvater Adolfo Maojo den Seemannstod starb und noch etwas mehr seit der Schlacht von Guadalajara, und zweiunddreißig, seit Eusebio mir zum ersten Mal die Geschichte von Piero *Malaboca* erzählt hat. Bevor ich mich zum Schreiben niedersetze, werde ich von Zweifeln geplagt, Zweifel, die über das gewöhnliche Maß hinausgehen. *Erzengel* soll ein Buch mit Geschichten aus der Geschichte werden, und dies klingt über die Maßen nach Phantasie. Dennoch setze ich mich an den Computer und tippe in die Tastatur und bringe Malochio mit Malaboca zusammen, meine allerersten Italiener, von denen ich die Vorliebe für Schmuggel und unflätige Worte geerbt habe. Ich erzähle ihre Geschichten, die die meinen sind.

Was hier erzählt wird, ist zu schön, um Lüge zu sein.

Der Mann mit der dunklen Sonnenbrille, der zum Himmel schaut, nennt sich Domingos und nennt sich Raúl

Denn eine Revolution
ist eine atemberaubende Erfahrung,
ein Abenteuer des Herzens.
Ryszard Kapuscinski

I.

In fast allen Artikeln, die auf Kuba über Raúl Díaz Argüelles veröffentlicht wurden, findet sich ein eigentümliches Foto, welches einen zweifachen Reiz ausstrahlt. Einerseits drückt es die Härte der Persönlichkeit wie der Zeit, in der sie gelebt hat, aus. Andererseits bringt es eine gewisse Arglosigkeit des Gesichts zum Ausdruck, dessen Augen in scheinbarem Widerspruch dazu von einer dunklen Sonnenbrille verdeckt werden. Der Mann scheint die Luft, die er atmet, herauszufordern und gleichzeitig dem Schicksal zu danken, daß er sich genau in diesem Moment an diesem Ort befindet. Aber etwas an ihm weist bereits über den Flughafen, auf dem wir ihn erahnen, hinaus, so als wittere er schon den Duft des Urwalds und den Geruch des Krieges.

Es gibt eine zweite Lesart des Fotos, die eine Erweiterung der ersten ist. Auf dem Foto sieht man neben dem Oberst Díaz Argüelles zwei Offiziere der kubanischen Armee. Alle drei sind mit automatischen Gewehren bewaffnet, tragen Tarnuniformen und schauen nach etwas, das sich links oberhalb des Fotografen befindet. Sie scheinen guter Laune zu sein, wie bei einem lang verabredeten Stelldichein.

Auch ich suche eine Verabredung mit ihnen, vor allem mit dem Mann mit der dunklen Sonnenbrille, den ich nie kennengelernt habe. Eine Verabredung, die mit meiner Neugier, meiner Leidenschaft für die Geschichte, meiner Erforschung des Stoffes, aus dem die Helden sind, zu tun hat.

Einunddreißig Monate lang bin ich den Spuren Raúl Díaz Argüelles' gefolgt, zwischen ausgeschnittenen Zeitungsartikeln, verwaschenen Fotokopien und den Büchern, in denen er sich verborgen hatte und die kaum noch aufzutreiben waren. Eine Geschichte wie die seine hätte eigentlich eine Flut von Papier und Veröffentlichungen hinterlassen müssen. In diesem Fall aber legte sich ein Schleier aus Staatsgeheimnissen, klandestinen Aktivitäten, Reisen mit falschen Papieren und zu überraschend geänderten Zielen über die Geschichte, so daß es selbst für einen in der Fährtensuche erfahrenen Apachen eine wahre Herausforderung wäre, der Spur von Díaz Argüelles zu folgen.

Natürlich finden sich hier und da einige Materialien über seinen politischen und persönlichen Werdegang, der ihn aus dem Schoß einer gutsituierten Familie, die in den 50er Jahren, kurz vor der Revolution, in der Nähe Havannas lebte, in den angolanischen Urwald führen sollte, wo er in der Nähe des Ortes Evo bei der Explosion einer Mine beide Beine verlieren und verbluten wird.

Diesem Weg zu folgen, war nicht einfach. Für ihn nicht – denn einfach wäre gewesen, seine Laufbahn als Ingenieur zu beenden, täglich in die Anonymität ein- und wieder aufzutauchen, in Connecticut zu leben und mit einer Gringa verheiratet zu sein. Für mich war es ein kleiner Hindernislauf, bei dem sich einiges durchkreuzte: die Einstellung einer Zeitschrift, deren Herausgeber ich war, ein Kriminalroman, die Hochzeit meines Bruders, die Reaktion der Bevölkerung auf den offenen und unverschämten Wahlbetrug der PRI, ein Kleinkrieg gegen die Bürokratie der Universität, eine Reise, Hunderte von Zweifeln.

Nun habe ich mehr oder weniger die Daten auf dem Tisch, mittels derer ich eine Lebensgeschichte rekonstruieren kann: Termine, Orte, lose Anekdoten, einige Fotos, sich widersprechende Referenzen, Namen von Freunden, Compañeros, Feinden; kleine Geschichten (klitzekleine, wie die Kubaner sagen würden) innerhalb der großen Geschichte der letzten 30 Jahre; Geschichten von seiner Tochter, Erinnerungen anderer, von Kollegen gestreute Gerüchte – alles zusammen ein Arsenal, das ich immer wieder von neuem versuche mir zu eigen zu machen.

Ich fange an zu schreiben, verzaubert von dem Foto des Mannes mit der dunklen Sonnenbrille, überzeugt davon, daß es mir nicht gelingen wird, auf Papier zu bringen, was diese Person ausmachte, um die sich Legenden und Gerüchte ranken.

Die kubanische Revolution brachte im 20. Jahrhundert diesen großartigen Roman, der kein Märchen war, hervor: Che Guevara. Aber an der Seite Ches schlugen noch viele andere ähnliche und parallel verlaufende Wege ein, um die Welt im Rhythmus eines Maschinengewehrs zu verändern. Raúl Díaz Argüelles, der sich im Lauf seiner Geschichte zu verschiedenen Gelegenheiten auch Domingos da Silva nennen wird, ist einer von ihnen. Diese Geschichte, die der Versuch ist, sie wie durch ein Labyrinth zu erzählen, beansprucht seine Geschichte zu sein.

II.

1956 starb es sich leicht in Havanna. Niedergestreckte, zerfetzte Körper blieben einfach auf der Straße liegen, als Warnung an die Überlebenden der Opposition im Untergrund, was mit ihnen passieren könnte. Auf Fotografien wurden die verzerrten, ihrer Menschlichkeit beraubten, so verdammt jungen Gesichter der Toten für die Ewigkeit festgehalten, mit Blicken, die nirgendwohin schauten, mit ihren kurzärmligen, von Kugeln durchsiebten Hemden, ihrem blutverschmierten Ansatz eines Bartflaums, ihren entstellten Gesichtern und zerschundenen Leibern.

Die Diktatur Batista mordete nicht nur. Sie wollte Spuren hinterlassen, ein Brandzeichen auf jedem Leichnam, der auf den Müll geschmissen wurde, auf den Toten, die am Malecón oder im Park auftauchten. Aber überraschenderweise wirkte das vergossene Blut wie ein Aufruf. Die Lücken, die die verschwundenen Jugendlichen gerissen hatten, wurden von anderen, noch Jüngeren geschlossen. Während die Bewegung 26. Juli im Exil die Invasion ausheckte, organisierte das Revolutionäre Direktorium (DR) von der Universität Havannas aus einen Parallelkrieg in den Städten gegen die Diktatur.

Wenn man die beste Chronik über das Jahr 1956 – *Das geschah vor zwanzig Jahren* von Rolando Pérez Betancourt – durchblättert, vermischen sich die Geschichten der toten Jugendlichen mit den Bildern von Demonstrationen, die von der Uni ausgingen und sich Auge in Auge mit der Polizei wiederfanden. Geschichten, die an Tränengasschwaden und Polizeipatrouillen erinnern, kreuzen sich mit Notizen über den Wahlbetrug. Die Chronik der erbitterten Diskussionen über den für Kuba beleidigenden Film *Santiago* von den

Warner Brothers mischt sich mit weißen Geschichten über schwarze Bolerosänger. Hintergrundmusik für einen nahenden Krieg.

Ein Jahr vor der Landung der *Granma* und dem Beginn der Revolution aus den Bergen schließt sich ein Jugendlicher mit buschigen Augenbrauen und quadratischem Gesicht, sehr heller Hautfarbe und einer robusten Konstitution den studentischen Gruppen an, die auf der Straße Druck gegen das Batista-Regime machen. Es ist bekannt, daß seine Familie Geld hat und daß er, bevor er an die Uni kam, in Tennessee an der Riverside Military Academy studiert hatte. Aber es scheint, daß diese militärische und imperialistische Ausbildung keinen großen Schaden angerichtet und keinen Einfluß auf seine Ideen hatte. Ein Gegengewicht bildeten sicherlich seine Eltern Raúl und Maria. Sie hatten an der Revolution von 1933 teilgenommen, die Machado gestürzt hatte. Möglicherweise war aber die Hingabe an sein Land noch größer als der Einfluß seiner Eltern. Er fühlte die moralische Verpflichtung, gegen Wahlbetrug, Zynismus, Machtmißbrauch und Korruption zu rebellieren.

Mit achtzehn nimmt Raúl Kontakt zu einer Studentengruppe auf, die von José Antonio Echeverría und Fructuoso Rodríguez angeführt wird. Sie stehen im Mittelpunkt der Jugendrevolte. Mutige, verwegene junge Leute, die zu überraschenden Gesten neigen und mit einem Blumenstrauß als einziger Waffe der polizeilichen Belagerung entgegentreten. Mitreißende politische Redner auf dem Universitätshügel, Jugendliche, die stolz ihre Schußverletzungen zeigen (wie José Antonio Echeverría, der innerhalb eines Jahres dreimal angeschossen wird und trotzdem immer in der ersten Reihe der Demonstrationen marschiert) und sich einer schlichten moralischen Rhetorik in der Art der Urchristen bedienen. Raúl läßt sich von dem magischen Flair, das die Kader der Studentenföderation FEU umgibt, anstecken und schließt sich ihnen an. Im August 1955 ist er an der Vorbereitung eines Angriffs auf den Präsidentenpalast beteiligt. Der Versuch scheitert und endet mit der Entdeckung eines Waffenlagers durch die Polizei. Das Abenteuer hat für ihn glücklicherweise keine Konsequenzen. Angespannt wartet er im Untergrund auf Aktionsbefehle, die nie kommen.

In den letzten November- und ersten Dezembertagen 1955 gründen die Führer der FEU das Revolutionäre Direktorium. Raúl gehört zu den Gründungsmitgliedern. Gleichzeitig schreibt er sich an der Universität für das Ingenieurstudium ein. Er ist in einer Gruppe aktiv, die im studentischen Milieu unter dem Namen »die Feuerschlucker« bekannt ist. Am 2. Dezember ist er in einen Schußwechsel zwischen Studenten und der Polizei verwickelt, er schießt mit scharfer Munition und legt Bomben in der Kaserne von La Lisa. Es wird sogar behauptet, er sei an dem gescheiterten Attentatsversuch auf Batista in der Avenida 31, Calle 30 in Marianao beteiligt gewesen, über den es so gut wie keine Informationen gibt.

Als das magische Jahr 1956 anbricht, hat Raúl bereits den Stoizismus der studentischen Straßenkämpfe, die Wut über die ersten toten Compañeros, die Euphorie der Straße und die Trauer der Beerdigungen durchlebt. Er ist Kind einer bewegten Epoche, Bürger einer Hauptstadt, in der nichts einfacher ist, als jung zu sterben.

Schon bald wird die Polizei auf diesen 19jährigen Jugendlichen – sein Geburtsdatum ist der 14. September 1936 – aufmerksam. Er wird einige Male verhaftet. Im Dezember 1956 wird ein Haftbefehl gegen ihn erlassen. Er wird beschuldigt, an dem Attentat auf einen Polizeioberst und Folterer namens Blanco Rico beteiligt gewesen zu sein. (Der Vorwurf war falsch. Leider – möchte man fast sagen, denn Raúl wäre sehr stolz gewesen, wenn er zu Recht erhoben worden wäre.)

Auf einer polizeilichen Archivkarte mit der Nummer 20234 vom Juni 1956 sieht man einen Jugendlichen mit Segelohren, er ist demnach 1,76 m groß, hat buschige Augenbrauen, einen sanftmütigen und ruhigen Blick. Das ist der Fluch der Bilder aus den 50er Jahren, auf denen es so aussieht, als sei die Revolution ein Projekt von Jugendlichen mit Segelohren. Die Mode, die einen Haarschnitt vorschrieb, der keinen Backenbart zuließ und die Schläfen ausrasierte, ließ alle Rebellen gleich aussehen, Heranwachsende mit einem unschuldigen Kindergesicht. Schon bald aber ändert sich ihr Erscheinungsbild, und mit ihren Bärten und Löwenmähnen sehen sie wie junge Wilde aus.

Eine kurze Kampfetappe als Student und Revolutionär geht zu Ende. Raúl Díaz Argüelles sieht sich aufgrund der polizeilichen Verfolgung gezwungen, ins Exil zu gehen. Zur gleichen Zeit nimmt die *Granma* den umgekehrten Weg und landet mit 82 jungen Männern an Bord an der Ostküste, geführt von dem jungen Anwalt Fidel Castro. Unter ihnen befinden sich ein Schneiderlehrling namens Camilo Cienfuegos und ein junger argentinischer Arzt, genannt Ernesto Guevara. Es ist die Geburtsstunde der Guerilla.

In diesen Monaten ist das Exil in den Vereinigten Staaten für die jungen Berufsrevolutionäre nur ein kurzer Zwischenaufenthalt, während dessen sie miserable Hamburger verschlingen und in

Wohnungen von Freunden oder zufälligen Bekannten auf dem Fußboden übernachten. Man sieht sie in Gesellschaft namenloser Betrunkener in irgendeinem Park, während sie Aufgaben für die Organisation erfüllen, Spenden sammeln, Waffen kaufen, ein militärisches Training absolvieren oder in den kubanischen Kolonien von New York, Tampa oder Miami neue Kämpfer rekrutieren. Sie schlafen wenig und träumen viel.

Laut der Chronik der späteren Jahre befindet sich Díaz Argüelles in der zweiten Hälfte des Jahres 1957 wieder auf Kuba. Zu diesem Zeitpunkt hatte schon der Angriff auf die Garnison Uvero in der Sierra Maestra stattgefunden, und die Guerilla von Fidel hatte sich konsolidiert. Hingegen war der Überfall auf den Präsidentenpalast, der Batista gegolten hatte, gescheitert, und das Revolutionäre Direktorium hatte bei den Kämpfen und der folgenden Repression viele seiner besten Kader verloren (unter ihnen Echeverría und Fructuoso). Der moralische Druck, den der noch nicht einmal 21jährige Junge empfindet, wird immer größer. Angeblich dringt er im Juli mit einer Pistole in das Studio des Fernsehsenders Kanal Vier ein und schießt auf den regierungstreuen Radiosprecher Luis Martínez.

Andere Berichte erzählen von einer unglaublichen Heldentat, als ein mit Waffen aus Miami beladenes Flugzeug auf der Via Monumental landet. Die Geschichte verbreitet sich in ganz Havanna durch das beste Informationsnetz, das es in Zeiten der Zensur gibt, die Mund-zu-Mund-Propaganda. Sie erzählt, daß der junge Díaz Argüelles aus dem Ausland Gewehre brachte und sich gezwungen sah, auf der Straße notzulanden. Unglaublich! Und das beste kommt noch: Er sah sich von der Polizei umzingelt und zündete das Flugzeug an, damit es nicht in die Hände der Diktatur fiel. Vorher gelang es ihm aber, die Waffen an die Mitglieder des Revolutionären Direktoriums zu verteilen.

Nach der aufsehenerregenden Landeaktion verhaftet die gereizte Polizei zahlreiche Personen. Díaz Argüelles ist nicht unter den Verhafteten. Niemand konnte mir erzählen, wie ihm die Flucht gelang. Aber ich weiß, daß er sich zunächst in dem Dorf Jamaica versteckte. Danach verbringt er einen Monat in der Hauptstadt und versucht erfolglos zu den Resten der Organisation Kontakt aufzunehmen. Am Ende gibt er sich geschlagen und schifft sich heimlich auf dem Schlepper *Veramar* ein, der ihn erneut in die USA bringt.

Im Januar 1958 gelingt es dem Direktorium, sich im Exil zu reorganisieren. Die Bewegung 26. Juli eröffnet ihrerseits eine zweite Guerillafront in der Provinz Oriente, und die Diktatur verliert die militärische Initiative. Raúl beteiligt sich in Miami an den Vorbereitungen zu einer neuen Expedition, die diesmal auf dem Seeweg und mit einer beträchtlichen Menge an Waffen auf die Reise geht. Ein großer Teil der Kämpfer gehört der nationalen Leitung des Revolutionären Direktoriums an. Die Expedition hat zwei Ziele: Sie soll eine neue Guerillafront in den Bergen Escambrays, dem Zentrum der Insel, eröffnen und die klandestine Organisation in Havanna festigen. In der letzten Januarnacht 1958 drängen sich sechzehn Mitglieder des Direktoriums mit einer großen Menge Gewehre auf der Yacht *Scapade* zusammen. Sie werden begleitet von einem Matrosen, der die Aufgabe des Kapitäns übernimmt, und einer jungen Frau, die sich auf Deck aufhalten soll, um eine Vergnügungsfahrt vorzutäuschen.

Bereits nach wenigen Stunden Seereise ist das Ruder beschädigt, und einige der Reisenden sind erkrankt und Wind und Wetter ausgesetzt. Die Reise beginnt unter ungünstigen Vorzeichen. Die Kämpfer des DR sind beunruhigt wegen der Duchsuchungen, die die nordamerikanische Polizei in den letzten Tagen vorgenommen hat und bei denen einige Compañeros verhaftet wurden. Ihre Sorge ist, daß die Gringos die Diktatur vorgewarnt haben könnten. Unter diesen wenig ermutigenden Bedingungen legt die *Scapade* auf der englischen Karibikinsel Andros an, um Benzin zu beschaffen. Nachdem ihre Yacht von britischen Beamten durchsucht wurde, ohne daß diese die Waffen bemerken, reisen sie so schnell wie möglich ab und irren einige Tage auf dem Meer herum, bevor sie ihren verabredeten Treffpunkt auf der Insel Cayo Racoon ansteuern.

Dort erwartet sie niemand. Völlig erschöpft verbringen sie ohne Essen und Trinken einige Tage, bis auf wundersame Weise doch noch ihr Verbindungsmann Gustavo Machín erscheint. Das Schicksal dieser beiden Männer - Gustavo und Raúl - war von diesem Tag an untrennbar miteinander verbunden.

Machín bringt die Expeditionsteilnehmer auf dem Schoner *San Rafael* auf die Insel Ballenato Grande, wo sie von neuem auf eine Yacht umsteigen, die den bemerkenswerten und warnenden Namen *Ya lo ven*, »Ihr werdet schon sehen«, hat.

Mit dieser Yacht erreichen sie die kubanische Küste und landen in Nuevitas, wo sich die Kämpfer des Direktoriums trennen. Eine Gruppe dringt ins Inselinnnere vor und steigt in die Berge Escambrays. Die andere, zu der auch Raúl sowie Alberto Mora und Julio

García Oliveras gehören, begibt sich mit den restlichen Waffen nach Havanna. Es ist der 8. Februar 1958.

III.

Wie schnell altert ein 21jähriger Mann, um den herum seine Freunde sterben? Wie entwickelt sich die Phantasie unter dem Druck ständiger Angst? Wo verläuft die Grenze zwischen Mut und Verrücktheit? Wie verhindert man, daß die Allgegenwart des Todes dazu verführt, ihn herauszufordern? Wie kann man verliebt sein in eine Stadt, die sowohl Schutz und Hilfe, Schwester und Compañera sein kann als auch ein Strick, der sich um deinen Hals legt?

Während der ersten Monate des Jahres 1958, in denen Raúl in Havanna aktiv ist, wird der Generalstreik zerschlagen und findet die Gegenoffensive Batistas in der Sierra Maestra statt. Sie wird in einem Debakel für die Armee der Diktatur enden. Raúl beteiligt sich an den Straßenkämpfen des April-Streiks. Er wird von Polizeikräften und dem militärischen Geheimdienst SIM in der Straße Santa Catalina überrascht, kann aber in einer spektakulären Flucht mit dem Auto entkommen.

Der Kampf in der Stadt fordert von den Kadern der Bewegung 26. Juli und des Revolutionären Direktoriums einen hohen Tribut. Dutzende ihrer Kämpfer sterben oder werden verhaftet. Die Überlebenden spüren einen Schatten im Rücken. Am 23. Juni 1958 wird Eduardo García Lavanderos, einer der Führer des Revolutionären Direktoriums und Aktionschef in der Hauptstadt, in einer chemischen Reinigung vom Militärgeheimdienst entdeckt. Er stirbt im Kampf gegen die Agenten des Geheimdienstes. Raúl Díaz Argüelles wird zu seinem Nachfolger ernannt.

Ein Aktionschef ist eine Person, die darüber entscheidet, wie und wo der Feind angegriffen wird. Es ist jemand, der im Straßenkampf ein Beispiel gibt und anordnet, wann auf die Polizei geschossen wird oder Bomben gelegt werden, Autos angezündet werden oder an elektrischen Einrichtungen Sabotage verübt wird. Es ist eine Person, die fest davon überzeugt sein muß, daß das, was sie tut, all die Witwen und Waisenkinder rechtfertigt, die der Kampf hervorbringt. Die den Mut hat, junge Menschen im Namen der gerechten Sache in den Kampf zu schicken, auch wenn das manchmal Tod, Gefängnis oder Folter bedeutet. Hinter dem Wort »Aktionschef« verbirgt sich nicht nur die Verpflichtung, die letzte Reserve an Unerschrockenheit zu mobilisieren, sondern auch die ungeheure Verantwortung zu übernehmen, andere in den Tod zu schicken. In jenen Tagen wird wenig geschlafen in Havanna, und die Träume verwandeln sich manchmal in Alpträume.

In diesen Monaten entwickelt sich eine tiefe Freundschaft zwischen Díaz Argüelles und Machín Hoed, die gemeinsam die schwierigen Bedingungen der Untergrundarbeit erleben. Bei einer Zusammenkunft der Leitung des Direktoriums am 13. Juni 1958, im Stadtteil Vedado, 19. und 24. Straße, erhalten sie die Information, daß der Batista ergebene Senator Santiago Rey, Ex-Innenminister der Diktatur, in der Nähe einen Gesundheitsposten besuchen wird. Ohne groß nachzudenken verlassen Gustavo und Raúl das Treffen, um sich auf die Jagd zu machen. Sie entdecken ihn und eröffnen das Feuer. Rey wird von den Kugeln getroffen, aber lediglich verletzt.

Es ist ein kleiner Erfolg. Aber die Kader des Direktoriums werden in den Strudel ihres tollkühnen Kampfes hineingezogen. Obwohl die Repression die Organisation dezimiert und einen Großteil ihrer sozialen Basis eingeschüchtert hat, weigern sie sich, den geordneten Rückzug anzutreten. Nach dem gescheiterten Angriff auf den Präsidentenpalast nimmt die Verrückheit unter den Kadern des Direktoriums zu, dazu kommt eine gehörige Portion selbstmörderischen Tatendrangs und die Unmöglichkeit innezuhalten, denn das Gewicht der Erinnerung an die toten Freunde lastet schwer auf ihnen.

Zwischen Aktionen, die immer tollkühner werden, verbringen sie Stunden des Eingesperrtseins in kurzfristig zur Verfügung gestellten Häusern, wo sie von der Treue ihrer Freunde, ihrer zufälligen Verbündeten und peripheren Kontakte abhängig sind, und von deren Fähigkeit, der Folter zu widerstehen. Sie sind allen Risiken ausgesetzt. Es ist nicht ein offener Krieg, wie ihn die Guerilla in der Sierra führt. Ebensowenig können sie auf den Bewegungsspielraum der städtischen Massenorganisationen oder den Schutz der sozialen Bewegungen zählen. Um all das auszuhalten, benötigt man eine sehr spezielle menschliche Ader. Raúl, mit seinen 22 Jahren, scheint diese Begabung zu haben. Wenn sich die ideologischen Beweggründe erschöpft haben, appelliert er an einen sehr schwarzen Humor. Über den Witz schafft er es, die Moral der Gruppe aufrechtzuerhalten.

Es folgen Tage der Verfolgung. Wohnungen, in denen sie nicht mehr übernachten können, da die Bewohner verhaftet und gefoltert wurden; die Solidarität der Bevölkerung, die die Kämpfer auf der

Flucht im letzten Moment rettet; Nächte ohne Ruhepause, Treffen, die abrupt abgebrochen werden müssen, Verabredungen, die nicht eingehalten werden können. Attentate, die wegen fehlender Infrastruktur und mangelnder Vorbereitung nicht ausgeführt werden können, wie jenes, das Gustavo und Raúl auf den Senator Amadeo López Castro geplant hatten.

In dieser Situation entscheidet die Nationale Leitung, die beiden nach Escambray zu schicken. Der Boden für klandestine Aktionen in Havanna ist für sie zu heiß geworden. Außerdem will sich das Direktorium in der Sierra neu formieren und die Fraktionierung einiger seiner Sektoren, die sich Gruppen im Exil untergeordnet haben, aufhalten.

Am 10. Juli nimmt Raúl in der Straße 21, B im Stadtteil Vedado an einem Treffen teil, auf welchem er mit Pedro Martínez und Tato Rodríguez sprechen will. Die ganze Zone wird von der Polizei observiert. Um der Belagerung zu entkommen, springt Raúl aus dem dritten Stock des Hauses und bricht sich den Fußknöchel. Obwohl ein Polizist von oben auf ihn schießt, kann er sich aufrappeln und inmitten des Kugelhagels und zur Überraschung der Nachbarn entkommen. In der Straße 19, C nimmt er ein Taxi und verschwindet. Das Überleben hängt vom Zufall ab.

Unter diesen Bedingungen war es für ihn unmöglich, in die Sierra zu gehen. Gustavo gibt auf ihn Acht und hilft ihm, in der brasilianischen Botschaft Unterschlupf zu finden. Am 20. Juli beantragt er dort zeitweise Asyl. Seine Beinverletzung verschlimmert sich. Er muß operiert werden. Die Operation wird von Dr. Willy Barientos unter den widrigsten Umständen durchgeführt, nicht einmal das Anästhesiemittel für die Narkose reicht aus.

Diese Erfahrung hat bleibende Folgen für Díaz Argüelles: ein ständiges Hinken, das ihn Zeit seines Lebens begleiten wird, und eine Lebensgefährtin, Mariana Ramírez Corría, Tochter eines Neurochirurgen und Freundin von Machín Hoed seit frühester Kindheit, die sich in dieser Zeit dem Direktorium anschließt.

Die jungen Leute verlassen die Botschaft und tauchen in Havanna unter. Es kostet sie viel kalten Schweiß, furchtbare Ängste, aber auch viel Kaltblütigkeit, in einer feindlichen Stadt zu kämpfen, wo jedes Auto, das vorbeifährt, einen Folterer versteckt halten kann, wo jeder Mann, der lächelt, ein Verräter sein kann, wo jeder Ausflug an die nächste Ecke eine Reise ohne Wiederkehr sein kann. Die geschwächte Aktionsgruppe des Direktoriums greift weiterhin die Polizeikräfte in der Hauptstadt an. Aus der Sierra wird der bewaffnete Kampf ins ganze Land getragen, die Guerillafronten vervielfachen sich. Die Armee Batistas befindet sich in der Defensive. Batista versucht in den Novemberwahlen seine Macht zu legitimieren. Radio Rebelde ruft zum Boykott auf. Raúl und Gustavo bilden das Kommando Nr. 1 des Direktoriums in Havanna. Sie bereiten einen Angriff auf die Polizeistation Nummer 15 vor, der zeitgleich zu den Wahlen stattfinden soll. Sie müssen den Termin verschieben, da die Polizei kaserniert wurde.

Bewaffnet mit Maschinengewehren der MarkeThompson, greifen sie am 7. November um 18 Uhr von einem Auto aus die Station an. Die Polizisten, die vor der Tür stehen, werden von den aus dem fahrenden Auto abgegebenen Salven durchsiebt. Sieben Polizisten bleiben tot, vier weitere verletzt zurück. Raúl und Gustavo hinterlassen bei den Leichen einen Zettel mit der Unterschrift des Kommandos Nr. 1, das soeben seine Feuertaufe bestanden hat. Danach gelingt ihnen eine filmreife Flucht auf den Straßen Havannas.

In seinem Versteck singt dieser Jugendliche, dem gerade mal ein Bartflaum wächst, Mariana ein von der Diktatur verbotenes Lied vor. Ein unschuldiges, mexikanisches Volkslied von Cuco Sánchez mit dem Titel *Das Bett aus Stein*. Unter anderem heißt es in diesem Lied: »An dem Tag, an dem sie mich mit fünf Schüssen töten werden, möcht ich in deiner Nähe sein, um in deinen Armen zu sterben.« Der Refrain lautet: »Als Sarg will ich einen Poncho, als Kreuz meinen doppelten Patronengurt, und mein letztes Adiós schreibt mit Kugeln auf mein Grab.« In diesen Tagen wurde viel gestorben in Havanna, und die jungen Revolutionäre identifizierten sich mit den alten mexikanischen Liedern und dem Kult des lachenden Todes.

Die Leitung des Direktoriums will sie erneut in die Sierra schikken. Die Ankunft der 8. Kolonne der Rebellenarmee unter dem Kommando Che Guevaras in Escambray scheint die militärischen Operationen zu beschleunigen. Faure Chomón, der die Streitkräfte des Direktoriums in der Sierra befehligt, will ihre besten militärischen Kader in den Bergen haben. Raúl und Gustavo bereiten den Aufstieg zu der Guerilla in Escambray vor. Ihr Plan sieht vor, daß sie von Havanna aus zur Klinik für psychisch Kranke in El Cotorro reisen, wo sie einen Tag später abgeholt werden sollen, um in die Sierra gebracht zu werden. Einer von ihnen muß einen »Verrückten« spielen.

Laut der Beschreibung des Journalisten Reyes Trejo tat sich Díaz Argüelles mit dieser Rolle schwer: »Das mit der Klinik war besprochen und auch daß Tavo mein Aufseher sein sollte. Aber ich hatte große Probleme, als ich in der Klinik unter all den Verrückten war. Die Krankenschwester kam in mein Zimmer und fragte mich nach meinem Namen. Ich wußte nicht, welchen ich benutzen sollte, nur Tavo wußte das. Also fängt sie an auf mich einzureden und nähert sich dem Geigenkasten, in dem wir unsere Waffen versteckt hatten. Sie findet es schön, daß ich Geige spielen kann, und will schon den Kasten öffnen, so daß ich auf sie zuspringe, um sie daran zu hindern. Natürlich hielt sie mich jetzt für einen Verrückten. Aber ich hatte große Probleme mit den tatsächlich Verrückten und sagte zu Tavo: ›Ich mach das nicht mehr mit, jetzt bist du dran.‹«

Sie verlassen die Klinik und müssen nach Havanna zurückkehren, wo sie einen neuen Plan entwerfen. Zu guter Letzt kommen sie, verkleidet als Fahrer, in Escambray an.

IV.

Die Atmosphäre in den Bergen ist völlig anders als in Havanna. Hier sind die Fronten einigermaßen definiert, und die Hängematte, in der du schläfst, schaukelt leicht im Wind. Auch wenn es geschehen kann, daß ein Flugzeug Bomben abwirft, daß eine Kuh verletzt, ein Kochtopf durchlöchert, eine Palme von Maschinengewehrfeuer geschüttelt oder dein Bein von einer Kugel zerfetzt wird, so gibt es doch ein eigenes Territorium, ein Sein zwischen den Gewehren von Freunden, ein Gefühl wachsender Stärke, das dir die Straßen von Havanna nicht bieten können. Es kann sein, daß man erschreckt aufwacht, daß die Hände schwitzen, daß man vor Angst eine Gänsehaut bekommt. Aber das hat vor allem mit der Erinnerung zu tun, mit den Ängsten des Untergrundkampfes, die einem noch im Nacken sitzen, mit der ständigen Furcht vor Verhaftung, Folter und Tod.

Als Díaz Argüelles eintrifft, befindet sich die Sierra von Escambray bereits in den Händen der Rebellen. Der letzte Angriff der Armee Batistas auf das befreite Gebiet endete Anfang Dezember mit einem Desaster für die Armee. Che Guevara plant mit seinen Verbündeten die nächste Offensive, die zeitgleich mit dem Angriff auf Santiago stattfinden soll, der von Fidel Castro geplant wird. Die Allianz zwischen der Bewegung 26. Juli und der Guerilla des Direktoriums wird im Pakt von Pedrero besiegelt, der ein gemeinsames Aktionsprogramm beinhaltet, das von beiden Seiten eingehalten wird. Die Rebellen fühlen sich bärenstark und sind auf dem

Sprung, sich die gesamte Provinz Las Villas einzuverleiben. Am 10. Dezember 1958 erhalten die Streitkräfte des Direktoriums, die nun dem Kommando Che Guevaras unterstellt sind, den Befehl, das Dorf Báez an den Ausläufern des Escambray-Gebirges einzunehmen.

Die Aktion soll den Druck auf die Hauptverbindungsstraße und die Garnisonen, die die Stadt Santa Clara umgeben, erhöhen. Es ist der erste Kampfeinsatz von Díaz Argüelles. Der Angriff verläuft unblutig, da die Garnisonsstreitkräfte sich in der Kaserne einschließen, während die Rebellen die Stadt besetzen.

Fünf Tage später beginnt Che Guevara mit dem Angriff auf die Stadt Fomento die Schlußoffensive auf Santa Clara. Einundsechzig Stunden nach der Kapitulation der Garnison und angesichts der Passivität des Oberkommandos Batistas, das sich nicht auf einen offenen Kampf mit den Rebellen einlassen will, befiehlt Che die Besetzung von Cabaiguán und Guayos, zweier Orte, die etwa 60 Kilometer östlich von Santa Clara liegen. Fünf seiner Einheiten, darunter auch die von Raúl Díaz Argüelles, greifen in den Kampf ein. Bei den Gefechten in Cabaiguán verletzt sich Che beim Sprung von einem Flachdach. Die Armee hat einige Gefallene zu beklagen, und 90 Soldaten werden gefangengenommen. Die Geschwindigkeit der Rebellenoffensive ist atemberaubend. Sie operiert nicht mehr unter den alten Bedingungen der Sierra, wo die Guerilla den Feind angriff und sich danach sofort zurückzog. Die Rebellenarmee entwickelt nun einen Bewegungskrieg und greift die feindlichen Positionen eine nach der anderen blitzartig an, ohne ihnen eine Atempause zu lassen. Trotz der zahlenmäßigen Überlegenheit der Streitkräfte Batistas von eins zu acht bleiben die Rebellen in der Offensive und entscheiden, wo und wann sie angreifen. Sie kontrollieren das Territorium. Der Anfang vom Ende ist nahe.

Zwei Stunden nach der Einnahme Cabaiguáns tragen die Streitkräfte Ches den Krieg in die Stadt Placetas, das letzte Hindernis auf der Straße, die nach Santa Clara führt. Der Angriff wird von Einheiten durchgeführt, die seit drei Tagen nicht ausgeruht haben. Unter ihnen ist auch eine Einheit des Direktoriums, die von Faure Chomón befehligt wird und bei der sich Raúl befindet. Etwa 150 Soldaten sind in dem Ort kaserniert. Die Rebellen zählen nur einige Dutzend, haben allerdings die Unterstützung der Bevölkerung auf ihrer Seite. Die militärische Konfrontation beginnt um vier Uhr im Morgengrauen. Einige Stunden später hat sich die Garnison ergeben. Fünf Tage danach beginnt die Schlacht um Santa Clara.

Díaz Argüelles nimmt nicht daran teil. Er nimmt zur gleichen Zeit mit einer Kolonne des Direktoriums die Stadt Trinidad ein.

78 Männer stehen unter dem Befehl Faure Chomóns, um gegen 329 in Trinidad stationierte Soldaten zu kämpfen. Die Rebellen kämpfen ohne Deckung und zwingen die Soldaten, sich in die Kaserne zurückzuziehen. Sie verlieren vier ihrer Kämpfer, aber nach ein paar Stunden befindet sich die Stadt in den Händen der Revolutionäre.

Am 2. Januar 1959 zieht Raúl Díaz Argüelles an der Spitze einer Kolonne des Direktoriums und mit dem Grad eines Hauptmanns der Rebellenarmee in Havanna ein. Die Diktatur Batistas ist zu Ende.

V.

Was mag dieser 22jährige Hauptmann denken, während der Jubel der Bevölkerung ihn umbrandet, ihn schüttelt, ihn verfolgt, ihn aus der Fassung bringt? Versteht er den wahren Charakter der Revolution, die er und andere gemacht haben und die jetzt erst richtig beginnt? Wem fühlt er sich verpflichtet? Was geht über die Blutsbande hinaus, die ihn mit seiner Studentengeneration im Kampf gegen Batista verbunden haben? Wo und wie hat sich sein soziales Bewußtsein entwickelt? Welche Bilder haben sich für immer auf seiner Netzhaut eingebrannt? Welche Sätze sich für immer in seine Gedanken eingegraben? Ahnt er, daß die Revolution gerade erst begonnen hat, daß ein ideologischer Krieg, interne Spaltungen, die nordamerikanische Aggression und eine ökonomische Notlage bevorstehen? Was denkt dieser Jugendliche, während das Befreiungsfest ihn trunken macht, fremde Frauen ihn küssen, die Alten ihm auf den Rücken klopfen und sein Jeep von lauter Kindern umgeben ist?

Es gibt nur wenig schriftliches Material über sein Leben in den ersten Jahren der kubanischen Revolution. Er arbeitet ab 1959 in der neu gegründeten Technischen Abteilung der Revolutionären Polizei. Was versteht er von Polizeiarbeit? Fühlt er sich in der Lage, sich mit einer Unterwelt zu konfrontieren, die weltweit berüchtigt ist? Einem kriminellen Ambiente, das vom revolutionären Prozeß praktisch nicht berührt wurde? Mit Hunderten von Prostituierten, organisiertem Spiel, der Drogenmafia, Gangstertum, kriminellen Banden ... In seinem Büro erscheinen dubiose Gestalten in weißen Anzügen, mit Umschlägen voller Geld, die Kokain anbieten, zusätzliche Gehälter versprechen, kostenlose Dienste von Frauen. Die Unterwelt Havannas ist daran gewöhnt, Geschäfte mit der Polizei zu machen. Warum sollte sie damit aufhören? Wer sind diese Grünschnäbel, die Bestechungsgelder zurückweisen, obwohl sie keinen Lohn erhalten, weil ihre Abteilung noch nicht steht, und die den Kriminellen den Geldumschlag ins Gesicht schlagen? Woher kommen sie? Die Technische Abteilung hat den Ruf, unerbittlich gegen Verbrecherorganisationen vorzugehen, bei regelmäßigen Razzien Spieler und Bordellbesitzer zu verhaften und Drogenhändlerringe zu zerschlagen. Das alles wird von einer Gruppe junger Männer vollbracht, die Aufgaben verpflichtet sind, die sie um den Schlaf bringen, und die einen ungleichen Kampf ohne technische und menschliche Ressourcen führen.

Raúl Díaz nimmt im Dezember 1959 in Westdeutschland an einem Interpol-Kongreß teil. Er muß mit seinen 23 Jahren und seinem spärlichen Bartwuchs befremdlich auf die anderen Teilnehmer gewirkt haben, die eher an die erinnern, die ihn im vergangenen Jahr in Havanna blindwütig verfolgt haben.

Nach seiner Rückkehr arbeitet er im Stab der kubanischen Armee im Westen der Insel. General Chui Beltrán beschreibt ihn rückblickend folgendermaßen: »Er war ein Haudegen, immer nach vorne orientiert, er ließ sich nicht überrumpeln.« Später wechselt er zur Armee des Inselzentrums und nimmt einigen Berichten zufolge 1961 am Kampf gegen die bewaffnete Konterrevolution in der Provinz Matanzas teil.

Im April 1961 verhindert ein Befehl von oben, daß er in der Schweinebucht gegen die von der CIA organisierte Invasion kubanischer Emigranten kämpft, »weil er für andere Aufgaben vorgesehen ist«. Er arbeitet an der Zerschlagung der konterrevolutionären Netze in Havanna. 1963 wird er zum Artilleriechef des Heeres ernannt, und 1966 wird er Mitglied des Stabes des Unabhängigen Armeekorps in Matanzas. Er organisiert die Beteiligung des Militärs an der Zuckerernte. Soldaten, die Zuckerrohr schneiden, die den Transport organisieren, Schulen errichten und technische Aufgaben wahrnehmen.

Ein Leben ohne nennenswerte Attraktionen. Viel Arbeit, viel grauer Alltag. Und doch finden sich in dieser Alltäglichkeit Heldentaten im Überfluß, ein egalitärer Stil angesichts der herrschenden Knappheit, die Bereitschaft, Entbehrungen weit über das Maß der Pflicht hinaus auf sich zu nehmen, ein Beispiel für die anderen zu sein.

Die ihn aus jener Zeit kennen, beschreiben ihn als stets zu Scherzen aufgelegt, als sehr kubanisch, als jemanden, der gern und offen lacht. Er ist ein Offizier neuen Typs, dessen Beziehungen zu den Soldaten von einem gewissen Stil geprägt sind, einem neuen Führungsstil, der aus den Erfahrungen der Sierra herrührt und später eng mit dem egalitären Projekt Che Guevaras identifiziert wird. Mir werden hier und dort Anekdoten zugetragen: Er aß zusammen mit der Truppe, schlief auf einer Pritsche an der Seite seiner Soldaten; er entfernte die Abzeichen an seiner Uniform, um frei herumgehen zu können, ohne Unterordnung, ohne diese hierarchische Beziehung zu provozieren. Während der Zuckerrohrernte 1966 verletzt er sich mit der Machete am Bein. Er muß schnell in ein Krankenhaus, wo die Wunde genäht wird, doch kaum haben sie ihn behandelt, da zieht er schon wieder seinen Arbeitsanzug an, um die Ernte fortzusetzen. Es ist nicht das erste Mal, daß er ein Krankenhaus besucht, er muß regelmäßig dorthin wegen häufiger Schmerzen an seinem vor acht Jahren in Havanna gebrochenen Fußknöchel. Eine bleibende Erinnerung an seinen Todessprung, als er vor der Polizei flüchten mußte und wie durch ein Wunder lebend davonkam.

1967 wird Raúl, wie Tausende andere auch, von dem Schicksal Ches und der bolivianischen Guerilla erfahren, vom Tod dessen, der bei der Schlußoffensive in Las Villas sein Kommandant war. Zusammen mit Che kam auch sein bester Freund Gustavo Machín Hoed ums Leben, der in Bolivien unter dem Namen »Alejandro« auftrat.

Eine alte Fotografie verewigt Raúl und Gustavo gemeinsam auf einem Bild. Beide schauen in die Kamera. Vor einigen Tagen hat die Rebellenarmee Havanna eingenommen. Sie sind unrasiert, der Schnurrbart Raúls sprießt stärker als Gustavos, dafür sieht Gustavo mit Bart besser aus. Sie sehen schrecklich ernst aus, und eine leichte Traurigkeit liegt in ihrem Blick. Das Leben ist für diese beiden jungen Volkshelden, die ihrer Jugend und dem Tod entflohen sind, verdammt ernst geworden.

Und jetzt, 1967, ist Gustavo für immer gegangen. Vielleicht denkt Raúl, daß er auf die bestmögliche Art gegangen ist, bei dem Versuch, die Revolution in andere Länder, andere geographische Regionen zu tragen, dem Ruf Ches folgend und seinem grenzüberschreitendem Projekt. Aber er ist auch auf die grausamste, schrecklichste Art gegangen und hat eine große Lücke und Schuldgefühle bei den Überlebenden hinterlassen, das Gefühl einer großen Leere und einer Verpflichtung angesichts der Toten, gemessen an denen alle kleiner geworden sind: Gustavo, San Luis, Carlos Coello, Vilo Acuña, Papi, Manuel Hernández, Olo Pantoja, Suárez Gayol, Pinares, Che ...

Wohin gehen, ohne daß die toten Freunde, die toten Helden, die toten Compañeros einen verfolgen? Wer gab ihnen die Erlaubnis zu sterben? Zählt man weniger als sie? Warum nahm Che nicht mich mit nach Bolivien?

1971 begleitet der Kommandant Díaz Argüelles den von Salvador Allende eingeladenen Fidel nach Chile. Eine weitere Rundreise Fidels folgt 1972 durch einige afrikanischen Länder. Zu der Zeit arbeitet Díaz Argüelles in der UM 14-15, Zehnte Direktion des MINFAR, dem kubanischem Militärapparat, dessen Aufgabe die militärische Zusammenarbeit mit anderen Ländern und irregulären Guerillastreitkräften ist. Man kann sich seine Funktion innerhalb dieser Reise leicht vorstellen.

Trotzdem, Díaz Argüelles weiß noch nicht, daß sein Schicksal mit dem des afrikanischen Kontinents verwoben sein wird. Kurze Zeit nach seiner Rückkehr, nur ein paar Monate nach seiner afrikanischen Reise und nur vier Jahre nach dem Tod Ches beginnt Raúl Díaz Argüelles, Oberst der kubanischen Revolutionsarmee, mit den Vorbereitungen seiner eigenen Reise in die internationale Revolution. Ein Territorium, wo die Träume und die alten Freunde zusammenkommen und der Tod allgegenwärtig ist. Sein Schicksal führt ihn in die Kolonie Guinea-Bissau und den Volkskrieg gegen die portugiesische Kolonialarmee.

Es ist nur wenig über die Beteiligung Díaz Argüelles' an der guineischen Revolution veröffentlicht worden. Es gibt ein Foto, auf dem Raúl während einer Pressekonferenz neben Amilcar Cabral sitzt. Kurzhaarig, ohne Schnurrbart, eine leichte Müdigkeit auf seinen Gesichtszügen, der Anflug eines Lächelns auf den Lippen. Später wurde er nach der Unabhängigkeit von Portugal mit dem nationalen Orden der Regierung Guinea-Bissaus ausgezeichnet. Das Interessanteste ist vielleicht, daß in einigen Reportagen, die ihm gewidmet sind, von den großartigen, aber auch schrecklichen militärischen Operationen von Guillaje y Gadamas, der das Kommando der Guerilla PAIGC innehatte, die Rede ist. Dort wird auch über die Großoffensive nach dem Tod Amilcar Cabrals gegen die weit überlegenen portugiesischen Streitkräfte berichtet, bei der mehrere an der Grenze zum Senegal gelegene Militärkasernen eingenommen wurden. Das ist so gut wie alles. Bis 1974 ist das Leben

Díaz Argüelles' mit der guineischen Revolution verknüpft, umgeben vom Mythos des Schweigens, von Geschichten, die nur flüsternd weitergegeben werden.

VI.

Auslandsaufträge und Heimreisen wechseln einander ab. Legenden werden gesponnen. Viele Jahre später versucht seine Tochter, die Geschichten zu entwirren. In einer Hotelhalle in Havanna frage ich sie: »Wer von den beiden war dein Vater?« Ich zeige ihr zwei Fotos. Mit dem einen beginnt diese Geschichte, das andere zeigt einen sanft wirkenden Mann, der entspannt lächelt. Ohne zu zögern zeigt sie auf das »weichere« Foto und erzählt mir: »Einmal, als er aus Guinea zurückkam, war er wie der auf dem anderen Foto. Ich habe ihm gesagt, rasier' dich, oder ich gebe dir keinen Kuß. Ich war damals vierzehn.«

Man müßte um diese beiden Fotos herum eine Geschichte spinnen, um diese beiden Personen, die doch ein und dieselbe sind. Und warum nur zwei? Es gibt keinen Menschen, der nicht viele andere in sich bergen würde.

Díaz Argüelles war in Afrika, in Guinea. Aber die Legenden um seine Person häufen sich. Eine besagt, daß er zur Zeit des Sechs-Tage-Kriegs im Nahen Osten auf den Golanhöhen gewesen sei. Er habe eine kleine kubanische Einheit kommandiert, die offiziell nie existiert hat, und an der Seite der syrischen Armee mit unsichtbaren Panzerfahrern, die einige Zeit zuvor in Latakia von Bord gegangen waren, die als unbesiegbar geltenden israelischen Panzer gestoppt.

Brachte er von dort seiner Familie bei einer Rückkehr aus Afrika das arabische Mützchen mit?

Entstammen Geschichten und Legenden nicht derselben Quelle? Die volkstümliche Geschichte bastelt aus den Mosaiksteinen der Information einen Mythos. Gerüchte verwandeln sich so in Legenden, die eines Tages von Journalisten aufgeschrieben und zu Geschichte gemacht werden.

VII.

Am 25. April 1974 bricht aus den Eingeweiden der portugiesischen Diktatur Salazars die Revolution hervor. Die Fotos der bärtigen Matrosen mit der Nelke im Gewehrlauf prangen weltweit auf den Titelseiten der Zeitungen. Die nach Unabhängigkeit strebenden Guerillastreitkräfte Guineas, Angolas und Mozambiques tragen ihren Teil zum Zusammenbruch des Kolonialregimes bei. Im Abkommen von Alvor wird im Januar 1975 eine provisorische Regierung Angolas unter Beteiligung der drei Guerillaorganisationen, die im Land gekämpft haben, und einer Vertretung der Portugiesen gebildet. Fünfzehn Tage später übernimmt die Regierung im gesamten Land die Verantwortung und legt den 11. November als Datum der Unabhängigkeit Angolas fest. Dennoch ist die Situation sehr instabil. Zwei der Guerillaorganisationen schmücken sich mit einem antikolonialen Projekt, das eng mit den imperialistischen Mächten abgestimmt ist. Die FNLA, die von dem langjährigen CIA-Agenten Holden Roberto geführt wird, unterhält sehr vertrauensvolle Beziehungen zu den Nordamerikanern und der Diktatur Zaires. Die von Jonás Savimbi angeführte UNITA hat verdächtig gute Beziehungen zu den weißen portugiesischen Siedlern, aber auch zu den Südafrikanern. Darüber hinaus haben beide Organisationen ihre Basis auf einer tribalistischen Politik aufgebaut, die interethnische Konflikte begünstigt. Die MPLA unter Führung von Agostinho Neto scheint die einzige linke und radikale Kraft in diesem Unabhängigkeitsprojekt zu sein. Die Monate des Übergangs bis zur Ausrufung der Unabhängigkeit lassen einen Sturm erahnen. Im März fallen reguläre Truppen Zaires in Angola ein. Ihr Vorwand ist die Unterstützung der Scheinregierung Holden Robertos, die in der Stadt Carmona eingesetzt wurde. Im August marschiert das rassistische Südafrika unter dem Vorwand des Schutzes der Talsperre von Raucana in Angola ein. Nach einer Woche blutiger Kämpfe kontrolliert die MPLA die Hauptstadt. Die Söldner und die Truppen der FNLA, die versucht haben, die Miliz und die linksgerichteten Gewerkschaften zu zerstören, sind geschlagen.

In der ersten Augustwoche des Jahres 1975 kommt in Luanda ein kubanischer Militär an, der eine persönliche Mission Fidel Castros bei Agostinho Neto erfüllen soll. Er überbringt ein konkretes Angebot der Solidarität und der Zusammenarbeit zwischen den revolutionären angolanischen Kräften und der kubanischen Revolution. Der kubanische Oberst nimmt als Pseudonym den portugiesischen Namen Domingos da Silva an. Er ist den angolanischen Revolutionären nicht unvertraut. Er hat viele von ihnen in Guinea-Bissau ausgebildet und kennt einige ihrer Führungskader von regelmäßigen Besuchen in Westafrika. Er spricht leidlich Portugiesisch und kennt die Vorgehensweise der Kolonialsoldaten. Er hinkt ein wenig. Die Hitze stört ihn nicht. Er bewegt sich in den Bergen mit der Leichtigkeit eines Einheimischen. Er ist ein Mann des Krieges, nicht des Schreibtisches. Das kubanische Solidaritätsangebot ist sehr konkret: Männer und Waffen, Kader und Gewehre, militärische Ausbildung und Kampferfahrung. Lopo do Nacimento von der MPLA wird später von diesem ersten Kontakt zu dem Kubaner mit dem portugiesischem Namen erzählen und von den Gefühlen, die dieses Angebot bei ihm auslöste. Es wirkte wie die Sauerstoffzufuhr für einen Sterbenden.

Wie sieht Raúl, der in Angola unter dem Namen Domingos da Silva bekannt ist, sein neues Schicksal? Wie geht er durch die Straßen Luandas, dieser gespenstischen, von Ryszard Kapuscinski großartig beschriebenen Stadt, die voll ist von Koffern, Truhen, gepackten Kisten, in denen die portugiesischen Siedler ihr Hab und Gut verstauen, um am nächsten Tag abzureisen? Wie empfindet er diese Stadt im Umbruch, die noch voller Kolonialsoldaten ist, in der die Einwohner eine durchschnittliche Lebenserwartung von 35 Jahren haben und wo neunzig Prozent Analphabeten sind? Afrika kann ihn nicht aus der Fassung bringen. Zu dicht hat er in den vergangenen Jahren seine brutale Realität erlebt. Aber dieses Gefühl der Instabilität der angolanischen Revolution, ihrer Zerbrechlichkeit, ihrer militärischen Schwäche gegenüber der starken Allianz ihrer Feinde muß ihn beunruhigen. Die MPLA ist zwar politisch breit verankert, aber der Kampf hat sich bereits auf ein militärisches Terrain verlagert, das kaum noch etwas mit dem gewohnten Guerillakampf zu tun hat. Es geht nicht mehr darum, eine Besatzerarmee anzugreifen und gleichzeitig befreite Zonen aufzubauen. Die angolanische Revolution wird zerrieben zwischen Berufsarmeen und Guerillakräften, die finanziell und technisch von Nordamerikanern, Südafrikanern, portugiesischen und britischen Söldnern, den zairischen Soldaten Mobutus und den Chinesen unterstützt werden. Was empfindet Díaz Argüelles angesichts dieser unlösbaren Aufgabe?

Am 8. Oktober kehrt Díaz Argüelles nach Kuba zurück, um über die schwierige Situation der MPLA Bericht zu erstatten. Im Norden des Landes bereiten die Streitkräfte Holden Robertos mit Unterstützung portugiesischer Söldner und Soldaten der Armee Zaires eine Offensive vor. Im Süden ist es der südafrikanischen Armee gelungen, auf angolanisches Gebiet vorzustoßen und eine Allianz zwischen den rassistischen Militärs und den Kräften Savimbis herzustellen. Die MPLA kontrolliert zwar die Hauptstadt, und es ist ihr gelungen, eine politische Struktur aufzubauen, die ihre Basis erweitert. Aber sie hat es nicht geschafft, ihre Guerillastreitkräfte in eine reguläre Armee umzuwandeln, die den Angriffen etwas entgegensetzen könnte. Díaz Argüelles übermittelt die Antwort Agostinho Netos auf das Angebot der Kubaner: Er bittet um die Entsendung einer Gruppe von Spezialisten, die den Angolanern beim militärischen Training der Volksarmee behilflich sein sollen.

Mit der positiven Antwort Fidels kehrt Díaz Argüelles Ende August nach Angola zurück. Ein anonymer Zeitzeuge berichtet, daß Raúl in jenen Tagen überall gleichzeitig auftauchte: in Cabinda, Quifandongo, Kimbala und Luanda. Er wurde am selben Tag an mehr als zwei verschiedenen Orten gesehen. Das Gerücht erschafft ein kubanisches Phantom, ein »Derüberallgleichzeitigist«, der alles sieht, der ohne Gewehr anlegt. Er reiste in einer aztekischen Propellermaschine, im Jeep, er seilte sich im Urwald ab ...

Die Antwort der Kubaner läßt nicht lange auf sich warten. Zwischen dem 4. und 7. Oktober treffen in Puerto Amboim zwei kubanische Schiffe ein, die *Vietnam Heroíco* und die *Coral Island.* Vier Tage später kommt ein weiteres Boot, *La Plata*, in Punta Negra an. An Bord befinden sich 480 kubanische Militärspezialisten und eine Medizinerbrigade. Sie haben den Auftrag, in den nächsten sechs Monaten sechszehn Infanterie-Bataillone der Volksrepublik Angola aufzubauen. Der Oberst Domingos da Silva hat den Oberbefehl über diese Operation, die unter strengster Geheimhaltung vorbereitet wurde, um eine internationale Medienkampagne zu verhindern, die der Intervention Südafrikas und Zaires in Angola Vorschub leisten könnte. Vier Schulen werden für die neuen Rekruten eingerichtet: eine in Dalantado, 300 Kilometer östlich von Luanda, eine zweite in der Nähe des Hafens von Benguela im Zentrum des Landes, die dritte im Norden von Cabinda, wo eine Intervention französischer Söldner und rassistischer portugiesischer Siedler die Situation gefährlich zugespitzt hat, und eine vierte in Saurimo, im Osten des Landes.

Die kubanischen Ausbilder haben nicht einmal Zeit, um die minimalsten Vorbereitungen zu treffen. Am 23. Oktober schlägt die Aggression in einen offenen Krieg um. Eine motorisierte südafrikanische Brigade dringt von Namibia aus in Angola ein und besetzt die Orte Sa da Bandeira und Mocamedes. Innerhalb einer Woche stoßen die Südafrikaner, begleitet von Kräften der UNITA, 600

Kilometer von Süden nach Norden auf angolanisches Gebiet vor und massakrieren die Zivilbevölkerung. Am gleichen Tag greifen die Kräfte Holden Robertos an, die von der Armee Zaires versorgt werden und Rückendeckung erhalten. Mit dieser doppelten Operation soll die angolanische Revolution in die Zange genommen werden.

Mittelfristig ist an eine offensive Strategie nicht zu denken. Hauptziel ist die Verteidigung der Hauptstadt bis zur Ausrufung der Unabhängigkeit. Es geht darum, Gebiete zu halten, Zeit zu gewinnen und das Unmögliche möglich zu machen; die doppelte Invasion aufzuhalten, während gleichzeitig die Volksarmee aufgebaut wird und die kubanische Hilfe eintrifft. Díaz Argüelles ist überall bei den kubanischen Ausbildern zu finden: wenige Parolen, sehr genaue Vorstellungen: »Der Feind muß auf allen Ebenen bekämpft werden, man muß sich ihm Auge in Auge entgegenstellen, seine Nachhut angreifen, ihn erschöpfen, ihn Tag und Nacht attakkieren, alle Techniken beherrschen, alle Ressourcen ausschöpfen.« Was bedeutet das konkret? Ihm Schläge versetzen, um ihn aufzuhalten. Ihn stoppen. Mit der Idee aufräumen, die sich in den Köpfen seiner Soldaten festgesetzt hat, daß der Krieg ein Spaziergang sei, der mit dem triumphalen Einzug in Luanda ende.

Einer kleinen Guerillagruppe der bewaffneten Streitkräfte der MPLA und den kubanischen Ausbildern unter Führung von Díaz Argüelles gelingt es in Quifangondo, die Truppen der FNLA und ihrer Helfershelfer aus Portugal und Zaire mit improvisierter Artillerie aufzuhalten. Die Kämpfe finden nur 30 Kilometer von der Hauptstadt entfernt statt. Holden Roberto hat seinen Kämpfern und Hintermännern versprochen, die Unabhängigkeit Angolas am 11. November vom Hotel *Trópico* im Zentrum Luandas aus auszurufen. In den Taschen seiner gefallenen Kämpfer finden sich sogar Einladungen für diese Veranstaltung. Vorerst wird es keinen Empfang in diesem Hotel geben, sie sind gestoppt worden.

In den letzten Oktobertagen ist die Spannung in der Hauptstadt enorm. Nicht einmal die größten Optimisten setzen noch auf das Überleben der angolanischen Revolution. Einer der scharfsinnigsten Beobachter, der polnische Journalist Ryszard Kapuscinski, schreibt diese beunruhigenden Zeilen: »An der Nordfront herrscht Ruhe. Sie warten darauf, daß die aus dem Süden vorrücken, um dann von beiden Seiten zuzuschlagen. Das kann diese Woche sein, vielleicht schon morgen (...) die Stadt ist umzingelt, niemand kann hinein, weder über den Seeweg noch über den

Luftweg (...). Wer marschiert zuerst ein, die aus dem Süden oder die FNLA? Die Armee der FNLA ist grausam, es sind Kannibalen. Ich wollte es nicht glauben. Aber vor einer Woche war ich mit einer Gruppe Journalisten in Lucala, 400 Kilometer östlich von Luanda (...). Bei ihrem Rückzug hinterließ die FNLA eine Spur der Verwüstung, sie zerstörten alles, was sich bewegte. Sie haben Frauen die Köpfe abgetrennt und ins Gebüsch geworfen. Den Leichen haben sie Herz und Leber herausgerissen.«

In den ersten Novembertagen stellen sich die Schüler von Benguela mit ihren von Díaz Argüelles befehligten kubanischen Ausbildern den Südafrikanern entgegen.

Major Faceiras, einer der historischen Guerillakämpfer der MPLA, der jahrelang gegen die Portugiesen gekämpft hat, erzählt, daß Díaz Argüelles in der Zeit an die Südfront kam, als der Feind von Benguela-Lobito nach Zumbe vorrückte. Er entschied, die Brücken zwischen Puerto Amboím und Zumbe in die Luft zu jagen. Er versuchte eine natürliche Verteidigungslinie aufzubauen, um den Feind zu zwingen, seine Angriffsrichtung zu ändern. Wenn die südafrikanischen Panzer die Küste verließen, würden sie die logistische Unterstützung verlieren. »Wenn wir das erreichen, haben wir den Krieg gewonnen«, so Raúl.

Und er erreichte es. Durch die Guerillaangriffe, die Sprengung der Brücken und einen selbstmörderischen Widerstand gewinnen sie eine Atempause für die Revolution. Der kubanische Offizier Balsinde Arteaga und einige Guerilleros der MPLA kommen dabei ums Leben.

Zwei Tage später entscheidet das Zentralkomitee der KP Kubas, die angolanische Revolution bedingungslos zu unterstützen und Operationen der höchsten Dringlichkeitsstufe einzuleiten. Am 7. November kommt es in Quifangondo zu Auseinandersetzungen. Der Kanonendonner ist bis in die Hauptstadt zu hören. Ein weiteres Mal werden die Streitkräfte der FNLA und die Armee Zaires zurückgeschlagen. Das bedeutet eine Atempause von neun Stunden.

Am darauffolgenden Tag, dem 8. November, drei Tage vor Ausrufung der Unabhängigkeit und dem Abzug der portugiesischen Soldaten, verhandelt Kommandant Xieto von der MPLA mit dem Hochkommissar der Portugiesen über die Landeerlaubnis für ein Flugzeug unbekannter Herkunft auf dem Flughafen von Luanda, der immer noch unter der Kontrolle der Kolonialkräfte steht. Er bekommt sie. Am späten Abend landet bei Nieselregen das erste Kontingent der Spezialtruppen des kubanischen Innenministeriums. Es sind die Elitetruppen der Revolution, 82 Männer (die Zahl nimmt symbolisch auf die Landung der *Granma* vor fast zwanzig Jahren Bezug), die von dem Kommandanten Martínez Gil angeführt werden. Er umarmt Díaz Argüelles, der jetzt der Oberst Domingos da Silva ist und der ihn an der Gangway des Flugzeugs erwartet. Die Männer haben die Maschinengewehre in ihren Aktentaschen verstaut. Aus der Gepäckabteilung holen sie drei 75-mm-Kanonen und drei Mörser. Kurz danach landet eine zweite Maschine. Die kubanischen Militärs begeben sich direkt vom Flughafen in die Kampfgebiete.

Angesichts des Unmöglichen blüht der bereits sagenumwobene Domingos da Silva auf und kann nun endlich frei an die Lebenden und die Toten zurückdenken. Che hätte es gefallen, hier zu sein. Die Schuld ist beglichen. Einer seiner Freunde erzählte mir: »Bei dieser unglaublichen Hitze hat er aufgehört zu schwitzen. Er verschwendete nicht einen einzigen Tropfen Wasser.«

Am 10. November rücken die Truppen Holden Robertos weiter nach Luanda vor. Mehr als zwanzig Panzer des Typs Panhard und AML 90 fahren an der Spitze. Die Kubaner erwarten sie mit fünf Raketenwerfern BM-21, die sie am Tag zuvor heimlich in Luanda ausgeladen haben. Am gleichen Tag ist die Bedienungsmannschaft aus Havanna angekommen, an Bord befinden sich außerdem Mörser und Maschinengewehre, die nun in den Händen der angolanischen Guerilleros und der kubanischen Spezialtruppe sind. Díaz Argüelles ist ebenfalls anwesend. Als er eine Kompanie des Bataillons der Spezialtruppe begrüßt, besitzt er die Tollkühnheit zu sagen: Zuerst schlagen wir »die von der FNLA, und danach werden wir mit den Südafrikanern aufräumen«.

Das Gefecht dauert einige Stunden. Der Donner der Raketenwerfer erschüttert den Urwald. Die Streitkräfte Holden Robertos ergreifen panikartig die Flucht. Während ihrer Flucht massakrieren sie 50 Bewohner eines Dorfes. Zurück lassen sie zerstörte Panzer, 345 Tote, Uniformen und Waffen.

Nur einige Stunden nach dieser Schlacht zieht Díaz Argüelles, ohne Zeit zu haben, den Sieg zu feiern, mit der Ersten Kompanie der Spezialtruppen Richtung Süden, um die Südafrikaner zu stoppen. Sie wollen versuchen, die Panzer aufzuhalten und die feindliche Offensive von der Küstenstraße nach Osten hin abzudrängen. Damit wollen sie ihren Vormarsch verlangsamen und ihre Ressourcen erschöpfen. Die angolanische Revolution führt auch einen Krieg gegen die Zeit.

Während Oberst Domingos da Silva mit einer kleinen Kolonne kubanischer Kämpfer (die gerade vier Stunden zuvor aus dem Flugzeug gestiegen sind) und den Guerilleros der FAPLA auf Benguela vorrückt, ruft Agostinho Neto in einer öffentlichen Ansprache die Unabhängigkeit Angolas aus. Es ist eine kurze Ansprache, die am Abend des 11. November gehalten wird, bei spärlicher Beleuchtung, da eine Bombardierung der Zivilbevölkerung befürchtet wird. Nach dem Applaus hört man das Echo der Freudenschüsse der wenigen Soldaten, die in der Garnison der Hauptstadt geblieben sind.

Am Nachmittag des 13. November versuchen der angolanische Schriftsteller Pepetela und der Politkommissar der MPLA, Casano, in Zumbe die Südafrikaner zu stoppen, wobei sie einem gewaltigen Druck standhalten. »Nachdem wir gesagt hatten, daß wir nicht zurückweichen würden, konnten wir die Bevölkerung nicht im Stich lassen.« Mit automatischen Gewehren bewaffnet, entscheiden sich die beiden Kader, bis zum Ende auszuharren. Pepetela ist äußerst geschwächt, da er an Hepatitis erkrankt ist. In dieser Situation fährt ein kubanischer Offizier mit seinem Jeep vor. Er befiehlt ihnen, sich zurückzuziehen, die Angolaner gehen aber nicht darauf ein. Mörsergranaten schlagen in ihrer Nähe ein, während die drei sich in einer Diskussion über Effizienzfragen und das Verhältnis von Romantik und Realitätssinn verstricken: Warum man manchmal gehen muß, um zurückkehren zu können; warum Revolutionen tote Helden im Überfluß haben und von daher die lebenden Kämpfer knapp werden. Jahre später wird sich Pepetela an diese fünf Minuten mit Raúl Díaz Argüelles erinnern. Der Kubaner überzeugt sie schließlich. Er hat sich von seinen Verrücktheiten in Havanna weit entfernt. Jetzt geht es ihm darum, eine Revolution zu retten, und nicht mehr darum, in einem »Bett aus Stein« zu sterben. Pepetela wird in einem Hospital in Luanda behandelt und überlebt. Casano fällt am darauffolgenden Tag im Gefecht.

Am 13. November ist Díaz Argüelles in Puerto Amboim. Müde, angespannt, aber siegessicher. Kämpfe finden in Novo Redondo und Lobito statt. Die Geschwindigkeit der südafrikanischen Offensive konnte gebremst werden. Gemeinsam mit dem Kubanern kämpfen die Guerrillas des Kommandanten Faceiras der FAPLA. Sie infiltrieren die feindlichen Linien, verminen die Wege, legen der Vorhut Hinterhalte.

Am 20. November sehen sich die Südafrikaner und die UNITA gezwungen, die Küste zu verlassen. Sie versuchen durch das Landesinnere nach Norden vorzudringen. Das strategische Ziel des Widerstands ist erreicht. Díaz Argüelles führt persönlich eine Frontkolonne an. Um sieben Uhr morgens am 23. November, dem Datum, das von Díaz Argüelles vorgesehen war, beginnt die Schlacht um Evo. Es handelt sich nicht mehr um Scharmützel oder isolierte Gefechte. Die Südafrikaner greifen mit ihren Panzern frontal die schwachen Verteidigungskräfte der FAPLA und der Kubaner an. Diese bestehen lediglich aus zwei gemischten Kompanien und einem Beratertrupp, um die ersten Schläge aufzufangen. Die Verteidiger vollbringen Wunder, um den Angriff der südafrikanischen Panzer zu stoppen. Die Raketenwerfer spielen dabei eine zentrale Rolle. Am Ende des Tages ziehen sich die Südafrikaner zurück. Sie hinterlassen auf dem Schlachtfeld zehn zerstörte Panzer und Dutzende von Toten. Auf ihrem Rückzug nehmen sie nur die Leichen der weißen Soldaten mit, nicht die der UNITA. Der Rassismus akzeptiert nicht einmal zeitlich beschränkte Bündnisse. Selbst bei den Toten setzt sich der Rassismus fort. Nicht alle Leichen sind gleich.

Domingos da Silva ist überall anzutreffen gewesen. Er hat schießend das Gefecht angeführt, ist von Schützengraben zu Schützengraben gelaufen, um Munition an die Kämpfer zu verteilen. Am folgenden Tag leitet er die Luftabwehr, die ein Aufklärungsflugzeug abschießt, das hinter den Kampflinien abstürzt. Die Südafrikaner verlieren dabei zwei hohe Offiziere.

Die Chroniken stimmen darin überein, daß die Revolution mit der Schlacht von Evo gerettet wurde.

Am 27. November trifft in Angola per Schiff Verstärkung aus Kuba ein: ein Artillerie-Regiment und ein motorisiertes Bataillon. Einige Wochen später gehen die FAPLA und die Kubaner an allen Fronten in die Offensive über. Im Süden haben die Südafrikaner bei dem Versuch, die Verteidigungslinie zu durchbrechen, eine empfindliche Niederlage einstecken müssen. Díaz Argüelles, der legendäre Oberst Domingos da Silva, befehligt die Kolonne 26. Juli, die einer der drei Keile der revolutionären Offensive ist, die am 9. Dezember zum Gegenangriff übergeht. Die Südafrikaner leisten Widerstand und stoppen mit ihrer Artillerie den Vorstoß der linken Flanke. Argüelles trifft die Entscheidung, die Südafrikaner mit seiner Kolonne zu einzukreisen. In der Nacht des 10. Dezembers werden zwei Einheiten nach Galengo mobilisiert. Der Offizier der Spezialtruppe, Estevanell, der ebenfalls in Angola sterben wird, erhält den Befehl vorzurücken.

Der Journalist Julio Martí beschreibt das Morgengrauen jenes 11. Dezember 1975 folgendermaßen: Díaz Argüelles »war der erste, der zu seinem Befehlsstand in Hengo ging. Die Stille wurde lediglich von dem entfernten Gebrüll eines hungrigen Raubtieres, dem Trompeten der Elefanten und dem Brüllen der Affen unterbrochen. Es war ein kalter Tagesanbruch mit einem Nebel, der sich bis zur Tiefebene und den entfernten Felsen ausbreitete und der zum Schlafen einlud. (...) Einem Offizier des Militärstabs, der noch eingehüllt unter seiner Decke lag, rutschte der Satz heraus: ›Bei dem Nebel ist das kein Tag, um zu kämpfen.‹ Ihn unterbrach die Stimme Domingos da Silva, die daran erinnerte, daß sie sich im Krieg befanden.«

Hier verstand er keinen Spaß. Scherze dienen dazu, die Tür zum Krieg aufzustoßen, aber nicht, um im Garten spazieren zu gehen.

Die kleine Panzerkolonne sollte vom Feldlager in Hengo zum Ort Galengo vorrücken, um die Südafrikaner von der Flanke aus anzugreifen. Als sie dort ankommen, stellen sie fest, daß sich der Feind zurückgezogen hat. Die Kolonne rückt weiter vor, bis sie sich auf vermintem Gelände befindet. Díaz Argüelles fährt in dem vierten Panzer. Die drei Panzer vor ihm fahren über eine Panzerabwehrmine, ohne daß diese explodiert. In dem Augenblick, als sich die Kolonne wieder in Bewegung setzt, explodiert die Mine und trifft die Offiziere, die im Fahrzeug sitzen. Die Metallsplitter verletzen beide Beine und durchtrennen einen Oberschenkel von Díaz Argüelles. Die Kolonne tritt den Rückzug an und versucht in einer verzweifelten Operation, das Leben der Verletzten zu retten.

VIII.

Es ist leicht, einem Sterbenden Worte in den Mund zu legen, großartige Worte, die eine billige Heldenverehrung bedienen. Leicht wird dabei vergessen, daß ein Held in so einem Moment ein Mann ist, der auf brutale Weise dem Tod in die Augen schaut. Ich habe diesen großartigen Sätzen immer mißtraut. Worte, die in irgendwelchen Jahre später veröffentlichten Artikeln erscheinen oder in Erinnerungen auftauchen, an denen die Zeit nicht spurlos vorübergegangen ist. In diesem Fall aber sagt mir mein Instinkt, daß Raúl Díaz Argüelles, kubanischer Oberst, in Angola bekannt unter dem Namen Domingos da Silva, 39 Jahre alt, während er schwerverletzt und von seinen Compañeros gestützt auf dem Militärlaster verblutet, seine Genossen bittet: »Erzählt, was wir gemacht haben.« Er wußte, daß er Teil einer unmöglichen Geschichte war, von der er nicht wollte, daß sie in Vergessenheit geriet.

Trotz der Anstrengungen seiner Compañeros stirbt Díaz Argüelles auf dem Weg zum Krankenhaus auf einer kleinen Landstraße südlich von Puerto Amboim.

Das Gerücht vom Tod des legendären Oberst verbreitet sich wie ein Lauffeuer, und in einigen Kriegszonen haben die Offiziere Mühe, ihre Truppen von Racheakten abzuhalten. In seinem Rucksack befand sich die Biographie Maceos. Dieses blutbefleckte Buch kam Wochen später, nachdem es um die halbe Welt gereist war, in seinem Haus in Havanna an. Es ist das einzige faßbare Erbstück, welches aus Angola zurückkehrt.

All das liegt noch nicht weit zurück. Wenn die Geschichte sich dem Historiker zu stark nähert, löst sie eine Wucht von Emotionen aus, die die Schreibmaschinentasten in schwindelerregender Weise zum Tanzen bringt. Die Helden sind wie wir und dennoch unerreichbar. Ihnen Gerechtigkeit widerfahren zu lassen ist eine Form, sie zu entmenschlichen, sie der Ungerechtigkeit auszusetzen, wenn nur die Schlüsselsituationen in den Büchern, Artikeln oder Erinnerungen zu finden sind und vergessen wird, wie sie den Kaffee getrunken haben, indem sie die Tasse mit der Hand bedeckten und den Dampf zwischen den Fingern entweichen ließen; oder wie sie Schwierigkeiten beim Binden einer Krawatte hatten (es stimmt, ich habe nie ein Foto von Díaz Argüelles mit Krawatte gesehen); oder wie sie ihre Frau liebkosten oder welcher Roman sie bei der nächtlichen Lektüre fesselte; die geheimen Leidenschaften für die Kirmespferde, die Liebe zu nächtlichen Spaziergängen auf dem Malecón in Havanna.

Wir Historiker sind außerstande, solche Geschichten zu erzählen. Diese Geschichten sind allgegenwärtig, und wir entziehen ihnen das Leben, wenn wir sie erzählen. Ihr einziger exakt angebbarer Aufenthaltsort, ihre Zufluchtsstätte, ist jene vage Sache, die wir nicht definieren können, von der wir aber alle wissen, daß sie existiert, und die wir das kollektive Gedächtnis der Völker nennen. Dort ist ihr Platz, in ihm sind sie aufgehoben.

Mauricio Rosencof
Der Bataraz

Mit dem *Bataraz* hat der uruguayische Autor zweifellos sein literarisches Meisterwerk geschrieben. Vor dem Hintergrund seiner elfjährigen Kerkerhaft verfaßte er einen atemberaubenden Monolog, in dem die Grenzen zwischen Realität, Traum und Halluzination verwischen.
»Wer seinen Hintergrund nicht kennt, könnte es für das Tagebuch eines Verrückten halten.«
»Der Bataraz ist ein hinreißender Monolog, ein wilder assoziativer Reigen, eine Höllenfahrt über alle Grenzen von Wirklichkeit und Phantasie« (Erich Hackl, *WoZ*).

* * *

Nanni Balestrini
Der Verleger

Im März 1972 kommt der Verleger Feltrinelli bei einem Bombenanschlag auf einen Strommasten ums Leben.
Sein Tod markiert einen tiefen Einschnitt in der Geschichte der italienischen Nachkriegslinken. Der Anschlag von Segrate bildet einen Scheitelpunkt, an dem sich die Wege scheiden sollten. Der bewaffnete Kampf tritt in eine neue Etappe ein, an deren Ende die Moro-Entführung stehen wird.
Balestrini fängt in seinem Roman die Stimmen und Stimmungen in dem kurzem Zeitraum zwischen dem Auffinden der Leiche und der Beerdigung Feltrinellis ein. Mosaikartig setzt sich so ein Bild zusammen, in dem die Schlüsselbedeutung des Ereignisses Konturen gewinnt.